SUSANNE LEINEMANN | Warteschleife

Das Buch

Nina vertraut sich den strengen Dating-Regeln ihrer amerikanischen Freundin Linda an, um endlich den ersehnten 1-Karäter an ihren Finger zu bekommen: Rede wenig, gib dich geheimnisvoll und verführerisch. Wild entschlossen lässt sie alle Widerstände gegen ihre schleichende Ent-Emanzipierung sausen und stürzt sich von einem Treffen ins nächste. Doch die Herren der Schöpfung haben im Großstadtdschungel offenbar die gepflegten Paarungsrituale verlernt, denn Nina kann machen, was sie will - ihre männlichen Begleiter sind allesamt selbstverliebte Maulhelden ohne Benehmen. Schon hadert Nina mit ihrem Schicksal, da taucht plötzlich Enno von Rufenstein auf - ein äußerst zuvorkommendes, gebildetes und auch noch vermögendes Exemplar der Gattung Mann.
Beste Frauenunterhaltung - eine sympathische Heldin in der Warteschleife zum Glück!

Die Autorin

Susanne Leinemann, 1968 in Hamburg geboren, hat einen Blick für deutsch-amerikanische Besonderheiten, denn sie wuchs in Washington D.C. und Bonn auf. Sie arbeitete als Redakteurin im Feuilleton der Tageszeitung *Die Welt* und als Reporterin bei *Max*, bevor sie ihr erstes Buch »Aufgewacht. Mauer weg« veröffentlichte. Heute ist sie freie Journalistin und lebt mit ihrem Mann und zwei kleinen Kindern in Berlin.

SUSANNE LEINEMANN

Warteschleife

Roman

Diana Verlag

FSC
Mix
Produktgruppe aus vorbildlich bewirtschafteten Wäldern und anderen kontrollierten Herkünften

Zert.-Nr. SGS-COC-1940
www.fsc.org

Verlagsgruppe Random House FSC-DEU-0100
Das für dieses Buch verwendete FSC-zertifizierte Papier *München Super* liefert Mochenwangen Papier.

2. Auflage
Originalausgabe 07/2007

Printed in Germany 2007
Redaktion | Frauke Brodd
Umschlaggestaltung | Hauptmann & Kompanie Werbeagentur, München – Zürich, Teresa Mutzenbach, unter Verwendung der Fotos von © Pierre-Alain Dutheil/FOTOLIA und Getty Images
Herstellung | Helga Schörnig
Satz | Christine Roithner Verlagsservice, Breitenaich
Druck und Bindung | GGP Media GmbH, Pößneck

ISBN 978-3-453-35209-4

http://www.diana-verlag.de

KAPITEL 1

Gleich werden wir stehen bleiben und uns küssen. Mitten auf dem breiten Boulevard im nicht mehr ganz warmen Sommerwind auf dem Weg zu seiner Wohnung.

Zu dieser Zeit fahren kaum noch Autos. Die ersten frühen Vögel sind schon wach und zwitschern so laut, als würden sie dafür bezahlt. Am Horizont ahnt man ein Morgengrauen, und in seiner Hand knistert die Tüte von der Nachttankstelle. Für Frühstück ist gesorgt.

Tatsächlich, sein Arm legt sich um meine Hüfte, er schwingt einmal mit mir über den Asphalt, geübt wie ein Turniertänzer, die Hochhäuser um uns herum drehen sich mit. Seine Lippen kommen näher, ich spüre schon die Wärme seines Atems. Es könnte so ein perfekter Moment sein.

Leider habe ich keine Ahnung, wie der Typ heißt.

Mir dämmert irgendetwas Kurzes, Konventionelles. Frank, Peter oder so. Martini wäre auch ein guter Name für ihn, so viel wie er davon heute Abend in der Strandbar getrunken hat. Mein Name wäre demnach Fräulein Erdbeer-Daiquiri. Mr. Martini und Mrs. Daiquiri lernen sich an einem lauen Sommerabend in einer Strandbar an der Spree kennen, betrinken sich gemeinsam, beginnen ein Techtelmechtel und wanken nun zu Martini nach Hause, um die Nacht ausklingen zu lassen. Wie diskret das klingt. Dabei fällt das, was gleich in seiner Wohnung passieren soll, ganz klar unter Indiskretion.

Wenn man erwägt, mit jemandem zu schlafen, sollte man dann nicht zumindest seinen Vornamen kennen? Den Nachnamen verlange ich gar nicht. Aber ein Vorname ist ja wohl das

Minimum an Verbindlichkeit. Bin ich jetzt schon so weit, dass ich mit einem No-name ins Bett gehe?

Er hat sich vermutlich kurz vorgestellt. Aber ich fürchte, er hat seinen Namen genannt, als ich gerade in die Hocke ging, um unter meiner Strandliege das himmelblaue Schirmchen meines Cocktails zu suchen. Denn ich erinnere mich dunkel daran, wie ich beim Auftauchen murmelte: »Bin die Nina.« Das war dann offensichtlich die offizielle Vorstellungsrunde.

Ich muss mich wohl ein wenig weggedreht haben bei dieser ganzen Gedankenflut, denn jetzt legt er sanft, aber doch energisch die Hand um mein Kinn, zieht mich zu sich hoch und wir küssen uns.

Ein guter Kuss. Nein, ein wirklich guter Kuss. Würde sagen, wir machen das beide nicht zum ersten Mal. Sportlich ausgedrückt: Wir sind im Training.

Jetzt ruft er auch noch meinen Namen in den verebbenden Nachthimmel: »Wunderschöne Nina, Nina, Nina.« Es ist definitiv zu spät, ihn jetzt noch zu fragen, wie er eigentlich heißt. Wenn ich Glück habe, steht sein Vorname auf der Klingel.

Wenn ich allerdings Pech habe, steht da auch nur F. Martini. Dann kann ich entweder in einen 68er-Sozialarbeiter-Slang fallen – »Du, wollen wir beide noch frühstücken, ej?« Oder ich muss kumpeln. »Hey, Mann. Noch Kaffee im Haus?« Beides klingt grauenhaft.

Nicht, dass hier ein falscher Eindruck entsteht. Ich mache das eher selten – ich meine, mit einem Kerl, den ich kaum kenne, nach durchzechter Nacht mitzugehen, um Sex zu haben. Ich bin ja kein Boxenluder oder irgendeine andere dämliche Boulevard-Erfindung. Als Mittdreißigerin stecke ich auch nicht mehr in der verwirrenden Lebensphase, die man späte Pubertät nennt. Drücken wir es so aus: Ich bin schlicht eine Frau mit Bedürfnissen.

Außerdem ist dieser Mann wirklich, wirklich attraktiv. Und unterhaltsam ist er auch noch. Warum sich nicht den Spaß gönnen?

Was mich allerdings etwas ernüchtert, ist, dass der Unbekannte neben mir wirklich überhaupt keine Spur von Unsicherheit zeigt. Bei ihm sitzt jede Bewegung perfekt. Inzwischen hat er mich mit nur einem Griff unter seinen Arm geklemmt – wie damals der Sänger Pete Doherty die arme, ihm verfallene, drogenabhängige Kate Moss auf den Pop-Paarfotos, die um die Welt gingen. Sie kam mir darauf immer vor wie ein aus dem Nest gefallenes, verschlammtes Vögelchen. Er ist so geübt, dass ich mir jetzt doch Sorgen mache, ob er nicht so etwas wie ein semi-professioneller Aufreißer ist. Blitzt da in seinen Augen nicht Jagdfieber auf? Jetzt verdecken die längeren dunklen, fast schwarzen Haare seinen Blick. Vielleicht lässt mich nur die leicht gebogene Nase darauf schließen, sie erinnert mich an einen Jagdvogel. Er sieht wirklich unverschämt gut aus, groß gewachsen, in seinem dunkelblauen, halblangen Marinemantel. Und er weiß genau, seine Attraktivität einzusetzen.

Oh Gott, ich glaube, ich werde abgeschleppt.

Bis vor wenigen Monaten wäre allein dieser Gedanke undenkbar gewesen. Bis vor Kurzem war ich mir sicher, dass *ich* abschleppe, wen *ich* will. Dass man eine Frau wie mich gar nicht abschleppen kann, weil ich alleine entscheide, wen ich an mich heranlasse. Ich glaubte, ich hätte in Liebesdingen die Fäden in der Hand. Aber dann musste meine große Schwester heiraten – und mir vorführen, wie trostlos das Leben sein kann, wenn man sich zu lange etwas vormacht.

Beate war immer mein großes Vorbild. Als kleiner Meteorit bin ich ihr und ihrer gleißenden Kometenspur gefolgt – bis in diese große Stadt, in der Beate sich zuerst niederließ. Ich zog dann nach. Sie war für mich einfach die coolste Frau der Welt, ich genoss es, in ihrer Nähe zu sein.

Wie soll ich es erklären? Beate besaß einfach diese Aura. Wenn sie einen Raum betrat, und sei es im angesagtesten Club der Stadt, war es, als ginge ein leichter Windzug durch den Laden. Alle

Blicke folgten ihr. Sie durchquerte den Raum mit angeborener Grandezza, aber ihre Erscheinung war begleitet von dieser leichten Imperfektion, die einem Menschen ein Geheimnis und damit Unvergesslichkeit verleiht. Das Blond ein bisschen verraucht, die Nase einen Tick zu lang, die Wangenknochen ungewöhnlich hoch.

In den ersten drei Jahrzehnten ihres Lebens lag meiner Schwester die Welt zu Füßen. Sie hätte alles und jeden haben können. Aber sie griff nie zu, ließ Männer und Jobs fallen, Jobs und Männer, einen nach dem anderen. Und plötzlich – fast über Nacht – verlor Beate ihren Glanz, ihre Ausstrahlung und erschien müde und gealtert. Ihr verrauchtes Blond wirkte nur noch matt, sogar ein bisschen ungepflegt. Auch Beate merkte bald, dass sich etwas verändert hatte. Sie bekam es mit der Angst. An ihrem jüngsten Geburtstag, dem vierzigsten, beschloss meine Schwester, schnell noch die Kurve zu kriegen und einen Mann zu finden, mit dem sie eine Familie gründen konnte.

Jetzt heißt sie Frau Pritzel, ist schwanger und wird sehr bald Mutter eines eineiigen, männlichen Zwillingspaares, das mithilfe einer Hormonbehandlung gezeugt wurde. Hormonbehandlungen sind ein Alptraum! Zwischenzeitlich sah es in ihrer Küche aus wie in einer Arztpraxis – überall Spritzen, Ampullen und Desinfektionstücher. Ich mochte dort nicht einmal mehr einen Kaffee trinken.

Als ich vor wenigen Tagen meine Schwester mit ihrem überdeutlich gewölbten Bauch vor einer Kinokasse stehen sah, an ihrer Seite der Gatte Rüdiger – ein Mann, den sie früher keines Blickes gewürdigt hätte –, da schwor ich mir hoch und heilig, niemals in diese fatale Lage zu geraten. Einen wunderbaren Liebhaber nach dem anderen in den Wind zu schießen, um am Ende den Rest meines Lebens mit einem Kerl zu verbringen, der mir nie gewachsen wäre. Was hatten sich die Männer um Beate bemüht und wie hatte sie sie am ausgestreckten Arm verhungern lassen! Aber als meine Schwester endlich zur Sache kommen wollte, als es um Familiengründung ging, da hatten sie alle das Weite gesucht;

alle, außer diesem traurigen, leptosomen Berufsschullehrer, der zu seiner eigenen Hochzeit einen Second-Hand-Frack getragen hatte. Nicht aus Finanznot. Aus Prinzip!

Aber benehme ich mich denn so anders als meine Schwester? Ich bin selbst weit davon entfernt, Ernst zu machen. Stattdessen beginne ich immer nur eine kurze Affäre nach der anderen, ohne Sinn und Verstand. Was tue ich zum Beispiel hier mit diesem gut aussehenden Kerl im Morgengrauen knutschend auf der Straße? Ein Kerl, von dem ich nichts, absolut nichts weiß? Weder sein Alter noch seinen Beruf, nicht einmal seinen Vornamen! Ich weiß lediglich, dass er sehr überzeugend den leidenden Ehemann aus einer japanischen Sitcom namens »Oni-yome Nikki« imitieren kann, der von seiner teuflischen Gattin unterdrückt wird, und genauso textsicher die moldawische Hymne schmettert.

Das wirkt zwar weltgewandt und kommt gut an, wenn man Frauen wie mich beeindrucken will, reicht aber kaum, um eine gemeinsame Zukunft darauf aufzubauen. Ich sollte mir nichts vormachen. Es ist alles wie immer. Schön, leicht, witzig und völlig verantwortungslos. Das mit Mr. Martini ist reiner Spaß und wird es auch bleiben, das spüre ich. Dafür habe ich nach all den Jahren einen seismographischen Sinn.

Seine Hand wühlt sich durch mein Haar, die Geste wirkt zärtlich. Er küsst mich in die Halsbeuge, flüstert »Schwanenhals«.

Schwanenhals ist hübsch. Das habe ich noch nie gehört. Aber ist es hübsch genug, um dafür meine Bedenken zu vergessen und mich einfach gehen zu lassen? Nur noch dieses eine Mal?

Er läuft jetzt ein Stück vor mir, hält dabei fest meine Hand und muss mich wie ein störrisches Muli hinter sich herziehen. Er spürt mein Zögern, aber er lässt nicht los, er will mich nicht verlieren. Ich bin die Ausbeute dieses Abends.

Jetzt dreht er sich um. Die Zigarette hängt souverän in seinem rechten Mundwinkel. Ich spüre einen Stich, weil er so schön ist. So eindeutig männlich.

»Was ist?«

»Wohin gehen wir eigentlich?«, frage ich so leichthin wie möglich. Jetzt bloß nicht alarmiert klingen.

Er grinst. »Das treibt dich um, meine Königin? Hast du Angst, ich verschleppe dich in einen Plattenbau? Keine Sorge, es ist standesgemäß. Altbau, 120 Quadratmeter, mit Panorama-Blick auf die City und großer Dachterrasse.«

Du meine Güte, eine Dachgeschosswohnung. Eine echte Aufreißerbude!

Ich muss so eine Dachgeschosswohnung nicht gesehen haben, um zu wissen, wie es da drinnen aussieht. Das Bett ist so riesig, dass locker die Playboy-Häschen einer halben Saison dort herumtollen könnten. Trotzdem hat der Gute vermutlich nur ein Kopfkissen und eine Bettdecke. Denn niemand braucht ein zweites Kopfkissen zum Vögeln – und als Übernachtungsbesuch ist keine Frau dauerhaft eingeplant. Falls ich es doch wagen sollte, bis zum Morgen zu bleiben (den Kopf auf einem Couchkissen, den Körper unter einer alten Wolldecke, die er irgendwo hervorgekramt hat), dann, ich bin mir sicher, wird die schicke, superteure Espressomaschine für die zweite Tasse nervtötend lange brauchen, während die erste für ihn im Nu fertig ist. Singlehaushalte!

Im Übrigen sollte man das Frühstück bei Typen mit Dachgeschosswohnungen eh meiden. Sie laden einen nur dazu ein, um unauffällig die »Pille Danach« ins Müsli zu mischen. Und das, obwohl sie in der Nacht das Kondom schon doppelt übergezogen haben.

Wir bleiben stehen. Sein Arm reckt sich vor einem rosafarbenen Altbau in die Höhe. Ganz oben, mit riesigen Panoramafenstern, hinter denen ein warmes, gedimmtes Licht brennt, liegt seine verdammte Dachgeschosswohnung. Es zeichnen sich die Umrisse seines Hometrainers und seines vermutlich überdimensionalen Flachbildschirm-Fernsehers ab.

Ich schließe meine Augen und der Film unserer kurzen gemeinsamen Zukunft startet.

Er beginnt atemberaubend – Küsse, Umarmungen, verschlungene Leiber. Dann, nach kurzer Zeit, die ersten Anzeichen von Lieblosigkeit. Schon nach wenigen Wochen begrüßt er mich nicht mehr an der Tür, wenn ich ihn besuche, sondern bleibt lieber auf dem Sofa sitzen, um Fußball, Basketball, Golf oder was auch immer zu schauen. Ich sehe, wie ich mir plötzlich das Bier selbst aus seinem sauteuren, verchromten Hochleistungs-Kühlschrank holen muss, der bis auf Alkohol und zwei Tuben Senf immer leer ist. Wie ich dann seine dreckige Wäsche auf dem Designer-Sofa zur Seite schieben darf, um einen Platz neben ihm zu finden, während er weiter auf das Spiel starrt. Wie der Sex immer schneller und mechanischer wird. Wie wir dann eines Tages beschließen, dass es nichts wird mit uns. Und dann sehe ich, als letztes Bild, wie ich verheult aus der Tür des rosaroten Altbaus renne, vor der ich gerade stehe.

Die Wahrheit ist, ich habe keine Lust mehr auf dieses ständige Liebesaus. Mir fehlt die Kraft, auch nur ein klitzeklein wenig Mühe in einen Mann zu investieren, der nicht zu halten ist. Und mit einem Mann wie Mr. Martini ist es schon zu Ende, eh es richtig angefangen hat.

Mr. Martini ist so etwas wie der letzte Tequila in einer langen Reihe, den man besser nicht trinken sollte, weil man sonst zu Boden geht. Ich bin selbst überrascht, dass ich jetzt – mit 35 Jahren – zum ersten Mal etwas wie Erwartung verspüre. Ich will etwas von dem Mann, und damit meine ich nicht nur Sex. Warum sollte ich mit Mr. Martini ins Bett gehen, wenn ich schon vorher weiß, dass danach nichts mehr folgt? Ziehe ich Bilanz, muss ich zugeben, ich habe schon zu oft mit solchen Typen geschlafen. Ich bedauere das nicht. Aber es wäre jetzt die x-te Wiederholung. Ich brauche dieses Erlebnis nicht mehr.

Als ich meine Augen wieder öffne, merke ich, dass ich unbewusst meine Hände auf sein Gesicht gelegt habe. Seine Wangen und das Kinn sind leicht rau. Nicht zu viel, gerade so, dass es sich griffig anfasst. Ich küsse ihn ein letztes Mal, sehr lang und mit Genuss. Er schaut mich erstaunt an, hat wohl den Abschied geschmeckt.

»Ich gehe jetzt besser. Das mit uns hat keine Zukunft.« Dann drehe ich mich um. Wie soll ich es ihm denn auch erklären? Er würde es eh nicht verstehen.

Hinter mir höre ich ein gestammeltes »... wegen einer Dachgeschosswohnung?« Aber er rennt mir nicht hinterher, er lässt mich ziehen. Als ich mich nach hundert Metern umdrehe, steht er vor seinem Haus mit hängenden Armen, dann greift er in seine Tasche, zündet sich eine neue Zigarette an und schaut mir hinterher. Ich winke noch einmal kurz – so, wie man es aus weiter Entfernung tut, mit einer langen, rudernden Bewegung, die über dem Kopf endet, was irgendwie schlampig und doch reizend aussieht.

Komisch, ich fühle mich fast euphorisch. Dieses Mal habe ich widerstanden – das wird sich auszahlen. Manchmal muss man etwas Gutes aufgeben, um etwas Wunderbares zu gewinnen: den Mann fürs Leben. Jetzt muss ich lachen. Womöglich ist das zu hoch gegriffen. Sagen wir: den Mann für die nächsten Jahre, vielleicht sogar für das nächste Jahrzehnt. Sollte ein Leben daraus werden, wunderbar. Diesen Mann werde ich von nun an zielstrebig suchen. Keine Ablenkung mehr, kein kleiner Spaß für eine Nacht oder wenige Wochen. Ab heute mache ich ernst.

Und als Opfer, damit meine Mission erfolgreich enden möge, bringe ich dem Gott der Liebe diesen wunderschönen Mann dar, den ich ungeliebt stehen lasse: Mr. Martini oder wie immer er heißt.

»Schwanenhals, Schwanenhals«, hallt es leidenschaftlich durch die Nacht.

Nur ein hoher Preis ist ein guter.

KAPITEL 2

Alles wie weggeblasen, die ganze Euphorie. Ich sitze in der Betriebskantine unserer Firma und fühle mich schlecht. Dumpf. Verkatert.

Wäre es doch nur ein echter Kater. Einer, der als Nachhall eines rauschenden Fests mit viel Alkohol bleibt. Dann würde ich mich mit einer überdimensionalen Jackie-Onassis-Sonnenbrille am Pförtnerdesk vorbeischleichen und ein nahe gelegenes Schnellrestaurant betreten, um dort eine große Portion extra salziger Pommes und einen 0,5 l Schokoladenmilchshake zu bestellen. Und danach das Ganze in einem affenartigen Tempo verschlingen. Zwar wäre ich dann um den durchschnittlichen Tagesbedarf an Kilokalorien reicher, aber den Kater hätte ich überstanden. Kein Problem.

Aber dies hier ist ein Stimmungskater. Einer, den man verdient, weil man eben nicht gefeiert hat. Bei dem man Kopfschmerzen davon bekommt, sich vorzustellen, was man alles verpasst hat. Was für eine tolle Nacht das mit Mr. Martini noch hätte werden können. Ein Stimmungskater ist der Garant für richtig schlechte Laune.

Ich komme mir blaustrümpfig vor. Wie soll ich einen Mann finden, wenn ich mich mit dem anderen Geschlecht nicht mehr einlasse? Der schnelle Abschied gestern war vermutlich ein Fehler. Wer weiß, vielleicht wäre ja doch etwas wirklich Großes daraus geworden. Wenn es so weitergeht, sehe ich mich schon in kürzester Zeit in einem Single-Internetportal landen. Ich weiß genau, was dann in meinem Profil stehen wird. »Kinderzahl: 0. Kinderwunsch: ja.« So wie bei viel zu vielen anderen Frauen meines Alters.

Mit meiner Gabel stochere ich lustlos im Essen herum. Dinkellasagne mit Tofufüllung, dazu Rote-Beete-Salat plus Möhrenrohkost. Seitdem Frau Schneider hier Küchenchefin geworden ist, werden die Firmenangehörigen mit Vollwertkost und Slowfood tyrannisiert. Selten war der Süßigkeitenautomat im Keller so begehrt wie in diesen schweren Tagen.

Unter Kollegen wird immer noch gerätselt, wie Frau Schneider an diesen Job in unserem Autokonzern gekommen ist. Hartnäckig hält sich das Gerücht, sie sei trotz ihres gutbürgerlichen Namens keine ausgebildete Köchin, sondern so eine Art alternative Quereinsteigerin. Man munkelt, sie habe früher zusammen mit anderen Linksautonomen in einem Bauwagen gelebt und dort aus einer Gulaschkanone Hausbesetzer, verfilzte Punks, verlorene Bürgersöhne und streunende Hunde mit Essen versorgt. Das Projekt nannte sich »Hells Kitchen«.

Dieses Gerücht wird angeheizt durch ein Photo, das Frau Schneider für jeden gut sichtbar an die Kasse gehängt hatte. Es zeigte eine viel jüngere Frau Schneider – ein Fräulein Schneider –, auf deren Kopf sich ein Berg hennaroter Dreadlocks türmt und die so viele Ohrringe im Ohr trägt, dass man unwillkürlich an einen Spiralblock denken muss.

Hinter ihrer Salatbar lächelt Frau Schneider selig. Sie ist vermutlich wieder besonders stolz auf ihr Menu. Egal, wie bewegt ihre Vergangenheit war, inzwischen sieht sie umwerfend aus. Ihr weißer Kochkittel fällt so elegant, als sei er von Karl Lagerfeld entworfen. Die Haare, ein mahagonifarbener Pagenkopf, sitzen ihr wie ein Helm auf dem Kopf. Frisch und gesund sieht Frau Schneider aus, aber es ist nicht die Apfelbäckchenfrische vom Lande, sondern diese souveräne Wellness-Gesundheit der Großstadt. Kein Wunder, dass man im Mutterhaus des Konzerns, weit weg im Schwabenländle, sofort bereit war, ihr auch ohne große Referenzen die Kantine hier im Außenposten in der Hauptstadt zu übertragen. Besonders nachdem Frau Schneider der Gattin des Vorstandsvorsitzenden zeigen konnte, wo genau deren Chi fließt. Das ist kein Gerücht, Frau Schneider hat mir diese Anekdote selbst erzählt.

Aber Chi und Ying-Yang hin oder her, diese politisch korrekte Dinkellasagne kann ich unmöglich essen. Da weiche ich lieber auf den Getreidemilchkaffee aus und kaue verbissen auf den steinharten Vollkornamarettinis herum. Das Essen ist so trostlos wie meine Laune. Und natürlich haften die Vollkornkrümel besonders gut auf dem 250 Euro pro Quadratmeter teuren Stoff meines letzten Fehlkaufs, einer schlecht sitzenden Hose. Die ich heute Morgen als Notfall anziehen musste, weil meine Beine nicht mehr richtig rasiert sind. Meist kommt ja an solchen Tagen alles zusammen.

Was habe ich mir nur gestern gedacht? Bislang war mein Liebesleben doch im Lot. Gut, es hat nichts länger als ein paar Monate gehalten, aber egal – ich hatte in den Jahren eine Menge Spaß. Ich kann eine lange Serie romantischer Anfangsmomente vorweisen. Ein erster Kuss unter dem Esstisch meiner Eltern (ein Mitschüler), ein aufregender beim Interrail im Zug von Lyon nach Madrid (ein israelischer Backpacker), einen in der schwankenden Gondel bei Sturm auf dem Weg hoch zum Kleinen Matterhorn (ein Arzt im Praktikum), und so weiter und so fort. An Liebhabern hat es mir nie gemangelt. Aber wie fängt man den sogenannten Mann fürs Leben ein? Mit dem Lasso? Ich habe absolut keine Ahnung.

»Hi, Honey!«

Das kann nur Linda sein, unser Top-Trainee aus den USA. Sie nimmt für ein Jahr an unserem firmeninternen Austauschprogramm teil. Lindas Organ ist unüberhörbar. Ihre Stimme klingt wie Kaugummi mit Bonbongeschmack. Wie ein überzuckerter Donut. Es fällt einem als kultiviertem Europäer nicht schwer, sofort eine überhebliche Haltung gegenüber Linda einzunehmen.

Allerdings verging uns allen in der Firma der Hochmut, als Linda in den ersten vier Wochen nach ihrer Ankunft zwei entscheidende Dinge erreichte. Erstens einen neuen, wichtigen Kunden für unser Unternehmen anzuwerben, der uns ab jetzt in Flottenstärke Autos abkauft. Und zweitens in Frau Schneiders Kantine Coke-Zero einzuführen. Das verschaffte ihr schlagartig Respekt.

Jetzt fokussiert mich Linda, knipst ihr Lächeln an und steuert entschlossen wie eine Kampfeinheit der US-Marines auf mich zu. Auch gut. Sie ist genau die Ablenkung, die ich jetzt brauche.

»Ich komme!«, ruft sie quer durch die Kantine. Einige der Kollegen drehen sich missbilligend um. Wegen ihrer Erfolge ist Linda nicht bei allen in der Firma beliebt. Auch Frau Schneider schaut ihr finster hinterher. »Imperialisten-Braut«, hat sie vor einigen Tagen über Linda gelästert. Sie kann es sich nicht verzeihen, dass sie ihr bei der richtungweisenden Coke-Zero-Frage nachgegeben hat.

Die abwehrenden Reaktionen scheinen Linda gar nicht weiter aufzufallen. Ihre kornblumenblauen Augen strahlen. Was für eine Farbe! Man muss an WC-Frisch und andere Hygieneartikel denken. Die Stupsnase – ist sie wohl operiert? – kräuselt sich beim Lächeln ein wenig, was süß aussieht. Wie immer hat sie den Make-up-Teint perfekt gewählt, ihre Haut wirkt weich und wunderbar rein. Linda trägt heute sehr dezenten Lidschatten und einen Hauch von roséfarbenem Rouge. Die Perlenohrringe links und rechts runden ihren sonst eher sportlichen Auftritt in eleganter Jeans und Bluse ab. Linda erinnert heute an eine First Lady, die zum Wochenendtrip mit Hund und Präsident nach Camp David fliegen will.

Erstaunlicherweise wird sie heute Abend, wenn sie die Firma verlässt, noch immer genauso taufrisch aussehen wie jetzt zur Mittagszeit. Egal, wie anstrengend der Tag noch wird.

Ich dagegen bin an harten Tagen schon um die Mittagszeit völlig zerzaust. Wird es stressig, habe ich die schlechte Angewohnheit, mit den Händen durch meine lockigen langen Haare zu fahren, sodass ich mich bald wie eine Reinkarnation von Janis

Joplin auf LSD fühle. Im Bett mag das wild wirken, bei der Arbeit sieht es einfach unprofessionell aus.

Jetzt setzt Linda sich an meinen Tisch. Sie nimmt mich prüfend in Augenschein.

»Du siehst ... nicht gut aus«, sagt sie nach einer kurzen, ernsten Betrachtung meines Gesichtes. Linda spricht perfekt Deutsch. Sie hat sich in kürzester Zeit unsere Sprache tagsüber mit Hochleistungs-Sprachkursen und nachts mit Sprachkassetten ins Gehirn gepresst. Allerdings konnten weder die Lehrer noch die Kassetten einen schweren Akzent verhindern. Deshalb klingt eine Stadt wie Heidelberg in Lindas Aussprache eher nach einer Obstsorte als nach einer liebenswerten Studentenstadt im Süden.

»Du siehst nicht gut aus.« Für eine Frau, die sonst jedes Gespräch mit einer standardisierten »How-are-you?-Thank-youfine«-Konversation beginnt, ist das ein ziemlich offenes Wort. Entweder sehe ich wirklich elend aus an diesem Mittag, oder der deutsche Hang zur schonungslosen Ehrlichkeit – egal ob man die Wahrheit gerade hören will oder nicht – färbt nach vier Monaten Aufenthalt auch auf Linda ab.

Statt zu antworten, lasse ich meinen Kopf melodramatisch auf die Platte des Kantinentisches sinken. Sie versteht meine internationale Geste der Verzweiflung. Linda ergreift aufmunternd meine Hand. »Die Männer?«

Ich nicke, ohne hochzusehen; vermutlich schabe ich mit meiner Stirn gerade alte Essensreste vom Tisch. »Was mache ich bloß falsch?«, frage ich verzweifelt. Die Antwort folgt prompt.

»Alles, Darling.«

Sanft hebt Linda mit ihrer einen Hand meinen Kopf von der Tischplatte, während sie ihre andere Hand in mein Blickfeld schiebt. Da ist er wieder, ihr Verlobungsring. Er thront unübersehbar auf dem Ringfinger. Die Karatzahl des Diamanten ist erschreckend hoch. Es muss anstrengend sein, diesen Ring täglich zu tragen. Allerdings bin ich mir sicher, Linda hat sich seit ihrer Pubertät mit einem speziellen Hand-Workout auf diese Phase ihres Lebens vorbereitet. Sie kann mit ihrem gestählten Ringfinger vermutlich locker eine Bierflasche aufhebeln. Man muss wissen, Amerikanerinnen lieben ihren Verlobungsring über alles. Er bedeutet ihnen mehr als später der Ehering. Vermutlich, weil die Vorfreude auf die Ehe immer ungetrübter ist als die Ehe selbst.

»DAS HIER«, jetzt schlackert sie so dramatisch mit ihrem Diamanten hin und her, dass ich in Sorge um ihr Handgelenk bin, »ist das Größte. Aber, Nina, mach dir nichts vor. Man bekommt so einen Verlobungsring nicht einfach an die Hand gesteckt. Diesem Antrag ging ein hartes Stück Arbeit voraus. Glaubst du, mein Greg wäre freiwillig, aus reiner Hingabe, hoch über Kansas vor mir niedergekniet und hätte mich gefragt, ob ich seine Frau werden will? Ohne dass ich ein bisschen nachgeholfen hätte? So zu denken ist naiv.«

Greg, auch der feuerrote Greg genannt, ist Börsenmakler an der Wallstreet. Er hat vor einem halben Jahr in einem Heißluftballon hoch über den Weizenfeldern des Mittleren Westens um Lindas Hand angehalten. Der Antrag wurde von Gregs Bruder so penibel dokumentiert wie ein Verkehrsunfall für das Lehrbuch des ADAC – es gab neben Hunderten von Photos auch ein Videoband. Inzwischen habe ich das Video schon mehrmals angeschaut, Linda zwingt alle ihre Gäste dazu. Auf verwackelten Bildern sieht man, wie das Gefährt mit einer »Miller Beer«-Werbung auf dem Ballon über endlos flache Weiten treibt, während Greg im Korb vor Linda auf die Knie sinkt, die Schmuckschatulle aus seiner Tommy-Hilfiger-Windjacke holt und sie (nur mimisch zu sehen) fragt, ob sie seine Frau werden wolle. »Yes, I will mary you«, hatte Linda daraufhin laut gerufen, was sogar trotz des lauten Fahrtwindes, der am Mikro der Kamera ein Dauerrauschen verursachte, auf dem Videoband deutlich zu hören ist. Als Dank für die Antwort gab es den teuren Ring.

Jetzt ist Linda richtig in Fahrt. »Honey, wir Amerikanerinnen gehen die Liebe strategisch an. Du musst einen Plan verfolgen und genau überlegen, was er beim nächsten Date sagen, tun und sogar denken soll. Du darfst keine Fehler machen, du musst immer die Fäden in der Hand behalten – und ihn trotzdem in dem Glauben lassen, er bestimme das Geschehen. Mein Greg ist mir, ohne es zu wissen, immer brav gefolgt. Alles geschah so, wie ich es vorgesehen hatte – ein erstes Date im Restaurant, ein romantischer Abend am Hudson River, der Besuch bei seiner Mutter in Idaho. Und dann der Antrag. Das war mein Plan. Er ist aufgegangen!«

Über Lindas sonst so aufgeräumtes Gesicht huscht ein dämonischer Schatten. In ihren Augen flackert etwas auf, was weniger an Liebe als an Macht denken lässt. Etwas Dunkles. Es steht ihr.

»Das klingt nicht sehr romantisch«, sage ich mit kläglicher Stimme.

»Ach, Darling, vergiss doch für einen Moment die Romantik. Ich weiß, ihr deutschen Frauen seid ja ganz versessen darauf. Und wenn ein schöner Mann in einem Cabrio hier vorgefahren kommt und leidenschaftlich deinen Namen ruft, um dich zu seiner Frau zu nehmen – Darling, ich wäre die Letzte, die nicht zu eurer Hochzeit kommt und sich freut. Aber im Moment sieht es nicht danach aus. Im Gegenteil.«

Sie lehnt sich zurück und sieht mich mit diesem halb mitfühlenden, halb spöttischen Blick an und fragt: »Wie viele?«

»Wie viele was? Männer? Ich habe sie nicht gezählt.«

»Unsinn – Männer! Wie viele Anträge?«

Mein verblüffter Gesichtsausdruck muss mich wohl verraten, denn sie bohrt ihren giftigen Pfeil noch tiefer in meinen Schmerz: »Hast du etwa noch keinen einzigen Hochzeitsantrag in deinem verdammten romantischen Leben erhalten?«

Sie hat recht. Nicht einen.

Kein Mann hat jemals vor mir gekniet und darum gebeten, den Rest seines Daseins mit mir verbringen zu dürfen. Ehrlich gesagt hat bislang noch nicht mal einer um das kommende Jahr gebeten.

»Nina, es wird Zeit, dass du die Spielregeln diktierst. Was du brauchst, sind die ...«, jetzt beugt sie ihren Kopf verschwörerisch zu mir und flüstert, »... *rules*.«

Ich schaue sie erstaunt an. Das soll ihre Lösung für mein Problem sein? *Rules*? Das sind doch diese Dating-Regeln aus Amerika, von denen man ab und zu in einer Frauenzeitung liest. Sie regeln alles zwischen Mann und Frau – wo, wann und wie man sich trifft, was man dann redet, ab wann mehr als Reden erlaubt ist und wo man als Frau sofort eine Grenze ziehen sollte. Wenn ich diese *rules* irgendwo lese, sehe ich immer Doris Day im Petticoat vor mir. Ich gebe zu, einmal habe ich ein Taschenbuch gekauft – es war so unglaublich günstig und ich hatte eine lange Bahnreise vor mir –, in dem diese *rules* erläutert wurden. Aber schon nach wenigen Seiten habe ich das Buch wieder weggelegt. Als ob man mit einem abgekarteten Spiel die große Liebe vor den Altar schleppen könne, dachte ich damals, das wäre doch absurd. Und heute? Finde ich es immer noch absurd, bin aber reifer und somit desillusionierter. Es war wohl ein Fehler, das Buch damals in einem Anfall von jugendlichem Leichtsinn im Zug liegen zu lassen.

Nein, Nina, ermahne ich mich selbst, mach dir nichts vor. Diese amerikanischen *rules* sind nicht der Ausweg. Denn sie klappen hier einfach nicht. Ich erinnere mich zum Beispiel an eine Regel, die lautete: Ruf ihn nach dem ersten Date niemals an. Er muss sich bei dir melden. Was für ein Quatsch! In diesem Land verreckt man als Singlefrau eher neben dem Telefon und wird Jahre später mumifiziert aufgefunden, als dass das Telefon klingelt. Die Männer in Deutschland sind einfach nicht mehr gewohnt, sich um eine Frau zu bemühen.

Das sage ich Linda auch so. Sie glaubt mir nicht. Abwehrend schüttelt sie den Kopf. Ich würde jetzt sicher übertreiben.

»Soll ich dir mal den typischen Abend einer deutschen Singlefrau erzählen? *Ich* entdecke einen hübschen Mann in einer Bar, *ich* spreche ihn an, *ich* lenke unterhaltsam die Konversation, *ich* bezahle beim Hinausgehen unsere Getränke. Wir gehen gemeinsam in *meine* Wohnung, *ich* stelle die Kondome und gebe oft sogar eine Position beim Sex vor. Und als Dank lässt sich der Kerl nie wieder sehen. Oder ich will ihn niemals wieder treffen, weil mir spätestens am nächsten Morgen klar wird, was für ein Weichei in meinem Bett gelandet ist.«

Linda nippt betrübt an ihrer Coke-Zero. »Ich wusste, dass es schlimm ist bei euch. Aber so schlimm?«

Wir schweigen beide eine Weile. Mein Getreidemilchkaffee ist lauwarm und damit untrinkbar. Was für ein verkorkster Tag.

Gerade will ich mich mit meinem unlösbaren Problem für heute abfinden, da richtet Linda sich auf, fixiert mich und zeigt mit ihrem manikürten Finger samt falschem Fingernagel pikend auf mich – wie auf diesem berühmten amerikanischen Plakat, wo Uncle Sam mit Sternenbanner-Hut und gestutztem Bart den Blick und den Zeigefinger wild entschlossen auf einen richtet. Hat ihr niemand beigebracht, dass man nicht mit dem Finger auf andere Leute zeigt?

»Ich werde eine Vorauswahl der *rules* für dich treffen, die auf eure kulturellen Eigenheiten Rücksicht nimmt. Vier Monate wohne ich jetzt in Deutschland, glaub mir, Darling, ich kann das einschätzen. Die *rules*, die hier nicht klappen, lasse ich weg. Versprochen.«

»Und was zum Beispiel?«, frage ich.

»Ich verlange keine Nasenoperation von dir. In den USA hättest du allerdings mit dieser Nase schlechte Chancen.«

Also, ich mag ja mehrere Problemzonen am Körper haben, aber die Nase gehörte bislang nicht dazu.

Linda schenkt meiner säuerlichen Miene überhaupt keine Beachtung. Stattdessen hebt sie ihr Coke-Zero-Glas und verkündet feierlich: »Nina, ich verspreche dir: Mit meinen ausgewählten *rules* mache ich dich wieder zu einer richtigen Frau. Und damit findest du garantiert einen richtigen Mann. Allerdings braucht es ...« – Linda lehnt sich zurück und schaut mich skeptisch an – »... von deiner Seite aus ein bisschen Disziplin und Kontrolle.«

Kontrolle klingt gut, denke ich. Denn es wird Zeit, dass ich mein Liebesleben genauso unter Kontrolle habe wie den Rest meines Lebens. Es ist doch absurd: Meine Karriere als Lobbyistin eines Autokonzerns verfolge ich zielstrebig, die nächsten großen Berufsziele sind längst skizziert und auch meine Rentenversicherung ist für die nächsten dreißig Jahre geklärt. Nur bei Männern tappe ich in die immer gleiche Falle: Jedes Mal ist es so, als würde ich mich zum allerersten Mal in meinem Leben verlieben.

Bin ich nicht wert, begehrt und umworben zu werden? Ich bin eine Prinzessin wie all die anderen Frauen da draußen. Eine moderne Großstadtprinzessin. Warum buhlen die Männer nicht um mich? Bekämpfen sich in einem Turnier vor meinen Augen? Und am Ende darf ich mit einem arroganten Fingerschnipp einen nach dem anderen aussortieren, bis der einzig Wahre übrig bleibt.

So müsste es sein. So wird es werden, ich schwöre es mir. Ich blicke Linda entschlossen in die Augen. »Ich werde bald auch so einen wunderbaren Verlobungsring am Finger tragen«, erkläre ich mit fester Stimme.

»No problem«, antwortet Linda, »du musst dich nur an meine ganz persönlichen *rules* halten.« Dann grinst sie so breit wie Ivana Trump, die gerade eine Lieferung Versace-Haute-Couture-Kleider geliefert bekommen hat – als Werbegeschenk natürlich.

KAPITEL 3

Nie wieder, denke ich fluchend, nie wieder werde ich meiner Schwester anbieten, ihr beim Kauf der Babyausstattung zu helfen. Ich stehe verloren mit einem vollbepackten Einkaufswagen in einem der Gänge eines riesigen Babyfachmarktes. Offensichtlich bin ich hier bei den Brustpumpen angelangt. Um mich herum stapeln sich Packungen, auf deren Rückseite Brüste zu sehen sind, die von Mutterhand in eine Vakuumpumpe geschoben werden. Trotz Weichzeichner schaudert es mir bei dem Anblick. Ich wage gar nicht, mir den nächsten Schritt auszumalen.

Eigentlich lautet mein Kampfauftrag, einen Wollpuck zu finden. Ich habe keine Ahnung, was genau ein Wollpuck sein soll. Wenn ich meine Schwester richtig verstanden habe, dann ist ein Wollpuck so eine Art gestrickte Tüte aus warmer Wolle, in die man die Babys zum Schlafen einfach hineinstopft (»Nicht stopfen, Nina, pucken«, würde mich Beate an dieser Stelle ermahnen), nur den Kopf nicht, der bleibt natürlich draußen. Dann zieht man die Stricktüte auf Brusthöhe zu – voilà, das Baby liegt warm. Allerdings ist von einem Wollpuck weit und breit nichts zu sehen. Von einer Verkäuferin auch nicht.

Jetzt schiebe ich den Wagen an einer Armada von Töpfchen und bunten Kloaufsätzen vorbei. Kaum zu fassen, es gibt tatsächlich ein Töpfchen, bei dem als Belohnung Musik erklingt, wenn das Geschäft erledigt ist. 29,95 Euro – für diesen menschlichen Fortschritt ist der Preis doch geschenkt. Ich packe das Musiktöpfchen in den Einkaufswagen. Meine beiden kleinen Patensöhne sollen jede Hilfestellung kriegen, die das moderne Leben für die Herausforderungen des Alltags so bietet.

Wahrscheinlich kriege ich wegen des Musiktöpfchens Ärger mit Beate. Sie findet sowieso, dass ich das alles nicht ernst genug nähme: Ihre Hochzeit. Die Schwangerschaft. Den Einkauf. Auf dem Weg zum Babyfachmarkt haben wir uns gestritten. Dabei wollte ich ihr auf der Fahrt eigentlich nur von der Wende in meinem Leben erzählen. Von meinem Entsagen bei Mr. Martini, von dem Treffen mit Linda und von deren unglaublicher E-Mail, die ich gestern vorgefunden hatte. *Die Philosophie der rules.* Die E-Mail hat mich so umgehauen, dass ich sie gleich ausdrucken und in die Tasche stecken musste, um sie meiner Schwester zu zeigen:

Die rules – die Regeln – werden bei uns schon seit Generationen unter Frauen weitergereicht. Zehn kleine Regeln, die das Liebesleben revolutionieren. Meine Großmutter kannte sie, meine Mutter kannte sie und jetzt bist du an der Reihe. Manche Regeln mögen dir in der heutigen modernen Zeit überholt vorkommen. Es wird dir schwerfallen, sie zu akzeptieren. Du sollst den Jäger im Mann wieder hervorbringen? Warum, denkst du vielleicht, darfst du als emanzipierte Frau nicht einen Mann umgarnen, damit er sich für dich interessiert? Die einfache Antwort lautet: Weil es nicht funktioniert.

Männer und Frauen mögen im Alltag gleichberechtigt sein, in der Liebe sind sie zwei grundverschiedene Geschlechter. Lerne also, deine ursprüngliche Rolle als Frau auszufüllen, und gib damit dem Mann eine Chance, sich wieder wie ein Mann zu benehmen – um dich zu werben, vor dir niederzuknien und um deine Hand anzuhalten. Wenn du die rules befolgst, Nina, wird dies bald dein Lohn sein.

Hallo? Welchen Jäger sollte ich in einem Mann hervorlocken? Den letzten Jäger hatte ich in einem 50er-Jahre-Heimatfilm, gedreht in Technicolor, gesehen. Das Allerletzte, was mir fehlte, war ein Mann auf der Pirsch.

Weil sich alles so verwirrend las, hatte ich Beate, kaum dass ich im Auto saß, davon berichtet. Hören, was meine einst so erfahrene Schwester dazu zu sagen hatte. Aber leider war ich mit meiner Erzählung nicht weiter als bis zu der Stelle gekommen, als ich mit Mr. Martini angetrunken zu seiner Wohnung wankte. Denn da war Beate total ausgeflippt.

»Du bist so ein verdammter Single. Du bist wie all die anderen.«

Dabei krallte sie zornig beide Hände um das Lenkrad, so extrem, dass ich sehen konnte, wie ihre Fingerknöchel weiß hervortraten. Ich zog es vor, den Rest der Fahrt über zu schweigen, denn nach ihrem Ausbruch wuchtete und kurbelte sie in jeder Kurve, als sei Servolenkung noch ein Begriff der Zukunft. Durch den riesigen Zwillingsbauch war meine Schwester eh schon unnatürlich weit vom Lenkrad entfernt und kriegte das Steuer kaum noch zu fassen. Wenn sie sich aber zusätzlich noch wütend am Lenkrad festklammerte, wurde ihre Reaktionszeit lebensbedrohlich langsam. Statt mich also weiter mit ihr zu streiten, betete ich lieber leise für unsere heile Ankunft.

Diskutieren war im Moment nicht möglich. Beate war zurzeit wirklich sehr aufgewühlt. Sie meinte, schuld seien die Hormone. Ständig kamen ihr die Tränen, sogar bei offensichtlich gestellten RTL-2-Dokumentationen im Fernsehen. Außerdem war sie nur noch müde. Die beiden Jungs in ihrem Bauch veranstalteten regelmäßig Ringkämpfe, das musste wirklich sehr anstrengend sein. Deshalb hatte ich sie schlafend in der Kindermöbelabteilung zurückgelassen. Sie konnte einfach nicht mehr shoppen. Als wir uns, im Babymarkt heil angekommen, wieder über so etwas Unverfängliches wie Babystrampler berieten, wurde sie auf einmal so blass, dass ich sie überreden konnte, sich ein wenig auf einem Kleinkindsofa auszuruhen, das giftgrün war und für 239 Euro zum Verkauf stand. Sie schloss noch im Hinsetzen die Augen. Sanft legte ich ihr noch meinen zusammengefalteten Ausdruck mit Lindas *rules*-Philosophie in den Schoß – für alle Fälle.

Allerdings sehe ich voraus, dass ich, wenn ich gleich zurückkehre, meine schlafende Schwester in einem Haufen Styroporkügelchen liegend wiederfinde, weil das Sofa unter ihrem Gewicht geplatzt ist. Würde ich endlich diese verfluchten Wollpucks finden, könnte ich das Sofa noch retten. Wo haben sich in diesem riesigen Laden nur alle Verkäuferinnen versteckt? Gibt es hier einen unterirdischen Schutzraum für Angestellte? Oder ducken die sich alle unter den Wickeltischen?

Im Augenwinkel sehe ich, wie eine Frau mit Kittel in den Farben des Babyfachmarktes versucht, flink und unerkannt von Gang zu Gang zu wechseln. Eine Verkäuferin! Sie darf mir nicht entkommen. Ich wende den Einkaufswagen und biege in den parallelen Gang ein. Mit beschleunigtem Schritt fliege ich an bunten Hochstühlchen vorbei; vielleicht kann ich als Erste im zentralen Mittelgang ankommen und sie dort abfangen. Die Verkäuferin hat offensichtlich die Gefahr, gleich von einem Kunden angesprochen zu werden, erkannt. Im Nebengang höre ich hektisches Klackern, aber ich halte das Tempo. Sie kämpft, aber ich liege weiterhin vorne. Als ich den Mittelgang erreiche, reiße ich den Einkaufswagen nach links und stelle mich quer vor ihren Gang.

Sie rennt mich fast um. »Wollpucks?«, frage ich unschuldig.

Die Verkäuferin, eine Mittfünfzigerin mit fransigem Kurzhaarschnitt und gefärbten Spitzen, funkelt mich böse an. »Sie meinen wohl einen Pucksack aus Merinowolle«, sagt sie verächtlich, so als lägen zwischen den Worten Wollpuck und Pucksack Welten. Dann schlüpft sie an meinem Einkaufswagen vorbei, raunt »Kommense mit«, und ich folge ihr wie einem einheimischen Führer durch den Babyfachmarkt in eine mir bislang völlig unbekannte, sehr entlegene Ecke. In die Öko-Ecke.

Mit routiniertem Griff zieht die Verkäuferin verschiedene Pucksäcke aus dem Regal, die blassen Farben erinnern an traurige Ostereier, die jedes Jahr in den Nestern von Naturfreaks herumliegen – eingefärbt mit speziellen Gewürztabletten aus dem Bioladen. Solchen Eiern fehlt der Glanz, den eben nur brutale Chemie hervorzaubern kann. Die Wollgebilde vor mir sehen ähnlich fahl aus. Aber ich bin sicher, die Jungs können an ihnen nuckeln und saugen, so viel sie wollen, ohne gleich einen allergischen Reizhusten zu entwickeln. Ich wähle einen Pucksack im Ton »Naturbelassen Braun« und einen, den ich mal »Verhärmtes Blau« nenne.

»Zwei?«, registriert die Verkäuferin erstaunt.

»Wir erwarten Zwillinge«, antworte ich.

Sie mustert mich von oben bis unten, die ich in meinem cognacfarbenen Kostüm vor ihr stehe, die Haare mithilfe einer Miu-Miu-Sonnenbrille zurückgeschoben. Man kann für einen Babyfachmarkt kaum unpassender gekleidet sein. Ich sehe nach Karriere aus, nicht nach Mutterschaft. Als sei ich die leibhaftige Verkörperung der 35 Prozent hochqualifizierter Frauen meiner Generation, die sich standhaft weigern, ein Kind in die Welt zu setzen, weil dann ihre Karriere im Eimer wäre. Die Zahl habe ich in der Zeitung gelesen. Überhaupt sind derzeit die Zeitungen voller Vorwürfe gegen Frauen wie mich. Vermutlich kann mich deshalb auch die Verkäuferin nicht leiden. Sie spürt, dass ich anders bin als ihre normalen, nach saurer Milch und Babyspucke riechenden Kundinnen.

Ihr Blick ist inzwischen auf meinen flachen Bauch gewandert und hängt dort überdeutlich fest. »Wann ist es denn so weit? Ich vermute, Sie haben den genauen Geburtszeitpunkt der Zwillinge schon in Ihren vollen Terminplaner eingetragen«, sagt sie spöttisch.

»Nicht ich werde Mutter, sondern meine Schwester. Das Einkaufen hat sie so angestrengt, dass ich sie in der Kindermöbelabteilung zurückgelassen habe. Vermutlich ist sie dort eingeschlafen.« Warum bin ich bloß so defensiv und lasse mich von der blöden Kuh herablassend behandeln? Aber Tatsache ist, dass ich seit geraumer Zeit wegen meiner Kinderlosigkeit ein permanent schlechtes Gewissen habe. Früher war das ganz anders.

Sofort werden die Gesichtszüge der Verkäuferin freundlicher, fast fürsorglich. »Ja, Zwillinge austragen ist anstrengend«, sagt sie. Dann blickt sie neugierig in den Einkaufswagen. »Haben Sie auch an alles gedacht?«, fragt sie etwas streng. »Sie brauchen unbedingt auch einen Tummy-Tub, einen Windeltwister mit eingebautem Geruchsblockierer, Nabelkompressen, Schlupfhemdchen, Moltontücher und nicht zu vergessen ein Sterilisations-Set, weil Ihre Schwester kaum zwei Kinder ausreichend stillen kann.«

Weder habe ich jemals von einem Tummy-Tub gehört, noch habe ich eine Idee, was genau Nabelkompressen sind. In was für einer Welt bin ich hier gelandet? Die Verkäuferin scheint plötzlich wieder Spaß an ihrem Beruf zu haben und legt jetzt los. Auffordernd hält sie mir zwei riesige Öko-Schnuller hin. Sie sehen aus, als könnte man jedes Baby damit luftdicht zukorken. Ich greife hastig danach und werfe sie in den Einkaufswagen.

»Wahrscheinlich bräuchte meine Schwester nach der Geburt eher ein Stabilisations-Set – mit Ohrenstöpseln, Au-Pair-Mädchen und extrem zuckerhaltigen Fertigprodukten«, witzele ich. Soweit ich informiert bin, sind Mütter auch nach der Geburt ständig übermüdet. Im Übrigen habe ich jetzt nicht vor, mir von dieser Verkäuferin zwei komplette Babyausstattungen aufschwatzen zu lassen.

»Also kein Sterilisations-Set«, kommt es spitz zurück. Den Wink, mich bitte wieder in Ruhe zu lassen, hat sie offensichtlich verstanden; ihr Gesichtsausdruck ist so abwehrend wie am Anfang. »Kaufen Sie lieber heute alles ein, nach der Geburt ist es zu spät. Dann beginnt die Hektik. Aber ich sehe in Ihrem Wagen, dass Sie ein Musiktöpfchen mit integrierten Wasserfallgeräuschen eingepackt haben. So ein Töpfchen ist ja gerade in der ersten Säuglingszeit ungeheuer wichtig. Sie und Ihre Schwester sind sicherlich bestens ausgerüstet.« Und mit diesen spöttischen Worten lässt sie mich einfach stehen.

Es dauert zwanzig lange Minuten, bis ich endlich die Kindermöbelabteilung wiedergefunden habe.

Beate ist tatsächlich auf dem Miniatursofa, das sich unter ihrem Gewicht zwar gefährlich wölbt, aber doch hält, eingeschlafen. Ihr Kopf lehnt an einem Gitterbettchen. In ihrer Hand hängt der auseinandergefaltete Zettel mit meiner *Philosophie der rules.* Sie hat den Text also gelesen, denke ich, will sie aber trotzdem nicht wecken, weil sie den Schlaf dringend braucht. Wie schön Beate schlafend aussieht. Das Gesicht ist ganz entspannt, die harten Züge um ihren Mund, die sich in letzter Zeit manchmal zeigen, sind verschwunden. Leise schiebe ich den Einkaufswagen in ihre Nähe und beginne, den Inhalt zu sortieren. Diese klitzekleinen Strampler, sie sehen wie Puppenkleidung aus.

Bin ich gerührt? Ich horche in mich hinein. Nein, nicht wirklich. Auch wenn ich irgendwie eines Tages auf Kinder hoffe – dieser ganze Babyfachmarkt befremdet mich zutiefst. Als Beate vorhin mit mir über Kinderwagen fachsimpeln wollte (»Nina, ich überlege, ob ich einen Jogger mit Softtasche und Sonnenverdeck nehme oder doch den zur Sportkarre umbaubaren Bugaboo mit Hartschale und Schwenkschieber«), konnte ich ihr beim besten Willen nicht helfen. Meine Definition von Kinderwagen war bislang: Vier Räder, ein Aufsatz, ein Dach. Inzwischen scheint es mir, dass man ein Diplom braucht, um die Erstausstattung für ein Neugeborenes zusammenzukaufen. Dazu kommt der Anblick anderer Kundinnen des Fachmarkts. Beate schwanger zu erleben ist ja schon seltsam genug. Aber hier rennen zu Hunderten Frauen mit beängstigend dicken Bäuchen herum oder Mütter mit übermüdeten, bleichen Gesichtern, die ihre festgeschnallten plärrenden Kleinkinder in Buggys durch die Gänge schieben. Gerade kommt wieder eine an mir vorbei, sie war sicherlich mal hübsch, jetzt wirkt ihre Haut teigig, und ihre Figur ist von einem sackartigen Überwurf verdeckt, der vielleicht in seinem ersten Leben mal so etwas wie ein Sweatshirt war. Die Frau starrt mich an wie ein Wesen vom anderen Stern.

»Du meinst es also ernst?«

Ich blicke zu Beate hin. Sie sieht immer noch so aus, als schliefe sie. Aber offensichtlich ist sie wach und hat mich unter fast geschlossenen Lidern dabei beobachtet, wie ich jetzt die Wickelbodys zusammenlege. Den Trick hatte sie schon in unserer Kindheit drauf – mich zu beobachten, ohne dass es mir auffiel.

»Mama und Papa werden diese Philosophie furchtbar finden.« Sie hebt den Zettel ein wenig hoch, nur ganz leicht, eher eine Andeutung als eine Bewegung. Ihre Augen sind weiterhin geschlossen.

Das stimmt, meine Eltern würden mich vermutlich verfluchen, wenn sie davon erführen. Zumindest meine Mutter. Die hat jetzt gerade mit 58 Jahren eine Frauengruppe in ihrer Kirchengemeinde gegründet, der sie vorsteht. Sie sagt, es sei jetzt an der Zeit, auch mal an sich zu denken. Sie habe Jahre ihres Lebens für uns weggegeben, um uns großzuziehen und meinem Vater den Rücken freizuhalten. Das ist ihre Sicht. Man könnte aber auch böse sagen, sie hat Jahre ihres Lebens vertrödelt, in denen sie regelmäßig die Blumengestecke des mittäglichen ARD-*Buffets* nachbastelte und sich traditionell ab dem 11. 11. mit größtem Eifer der perfekten Karnevalskostümierung für die ganze Familie zuwandte – natürlich ohne dabei die Adventsdekoration, das Weihnachtsgelage und die Silvestersause zu vernachlässigen. Man kann es aber auch dabei belassen, festzustellen, dass sie Beate und mir eine glückliche Kindheit ermöglicht hat. Aber egal wie, heute hört man von ihr so esoterische Standardsätze wie »Niemals wieder lasse ich mir von einem Mann den Wind unter meinen Flügeln nehmen«. Ihre Frauengruppe würde meine *rules-Philosophie* auf dem wöchentlichen Scheiterhaufen verbrennen, auf dem sonst die Ehemänner und manchmal auch die Kinder landen. Allerdings würde mein Vater in diesem Fall eine rituelle Verbrennung sicherlich gutheißen.

Meine Schwester hat recht, sie werden die einzelnen *rules*, die bald von Linda folgen werden, sicherlich nicht mögen. Aber sie müssen es ja nicht erfahren. Wichtig ist mir nur, was Beate davon hält. »Und was denkst du?«

Erst scheint es, als wollte sie gar nicht antworten. Dann beginnt sie zu murmeln, ich kann sie anfangs kaum verstehen, merke dann aber, das sie den Schluss der *rules-Philosophie* wiedergibt: *»Sich einzugestehen, dass du müde bist vom ständigen Partnerwechsel und jetzt die Liebe deines Lebens suchst – den Mann, den du heiraten wirst –, ist weder verzweifelt noch rückständig. Im Gegenteil: Diese Wahrhaftigkeit ist ehrlich und mutig. Und der erste Schritt in die richtige Richtung.«* Plötzlich klappen ihre Augen auf, sie richtet sich auf und schaut mich mit so einem klaren Blick an, wie ich ihn schon lange nicht mehr bei ihr gesehen habe.

»Vor einem Jahr noch, Nina, hätte ich dich nach dieser Lektüre für verrückt erklärt. Ich hätte dir einen flammenden Vortrag gehalten, dass man die Liebe nicht erzwingen kann. Dass keine Regeln Mann und Frau dazu bewegen können, sich füreinander zu entscheiden. Und behauptet, dass Liebe kommt, wenn sie kommt.«

Beate hält kurz inne, als müsste sie sich einen Ruck geben, um weiterzureden.

»Du weißt besser als irgendjemand auf dieser Welt, dass die Liebe zu mir kam. Mal hieß sie Tom, mal Thomas, mal blieb sie namenlos oder es war der hübsche Typ vom Coffeeshop gegenüber. Robert, Jens, Rainer, Guido – Guido, Gott, war der süß – Bert, Henry, ach Scheiße, so viele Namen. Ich glaube, ich habe einige schon vergessen. Wichtig ist nur, Nina: Sie haben mich alle einen kurzen Moment ihres Lebens geliebt, aber geblieben ist keiner. Weil nichts Männer in einen größeren Rausch versetzt, als eines Tages aufzustehen, die Tür hinter sich zuzuziehen und dich zu verlassen. So sind sie nun mal, so waren sie immer. Die Geschichte ist voll von Männern, die geliebte Menschen zurücklassen, um loszuziehen – früher in den Krieg, heute zum Freeclimbing nach Patagonien oder in eine neue Stadt zu einem neuen Job. Wenn du die Liebe also festhalten willst, dann kannst du als Frau nicht einfach alles treiben lassen und darauf hoffen, dass es am Ende gut geht. Mein Ehemann, ja natürlich, der hat sich für mich entschieden. Aber machen wir uns nichts vor, Rüdiger hatte auch nicht besonders viel Auswahl.«

Ihre Augen werden feucht, Beate wischt mit dem Handrücken eine Träne weg. Ich gehe in die Hocke, will tröstend ihre Hand nehmen, aber meine Schwester schiebt mich unwirsch weg.

»Geh da raus, Nina, und schnapp dir den besten Kerl, den du finden kannst. Und wenn du diese *rules* dafür brauchst, um ihn zu deinem Ehemann und vielleicht eines Tages sogar zum Vater deiner Kinder zu machen, gut. Meinen Segen hast du. Männer sind groß darin, viel Spaß zu haben und sich vor jeder Verpflichtung zu drücken. Es ist an der Zeit, dass wir ihnen etwas Strategie entgegensetzen. Ich werde dir dabei helfen, wo ich kann.«

Damit wuchtet sie sich aus dem kleinen Kindersofa, das geplättet wie ein auf der Autobahn überfahrener Frosch zurückbleibt, packt sich den Einkaufswagen und schiebt ihn ohne ein weiteres Wort zur Kasse.

KAPITEL 4

Meiner Freundin Kitty behagt das Linda-Dating-Projekt nicht. Besonders, nachdem sie bei mir in der Wohnung angelangt war, um dort meine Augenbrauen radikal korrigiert vorzufinden. »Vor dem Wochenende sehen wir uns aber noch mal«, hatte mir Linda eines Abends nach der Arbeit verkündet. Denn wir müssten noch ihre Freundin besuchen, die in einem Schönheitssalon arbeite. Danach hatte Linda mit ihren wunderbar manikürten Fingern vor meinem Gesicht herumgefuchtelt. »Die Augenbrrrrauen«, stöhnte sie. »Sie brauchen dringend eine Korrektur!« Trotzig strich ich mir über die linke Augenbraue. Na gut, sie waren kräftig. Aussagekräftig. Gerade wollte ich widersprechen, als Linda wie bei einem kleinen Kind neckisch den Zeigefinger hob. »KEINE WIDERREDE«, grinste sie mich an.

Jetzt sind meine Augenbrauen so schmal wie ein Topmodel während der New Yorker Modewochen. War man vorher mit ihnen vertraut, als sie noch ausdrucksstark über meinen Augen thronten, könnte man ihre neue Form bulimisch nennen.

Kitty funkelt mich deshalb zum dritten Mal an diesem Abend böse an, wendet sich sofort wieder ab. »Unmöglich«, stößt sie Richtung Spüle aus und fährt fort, wütend an einer Mohrrübe zu schnippeln.

Kitty und ich kennen uns seit der Kindheit. Wir haben Höhen und Tiefen in unserer Freundschaft hinter uns, aber am Ende stehen wir immer zueinander. Dass jetzt irgend so eine unbekannte Amerikanerin aus der Firmenkantine daherkommt und in meinem Liebesleben aufräumt, scheint sie tief zu erschüttern. »Warum, Nina, warum?«

Dabei wissen wir beide, warum. Denn Kitty hat meine Probleme nicht. Kitty hat ja Frank. Und das schon, seitdem sie vierzehn ist. Kitty und Frank lernten sich auf einer Fete im katholischen Gemeindezentrum kennen, er war damals beeindruckende zwei Jahre älter und zeigte ihr als echter Sechzehnjähriger cool, wie man nachts auf der benachbarten Obstplantage von einer fahrenden Vespa aus Äpfel pflückt. Er kurvte im Stockdunkeln um die Bäume herum, riss einen Apfel nach dem anderen ab und legte sie Kitty vor die Füße, bis er beim elften Apfel (sie hatten später nachgezählt) die Kontrolle über die Vespa verlor und gegen einen Baum krachte.

Der Stamm des alten Apfelbaums war seitdem zerteilt und Franks Schlüsselbein gebrochen, aber dafür hatte er das Herz von Kitty für immer und ewig erobert.

Denn die beiden blieben zusammen. Bis heute. Manchmal scherze ich, dass bei mir die Pubertät nie richtig aufgehört hat, während sie bei Kitty nie wirklich einsetzte. Denn während ich mit der Anzahl meiner Ex-Lieben inzwischen einen ganzen Schuljahrgang – dreigliedrig – bestücken könnte, hat Kitty in ihrem Leben nur einen einzigen Mann jemals berührt und geliebt: Frank. In der heutigen westlichen Welt ist sie ein Unikum.

Nur weil Kitty meinen realen Leidensdruck anerkennt, hat sie sich überhaupt bereit erklärt, mich an diesem Abend zu meinem ersten richtigen Date zu begleiten. Die Idee stammt natürlich von Linda. Linda und Kitty würden im Restaurant einige Tische weiter sitzen und ein Auge auf das Szenario haben. Und falls Fragen und Probleme auftauchen, kann ich mich jederzeit mit den beiden auf der Damentoilette treffen. Allein schon der Gedanke daran beruhigt mich ungemein.

Schließlich ist alles aufregend genug. Denn ich habe immer noch keine Ahnung, welche *rules* ich heute Abend genau befolgen soll. Geschweige denn, wen genau ich eigentlich treffen werde. Linda macht ein großes Geheimnis aus allem. Sie meint, je weniger ich vorher grüble, desto besser.

»Die soll nur kommen«, schnauft Kitty und rammt das Messer tief in die Mohrrübe. Die Augenbrauen in meinem Gesicht amerikanisiert vorzufinden hat Kittys Vorsatz, Linda eine faire Chance zu geben, über den Haufen geworfen. Sie ist richtig geladen. Und wenn Kitty sauer wird, dann ist mit ihr nicht zu spaßen. Ich versuche mich so unauffällig und leise wie möglich durch meine Küche zu bewegen, in der Hoffnung, Kitty werde mit der Zeit den neuen Look vergessen. Denn ehrlich gesagt, nachdem der erste Schock vorbei ist, finde ich, dass ich nach dem Besuch im Kosmetik-Salon ganz gut aussehe. Etwas konventioneller womöglich, aber dafür auch harmonischer. Bisher tendierte mein Aussehen ins Expressionistische. Jetzt ist etwas Impressionismus hinzugekommen.

»Kitty, mal ehrlich. Findest du nicht, dass ich zarter aussehe?« Die Kosmetikerin hatte behauptet, klassische Schönheiten wie Ingrid Bergman oder Ava Gardner hätten die Augenbrauen auch so getragen. Und Nicole Kidman habe das Ganze nur kopiert.

Kitty dreht sich zu mir um und fuchtelt mit dem Mohrrüben-Messer gefährlich nah vor meinem Gesicht herum.

»Was ist los mit dir? Hat die Ami-Tussi dir eine hoch dosierte Östrogenspritze gesetzt? Oder haben sie dich zwischenzeitlich ins Guantanamo Bay für verzweifelte Singles verschleppt und dich dort einer Gehirnwäsche unterzogen? Seitdem du diese Linda getroffen hast ...« – und sie dehnt den Namen »Linda« verächtlich breit –, »... redest du so einen Schwachsinn, dass mir kotzübel wird. *Eine echte Frau bringt den Jäger im Mann hervor.* Sag mal, hörst du dir eigentlich selbst manchmal zu? Und jetzt dieses neue Aussehen ...« Wütend wirft sie das Messer in die Spüle, reißt das Küchenhandtuch an sich, malträtiert auch dieses und schmeißt es dann auf den Boden. »Ich hau ab, ich kann das hier nicht.« Sie hat sich ihre Jacke gegriffen, ist schon an der Tür. Als sie sie aufreißt, steht Linda davor.

»Hi«, sagte Linda so herzlich wie eine Valentinsgrußkarte. »Ich bin Linda.«

Heute Abend erinnert sie mich an eine Chearleaderin, die sich in den Kleiderschrank ihrer Mutter verirrt hat. Zum knappen Faltenröckchen in Grau trägt sie ein Twin-Set in Rosa und hochhackige Schuhe. Die Haare sind locker hochgesteckt und täuschen mit einer schwungvollen Rolle auf dem Hinterkopf Spontaneität vor. In Wahrheit hat ihre Frisur die Härte eines getrockneten Sekundenklebers. Statt Perlohrringen zieren diesmal dezente Brillanten die Ohrläppchen, dafür hängt jetzt eine zweireihige Perlenkette um den Hals. Ihr Gesicht schimmert wie ein Stern im pechschwarzen Nachthimmel der Wüste Nevadas: funkelnd heller Lidschatten, perlendes Rouge, rosa Lipgloss.

Kitty hält sich mit großer Geste geblendet die Hände vor das Gesicht. »Wow«, ruft sie aus. Dann dreht sie sich zu mir um, hämisch grinsend in ihrem Berlin-Mitte-Outfit – der glockenförmige geblümte Second-Hand-Rock aus den 60er Jahren, darüber die orange karierte Bluse und die braune Cardigan-Strickjacke, eine Kette mit großen bunten Glasperlen und der Pony, wie ihn hier alle berufsmäßigen Individualisten tragen, radikal kurz und gerade gehalten. Sie hält mir ihre Jacke hin, inzwischen hat sich zu der Häme ein teuflisches Funkeln ihrer braunen Augen gesellt. »Ich kann jetzt nicht gehen«, erklärt sie schnippisch. »D-A-S«, jetzt wendet sie sich wieder Linda zu, als sei sie eine Attraktion im Zoo und nicht ein hörendes, sehendes, sogar deutsch sprechendes Exemplar der Gattung Homo sapiens, »zieh ich mir rein.« Und, schwupps, ist sie an mir vorbei wieder in die Wohnung geschlüpft. Wenige Sekunden später hören wir sie giggelnd in der Küche rumoren.

Gott, wie peinlich, denke ich und wage kaum, Linda anzusehen, die weiterhin wie angewurzelt im Türrahmen steht. Doch die hat sich schnell gefasst. »Macht nix«, sagt sie nur und lächelt entwaffnend freundlich. Wo haben Amerikaner nur diesen unerschöpflichen Vorrat an Optimismus gebunkert?

Eine Lebenseinstellung, die mir – wie sich jetzt herausstellt – offensichtlich fehlt. Denn Linda betrachtet sofort missbilligend mein wirklich schönes Etuikleid und schüttelt energisch den Kopf. »Niemals, niemals schwarz auf einem ersten Date. Die Farbe ist zu negativ. Du musst dir Kleidung mit positiven Farben aussuchen. Der Schnitt dagegen ist ...«, sie tritt einen Schritt zurück, »o.k. Sehr feminin. Großartig!«

»Was in aller Welt sind positive Farben?«

Linda blickt mich erstaunt an. »Gelb, rosa, orange – alles, alles, nur nicht schwarz.«

»In Gelb, Rosa, Orange sehe ich aus wie ein Cocktail, wie ein Mai Tai oder Planters Punch.« Himmel, ich liebe Schwarz! Schwarz passt immer. Aber ich sehe Lindas Gesicht schon an, dass sie sich nicht überzeugen lassen wird, egal, was ich jetzt vorbringe.

»Darling, Menschen in Schwarz machen niemandem Hoffnung. Das ist schlecht, besonders wenn es um die Liebe geht.« Zum Glück hört Kitty nichts, sie würde wieder explodieren. »Zieh dich schnell um, wir haben noch Zeit«, kommt Lindas Anweisung in ihrem energisch-freundlichen Krankenschwesterton. So wird sonst mit einem gesprochen, wenn man als Patient vor dem Morgengrauen aufstehen muss, weil zu dieser nachtschlafenden Zeit unbedingt die Betten gemacht werden sollen.

Mit einem grummelnden »positive Farben sind so aufdringlich« verziehe ich mich in mein Schlafzimmer, um mich umzuziehen. Sie will Farbe haben? Sie soll Farbe kriegen. Nach fünf Minuten erscheine ich in einem petrolblauen Babydoll-Kleid, das an den Rändern pink abgesetzt ist und dazu Pumps in einem geschmackvollen Lilaton.

Linda strahlt über das ganze Gesicht. Kittys dagegen verzieht sich von säuerlich zu sauer.

»Wie süß!«, ist ihr ironischer Kommentar. Aber jetzt, wo ich mich im Spiegel sehe, muss ich einräumen: Es stimmt tatsächlich. Ich sehe ausgesprochen süß aus. Alles Herbe, das mich sonst manchmal umgibt und das durch Schwarz eher hervorgehoben wird, scheint verschwunden. Das ist nett.

Fragt sich nur, für wen ich mich jetzt so aufgepeppt habe. Und was genau ich tun soll? Aber Linda schweigt sich weiterhin aus. Wir ziehen los.

Kurz vor dem »Da Pepe«, dem neuen Edelitaliener in der Stadt, kriege ich drei gelbe Karteikarten von Linda überreicht. »Deine drei ersten *rules*«, sagt sie feierlich, »sie sind möglichst knapp gehalten, sodass du sie dir gut und schnell einprägen kannst.« Kitty linst mir über die Schulter, als ich die Regeln lese. Jede neue Karteikarte kommentiert sie laut mit einem »hoho«, »seht her« und einem höhnischen »ach, wirklich?«. Da stehe ich nun, zwischen den Säulen einer zugigen Passage mit gelben Kärtchen in der Hand und würde gerne mit Linda die ein oder andere Regel diskutieren, aber die nimmt mir ihre *rules* einfach wieder ab und marschiert weiter in Richtung Restaurant. Kitty und ich blicken uns überrumpelt an und hetzen ihr dann hinterher.

Linda benimmt sich etwa so diplomatisch wie die amerikanische Außenministerin. Sie lächelt zwar freundlich, aber sie lässt sich in nichts reinreden. Im Gegenteil. »Wir sind spät dran. Diskutieren können wir später. Befolge jetzt einfach die *rules*, die ich dir aufgeschrieben habe«, sagt sie.

Linda hat mich ausgetrickst. Sie hat überhaupt nicht vor, ihre *rules* mit mir abzustimmen. Sie will mich nur ins kalte Wasser stoßen. Dieses Wasser ist eiskalt.

Zum Abschied küsst mich Linda aufmunternd auf die Wange. »Keine Sorge!« Dann verschwinden Kitty und Linda im Restaurant. Ich solle eine Minute später folgen und meinen Namen am Empfang nennen. Es werde bestimmt ein unvergesslicher Abend.

Das stimmt. Schon vom ersten Augenblick an ahne ich, wie recht Linda damit hat.

Gleich nachdem ich das »Da Pepe« betreten habe, entdecke ich mein Date. Das muss er sein, ich bin mir ganz sicher; an allen anderen Tischen sitzen Paare oder Gruppen. Mein Date hockt mit dem Rücken zu mir und macht keinerlei Anstalten, sich suchend umzublicken, ob ich vielleicht schon eingetroffen bin. Natürlich macht er keinerlei Anstalten, denn an meinem Tisch sitzt breitbeinig Karl – Chef der Marketingabteilung meiner Firma. Braun gebrannt, selbstverliebt, ein Macho-Hirsch, der die Frauen schon zum Frühstück verspeist.

Ein Date mit Karl ohne Sex ist wie eine Currywurst ohne Curry. Eigentlich unmöglich. Deshalb habe ich es bislang vermieden, Karl irgendwie zu nahe zu kommen. Tritt er abends spät in den Kopierraum, während ich noch irgendwelche wichtigen Unterlagen vervielfältige, breche ich die Arbeit unter einer fadenscheinigen Entschuldigung ab. Er ist mir unangenehm, ich meide ihn. Normalerweise.

Jetzt hat er sich an meinem reservierten Tisch breitgemacht und trinkt sichtbar selbstzufrieden einen Aperitif.

Unbemerkt marschiere ich schnurstracks am Empfangskellner vorbei und suche sofort, ohne auch nur den Mantel abzulegen, das Damenklo auf. Niemals, niemals werde ich einen Abend mit dem Chauvinisten Karl verbringen.

Keine Minute muss ich zwischen Waschbecken und Papierhandtuchhalter warten, da schnellt Linda um die Ecke. »Was ist los? Warum stehst du hier noch im Mantel?«

»Karl? Karl?«, rufe ich. »Weißt du eigentlich, was das für ein Blödmann ist? Der wirft Frauen so schnell weg wie den Kulturteil der *FAZ*. Willst du meinen guten Ruf in der Firma ruinieren? Soll ich zum Gespött aller Kollegen werden à la ›sieh mal, der Karl konnte sich wieder eine neue Kerbe in seinen Schreibtisch ritzen. Diesmal hat es die Nina erwischt, das arme Luder.‹ Bist du wahnsinnig?«

»Beruhige dich, Darling«, sagt Linda beschwichtigend, »ich weiß schon, wer Karl ist. Aber gerade deshalb, weil er so ein Frauenvernascher ist …« – oh Gott, Linda, denke ich in diesem Moment, wo hast du denn dieses Wort wieder aufgeschnappt? –, »… eignet er sich ideal für das erste Date. Du sollst verstehen lernen, welche Kraft die *rules* haben. Halte dich strikt daran, dann kann nichts schiefgehen. Und um es gleich vorwegzunehmen: Ins Bett mit ihm darfst du nach dem ersten Treffen sowieso noch nicht. So lautet nämlich später meine *Regel Nummer 7*! Aber das ist Zukunftsmusik.«

Dann schiebt sie mich aus dem Damenklo. Da stehe ich nun in meinem Mantel, blicke direkt auf Karls breites Kreuz und versuche mühsam, meine Fluchtinstinkte zu unterdrücken. Amerikaner sind doch durch und durch Missionare, denke ich verärgert. Sie brauchen die Herausforderung von früh bis spät und nehmen alles als Prüfung.

Der hübsche Empfangskellner eilt herbei, um mir den Mantel abzunehmen. Aus dem charmanten Blick, den er mir zuwirft, lese ich, dass ich heute Abend gut aussehe. Ach, diese Italiener. Sie schaffen es spielend, Höflichkeit und Männlichkeit zu verbinden.

Karl dagegen strotzt vor Männlichkeit, hat aber von Höflichkeit noch nie etwas gehört. Denn als ich seinen Tisch erreiche, nickt er mir kurz zu und bleibt einfach sitzen. Warum auch sollte ein toller Hecht wie er aufstehen, wenn ein Mädel an den Tisch tritt? Oder eine Dame. Egal.

Ich sehe mich schon nach meinem Stuhl greifen und ihn herausziehen, als ich plötzlich in der Bewegung einfriere. Nein, denke ich, so nicht. Ich blicke Karl herausfordernd an, versuche aber dabei nicht zu aggressiv zu wirken, sondern eher kokett. Die Liebe ist ein Spiel, und jetzt werden wir sie nach meinen neuen Regeln spielen. Lindas *Regel Nummer 1* lautet*: Bring ihm wieder gute Manieren bei.* Diese Regel werde ich jetzt sofort umsetzen. Wenn er sich schon nicht die Mühe machte, sich ab und zu umzudrehen, um zu schauen, ob ich das Lokal erreicht habe, um mir dann aus dem Mantel zu helfen und mich zum Tisch zu führen – was inzwischen in Deutschland offensichtlich nur noch italienische Kellner können –, dann soll er mir zumindest den Stuhl herausziehen.

Eine Hand auf die Lehne gestützt, bleibe ich also stehen, mache keinerlei Anstalten, mich zu setzen, und versuche dabei noch, umwerfend gut auszusehen.

Das ist anstrengender, als ich vermutet hätte. Außerdem ist es ein bisschen peinlich. Die Leute vom Nebentisch beginnen schon, aufmerksam zu werden.

Karl sitzt weiterhin wie festgeklebt auf seinem durchtrainierten Hintern und blickt mich erstaunt an. Ich glaube, er weiß in diesem Moment wirklich nicht, was ich will. Dann dämmert es ihm.

Mit einem leichten Seufzer erhebt er sich schwerfällig von seinem Stuhl – es ist ja auch ein weiter Weg, aus der tiefergelegten Manta-Position wieder in die Aufrechte zu gelangen –, schiebt sich an mir vorbei, zieht meinen Stuhl unter dem Tisch hervor, ich setze mich elegant und siehe da, Karl ist plötzlich sogar fähig, mich samt Stuhl einigermaßen formvollendet an den Tisch zu platzieren. Als er sich wieder setzt und ich ihm in die Augen schaue, habe ich das Gefühl, zum ersten Mal an diesem Abend so etwas wie erwachtes Interesse in seinem Blick zu lesen. Ich habe ihn beeindruckt. Zumindest ein ganz klein bisschen. Dafür gönne ich mir auf seine Rechnung ein Glas Champagner. Denn so lautet Lindas *Regel Nummer 2: Eine Frau zahlt niemals am Ende eines Dates! Lass immer ihn die Kreditkarte zücken.*

Karl hat die Statur eines Quarterbacks, auf Deutsch: Er ist riesig. Das Aperitifglas schrumpft förmlich in seiner Pranke, als könne es sich zu einem dickwandigen Schnapsgläschen zusammenziehen, aus Furcht, gleich von Karls Körpermasse erdrückt zu werden. Mir würde es ähnlich gehen. Karl bleckt mich an. Er muss eine gute Zahnhygienikerin haben.

»Das war ja ein starker Auftritt, den du da eben hingelegt hast«, sagt er offensiv. Oder war es aggressiv? Ganz klar, er versucht die Oberhand zurückzugewinnen. Jetzt nur nicht nachlassen. Und nicht einschüchtern lassen!

Ich lächle, wie ich hoffe, deeskalierend und gehe gar nicht auf seine Worte ein. »Hast du schon gewählt?«, frage ich ablenkend. Linda hatte mir schon beim Umziehen zu Hause eingeschärft, nicht zu viel zu essen. Wenig Brot und wenig Fleisch, denn beides sei nicht sehr sexy. Dagegen wirke Fisch, besonders Austern (die aber erst nach dem zweiten Date, wenn man über den ersten Kuss hinaus ist), bei Frauen sehr erotisch. »Im Ernst, Nina – welche Frau würdest du lieber küssen? Die, die vorher ein blutrotes Steak gegessen hat oder die, die eine wunderbar gedünstete Seezunge zu sich genommen hat?«

An diesem Abend wähle ich als Vorspeise Lachstatar in einem Safranschaum, danach gegrillte Dorade mit Blattspinat und zum Nachtisch ein Sorbet aus Ananas und Himbeere. Karl dagegen beginnt mit einem Vitello tonnato, um danach zu einem fast rohen Rinderfilet mit Bechamelsoße und Kartoffelgratin überzugehen und den Abend in einer schweren Mousse au Chocolat gipfeln zu lassen. Und etwa so, wie die Kalorienanteile verteilt sind, sind auch die Gesprächsanteile verteilt. Karl dominiert den Abend – so wie es Lindas *rules* vorschreiben. *Regel Nummer 3: Plappernde Frauen töten seinen Jagdinstinkt. Halte dich im Gespräch zurück, ohne einen abwesenden Eindruck zu machen. Das stachelt ihn richtig an.* Diese Regel fällt mir leicht. Es gibt eh nicht viel, worüber ich mit Karl reden möchte.

Wenn er also über seinen letzten Business-Trip nach Hongkong erzählt, von dem in der Firma das Gerücht geht, er sei ein ziemliches Debakel gewesen, dann höre ich aufmerksam zu und streue ab und zu ein »interessant« oder »so, so« ein. Wenn er vom Kampf mit dem Jetlag nach seiner dreitägigen Shoppingtour durch New York berichtet, sage ich nur: »Das Gefühl kenne ich gut.« Und wenn er mich direkt etwas fragt, zum Beispiel nach meiner Lieblingsfarbe, dann antworte ich nur knapp und vieldeutig: »Ein sattes Blau wie in Novalis' Träumen«. Von der Antwort bin ich selbst beeindruckt. Woher ist mir dieser Satz zugeflogen? Ich weiß es nicht. Langsam beginnt die geheimnisvolle Zurückhaltung mir Spaß zu machen.

Je mehr ich mich in der Konversation zurückhalte – nie verstockt, immer interessiert wirkend und hoffentlich erregend geheimnisvoll –, desto verrückter scheint das Karl zu machen. Denn er redet. Er redet unentwegt. Wie ein Wasserfall. Oder wie eine Frau, denke ich, innerlich grinsend.

Er ist es nicht gewohnt, das Feld so freigiebig überlassen zu bekommen. Normalerweise – schenkt man dem Firmenklatsch Glauben –, buhlen die Frauen um Karl. Sie erzählen ihm alles, nur damit er sie interessant findet und vielleicht die Nacht mit ihnen verbringt. Sie erzählen ihm ihre Wünsche. Ihre kleinen Schwächen. Ihre Vergangenheit. Sie malen sogar eine gemeinsame Zukunft aus, nichts Ernstes natürlich, das würde Karl verstören, aber vielleicht ein kleiner Urlaub in Frankreich oder ein paar Nächte in einem Hotelzimmer in Rom? Und Karl muss sich nur zurücklehnen, kann genervt denken »was muss ich mir von der Alten alles anhören, nur um sie ins Bett zu kriegen«, lässt alles an sich vorbeirauschen, um sie am Ende des Abends auf dem Bürgersteig routinehaft zu küssen und in seine, vermutlich, Dachgeschosswohnung abzuschleppen, um es dort mit ihr zu tun. Aber heute Abend läuft es nicht so. Und Karl verliert die Fassung.

Alles sprudelt aus ihm heraus. Jetzt redet er sogar über seine Therapeutin. Karl hat eine Therapeutin, das weiß bestimmt niemand in der Firma! Wie gerne würde ich das Kitty und Linda berichten, die am anderen Ende des Raumes sitzen und manchmal verstohlen rüberschauen. Linda reckt den Daumen hoch. Karl schwafelt weiter.

»... meine Therapeutin, die Ursula, meint, dass ich mich endlich auf eine Frau einlassen soll. Bislang würde ich nur weglaufen. Ich meine, ich hatte viele Frauen, wie du ja sicherlich weißt«, dabei grinst er etwas dümmlich, » aber das war nie etwas Ernstes. Ich dachte bislang immer, ich habe für die Liebe keine Zeit. Der Beruf war mir wichtiger. Aber heute Abend, ich weiß auch nicht, was los ist. Du bist so ... Warte mal, ich habe eine Idee. Ursula, meine Therapeutin, hat mir den Tipp gegeben.« Dann greift sich Karl an seine Krawatte und beginnt, den Knoten zu lockern. »Ursula sagt, wenn ich eine Frau finde, die es mir angetan hat, dann soll ich zwischen ihr und mir das Band der Beziehung spannen. Um zu sehen, ob sie meine Nähe aushält.«

Ich fasse es nicht. Er wird doch jetzt nicht die Krawatte ausziehen und mir ein Ende in die Hand geben, während er das andere festhält, damit ich meine Gefühlslage teste? Aber so sind Typen wie Karl. Sie treten forsch auf, aber im Grunde haben sie keinen wirklich ausgereiften Charakter. Sobald eine Situation ernst wird oder brenzlig, greifen sie auf billige Assessment-Center-Praktiken zurück. Sie haben sich eine Selbstpräsentation zurechtgelegt, die genau drei Minuten lang reicht und die sie jederzeit abspulen können – im Job oder Privat. Aber darüber hinaus? Leere. Vielleicht hat Karl sich wirklich noch nie in seinem Leben verliebt. Vielleicht ist jetzt für ihn der große Moment. Und was macht er? Er greift in seiner hilflosen Überforderung auf den Psycho-Klimbim zurück, den ihm seine Therapeutin irgendwann eingeflüstert hat.

Das Band der Beziehung. Grundgütiger! Niemand in der Firma würde mir das jemals glauben, wenn ich das erzähle. Wie komme ich hier jetzt weg? Ich kann doch unmöglich aufstehen, während Karl die Krawatte abbindet, und sagen: »Ich ruf dich an« und damit den Abend beenden. Ich möchte zwar Karl nicht geschenkt haben, aber wenn ich ihn jetzt öffentlich vorführe, dann werde ich ihn tödlich beleidigen und schaffe damit eine üble Situation für alle Frauen, die nach mir kommen. Nein, denke ich entschlossen, ich muss sauber aus diesem Ding rauskommen. Aber wie?

Kitty! Nur Kitty hat die richtigen Ideen, um den Ausweg aus ausweglosen Situationen zu finden. Unvergesslich, wie sie uns einmal in Moskau auf eine völlig überbuchte Maschine der AEROFLOT gebracht hat, indem sie der Bodencrew vormachte, wir seien zwei prominente Vertreterinnen des internationalen Frauensolidaritätskomitees »Margot Honecker« und würden dringend zu Geburtstags-Feierlichkeiten in Chile erwartet, müssten also sofort nach Frankfurt fliegen. Zehn Jahre nach dem Fall der Mauer! Das war damals ein echtes Erlebnis.

Ich entschuldige mich also bei Karl, sage, ich müsste mir mal schnell die Nase pudern. Das habe ich noch nie gesagt: die Nase pudern! Jetzt fange ich tatsächlich schon an wie Doris Day zu reden. Auf dem Weg zum Klo komme ich an Lindas und Kittys Tisch vorbei. Ich zische Kitty zu, sie solle mir folgen.

Kurz darauf verspricht sie mir hoch und heilig, mir zu helfen. Sie würde mich von Karls Anwesenheit befreien, ohne dass er dabei Schaden nimmt.

Ich hätte allerdings auch darauf bestehen sollen, dass auch ich keinen Schaden nehme.

Denn nach einigen Minuten kreuzt Kitty an unserem Tisch auf. Ihre grobe braune Cardigan-Strickjacke hat sie gegen Lindas Twinset-Jäckchen eingetauscht. Auf ihrer Nase sitzt eine randlose Brille, die sie sehr gediegen wirken lässt. Weiß der Kuckuck, woher sie die aufgetrieben hat.

Sie nickt mir kurz zu, dreht sich dann zum verdutzten Karl um und schnellt ihm ihre Hand zum Gruß entgegen. »Guten Abend, mein Name ist Dr. Martha Bechstein-Pichelhuber. Ich bin die Psychotherapeutin von Frau Nina.« Verdutzt greift Karl nach ihrer Hand und schüttelt sie. Kitty kann sehr überzeugend und zuversichtlich Hände schütteln. Schließlich arbeitet sie tatsächlich als Ärztin. Allerdings für den Körper.

»Meine Klientin hat mich vor einigen Minuten von der Toilette aus mit dem Handy angerufen. Sie bat mich zu kommen. Es tut mir leid, Herr ...«

»... Barth.«

»Herr Barth, ich muss Ihnen leider sagen, Nina ist noch nicht so weit, sich wieder auf eine feste Beziehung einzulassen. Sie hat leider einige sehr schlechte Erfahrungen hinter sich. Im Moment arbeiten wir noch an ihrer Störung der sexuellen Appetenz. Auf gut Deutsch gesagt: an ihrer ...«, jetzt senkt Kitty die Stimme und beugt sich leicht zu Karl herunter, »... Frigidität. Aber wenn sie darüber hinweggekommen ist, können wir uns gerne wieder bei Ihnen melden. Nina, kommst du jetzt? Ich bringe dich nach Hause.«

Was für ein Abgang! Kitty hätte auch gleich eine Zwangsjacke oder so eine Stange mit Strangulierhalsband mitbringen können, mit dem man sonst durchgedrehte Hunde einfängt. Andererseits lässt Karl tatsächlich sofort verständnisvoll von mir ab. Offensichtlich hört er grundsätzlich auf das, was Therapeuten ihm sagen. Er eilt noch schnell zur Garderobe, um meinen Mantel zu holen und mir hineinzuhelfen. »Die Rechnung?«, hauche ich mit mädchenhafter Stimme. Karl macht eine gönnerhafte Geste. »Ist doch Ehrensache.« Und zum Abschied drückt er mir aufmunternd den Unterarm. Kitty und ich eilen hinaus, so schnell wie möglich, bevor wir vor Lachen platzen müssen.

»Danke, Kitty. Jetzt habe ich den Ruf einer Frigiden. Das wird meine Männersuche sicher erleichtern«, rufe ich Kitty zu.

»Ich habe gedacht, wenn er schon eine Macke hat, aber nicht durch deinen Abgang verletzt werden soll, dann brauchst du noch eine größere Macke ...«, erklärt Kitty ihre Strategie.

Linda kommt nach kurzer Zeit hinterher. Giggelnd und ab und zu kreischend gehen wir alle drei Arm in Arm die breite Straße hinunter in unsere Lieblingskneipe.

»Frigide. Das gefällt mir. Das ist großartig, vielleicht sogar genial«, sagt Linda. »Ihr werdet sehen, das wird eine ungeheure Wirkung haben.«

»Welche Wirkung?«, hake ich nach. In dem Moment piept mein Handy, eine SMS. *»Bin ganz verrückt nach dir. Möchte dir helfen. Lass uns nächstes Wochenende nach Paris fahren. Karl.«*

KAPITEL 5

Mein neues Leben läuft auf Hochtouren. Noch nie bin ich so früh aufgestanden, um lange zu duschen, mir Zeit für Haare und Make-up zu nehmen und mich für eine Garderobe zu entscheiden. *Regel Nummer 4: Verlasse das Haus niemals ohne Schminke und frisierte Haare. Es könnte sein, dass du heute IHN triffst.* Ehrlich gesagt, finde ich, Linda geht bei dieser Regel zu weit. Sie fordert nämlich, ich müsse mich auch zum Müllraustragen zurechtmachen. Schon manche große Liebe habe an der Mülltonne begonnen. Ich halte dagegen, wenn überhaupt, habe die romantische Liebe nicht an, sondern auf der Mülltonne begonnen – und zwar auf der brennenden Barrikadenmülltone. So Uschi-Obermaier-mäßig. Aber Linda kennt keine Uschi Obermaier.

Normalerweise beginnt meine Arbeitswoche mit einem aufreibenden Duell mit der Snooze-Funktion meines Weckers. Zwar siegt am Ende immer der Wecker, aber bislang glaubte ich, die Souveränität bewahrt zu haben, indem ich der Maschine eine halbe Stunde mehr Schlaf im Dämmerzustand abgetrotzt hatte. Nicht, dass das meinen Wecker irgendwann beeindruckt hätte. Er alarmierte mich weiterhin stoisch Morgen um Morgen zur festgelegten Zeit. Nur musste ich danach die Dusche gegen ein Deo eintauschen, die Haare zum schnellen Pferdeschwanz zusammenbinden und die Wimperntusche im kleinen Sichtfeld eines Autospiegels auftragen. Letzteres ist nicht nur sehr unbequem, das Ergebnis sieht auch unbefriedigend aus.

Nicht so heute Morgen.

Als ich unsere Firmenlobby betrete, fühle ich mich wie ein neuer Mensch. Nein, falsch. Ich fühle mich wie eine echte Frau.

Ich würde sogar sagen, dass ich mit meinen wunderbar glatten und parfümierten Beinen weiblicher laufe als sonst. Meine Pumps klackern leicht und doch entschieden auf dem schwarzen Schieferboden, als ich am Security-Mann Hans vorbei zum Fahrstuhl gehe. Weiblich hin oder her – Hans lässt es sich nicht nehmen, mir mitzuteilen, dass Hertha am Wochenende im Olympiastadion gewonnen hat. Aber sein Tonfall ist an diesem Montag anders, nicht ganz so burschikos wie sonst. Hans reißt sich zusammen, schließlich redet er jetzt mit dem anderen Geschlecht. Ab heute trage ich Rock. Schluss mit der ewigen Kumpelei.

Mit einem triumphierenden Lächeln betrete ich den Fahrstuhl.

Um zehn Uhr ist gleich ein Meeting angesetzt. Eine Werbeagentur will uns eine neue Markenstrategie für unseren Familienkombi präsentieren. Die gesamte Führungsriege ist da, außerdem die Marketing-Leute und wir, die geschlossene Lobbyisten-Abteilung. Ich liebe solche Wochenanfänge. Die aufgedrehten Werber müssen arbeiten, sie kämpfen hektisch mit Powerpoint-Präsentationen und Flipcharts, während wir uns als potenzielle Geldgeber zurücklehnen und unterhalten lassen. Meistens vergeben wir den Auftrag eh hausintern. Wir wollen uns nur mal anregen lassen. Aber das können die Jungs da vorne ja nicht ahnen.

Karl ist nicht da. Sein Stellvertreter hält eine kurze Einführung und lässt dabei nicht unerwähnt, dass sein Chef sich heute »leider wieder krank gemeldet habe«. Dabei blickt er kalt. Wahrscheinlich sägt der Mann schon kräftig an Karls Stuhl. Trotzdem kommt bei mir kein Mitleid auf. Karl würde auch sägen, wenn er nicht schon ganz oben wäre.

Die Einladung der Werber hat sich gelohnt. Diese Agentur versucht sich als Inbegriff des Hauptstadt-Zeitgeistes zu verkaufen. Schon ihr Aussehen ist so uniform, dass es beeindruckt. Die drei Männer tragen halblanges Haar mit einem 70er-Jahre-Seitenscheitel. Die einzige Frau hat eine Frisur, die Fräulein Menke in den Spitzenzeiten der Neuen Deutschen Welle neidisch gemacht hätte. Inzwischen habe ich mich an die kultivierte Hässlichkeit der letzten Jahre gewöhnt. Sehe ich heute strassbesetzte Schlangenlederstiefel in Rosa, dann schaue ich sie nicht mehr verächtlich an, sondern erkenne, dass, wenn alles andere schon Mode geworden ist, auch dieses grausame Schuhwerk einfach mal dran ist, hip zu sein. Das führt natürlich dazu, dass man nichts mehr ernsthaft ablehnen kann. Alles geht, was läuft.

Der Anführer der Viererbande – ein dicklicher Kerl in meinem Alter, der zu seinem 70er-Jahre-Schnitt einen 60er-Jahre-Anzug im Stile eines Heinz Erhardt trägt und dazu die entsprechende Brille – spricht in seinem Vortrag nie von Autos, sondern nur von »Cars« und »Stationwaggons«. Werber können ohne Anglizismen überhaupt nicht mehr leben. Ich muss grinsen. Linda auch. Sie sitzt mir gegenüber. Mein neues Aussehen scheint ihr zu gefallen, im Halbdunkel des Vortrags erkenne ich, wie sie diskret das übliche Daumen-hoch-Zeichen macht. Danach, diesmal noch diskreter, weist sie auf die Hände ihres Nachbarn, Peter Metzger aus der Marketingabteilung.

Tatsächlich – der Mann trägt einen Ehering. Das ist neu. Ich spüre einen kleinen schmerzhaften Stich. Wieder einer weg. Nicht, dass ich an Marketing-Metzger jemals Interesse gehabt hätte. Er gilt als ziemlicher Langweiler, wir haben uns nie besonders verstanden. Einmal hat er auf einer betriebsinternen Weihnachtsfeier versucht, mir die Vorzüge von Computer-Mau-Mau nahezubringen. Das ist sein leidenschaftliches Hobby. Wenn man an einem langen Abend einer Skifreizeit gemeinsam auf einer Hütte sitzt und in aufgeheizter Après-Ski-Atmosphäre die Karten auf den Tisch haut, mag Mau-Mau ja noch angehen. Aber Mau-Mau anonym über Internet miteinander zu spielen halte ich, gelinde gesagt, für verhaltensgestört.

Und jetzt ist sogar der Verhaltensgestörte verheiratet.

Ich mache einen kurzen Check im Raum. 32 Anwesende – acht Frauen, 24 Männer. Von den Männern sind, vorsichtshalber zähle ich zweimal, sage und schreibe neunzehn sichtbar verheiratet oder zumindest verlobt. Sie tragen dicke Ringe, dünne Ringe,

Ringe in Silber, Gold oder Platin, fast alle ohne Verzierung. Wir Frauen dagegen kommen dank Lindas Engagement-Ring und unserer Sekretärin Karin auf die stattliche Zahl von zwei Auserwählten. Der Rest von uns ist ungefreit. Hier läuft doch etwas schief.

Zugegeben, das Problem unserer Firma ist: Nachdem meine Kolleginnen einmal vor dem Altar gestanden haben, sind ihre Tage gezählt. Wir lassen dann Wetten laufen, wie lange es dauert, bis der Schwangerschaftstest positiv ist. Nach der Geburt erzählen die Jungmütter, die früher an der Arbeitsfront an unserer Seite standen, noch das Märchen vom Wiedereinstieg in den Beruf nach einem Jahr. Oder sie klammern sich an die Legende vom Halbtagsjob – ein Posten, den es bei uns zwar theoretisch geben sollte, der aber praktisch nie angeboten wird. Dann, im Schnitt nach zwanzig Monaten, lassen sie sich mit einer Abfindung aus ihrem Vertrag kaufen und bleiben zu Hause, zum Kinderhüten. Falls sie jemals in die Arbeitswelt zurückkehren, ist klar, dass sie den Status von früher kaum mehr erreichen werden. So bleiben nach und nach wir männer- und familienlosen Frauen alleine im Büro zurück.

Die Herren unserer Firma dagegen heiraten alle irgendwann in ihren Enddreißigern und Frühvierzigern, weil es zum guten Ton gehört. Schließlich wurzelt der Erfolg unseres Unternehmens im schwäbischen Pietismus. Anständige private Verhältnisse stehen in unserer Zentrale in Süddeutschland hoch im Kurs. Aber für die Männer bedeutet die Hochzeit keinen Karriereeinbruch – im Gegenteil, für die hohen Posten ist sie eine Voraussetzung. Außer natürlich, man ist schwul.

Unsere männlichen Kollegen fallen unmittelbar nach der Geburt ihres ersten Kindes durch die Angetrauten sage und schreibe zwei Wochen aus. Sie bleiben in dieser Zeit bei Frau und Kind, um – wie sie es selbst gerne nennen – die »Mutter des Kindes bei der Umstellung zu unterstützen«. Danach kehren sie mit strahlenden Augen an den Schreibtisch zurück und erzählen jedem, der es hören will oder nicht, von dem unglaublichen Erlebnis, der

Welt Leben zu schenken. Diese, ich nenne sie mal erleuchtete Phase, hält aber nur kurze Zeit an. Denn bald stellt sich eine gewisse Mattigkeit in Augen und Stimme ein, wenn es um Familie und Kinder geht. Die Männer, die Neu-Väter geworden sind, stürzen sich plötzlich in die Arbeit, als wären sie wieder Singles. Die meisten von ihnen vermeiden es, vor 21 Uhr ihre Arbeitsstätte zu verlassen. Vermutlich, weil sie im neu gebauten Einfamilienhaus nur Geschrei, Babybrei und Stress mit der Ehefrau erwartet, die sich plötzlich ins mütterliche Abseits gedrängt sieht.

Wenn wenige Jahre später das zweite Kind kommt, haben sich die Rollen schon ganz gut eingespielt. Meine Kollegen pendeln sich dann wieder auf das normale Arbeitsende zwischen 19 und 20 Uhr ein.

Deshalb sitzen fast nur Frauen ohne Eheringe im Raum, weil alle unsere Kolleginnen, die zuletzt geheiratet haben, jetzt um zehn Uhr morgens mit ihren Säuglingen die PEKIP-Gruppen oder Treffen für indische Babymassagen besuchen müssen. Und natürlich sitzen viele Männer mit Eheringen im Raum, weil sie ja das Geld verdienen müssen, um ihre frustrierten Frauen zu versorgen, die sich, während sie mit bunten Tüchern singend um die nackten Babys kreisen, fragen, was zur Hölle sie hier eigentlich genau tun und warum sie eigentlich jemals studiert haben. Die schmerzende Antwort können sie nur in einem neuerlichen Kaufrausch betäuben. Ihre Männer sollten also besser dafür sorgen, dass die Karriere nicht stagniert. Und das tun sie dann auch. Wie vor zehn Minuten Karls Stellvertreter.

Aber warum sitze ich hier noch ohne Verlobungs- oder Ehering? Warum müssen die Marketing-Metzgers dieser Welt niemals auf mich zurückgreifen? Warum bemühen sie sich nicht einmal? Statistisch gibt es auf der Welt und sogar in Deutschland etwa genau so viele Männer wie Frauen. Irgendwann, denke ich mir so, sollte doch einer auch bei mir anklopfen.

Mir fällt wieder das Gespräch mit Linda ein. *Wie viele? Was – wie viele Männer? Wie viele Anträge, Dummkopf!*

Unter meiner damenhaften Schminke macht sich eine wenig damenhafte Wut breit. Ich funkle meine männlichen Kollegen böse an. Aber der Raum ist so dämmrig, dass niemand meinen Blick bemerkt. Sollen sie doch alle an ihrer Kleinfamilie verrecken, denke ich trotzig. Auf mich wartet da draußen schon Mr. Right. Und jetzt habe ich dank Linda auch die richtigen Waffen in der Hand, um ihn niederzustrecken.

Der Stämmige leitet nun den letzten Teil seiner Präsentation ein: die Zielgruppe. Natürlich müsse man anerkennen, dass auch technische Produkte heutzutage immer stärker unisex genutzt würden. Der Powerpoint wirft in großen schwarzen Lettern das Wort »unisex« an die Wand. Frauen führen schnelle Autos, während Männer mit aufwendigen Ceranplattenherden ihre Küche aufrüsteten, erläutert der Werber. Trotzdem sei es immer noch schwierig, einen Herd mit einem Mann zu bewerben und ein Sportauto mit einer Frau, außer sie räkle sich halb nackt im Bikini auf den Ledersitzen.

»Das Selbstbild der Geschlechter entspricht nicht immer ihrem real gelebten cross-over-gender-lifestyle«, doziert die Heinz-Erhardt-Kopie weiter. Hinter ihm erscheint nun groß das Wort »cross-over-gender-lifestyle« an der Wand.

»Wissenschaftliche Untersuchungen haben gezeigt, dass sich Produkte besser verkaufen, wenn die Werbung den Käufer in seinen tradierten Rollenvorstellungen bestärkt. Wir möchten Ihnen deshalb unseren Probeclip für Ihren neuesten Stationwaggon, zu deutsch Familien-Kombi, vorführen. Ein sehr praktisches Auto, das an allem spart, was ein Mann an einem sportlichen Auto liebt: dieser Wagen ist nicht schnell und flach, sondern sicher und geräumig. Er hat nicht zwei, sondern vier Türen. Statt einem imposanten Motor verfügt er über einen beachtlichen Kofferraum. Und zu guter Letzt wird die Kindersicherung serienmäßig geliefert. Mit einem Wort: dieses Auto kommt einer Kastration der Männlichkeit gleich. Da hilft nur ein semiotischer U-Turn. Wir haben uns deshalb für ein radikales male-pride-Konzept entschieden.«

Auf der Videoleinwand flimmern jetzt die Bilder eines Werbespots. Männergruppen, die in dem Familien-Kombi zu blutigen Boxveranstaltungen fahren. Kerle in Kampfanzügen, die ihre Gotcha-Farbkugelwaffen in den Kofferraum laden. Eine Flucht im Stationwaggon nach einem Banküberfall mit Maschinengewehren. Alle Szenen sind mit pathetischer Wagner-Musik unterlegt.

Lieber Gott, seufze ich im Dunkeln, gibt es solche Kerle wirklich? Oder ist der echte Mann inzwischen eine Erfindung der Werbeindustrie?

KAPITEL 6

Nach der Arbeit gehen Linda und ich in den *Afterworkklub*. Der Laden ist neu. Was man schon daran merkt, dass er bewusst so einen abgehalfterten Namen trägt. Es gab ja mal eine Zeit, da waren After-Work-Clubs schick. Die ist aber schon länger vorbei. Jetzt, wo der Trend schon fast klinisch tot und längst in der Provinz angekommen ist, da ließen die Betreiber das Wort *Afterworkklub* – natürlich musste als ironische Distanzierung das englische »c« in der Mitte einem deutschen »k« weichen – in tiefrote Neonbuchstaben formen und es sich über den Eingang hängen.

Linda und ich suchen uns einen Platz an der Seite und lümmeln uns in die tiefen Sessel, die aus dem Restbestand eines prominenten DDR-Hotels aufgekauft worden sind. Als das ehemalige Inter-Hotel vor wenigen Monaten aufgelöst wurde, konnte man für einen Spottpreis das Originalmobiliar aus dem Eröffnungsjahr 1963 kaufen. Das Kunstleder der Sessel ist über die Jahre weicher geworden und changiert in den Modetönen der 60er Jahre, Taubengrau, Moosgrün und Blassgelb. Nur wer nacktes Bein trägt, muss im Hochsommer bei solchen Bezügen höllisch aufpassen. In der Hitze verschmilzt die Haut mit der Plaste, und wer zu schnell aufsteht, der kriegt nicht nur ein saftiges Schmatzgeräusch vom Sessel zu hören, sondern verspürt auch einen brennenden Schmerz am Oberschenkel.

Auf einem kleinen, adretten Couchtisch vor unseren Sesseln stehen die Getränke. Linda trinkt einen Ginfizz, ich eine Margarita – ich liebe die Form von Margarita-Gläsern. Wenn vom Barkeeper noch eine Limonenscheibe über den Salzrand gestülpt wird, kommt bei mir ein echtes Afterworkgefühl auf. Ehrlich gesagt, träume ich mich dann in meine Lieblingsstadt New York. Obwohl, hier ist es inzwischen viel urbaner als in New York. Dort hat man nach Mitternacht in den Bars das Gefühl, der Abend sei noch nicht richtig losgegangen – einfach, weil es so clean riecht. Der Zigarettenrauch fehlt. Gesundheit hin oder her, die richtige Ausgeh-Atmosphäre kommt so nicht auf. Anfangs zickte Linda als Vollblutamerikanerin natürlich rum, weil Berlins Kneipen zu später Stunde so verraucht sind. Sie war das nicht mehr gewöhnt. Vor Kurzem musste sie einräumen, dass man tatsächlich nur im suppigen Zigarettendunst bis zum Morgengrauen versacken kann. In New York sei man um diese Zeit schon längst im Bett. Sind wir nach zwei Uhr morgens noch auf der Piste, redet sie deshalb immer von einer Nacht im »European Style«.

Wir warten noch auf Kitty, die nach der Arbeit dazustoßen will. Sie hat gerade eine neue Stelle als Ärztin angetreten, in einem Krankenhaus, das im Herzen eines sogenannten Problembezirks liegt. In kürzester Zeit avancierte sie zur Expertin für Schussverletzungen und Wunden nach Messerstechereien. Manchmal, wenn sie erzählt, kommt es mir vor, als sei Kitty in eine Folge von *Emergency Room* reingeraten. Sie widerspricht dann vehement. Erstens sei keiner ihrer Kollegen annähernd so attraktiv wie George Clooney. Und zweitens habe sie bei *ER* nie gesehen, wie sich Ärzte mit endlosen Formularen der Ortskrankenkassen herumschlagen müssen, während gerade jemand eingeliefert wird, der fast verblutet.

Die Bartür mit den schweren Messingbeschlägen schwingt auf und Kitty tritt herein. Sie sieht müde und aufgedreht zugleich aus. So geht es immer nach ihren 36-Stunden-Schichten. Sie bräuchte dann dringend Schlaf, muss aber vorher einen trinken, um die nötige Bettschwere zu erreichen. Der Adrenalinhahn muss erst mal wieder zugedreht werden.

Kitty schmeißt sich förmlich in den Sessel, das Bier schon in der Hand; sie hat es sich gleich am Tresen besorgt. Sie trinkt einen großen Schluck aus ihrer Flasche, stößt danach einen Seufzer der Erleichterung aus. »Drei Notoperationen, zwei Darmverschlüsse und eine Frau, die ernsthaft behauptet, sie sei beim Gurkenschneiden ausgerutscht und habe die Pulsadern erwischt«, bilanziert Kitty.

»Glückwunsch«, nicke ich ihr zu. Wenn ich Kittys Geschichten von der Arbeit höre, komme ich mir immer so nutzlos vor. Ich meine, was mache ich groß? Möglichst viele Autos in die Welt verkaufen. Aber dann tröste ich mich damit, dass Kittys Krankenhäuser nur arbeiten können, wenn Leute wie ich möglichst viele Verträge abschließen und dem Land einen hohen Export-Absatz bescheren. Kitty und ich haben uns schon vor Jahren auf die Formel geeinigt: Ich hole in meinem kapitalistischen Job das Geld rein, das sie für ihre Gutmenscharbeit wieder verpulvert. Damit können wir beide leben.

Wir reden ein bisschen über den Tag, jeder erzählt so vor sich hin, dann witzeln wir kurz über die Frisur der Tresenkraft. Offensichtlich kehrt die Dauerwelle zurück. Das Mädel hinter der Bar sieht aus wie ein Königspudel.

Plötzlich sagt Kitty etwas maulig zu Linda: »Ich habe Ninas neue Karteikarten gelesen. Eine deiner *rules* sagt, dass eine Frau niemals einen Mann zuerst ansprechen darf. Ist das dein Ernst?«

Fieberhaft überlege ich, welche Regel das war. Jetzt fällt es mir wieder ein – *Regel Nummer 5: Sprich niemals einen Mann zuerst an. Er muss dich ansprechen. Sonst wird aus dem Flirt nichts Ernsthaftes*. Tatsächlich bin ich auch über diese Regel gestolpert. Die fand ich etwas überzogen. Wir leben hier doch nicht im Mittleren Westen. Oder im Orient.

Aber Linda beharrt darauf. Wer sich als Frau dagegen auflehne, zerstöre den Zauber des ersten Momentes. Wir sollen uns das Daten einfach wie eine (natürlich unblutige) Jagd vorstellen – der Jäger entdeckt das scheinbar nichts ahnende Reh und bekommt so Appetit. Würde sich das Reh erst selbst dem Jäger vorstellen, ihn auf sich aufmerksam machen und ihm bedeuten, dass es nun bereit für ihn sei, dann sei doch der Reiz des Spieles zerstört. Deshalb sei es besser, man raschele ein bisschen im Unterholz und ziehe so seine Blicke auf sich. »Männer«, sagt Linda abschließend, »wollen einfach immer das Gefühl haben, sie hätten eine Frau selbst entdeckt und erobert. Man muss sie in dem Glauben lassen.«

»Mag sein«, antwortet Kitty, »aber deine *Regel Nummer 5* funktioniert hier leider nicht.«

»Hier?«, fragt Linda erstaunt zurück.

»In Deutschland. Das klappt nicht. Nicht in diesem Land. Nicht bei diesen Männern. Niemals.«

»Warum soll sie nicht funktionieren?«, erkundigt sich Linda ehrlich erstaunt.

Ich mische mich ein. »Kitty hat recht, in Deutschland sind die Kerle so maulfaul, die müssen schon ziemlich betrunken sein, bevor sie sich überwinden, eine Frau anzusprechen.«

Linda schüttelt den Kopf. »Das glaube ich nicht. Vielleicht spricht euch jetzt keiner an, weil wir hier versunken und abseits in Sesseln sitzen. Aber würden wir vorne an der Bar stehen, dann ... klar! Ich bin sicher, einer würde uns einen Drink ausgeben und so ins Gespräch mit uns kommen.«

Kitty grinst mich an. »Sollen wir es ihr beweisen?«

Wir fordern Linda auf, einfach sitzen zu bleiben und zu beobachten. Dann lege ich mein Jackett ab, kremple die Ärmel meiner Bluse hoch und öffne vorne noch einen Knopf. Das sieht legerer aus. Kitty ist wie immer sehr reizend angezogen. Wir rücken zum Tresen vor. Im Rücken kann ich Lindas Argusaugen spüren.

Es ist inzwischen voller und geschäftiger geworden im *Afterworkklub*. Die entspannte, fast verschlafene Atmosphäre des Anfangs ist einer gewissen Emsigkeit gewichen. Die Barhocker vor dem Tresen sind fast alle besetzt, trotzdem ist es noch nicht so voll, dass man sich nicht dazustellen könnte. Wie üblich stehen ausschließlich Männer am Tresen. Keine Ahnung, ob es ein tief sitzender urzeitlicher Fluchtinstinkt ist, der Männer dazu treibt, in einer halb stehenden, die eine Pobacke nur leicht auf dem Barhocker abstützenden Position am Tresen der Kneipe zu verharren – als würden sie jeden Moment erwarten, dass die Eingangstür aufgerissen wird, ein atemloser Bote hereinstürzt und erklärt, alle Männer sollten sofort aufsatteln. Frauen neigen in Kneipen dazu, sich häuslich an einem Tisch niederzulassen. Auch das hat Tradition. Einer muss ja das Haus hüten, wenn die Kerle auf Jahre verschwinden. Dann können wir uns auch gleich ordentlich hinsetzen.

Kitty und ich steuern eine Lücke an, die etwa in der Mitte des Tresens gelegen ist. Wir bestellen noch zwei Bier. Der Königspudel reicht sie sofort rüber. Danach versuchen wir möglichst auffordernd und freundlich in die Welt zu schauen. So wie zwei Frauen eben schauen, die gerne angesprochen werden wollen. Wir achten auch darauf, einen Plauderton anzuschlagen, der vermittelt, dass man uns jederzeit unterbrechen kann. Auch unsere Körperhaltung verrät, dass wir Anschluss suchen. Statt zu dicht beieinander zu glucken, lehnt Kitty mit dem Rücken zum Tresen und schaut in den Raum, während ich versuche, mich nicht allzu abgrenzend an ihre Seite zu stellen. Alles, alles an uns beiden schreit laut die Botschaft in die Welt: Männer, kümmert euch um uns!

Die Reaktion ist eindrucksvoll.

Der Typ hinter mir, der mir den Rücken zugedreht hat, lupft kurz den Po und zieht seinen Barhocker ein Stückchen weiter von uns weg. Die Geste ist klar; er will den Abstand zu uns vergrößern. Verständlich, denn er hat zu tun. Er ist gerade mit einem Freund tief ins Gespräch über das »Schweinesystem« versunken. Das Schweinesystem hat es wirklich faustdick hinter den Ohren: Es zieht ihm monatlich Steuern vom Lohn ab (»fast 50 %«), verhindert, dass er betrunken Auto fahren darf (»dabei habe ich doch alles im Griff«), und es verteilt Knöllchen, wo es nur kann (»Damit finanziere ich die Beamtensäcke, die sich mit 36 Jahren dienstuntauglich schreiben lassen. Chronische Rückenschmerzen, verstehste?«). Es wirkt nicht so, als würde er diesen Monolog zum ersten Mal halten. Direkt hinter Kitty sitzt ein Kerl, der seit unserer Ankunft nicht einmal den Kopf gehoben hat. Er starrt unentwegt auf den traurigen Restschaum seines abgestandenen Bieres. Nur ab und zu unterbricht er diese Meditation, hebt das Glas, nimmt einen tiefen Schluck. Dann stellt er es wieder hin und starrt weiter. Keine Ahnung, ob er uns überhaupt wahrgenommen hat. Sein Nebenmann ist ein hübscher Junge, er schaut immer mal aufgeregt zu uns herüber. Wenn ich versuche, seinen Blick zu erwischen, guckt er erschrocken weg und liest verkrampft den Werbetext des Bierdeckels.

Ich frage Kitty leise, was hinter meinem Rücken vorgeht. Kitty schüttelt ernüchtert den Kopf, meint, da sei nichts zu holen. Der Freund von dem Schweinesystemtypen wirke zwar gelangweilt, springe aber nicht auf uns an. Dahinter stehe noch einer, der seit zehn Minuten manisch eine SMS nach der anderen in sein Telefon hacke. Den Kerl ganz am Ende des Tresens könne sie nicht sehen, und er mache sich auch nicht die Mühe, sich uns zu zeigen. Kitty zuckt mit den Schultern.

Unser Bier ist leer. Wir heben die Gläser und bestellen laut eine neue Runde. Niemand macht Anstalten, uns einzuladen. Wäre auch eine Überraschung gewesen. Wir reichen dem Königspudel, der diesmal verständnisvoll lächelt, unser Geld. Ich glaube, zumindest sie hat kapiert, was hier los ist. Vielleicht ist es in diesem Land leichter, unter Frauen Anschluss zu finden.

Linda hat die ganze Zeit von ihrem Sessel aus die Szene beobachtet. Anfangs hatte sie noch gelächelt und anfeuernde Zeichen gemacht. Inzwischen blickt sie nur fassungslos: Mund sperrangelweit offen, Kopfschütteln, Gesicht in den Händen vergraben.

»Hol sie lieber zu uns rüber«, raunt Kitty mir zu, »sonst muss ich heute Abend noch einen Notfall nach akutem Kulturschock behandeln.« Ich winke ihr zu.

Linda steht auf. Erst steuert sie direkt auf uns zu, aber je näher sie kommt, desto stärker driftet sie nach links ab. Jetzt ist klar, sie wird unsere Tresennachbarn ansprechen. Ich hätte es mir denken können. Die gibt sich nicht so einfach geschlagen. Bevor ich es also verhindern kann, hat sie sich vor den beiden Typen neben uns aufgebaut und räuspert sich vernehmlich. Der eine unterbricht unwillig seinen Steuer-Monolog.

»Sorry, ich hätte da mal eine Frage. Ich bin aus Texas …«, beginnt Linda.

»Das hört man«, meint mein Hintermann.

»Das sieht man«, ergänzt sein Freund. Tatsächlich trägt Linda heute wieder etwas, was ich gerne die patriotische Kombination nenne. Leuchtend blaue Jeans, eine weiße Bluse und darüber ein rotes Jackett. Wahrscheinlich würden einem die amerikanischen Nationalfarben nicht auffallen, wenn nicht an den beiden Taschen und den Ärmeln schmale Bordüren aus kleinen weißen Sternen eingestickt wären. Linda sieht aus, als wäre sie Delegierte auf einer Wahlkampfveranstaltung der Republikaner.

Nun lächelt Linda entzückt, sie nimmt es unerschütterlich als Kompliment, als Amerikanerin erkannt zu werden. »Hinter euch am Tresen stehen meine beiden hübschen girlfriends Nina und Kitty. Also bei uns in Texas wären sie längst von Männern umlagert und hätten einen Drink spendiert bekommen. Hier dagegen passiert nichts. Warum?«

Der Typ hinter mir, der mir beim Schimpfen die ganze Zeit den Rücken zugedreht hatte, wendet sich ächzend um, so als würde ihn die Bewegung übermenschlich viel Kraft kosten, und schaut mir direkt ins Gesicht. Ich glaube, er ist irritiert, weil ich so dicht bei ihm stehe. Auf jeden Fall grummelt er wenig charmant: »Wasn das hier, 'ne Anmache, oder was?« Sein Freund ruft dem Königspudel »Hilfe, wir werden sexuell belästigt« zu. Er findet das wohl lustig. Der Königspudel kichert. Aber Linda lässt nicht locker.

»Ich kann gleich wieder gehen, aber vorher möchte ich noch eine Antwort. Seid ihr an Frauen nicht interessiert or what?«

»Wir sitzen hier am Tresen, um unsere Ruhe vor ihnen zu haben«, brummt es jetzt von rechts. Es ist der Typ mit der Bierschaummeditation. Den Kopf hat er beim Brummen nicht gehoben.

»Um Ruhe vor ihnen zu haben?«, wiederholt Linda irritiert.

»Dabei sind wir doch nur zwei einfache Mädchen, die angebaggert werden wollen«, mischt sich Kitty keck ein.

»Ha«, klingt es unisono spöttisch von beiden Seiten des Tresens. Ich kann schwer ausmachen, wer alles in den Chor eingestimmt hat. Aber es waren mehrere Männer. Offensichtlich wird unser Gespräch am ganzen Tresen aufmerksam verfolgt.

»Schau mal, Texasgirl«, hebt nun der Freund des Steuermonologisten an, »ich hatte einen harten Arbeitstag. Ich gehe in die Kneipe, um hier meinen Freund Bernd zu treffen. Mit Bernd und mir läuft es immer gleich. Er wütet über das Schweinesystem, ich höre zu. Manchmal schweigen wir beide. Das sind die schönsten Stunden meiner Woche. Hätte ich deine beiden einsamen Freundinnen angesprochen, hätte der Stress begonnen. Du erlebst doch nur blöde Situationen, wenn du dich ungefragt einer Frau näherst.«

»Nun hör aber auf«, sage ich beschwichtigend, »so schlimm sind wir doch wirklich nicht. Man kann doch mit uns das eine oder andere Wort wechseln ...«

»... oder uns vielleicht sogar auf ein Bier einladen«, fügt Kitty hinzu.

Zum ersten Mal hebt der Brummer seinen Kopf und schaut uns an. Er sieht aus wie ein Anlagenbauer. Ich weiß nicht genau, was ein Anlagenbauer so tut. Ich habe es mich immer gefragt. Aber wenn ich mal einen Anlagenbauer beschreiben sollte, dann sähe er so aus – das Alter des Mannes liegt in der undefinierbaren Zone zwischen 35 und 45 Jahren, am Bauch zeigt sich schon die erste leichte Wölbung und auch sein Gesicht ist in die Breite gegangen. Aber darunter erkennt man die ursprünglichen Züge und ahnt, dass er mal ein ganz hübscher Kerl gewesen sein muss.

»Wie hätte ich die beiden denn ansprechen sollen?«, fragt er Linda, während er mit einer Kopfbewegung in unsere Richtung weist. »Frauen sind zu kompliziert für eine einfache Anmache. Wenn ich sage: ›Na ihr beiden Süßen, noch ein Bierchen?‹, dann fühlt sich die eine als Individuum nicht respektvoll behandelt, weil ich ihr einen herabwürdigenden Kosenamen verpasst habe, während die andere darüber schimpft, wie man wagen kann, ihr ein schlichtes Bier anzubieten. Sie tränke doch nur dieses ganz irre, aus Laos importierte Bier, eine kalorienreduzierte Ingwervariante, die mit einer Mangoscheibe gereicht wird. Das sei der neueste Schrei, hätte sie gerade in der ›Petra‹ gelesen. Und danach starren mich beide an, als sei ich der letzte Depp; so lange bis ich den Tresen räume und durstig nach Hause gehe.«

Jetzt mischt sich der schüchterne Junge ein, der anfangs immer zu uns rüberschaute, sich aber nicht getraut hatte, mit uns ins Gespräch zu kommen. Seine Stimme klingt ganz fein, als hätte er den Stimmbruch noch vor sich. Aber er versucht, einen energischen Ton anzuschlagen. »Ihr Frauen kommt mir vor wie Sirenen, die Männer erst mit betörenden Blicken anlocken, um sie dann zu zerfleischen. Denn so läuft es doch. Du denkst als Mann, ›die da drüben hat mich nett angeschaut. Ich gehe mal rüber und frag sie, wie sie heißt.‹ Aber kaum hast du das erste Wort gesagt, verwandelt sich das hübsche Gesicht in eine hässliche Fratze, und sie zischt dich an, du sollst dich sofort verpissen. In dieser Stadt warten sie nur darauf, dich in aller Öffentlichkeit fertigzumachen.«

»Jawoll«, kommt es jetzt zustimmend von mehreren Seiten.

»Das ist crazy! Aber wenn ihr zu eingeschüchtert seid, Frauen in einer Bar anzusprechen, wie lernen dann Männer in diesem Land neue Frauen kennen?«, fragt Linda fassungslos.

»Keine Ahnung, irgendwie klappt es halt. Sicher ist nur eins: Hier nicht! Denn am Tresen wird unter der Woche nicht geflirtet. Da herrscht Ruhe«, sagt der Monologist jetzt.

»Es muss doch auch mal Orte geben, wo ihr uns nicht belästigen könnt. Ein Ort, wo Männer nach einem harten Arbeitstag ihren Frieden finden«, unterstützt ihn sein Freund.

»Vielleicht solltet ihr besser eines der vielen türkischen Vereinscafés besuchen, wo Männer bis spät in die Nacht unter Neonlicht zusammensitzen, rauchen, spielen und dabei der Fernseher im Hintergrund dröhnt? Da dürfen wir Frauen gar nicht erst rein«, schlage ich vor.

»Nee, geht nicht. Kein Alkohol erlaubt«, brummt es jetzt wieder von der anderen Seite.

Für einen kurzen Moment sind alle am Tresen still, in sich gekehrt, fast nachdenklich. Dann beginnt irgendeiner zu kichern, ich glaube, es ist der Junge. Irgendwann müssen wir alle lachen.

»Also, was geht?«, fragt der Schüchterne, er wird mutiger.

»Okay, ihr habt gewonnen. Ich spendiere eine Runde«, ruft der Brummer.

Danach wird der Abend erstaunlich gesellig. Wir stellen uns einander vor: der Anlagenbauer heißt Peter und ist im richtigen Leben Computerfachmann. Was ein Anlagenbauer genau macht, kann er mir auch nicht sagen. Er meint, die hätten aber irgendetwas mit Trockenbau zu tun. Die beiden Freunde sind Bernd und Björn, der Junge stellt sich als Tom vor. Später gesellt sich noch der SMS-Schreiber dazu, ein schwuler Schauspielschüler, der unglaublich gut Witze erzählen kann. Am lustigsten sind seine Kampflesbenwitze.

Als wir uns kurz nach Mitternacht voneinander verabschieden, habe ich das Gefühl, fünf neue Freunde gefunden zu haben, die ich jederzeit bei einem Umzug zum Möbelschleppen einsetzen könnte. Das freut mich. Zwar war niemand dabei, den man ein Leben lang um sich haben möchte. Aber für einen Abend waren die alle in Ordnung. Ich bin guter Dinge, Kitty auch. Doch kaum hat sich die Bartür hinter uns geschlossen, blicken wir in Lindas säuerliches Gesicht.

»Nina«, sagt sie vorwurfsvoll, »du hast sie alle auf dem Präsentierteller gehabt – und was machst du daraus? Nichts! Hast du nur eine Telefonnummer von den Jungs? Oder hat einer von denen nach deiner gefragt? Nein! Und warum nicht? Weil du mit den Männern geredet hast wie mit Kumpels. Wie eine große Schwester. Wie nennt ihr das? Geschlechtsneutral? Da hat nichts geknistert. So kann das nichts werden.«

Ich versuche mich zu verteidigen. »Es war doch ein lustiger Abend.«

Linda verdreht die Augen. »Jetzt mal zum Mitschrieben – *Regel Nummer 6. Es geht niemals – niemals*, verstehst du mich, Nina – *darum, einen lustigen Abend zu haben. Sondern ausschließlich darum, den Traummann zu finden, der dich als Traumfrau zum Altar führt. Ein lustiger Abend ist ein verlorener Abend.*«

»Aber es war doch offensichtlich kein Mann dabei, der Nina interessiert hat. Sonst hätte sie sich doch anders verhalten«, wendet Kitty ein.

»Nina hat keine Ahnung, ob vielleicht einer dabei war. Sie hat ihnen ja keine Chance geboten, sich ihr als Mann zu nähern, weil sie selbst sich benommen hat wie ein Kerl. Die gleichen Sprüche, derselbe Sarkasmus. Von der Beobachtung deines Treffens mit Karl weiß ich, dass Nina sehr charmant in der Anwesenheit eines Mannes schweigen kann. Aber weiß sie auch wirklich, wie man mit ihnen reden muss?«

Was ist das denn für eine Frage? Linda tut ja so, als hätte ich überhaupt keine Erfahrung. Als habe noch nie ein Mann für mich sein Flugticket zerrissen, um länger bei mir bleiben zu können. Natürlich kann ich auch sehr weiblich mit Männern reden – aber dafür muss doch wenigstens ein Flirt vorangehen. Bernd, Björn, Peter, Tom waren einfach keine Flirtkandidaten. Der schwule Schauspieler sowieso nicht.

So ähnlich argumentiere ich jetzt gegenüber Linda. Aber die beharrt auf ihrer Position.

»Baby, du bist hier in einer Großstadt. Und die Zeit drängt. Wenn das deine Art ist, mit Männern zu reden, die du nett findest, dann musst du besser werden. Ergebnisorientierter. Jedes Treffen mit einem Mann ist eine Chance, die maximal genutzt werden muss. Am Ende soll dich nicht nur mindestens einer nach deiner Telefonnummer fragen, nein, du musst dann auch genau wissen, ob du überhaupt von ihm angerufen werden willst. Vielleicht war dein Mister Right einer der Männer heute Abend am Tresen, du wirst es nie erfahren. Denn du hast deine Zeit mit ihnen verplempert.«

»Jetzt spiel dich hier nicht als Allwissende auf, Linda«, antworte ich maulig, denn irgendwie fühle ich mich von ihr vor den Kopf gestoßen. »Dieser Abend war doch deine Niederlage. *Sprich nie einen Mann zuerst an.* Gibst du wenigstens zu, dass diese Regel hier partout nicht klappt?«

Wir sind stehen geblieben, genau genommen stehen wir uns gegenüber, ein bisschen Bürgersteig liegt zwischen uns, wir schauen uns beide verärgert an, fixieren uns wie zwei Pistolenhelden auf einer staubigen Straße, Kitty ist etwas abseits geblieben und beobachtet uns belustigt. Wer von uns gibt jetzt nach? Linda lenkt ein.

»O.k., die *Regel Nummer 5* ziehe ich hiermit zurück. Ab heute gilt sie nicht mehr. Von mir aus kannst du Männer ansprechen, aber ...«, sie zögert kurz und legt sich ihre Worte zurecht, »... du musst tatsächlich lernen, wie man sich auf einem ernsthaften Date präsentiert, was man mit einem Mann redet und was nicht. Was du dringend brauchst, Nina, ist eine Nachschulung. Bei meinem Freund Archie Hegemann.«

»Eine Nachschulung im Dating«, lacht Kitty laut auf. »Herzlichen Glückwunsch, Herzblatt!«

KAPITEL 7

Ich kann daten!

Mir war entfallen, wie befriedigend sich das anfühlt, etwas von einem Moment auf den anderen ruckartig zu können. Solche dankbaren Momente kenne ich nur aus meiner Kindheit. Zum Beispiel als ich schwimmen lernte. Mein Vater hatte mich schon eine Weile im Wasser gehalten und mir immer aufs Neue geduldig erklärt, wie man die Arme und Beine führen muss, um über Wasser zu bleiben. Aber irgendwie verhakelten sich meine Extremitäten, ich war verzweifelt und wollte aufgeben. Doch plötzlich, als sei ein Zauberbann gebrochen, saß jeder Zug, ich schoss im Wasser Meter um Meter voran und bald wurde mir bewusst, dass der väterliche Sicherheitsgriff längst fehlte. »Ich kann schwimmen!«, schrie ich in den spanischen Himmel, der sich wolkenlos über dem Mittelmeer spannte. Jetzt jubele ich innerlich wie damals: Ich – kann – daten!

So glücklich war ich schon lange nicht mehr. In meinem Erwachsenenleben ist alles zu kompliziert, um schnell zu gelingen. Aber dank Archie Hegemann habe ich kapiert, dass echtes Dating so einfach oder schwer ist, wie das Gleichgewicht beim Fahrradfahren zu finden. Man braucht nur die richtige Einstellung. Selten, denke ich bei mir, war eine Nachschulung so effektiv.

»Deine Lieblingsfarbe?«, fragt Archie.

»Rot«, antworte ich prompt.

Rot ist eine gute Antwort, das weiß ich inzwischen. Rot steht für Leidenschaft, für innere Wärme, für Liebe. Mit der Farbe Rot signalisiere ich meinem Gegenüber, dass ich eine offenherzige, gefühlvolle Frau bin, die auch hingebungsvoll sein kann. Vor meiner Nachschulung hätte ich mit Mintgrün geantwortet. Mintgrün ist tatsächlich eine meiner Lieblingsfarben. Aber durch Archie habe ich gelernt, dass Mintgrün die Farbe schwieriger Frauen ist. Die essgestörte Lady Di habe zum Beispiel ausgesprochen gerne Mintgrün getragen. Und was ist von ihr geblieben? Noch jetzt, Jahre nach ihrem tragischen Tod, tauchen zu jedem Gedenktag neue Dokumente ihres verkorksten Lebens auf: Videobotschaften, geheime Tagebücher oder private Liebesbriefe einer Affäre. Sie ist als Tote so manisch wie als Lebende. Solche anstrengenden Frauen, meint Archie, wollen Männer nicht dauerhaft in ihrem Leben dulden; deshalb dürfe ich bei einem Date niemals erwähnen, dass mir Mintgrün gefalle. Offiziell bin ich jetzt der Rot-Typ.

»Karminrot klingt noch besser. Wirkt eleganter und etwas weniger konventionell«, schlägt Archie vor.

Archie Hegemann ist ein strenger Lehrer. Von ihm geschult zu werden, ist Arbeit. Arbeit im doppelten Sinne – denn unser Treffen findet in einem eleganten Fitnessstudio hoch über der Stadt statt. Wir stehen beide auf einem Laufband und blicken durch die Glasfassade aus dem 16. Stockwerk hinunter auf den breiten Boulevard unter uns; die Autos rauschen im Ampeltakt, dazwischen wimmeln Hunderte Fußgänger. Während ich langsam beginne, an der Zuverlässigkeit meines Deos zu zweifeln, zeigt sich auf Archies Stirn und Oberlippe nicht der Hauch eines Schweißfilms, auch die Gesichtsfarbe ist normal. Archie rennt auch viel schneller als ich. Die Distanzanzeige auf seinem Elite-Runner-3000-E zeigt schon unglaubliche 10,3 Kilometer an. Ich bin erst bei km 5,7.

Warum hier? Linda sagt, Archie sei der ungekrönte Dating-Papst der Branche. Er sei so gefragt, dass ein kurzfristiges Treffen mit ihm nur während seines täglichen Work-outs im Fitnessstudio möglich ist. Linda kennt Archie eigentlich aus New York, aber jetzt ist auch er für ein paar Monate nach Deutschland übergesiedelt, um hier eine Frau fürs Leben zu finden. Genau genommen eine Frau wie seine Mutter. Die war nämlich eine deutsche Popcorn-Verkäuferin im Kasernenkino einer US-Base, in der sie Archies Vater, einen Soldaten aus Idaho, kennenlernte. Archie wurde – frei nach den Kinovorlagen – 1972 auf dem Rücksitz eines Autos gezeugt, dessen aufgeblendete Scheinwerfer pfälzische Ackerfurchen beleuchteten, durch die Feldmäuse huschten. So zumindest berichtet es Linda.

Jetzt fordert mich Archie auf, eine Frage an ihn zu richten. Ich soll mir vorstellen, er sei mein Kandidat für ein erstes Date und ich wolle herausfinden, was er als Mann taugt. Archie hat mir klargemacht, dass ich mich nicht schämen muss, einen Unbekannten auf dem ersten Date gezielt nach seinen Qualitäten und seinen Schwächen abzuklopfen. So ein Treffen müsse man als eine Art romantisches Bewerbungsgespräch zwischen den Geschlechtern verstehen. Es gehe eben darum, schnell herauszufinden, ob mein Gegenüber als dauerhafter Partner überhaupt in Betracht käme.

»Ihr deutschen Frauen«, doziert Archie an diesem Nachmittag hoch über den Boulevards Berlins, »habt einen ausgeprägten Hang zur Romantik und seid ziemlich hemmungslos, wenn es um Sex geht. Was euch völlig abgeht, ist ein bisschen Vernunft in der Liebe. Und das in dem Geburtsland von Kant! Es fällt euch schwer, einen Mann zu prüfen, bevor ihr euch mit ihm einlasst. Das wollen wir üben, Nina.«

Also gut, jetzt prüfe ich. Neben mir läuft nicht mehr Archie Hegemann, mein privater Datinglehrer, sondern Archie Hegemann, möglicherweise Mann meiner Träume. Was will ich vorher von einem wissen, der vielleicht eines Tages der Vater meiner Kinder werden könnte? Ich versuche, nüchtern zu denken. Kühl. Dabei beginne ich gerade auf dem Laufband zu schwitzen.

»Wie hoch ist dein IQ?«, frage ich also keuchend. Für lange Fragen ist meine Pulsfrequenz zu hoch. Zum Glück nickt Archie anerkennend. Scheint eine passable Frage zu sein. Offensichtlich eine Standardfrage, denn er hat schon eine präzise Antwort darauf.

»118. Gemessen und zertifiziert durch den Harvard Business School IQ-Test des Jahres 2002«, antwortet er.

Wäre Archie nicht so klein, er käme glatt in meine engere Auswahl. Ich will jetzt kein Maßband auspacken, aber ich schätze, mehr als 165 Zentimeter hat Archie Hegemann beim Wachsen nicht geschafft. Er kriegt es allerdings perfekt hin, seine Kleinwüchsigkeit auf größere Distanz zu kaschieren. Im ersten Augenblick war mir seine Zwergenstatur gar nicht aufgefallen. Aus der Entfernung sieht Archie aus wie ein Großer.

In Europa sehen kleine Männer wirklich klein aus – immer. Sie haben kurze kleine Finger, tragen klitzekleine Schuhgrößen und oft genug sind sie entweder schlecht angezogen, zu dick oder leiden unter Haarausfall. Dann sind sie nicht nur klein, sondern auch unansehnlich. Kleine europäische Männer schreien ihr körperliches Defizit förmlich in die Welt. Stimmt nicht? Also, ich nenne nur mal prominente Namen wie Roberto Benigni, Charles Aznavour, Gregor Gysi, Bernhard Hoecker oder dieser eine Assistent vom Tatort-Kommissar. Die dürften sich bei ihren Körpermaßen noch nicht mal als Flugbegleiterin bewerben.

Jetzt zähle ich mal amerikanische Vergleichsbeispiele aus Hollywood auf: Tom Cruise, Sylvester Stallone, Brad Pitt, Michael J. Fox. Alles Däumlinge. Trotzdem verkörpern sie in ihren Filmen glaubhaft den Helden. Volles Haar, die Zähne weiß und kräftig, die Muskelmasse genau richtig platziert, sodass sie nicht aufplustern wie ein Michelin-Männchen. Die Proportionen bei ihnen stimmen – Körperlänge, Hände, Füße, alles passt harmonisch zueinander. Diese Männer erinnern mich an ein eingelaufenes T-Shirt. Als wären sie früher alle Männer über 1,85 Meter gewesen, die sich dann in der Waschmaschine so lang zusammenschrumpfen ließen, bis sie die perfekte Ausführung ein paar Nummern kleiner erlangten. Wahrscheinlich sind diese Männer für Hollywood kosteneffektiver, sprich billiger. Es scheint viel günstiger zu sein, einen Tom Cruise vor der Blue-Screen zu pixeln als, sagen wir mal, einen Riesen wie Jeff Goldblum. Übrigens ist es wohl kein Zufall, dass sich ausgerechnet Til Schweiger ernsthaft Hoffnung auf eine Hollywoodkarriere machte. Er gehört zu den wenigen deutschen Schauspielern, die von der amerikanischen Variante des Kleinwuchses befallen sind.

Archie Hegemann ist zwar kein Hollywood-Schauspieler, aber er verkörpert diesen Tom-Cruise-Typ perfekt. Wenn ich unmittelbar vor ihm stehe, muss ich meinen Blick leicht nach unten richten, will ich ihm tief in die Augen schauen. Damit ist klar, wir sind nicht füreinander geschaffen. Ich glaube einfach nicht, dass man mit kleineren Männern glücklich werden kann. Irgendwann bricht doch ihr Kleine-Männer-Komplex durch, dann benehmen sie sich plötzlich großmäulig, großkotzig, sogar größenwahnsinnig, nur um zu beweisen, dass sie auch Kerle sind. So wie Napoleon. Oder mein Ex-Freund Michael, der 1987 zum Kanufahren in Norwegen eine Waffe über alle Grenzen mitschmuggelte. Damit würde er uns ein Abendessen schießen, behauptete er vor der Abfahrt großspurig. Am Ende versetzte ihn schon der Anblick eines hoppelnden Kaninchens in eine mehrstündige Schweigedepression.

Aber Archie ist eh kein Kandidat für mich. Denn man soll sich nicht in seinen Lehrer verlieben. Das lenkt nur vom Stoff ab.

»Lieblingsfilm?«, fragt Archie jetzt.

Diesmal muss ich kurz zögern. Diese Frage hatte er vor gut 33 Minuten schon einmal gestellt. Sie hätte fast zum Abbruch der Nachschulung geführt. Therapeuten würden sagen: Der Patient hat den Ground Zero erreicht. Alles was vor diesen 33 Minuten gesagt worden war, galt danach nicht mehr. Die Kinofrage veränderte alles.

Ursprünglich hatte ich auf die Frage nach dem Lieblingsfilm mit *Thelma und Louise* geantwortet. Natürlich einschließlich des Hinweises, die stärkste Szene des Films sei die gewesen, in der die beiden Frauen mit dem Auto Anlauf nahmen und sich in voller Fahrt in den Abgrund stürzten. Ich glaube mich zu erinnern, dass ich meine Beschreibung auch noch lautmalerisch mit Fluggeräuschen unterstützte. Auch der Aufprall klang saftig. Das war endgültig zu viel für Archie Hegemann. Er hatte ja schon vorher missbilligend auf einige meiner Antworten reagiert. »Zu negativ, Nina, viel zu negativ.« Aber ich gebe zu, mir waren diese simplen Handbuchfragen auf die Nerven gegangen: Hobbys? Lieblingsfarbe? Lieblingsmusik? Wo siehst du dich selbst in fünf Jahren? Das klang nach schlichter Brieffreundschaft, so konnte sich doch keine Leidenschaft zwischen Mann und Frau entwickeln. Also hatte ich begonnen, Archie mehr oder weniger mit meinen Antworten zu provozieren. Doch mit *Thelma und Louise* war ich wohl zu weit gegangen. Mit regelrecht angewidertem Gesicht hatte Archie sein Laufband abgestellt.

»Was soll das hier werden?«, fragte er mich kühl. »Du wählst bei einem ersten romantischen Abendessen einen Film aus, bei dem zwei notorisch unzufriedene Weiber erst ihre Partner sitzen lassen, dann einen zudringlichen Kerl auf einem Parkplatz erschießen, daraufhin Tankstellen ausrauben, einen Tanklaster in die Luft jagen, um dann zu guter Letzt ein Aufgebot von FBI-Agenten, Scharfschützen und Polizei durch einen gezielten Sprung in den Grand Canyon auszutricksen? Findest du das witzig?«

Ich schaute Archie trotzig an. Wo lag das Problem – er hatte mich nach meinem Lieblingsfilm gefragt. Hier war mein Lieblingsfilm. Ganz einfach.

Er verdrehte genervt die Augen. »Du kannst bei einem Date nicht *Thelma und Louise* nennen.«

»Warum nicht?«

»Weil – wir – Männer – diesen – Film – nicht – mögen«, sprach er mir betont langsam vor.

Wir Männer mögen diesen Film nicht. Was sollte das denn heißen? Durfte ich denn beim Dating nicht ehrlich sein?

Auf diesen Einwand schien Archie gerade gewartet zu haben. Nun kam er richtig in Fahrt. Hier lag der Kern meines Problems, wie er es sah. »Nina, niemand auf einem Date sagt die volle Wahrheit. Darum geht es nicht. Die meisten amerikanischen Männer müssten auf die Frage nach ihrem Lieblingsfilm wahrheitsgemäß mit *Zehn nackte Schwedinnen* antworten. Stattdessen behauptet die Mehrheit laut Statistik weiterhin, ihr Lieblingsfilm sei *Mrs. Doubtfire* – dieser Film liegt auf Platz 1 der von Männern meistgenannten Filme bei Dates. Ich schwöre, kein Mann liebt *Mrs. Doubtfire*. Das ist ein langweiliger Kitschfilm. Aber er handelt von einem Mann, der sich trotz Trennung von der Ehefrau unter allen Umständen weiter um seine Kinder kümmern will und sich deshalb als ältliche Nanny verkleidet. So einen Film zu nennen kommt bei Frauen sehr gut an. Das gilt als sensibel.«

»Frauen und Männer sollen also lügen, um einen besseren Eindruck zu hinterlassen?«

Lügen, antwortete Archie, sei so ein hässliches Wort. Das würde er nicht gerne hören. Aber es gehe beim Dating tatsächlich darum, sich ein neues Ich zuzulegen; natürlich eines, das einen für das andere Geschlecht attraktiver mache. Keine Lüge, nein, keine krasse jedenfalls – alles eine Frage der Dosis. Wie ein gutes Make-up. Das Dating-Ich dürfe nicht zu weit vom alten Ich entfernt sein, weil man sich sonst schnell in Widersprüche verstricke, aber grundsätzlich sei es völlig in Ordnung, sich ein wenig aufzuwerten. »Upgrade your Ego«, hieß Archies griffige Formel.

An diesem Punkt vor 33 Minuten war klar gewesen: Entweder ich musste jetzt endgültig vom Laufband steigen und das Dating-Projekt für immer begraben. Oder ich musste Archies neue Spielregeln wirklich verinnerlichen – mir ein neues Ego erschaffen, besser, geschmeidiger und liebenswerter als das Alte. Vielleicht war es nicht die echtere Nina. Aber bestimmt die attraktivere.

Ich war geblieben.

Danach begann Archie wirklich effektiv, eine komplett neue Nina zu erschaffen. Widerstandslos ließ ich mich von ihm systematisch abfragen und gemeinsam wählten wir die Antworten aus. Am Ende hatten wir folgende Vereinbarungen für mich getroffen: Lieblingsessen – Sushi. Nahm den Männern Angst vor drohendem Übergewicht der Partnerin. Lieblingsbuch – etwas Aktuelles von der Bestseller-Liste. Wirkte informiert, aber nicht extrovertiert. Lieblingsautomarke – wir einigten uns auf den neuen Mini. Archie fand BMW zu aggressiv für eine Frau. Er schlug einen Golf vor, aber das war mir zu durchschnittlich. Beine rasiert oder entwachst? Immer entwachst, hatte Archie angeordnet.

»Ich warte noch auf deine Antwort – dein Lieblingsfilm. Der zweite Versuch«, drängelt Archies Stimme sich in meine aufkeimende Protesthaltung.

Er will mich testen, denke ich. Wie bei einem wilden Pferd, dass man eingeritten hat, aber so ganz traut man dem Erfolg noch nicht. Wird das Pferd nicht bocken und den Reiter abwerfen, wenn man gleich die Koppel öffnet? Also lieber noch eine kurze Provokation, bevor man es in die Freiheit entlässt. Mein Koppel-Test ist der Lieblingsfilm. Ich ahne in etwa, was er von mir hören will. Und gebe klein bei.

»Titanic«, antworte ich zaghaft.

Archie hebt belehrend den Zeigefinger. »Du musst dich nicht verbiegen, Nina. Gute Dater bleiben immer dicht an der Wahrheit. Nenn ruhig einen Film, der dir wirklich gefallen hat. Nur romantisch muss er sein.«

»Jenseits von Afrika«, sage ich erleichtert. Und zitiere den ersten Satz des Filmes, den ich so sehr liebe. »Ich hatte eine Farm in Afrika am Fuße der Ngong-Berge ...«

Zum ersten Mal entspannt sich Archies Gesicht sichtbar. »Sehr schön! Aber das Zitat würde ich vorsichtshalber weglassen, es könnte zu belesen und damit bedrohlich wirken. Vielen Männern sind solche Frauen zu anstrengend. Du kannst ihm deine Liebe zu Büchern mit der Zeit beibringen. Aber jetzt weg von der Romantik – was antwortest du, wenn du ausdrücken willst, dass du nicht nur eine begehrenswerte Frau, sondern auch eine wunderbare Mutter sein wirst?«

»*Flightplan* mit Jodie Forster.« Ich weiß genau, mit dieser Antwort liege ich richtig. Außerdem ist Jodie Forster wirklich eine gute Mutter. Eine gute lesbische Mutter, denke ich und muss grinsen.

»Und wenn du dein Date richtig scharf machen willst?«

»*Basic Instinct,* Teil 1.« Ich komme mir vor wie bei der Führerscheinprüfung. Aber egal. Was ich sage, ist goldrichtig. An Sharon Stone ohne Höschen führt immer noch kein Weg vorbei.

Tatsächlich schaut mich Archie sehr zufrieden an. Er nickt mir zu. »Du hast es kapiert.« Dann stellt er das Laufband ab, reibt sich einmal mit seinem Handtuch, das er sich ganz klassisch um den Nacken gelegt hatte, über das Gesicht. Ich folge seinem Beispiel nur zu gerne, denn ich bin längst aus der Puste. Mein Kilometeranzeiger behauptet, ich sei 7,5 Kilometer gelaufen und hätte dabei lächerliche 483 Kilokalorien verbrannt. Aber ich habe Durst wie nach einem Marathon. Außerdem brauche ich eine Kühlung, mein Gesicht ist inzwischen bestimmt wieder krebsrot. Ich wage es nicht, in einen der vielen Spiegel im Fitnessstudio zu schauen. Zum Glück geht Archie zur Bar am Rand der Cardiogeräte, ich folge ihm. Er bestellt zwei isotonische Cocktails, meiner schmeckt wie Kaugummi. Egal. Das erste Drittel stürze ich hinunter. Erst danach habe ich wieder die Kraft, über die letzte Stunde nachzudenken.

Archie – mein persönlicher PR-Stratege – hat eine ganz neue Nina geformt. Eine Nina, die so noch nie existiert hat, und die es vermutlich auch niemals wirklich geben wird (Beine entwachsen? Niemals. Viel zu schmerzhaft). Aber eine Nina, die so zum Anbeißen ist, dass man sie gleich nach dem ersten Date vor den Traualtar schleppen will.

Während ich durch die Glasfassade in den Himmel schaue, versuche ich zu erspüren, wie sich mein neues Ich anfühlt. Plötzlich kann ich kochen, mag romantische Filme, liebe Rot und trage am liebsten Seidenunterwäsche von Agent Provocateur. Leider kann ich noch fühlen, wie mich mein H&M-Höschen zwackt.

Seit dem dritten Mal waschen sitzt es nicht mehr besonders passgenau. Es ist ja nicht so, dass ich nicht schöne, seidige Unterwäsche in meinem Schrank liegen habe. Ich hole sie nur viel zu selten heraus. Baumwolle lässt sich besser waschen, hätte die alte Nina gesagt.

Werde ich die alte Nina jemals los?

Archie beruhigt mich. Die meisten Dating-Kandidaten näherten sich mit der Zeit der Kunstfigur an, die sie für sich selbst entworfen hätten. Dating bedeute eben auch, sich bewusster zu werden, welche Erscheinung man wählen möchte. Eigentlich gehe es – Archie lächelt auf einmal versonnen, ja etwas entrückt – eigentlich gehe es beim Dating nur vordergründig um die Suche nach dem richtigen Partner und in Wahrheit um die Suche nach dem richtigen Ich. Aber – jetzt macht Archie eine wegwischende Handbewegung – das seien höhere Weihen. Und mit diesen Worten und einer knappen Abschiedsgeste lässt er mich stehen und geht zurück in den Fitnessbereich, um eine Cool-Down-Runde einzulegen.

KAPITEL 8

Mit einem üppigen roten Rosenstrauß in einer Hand und einem Kopf Weißkohl in der anderen betrete ich das Krankenhaus. Die grimmige Pförtnerin beobachtet mich lauernd durch die Scheibe ihres Glaskastens.

Ich kann ihre Gedanken lesen. Sie glaubt, wer sich bei Blumen in solche Unkosten stürzt, der müsse eben den Preis zahlen und für den Rest seines Lebens Kohl essen. Tatsächlich entspricht der Preis für den Strauß vermutlich der Kohlkopfration eines halben Jahres.

Fast bin ich versucht, der übellaunigen Pförtnerin eine Rose zu schenken. Baccaras sind eh unpraktisch für eine Aufwartung im Krankenhaus. Ihre Stiele sind viel zu lang für die Apfelmusgläser, die hier als Vasen in Gebrauch sind. Am besten verschenkt man deshalb Sträuße, die es fertig gebunden an der Tankstelle zu kaufen gibt. Solche Blumen würden einem das Apfelmusglas niemals übel nehmen. Schließlich haben sie vorher Stunden, manchmal sogar Tage in einem dreckigen, ölverschmierten Plastikeimer verbracht, umweht von Autoabgasen. Noch praktischer als Geschenk ist allerdings ein Kohlkopf – ein wunderschön gewachsener, runder, großer, gut gekühlter, blässlich grüner Weißkohlkopf. Beate hat ihn sich so sehr gewünscht. Um ihren, ich mag gar nicht daran denken, Busen zu kühlen.

Die Zwillinge sind nämlich da. Schon seit fünf Tagen. Entbunden per Kaiserschnitt am 23. August um 11 Uhr morgens. Die Geburt hatte nur 25 Minuten gedauert. Ein kleiner Schnitt, erst wurde Theo geholt, dann Albert. Meine Schwester saß dabei in halb aufrechter Position, die Betäubung war nur lokal, und sie konnte deshalb alles beobachten. Ich stand rechts hinter ihr, links von uns stand ihr Mann Rüdiger.

Der Geburtsakt hatte etwas von einem Zaubertrick. Der Unterleib meiner Schwester war von einem grünen OP-Tuch verdeckt, das von den Schwestern wie von Zauber-Assistentinnen hochgehalten wurde. Dann ein imaginärer Tusch: Die Ärztin hielt den brüllenden Theo über den Vorhang, der heftig strampelte, aber von gesunder rosaroter Farbe war. Danach wieder ein Moment konzentrierter Stille, Ärzte und Schwestern waren hinter dem Vorhang zugange, während Theo im Hintergrund schon in ein vorgewärmtes blaues Handtuch gewickelt wurde. Und plötzlich erschien Albert am Horizont, blutiger und käsiger als Theo, aber eindeutig besser gelaunt. Meine Schwester begann im selben Moment zu weinen, vor Erleichterung, dass alles gut gegangen war. Ich dagegen hatte etwas befremdet im OP herumgestanden, ein bisschen überfordert damit, was genau ich jetzt fühlen sollte. Es war alles so surreal.

Danach trug ich kurz den warm verpackten Albert durch den OP-Saal, war aber ziemlich unsicher, ob ich alles richtig machte. Das führte dazu, dass ich die ganze Zeit sinnlos auf das arme Neugeborene einredete, mich ihm als Tante vorstellte, die Farbe des OP-Saals beschrieb und erzählte, seine Großeltern würden morgen anreisen. Albert blinzelte ab und zu mit den Augen, schlief aber immer wieder ein; ich hatte große Angst, er würde mir aus dem Handtuch rutschen und auf den gekachelten Boden fallen. Also reichte ich ihn im nächstbesten Moment einer Krankenschwester weiter, die ihn mir wortlos abnahm. Sie ließ mich wie eine Versagerin stehen. Vermutlich war ich auch eine – meine Mutterinstinkte hatten versagt. Aber die Zwillinge sahen und sehen ganz anders aus als erwartet. Sie haben einen langen, dünnen Körper, ihre Hautfarbe ist grünlich-braun, ein bisschen olivenhaft, und mit dem Mund machen sie suchende Schmatzbewegungen wie ein kleines Tier. Ich dachte immer, Babys sähen aus wie in der Windel-Werbung – proper, rosig, speckig. Beate meint, das käme noch. Ich sollte ihnen ein paar Monate Zeit lassen.

Auf jeden Fall geben sich die Zwillinge Mühe, ihr Gewicht möglichst schnell zu verdoppeln. Inzwischen trinken beide heftig bei Beate, was dazu geführt hat, dass ihr Busen auf eine Größe angeschwollen ist, mit der sie problemlos mit jedem Silikonstarlett konkurrieren kann. Mir war überhaupt nicht klar, dass der weibliche Körper im Laufe seines Lebens so viele verschiedene Formen annimmt. Lange war Beates Erscheinung schlank, fast schwebend. Dann, mit Ende dreißig, senkte sich ihr ganzer Körper ein wenig, wurde erdzugewandter. Sie sah auch dann nicht schlecht aus, nur weniger elfenhaft. Während der Schwangerschaft verzigfachte sich der Umfang ihres Bauches und erreichte am Ende die Maße eines Spreewälder Gurkenfasses. Jetzt ist der Bauch schon erstaunlich schnell geschrumpft, während nun der Busen sich anschickt, innerhalb von nur 48 Stunden zur optisch alles beherrschenden Körperregion emporzusteigen. Kein Wunder, dass diese Busenexplosion wehtut. Beate klagt auf jeden Fall sehr über Brustschmerzen, sie sagt, sie entwickle eine regelrechte Hitze unter dem Still-BH. Ihre Nachbarin im Zimmer, schon erfahrene Mutter von drei Kindern, das vierte folgt nun gerade, empfahl ihr deshalb, Blätter eines Weißkohls in den BH zu stecken. Die würden wunderbar kühlen und den Schmerz lindern.

Leise öffne ich die Tür zu Zimmer 24. Wie immer hat mich der Krankenhausgeruch schon ganz schummrig gemacht. Diese Mischung aus Desinfektionsmitteldämpfen und Essensdüften, die noch Stunden nach den Mahlzeiten auf den Krankenhausfluren hängen bleiben, macht mich jedes Mal fertig. Außerdem finde ich es sonderbar, erst durch die Station für Innere Medizin zu müssen, wo alte Damen in Nachthemd und Morgenmantel auf Gehhilfen gestützt über den Flur schleichen, um dann bei der Säuglingsstation zu landen, auf der die jungen Frauen ähnlich langsam und schwerfällig gehen, aber sich dabei an durchsichtige Rollkisten, in denen Neugeborene liegen, klammern.

Beate reißt mir den Kohlkopf förmlich aus der Hand. Hektisch versucht sie, die äußeren Blätter zu lösen – was nicht so leicht ist, weil die Weißkohlblätter fest aufeinander kleben –, und die ersten zwei Exemplare, die relativ heil geblieben sind, werden sofort in den BH gestopft. Sie legen sich wie Körbchen um Beates Brust. Die Linderung kann man ihr im Gesicht ablesen. Sie atmet aus und lehnt sich zurück in das halbhoch gestellte Krankenhausbett. Neben ihr schlafen die Zwillinge in ihren Rollbettchen. Beate zeigt auf die Blumen. »Für mich?«, fragt sie lächelnd. »Ich wusste nicht, dass ich in meinem Zustand noch Verehrer habe.«

Rüdiger sitzt in der Ecke, am einzigen Tisch des Zimmers, und schaut giftig zu uns herüber. Ich glaube, er ist ein ziemlich eifersüchtiger Typ. Manchmal bin ich nicht ganz sicher, worauf er eifersüchtig ist. Darauf, dass vielleicht andere Männer sich weiterhin für Beate interessieren könnten. Oder darauf, dass sie eine Schwester wie mich hat, mit der sie sehr eng verbunden ist. Er selbst hat kaum Freunde. Zumindest tauchten bei der Hochzeit nicht viele auf.

Ich denke, es ist jetzt besser, ein Wort zu den Rosen zu sagen. Also erkläre ich, dass die Blumen just in dem Moment bei mir zu Hause angeliefert wurden, als ich die Haustür schon zugezogen hatte. Da ich in Eile war, hätte ich sie einfach mitgenommen. Außerdem seien die Rosen von Karl und schon seine Karte habe mir den Rest gegeben. *»Sinnliche Baccararosen sind wie Du, meine süße Frigide – stachlig und leidenschaftlich zugleich.«* Eigentlich wollte ich die Blumen bei mir vor dem Haus in den Müll schmeißen. Aber die Rosen könnten schließlich nichts dafür, also hätte ich sie mitgebracht. Bitte sehr! Beate lächelt und hält Rüdiger den Strauß auffordernd hin. Sie schickt ihn los, ein Einweckglas zu suchen. Mit verkniffenem Gesicht schnappt er sich wortlos den Strauß und geht aus dem Zimmer. Beate atmet erleichtert aus.

»Und hast du schon auf den Strauß reagiert? Wie willst du dich bei diesem Karl bedanken?«, erkundigt sich Beate.

Das ist eine gute Frage, den ganzen Weg hierher habe ich mir den Kopf darüber zerbrochen. Karl belästigt mich jetzt seit über drei Wochen mit Anrufen, SMSen und jetzt auch noch mit überdimensionierten Blumensträußen. Das muss ein Ende haben. Erst hatte ich überlegt, ihm zu sagen, ich habe eine christliche Erweckung durchlaufen und geschworen, drei Jahre lang die Finger von Männern zu lassen. Aber das würde Karl nur noch mehr anfeuern. Also habe ich das Problem vor der Krankenhaustür auf gute alte Art gelöst. Ich schrieb ihm per Handy eine Nachricht: »Danke für Rosen. Habe mich leider neu verliebt, ein Altphilologe. Mann meines Lebens. Nina.« Den Altphilologen fand ich genial – der Beruf klingt so verschlafen, dass Karls Kampfgeist garantiert nicht herausgefordert wird. Er wird wohl eher Mitleid empfinden.

Beate ist mit dieser Lösung einverstanden. Im Bettchen regt sich Theo. Ein Arm streckt sich aus der Rollkiste empor, die Bewegung erinnert mich ein bisschen an einen Horrorfilm, alte Vampirschinken, bei denen die Untoten geisterhaft die Arme aus dem Sarg schieben. Ich halte Theo meinen Finger hin, er schnappt danach, meine Güte, hat der Junge Kraft.

Rüdiger kommt mit den Rosen zurück. Im ersten Moment erkenne ich sie nicht wieder. Die langen, wunderschönen Stiele sind rabiat gekürzt – die Rosen im Apfelmusglas erinnern jetzt an einen Biedermeierstrauß. Wie kann man nur so ein Banause sein?

»Was hast du mit den Rosen gemacht?«, fragt meine Schwester fassungslos.

Rüdiger schaut sie säuerlich an. »Jetzt passen sie«, sagt er nur. Dann setzt er sich wieder in die Ecke und blättert in seiner Lehrerzeitschrift. Die Rosen stellt er tarnend vor sich auf den Tisch.

Gleich kommen meine Eltern, es ist jetzt schon ihr vierter Tag in der Stadt und langsam wird die Stimmung zwischen uns etwas gereizt. Zum Glück wohnen sie bei meiner Schwester. Außerdem werde ich sie heute nur kurz sehen, denn ich muss gleich zu einem Stehempfang für den Job. Irgendso eine Politik-trifft-Wirtschaft-Veranstaltung, bei der man sich als Lobbyist unbedingt sehen lassen sollte. Aber vorher muss ich Beate noch auf den neuesten Stand bringen.

»Fünf«, sage ich stolz, strecke alle fünf Finger und halte ihr die Hand triumphierend vor das Gesicht.

Beate schaut mich irritiert an. »Fünf was?«

»Ich habe fünf Dates. Linda hat sie für mich festgemacht. Darunter ein bekannter Journalist und ein Manager. Alles ernsthafte Kandidaten«, verkünde ich. Hinter mir höre ich Rüdiger verächtlich schnaufen. Beate scheint sich dagegen zu freuen, sie will gerade etwas sagen, aber die Tür öffnet sich und meine Mutter steht im Zimmer.

Als letzte emanzipatorische Tat hat sie ihre Haare abgeschnitten. Meine Mutter trägt jetzt einen Herrenschnitt. Früher hatte sie einen schönen, mahagonibraunen Pagenkopf, den ich mochte. Ich meine, es war meine Mutter. So sah sie immer aus, seitdem ich mich an sie erinnern kann. Jetzt trägt sie diesen furchtbaren neuen Haarschnitt, eine spitz geformte Brille aus rotem Plastik und grellrot geschminkte Lippen, die eigentlich sinnlich aussehen sollen, aber bei ihr an Kriegsbemalung erinnern. Tatsächlich reckt sie gleich ihren Hals und scannt prüfend das Krankenhauszimmer. Ihr Blick bleibt an den Rosen hängen.

»Nina, hast du etwa so viel Geld für Rosen ausgegeben?«, fragt sie mich vorwurfsvoll. So läuft es in letzter Zeit immer. Sie macht den Mund auf – und heraus kommen immer neue Anklagen gegen meine Person. Seit sie meinen Vater und Beate aufgegeben hat, bin ich ihr missionarisches Lieblingsobjekt.

»Die sind von Ninas Verehrer. Von ihrem Date«, meldet sich Rüdiger hinter dem tarnenden Strauß zu Wort. Das Wort Date spricht er extra lang gedehnt aus, sodass es richtig affig klingt. Beate und ich hatten ausgemacht, meinen Eltern nichts vom Dating zu erzählen. Rüdiger weiß das genau.

»Verräter«, zische ich ihm zu.

»Na, na«, brummt mein Vater. Er hat sich unbemerkt ins Zimmer geschlichen. In den letzten Jahren ist er so leise geworden.

Jetzt steht er am Bettchen von Albert und schaut liebevoll auf ihn herunter. Niemand – außer natürlich Beate – scheint so glücklich über die Geburt der Jungs zu sein wie mein Vater. Es hat ihn fast ein bisschen aufgerichtet.

Es ist schon eine Ironie des Schicksals, dass Beate sich einen Lehrer wie meinen Vater zum Ehemann gesucht hat. Obwohl es bislang nicht so wirkt, als ob Rüdiger und mein Vater sich besonders mögen. Meine Mutter hingegen kommt bestens mit ihrem Schwiegersohn klar.

Dank seiner Unterstützung läuft sie jetzt zur Hochform auf. »D-A-T-E?«, fragt sie etwas schrill. «Was soll das denn sein?« Wahrscheinlich schlägt sie das Wort heute Abend im Index ihres Handbuchs für feministische Feindbeobachtung nach. Sie schaut mich auffordernd an. Meine Mutter erwartet eine Antwort.

Ich ringe um Worte, nuschele etwas, aber zum Glück übernimmt ab hier Theo. Er lässt meinen Finger los, um so alle Kraft in seinen durchdringenden Schrei legen zu können. Theo brüllt die Bude zusammen, und alle werden hektisch. Rüdiger springt auf, meine Mutter reißt Theo aus dem Bettchen und hält ihn auffordernd Beate hin, die sich schon an ihrem Still-BH zu schaffen macht und versucht, die letzten Weißkohlreste von der Brust zu entfernen. Ab jetzt dreht sich alles um die Kinder. Ich nutze dieses Zeitfenster, in dem sich niemand mehr um mich schert, um mich aus dem Staub zu machen. Die Zeit drängt. Schnell gebe ich meinem Vater einen Kuss, sein Bart kitzelt wie immer, er lächelt mich an und wünscht mir noch einen schönen Abend bei der Kapitalistenbrut. Schnell weg, bevor mich meine Mutter noch mal zu greifen kriegt.

Im Waschraum des Krankenhauses schminke ich mich zwischen den Behältern für zwei verschiedene Desinfektionsseifen. Meine Jeans tausche ich gegen mein geliebtes Diane-von-Fürstenberg-Wickelkleid, es ist aus blau-rotem, elegant gemustertem Stoff, man sieht als Frau darin umwerfend professionell und doch sexy aus, die Highheels kann ich anlassen, ein letzter prüfender

Blick auf die Strumpfhosen. Ich kann kein Loch entdecken. Hinein ins Taxi und ab zum Kaisersaal.

Ich liebe den Kaisersaal. Man muss sich diesen Ort wie aus der Zeit gefallen vorstellen. Alles um ihn herum am Potsdamer Platz ist modern, sehr modern. Keines der Hochhäuser ist älter als zehn Jahre. Nur der Kaisersaal ist alt, er liegt wie gebeamt in dieser Landschaft aus Stahl, Glas und Beton, man kann in ihn von außen wie in eine Vitrine hineinschauen und betrachtet noch auf der Straße stehend den prächtigen Stuck, die wunderschönen Kronleuchter und die feierlich angezogenen Gäste eines Festes. Wer als Unternehmer etwas auf sich hält, bucht ihn für einen Empfang.

Ich schaue hinein und sehe, dass die Stehtische schon gut besetzt sind. Linda bahnt sich den Weg durch die Gäste, sie trägt einen knallroten Hosenanzug, der entweder sehr teuer oder sehr billig war. Ich vermute, teuer. Aber bei diesen Mädchen aus Texas weiß man nie. Jetzt rauscht ein schwarzer Mercedes vor die Tür, ein Leibwächter springt noch im Rollen heraus und reißt die hintere Tür auf. Der Limousine entsteigt ein Minister, irgendwo blitzt eine Kamera, aber besonders viel Presse ist heute Abend nicht da. Diese Politik-trifft-Wirtschaft-Termine sind reine Routine. Ich hole noch mal tief Luft – wunderbar würzige Abendluft –, dann betrete ich den Kaisersaal.

Sofort werde ich von Gemurmel und Gelächter umspült. Überall stehen Leute, die sich mehr oder weniger intensiv unterhalten und dabei mit einer Hand Bier oder Wein fest umklammert halten und auf der anderen kleine Teller mit asiatischem Fingerfood balancieren. Wie immer wird viel geraucht. Jetzt geht es darum, die richtigen Gesprächspartner zu finden und andere zu meiden. Zum Beispiel diese komische Staatssekretärin, die mich gerade erblickt hat und schon erste Anstalten macht, sich von ihrer Gruppe zu lösen, um sich mit mir zu unterhalten. Seit Monaten geht sie mir auf die Nerven mit einem Förderprojekt für fettleibige

Kinder, die gleichzeitig hochbegabt sind. Sie will uns unbedingt als Sponsor dafür gewinnen. Als Beispiel führt sie einen 13-jährigen Klaviervirtuosen an, der sich leider in Schnellrestaurants so vollgefressen hat, dass seine angeschwollenen Finger nicht mehr flott genug über die Tasten hüpfen können. Er ist zu seiner eigenen Legende verkommen, sein Ruf lebt von einer Plattenaufnahme, die man als schlankem 11-jährigen mit ihm machte.

Geübt schlüpfe ich zwischen zwei umlagerten Stehtischen hindurch und bin nicht mehr zu sehen. Das kann ich ganz gut – in der Menge verschwinden und am richtigen Ort wieder auftauchen. Das gehört zu meinem Job. Wenn es Probleme geben sollte, darf ich nicht zu greifen sein. Aber gibt es etwas zu holen, muss ich blitzschnell zur Stelle sein.

Langsam hake ich meine Liste ab. Ich schreibe mir vorher immer im Büro auf, wen ich an solchen Abenden unbedingt mal sprechen muss. Es fällt hier viel leichter, Politiker zu angeln, als sie Tage später im Büro anzurufen und immer wieder von der Sekretärin vertröstet zu werden, weil der Chef angeblich gerade in einer Besprechung sei. Politiker ticken nämlich nicht viel anders als wir Lobbyisten – entweder sind sie nicht greifbar oder, wenn sie etwas wollen, kaum abzuschütteln. Gerade will ich den Staatssekretär des Ministers ansteuern, von dem wir erhoffen, dass er sich für den Bau einer Teststrecke im Umland einsetzt, wenn wir ihn nur oft genug mit attraktiven Reisen bedenken. Reisen, die vordergründig ein Wirtschaftsprogramm abarbeiten, in Wahrheit aber an die Traumstrände dieser Welt führen. Oder hat schon mal jemand von der wegweisenden Autoindustrie in Sri Lanka gehört? Also ich nicht. Von dieser Reise ist der Staatssekretär noch knackig braun.

Ich nähere mich ihm also, habe ihn schon fast erreicht, da sehe ich aus dem Augenwinkel, wie Karl auf mich zusteuert. Mist! Der ist natürlich auch hier, klar. Was tun? Durch mein Zögern hat sich jemand anderes mein Opfer gekrallt; einer vom Konkurrenzunternehmen aus Bayern. Soweit ich gehört habe, umgarnen die den Staatssekretär, weil sie Interesse haben, ihr neues

Navigationssystem an die Bundesregierung zu verkaufen, damit die all ihre Dienstfahrzeuge umrüsten. Es geht um viel Geld, keine Chance, den Mann jetzt loszueisen. Und Karl kommt immer näher. Ich muss ein Treffen mit ihm unbedingt vermeiden.

Instinktiv drehe ich mich um und stelle mich an einen der Stehtische hinter mir. Ich suche mir den Tisch aus, an dem ein Mann alleine steht. Ich kann zwar nur seinen Rücken sehen, aber ich finde, er sieht ziemlich alleinstehend aus. Für einen Altphilologen hat er vielleicht ein etwas breites Kreuz, auch der Anzug ist zu teuer, aber es hilft nichts, dieser Mann muss jetzt als mein neuer Partner herhalten. 60 Sekunden reichen schon, danach dreht Karl bestimmt ab. Da er uns nur von hinten beobachtet, streife ich den Mann am Stehtisch ganz leicht mit meinem Arm, was aus Karls Position wie eine sehr private Geste aussehen muss, blicke aber gleichzeitig suchend in den Raum hinein, was Karl von hinten ja nicht erkennen kann, aber den Herrn am Stehtisch glauben lässt, die leichte Berührung sei nur ein Versehen gewesen. Müsste eigentlich klappen.

Tatsächlich. Karl hat den direkten Kurs auf mich offensichtlich aufgegeben, denn jetzt sehe ich, dass er wie ein Kater im weiten Bogen unseren Stehtisch umschleicht, um den Mann und mich von vorne zu betrachten. Seinem Gesicht kann ich ablesen, dass er grübelt, ob das nun mein Neuer ist. Oh Gott, ich muss weitermachen. Aber wie? Ich muss unbedingt mit diesem Mann, von dem ich immer noch leicht abgewandt stehe, um ihm mein Desinteresse zu vermitteln, ins Gespräch kommen. Erst dann wirken wir wirklich vertraut. Aber was soll ich sagen? Schon mal ein Auto gekauft? Oder: Haben Sie gute Kontakte in die Politik? Zumindest könnte ich ihn schon mal anschauen. Das wäre ein Anfang.

Ich schaue hoch und blicke in das Gesicht von Mr. Martini. Er guckt, wie ich finde, etwas säuerlich.

»Na, Schwanenhals, ist das deine neue Baggermasche? Hast du wieder Lust, einen Kerl wortlos vor seiner Haustür stehen zu lassen? Ich kam mir danach vor wie ein Blödmann.«

Also, dazu muss ich jetzt zwei Sachen sagen. Einerseits ist dieser Affront super. Karl macht nämlich sofort die Kehre. Mr. Martini und ich sehen jetzt aus wie ein echtes Paar mit einer echten Beziehungskrise. Da will kein anderer Mann als Zuschauer anwesend sein, so groß das Verlangen auch sein mag.

Andererseits ist die Situation ungeheuer peinlich. Als ich Mr. Martini im Morgengrauen stehen ließ, dachte ich natürlich, ich würde ihn nie wiedersehen. Welch ein Irrtum. Und wiederum fällt mir auf, dass er verdammt gut aussieht. Die Haare sind mit Gel etwas strenger zurückgekämmt, aber nicht so sehr, dass sie angeklebt aussehen. Der dunkle Anzug sitzt korrekt und doch lässig, darunter ein schlichtes weißes Hemd, keine Krawatte. Zum ersten Mal sehe ich, dass er blaugraue Augen hat, obwohl er sonst ein eher dunkler Typ ist. Schöne Augen, auch wenn sie mich gerade zornig anfunkeln. Man möchte von ihnen gerne liebevoll betrachtet werden.

Nina, Nina, und wenn es nun damals doch ein Fehler war, einfach abzuhauen?

Was hast du zu verlieren – frag ihn doch! Bevor dir das ewig nachhängt mit ihm. Das Treffen kann kaum peinlicher werden. Dafür ist es schon zu peinlich.

»Wäre da denn die leiseste Chance gewesen«, höre ich mich sagen, »dass das mit uns eine ernste Sache geworden wäre?« Eigentlich schreiben die *rules* ja vor, mindestens ein halbes Jahr Beziehung hinter sich zu haben, bevor man sich nach den festen Absichten des Mannes erkundigen darf. Lindas *Regel Nummer 8.* Ich beschleunige das jetzt einfach.

Mr. Martini ist überrumpelt und druckst herum.

Da wäre noch so eine frühere Sache, er sei da noch nicht ganz drüber weg, eine Schauspielerin, mit der Trennung müsse er erst mal klarkommen, gut, er gebe zu, es sei schon eine Weile her, aber die drei Jahre, seitdem sie weg ist, seien wie im Flug vergangen. Und so weiter und so fort. Irgendwann gehen ihm die Worte aus, und wir müssen beide grinsen. Jetzt ist endgültig klar: Er war an dem Abend nur scharf auf den Sex. Und war natürlich sauer, als so kurzfristig nichts daraus wurde.

Damit sind wir quitt. Wir sind nicht füreinander bestimmt. Ich will etwas von Dauer, dazu ist er nicht bereit. Er will die schnelle Nummer, die wird er von mir nicht kriegen. Die Stimmung zwischen uns entspannt sich. Er holt mir ein Bier.

Bald wird klar, warum ich ihn noch nie vorher auf einer Veranstaltung gesehen habe. Er lebt erst seit wenigen Monaten in Berlin, hat vorher für eine namhafte Wirtschaftsberatung in Hongkong gearbeitet. Überhaupt war er schon sehr viel im Ausland, deshalb kennt er auch die moldawische Hymne und diese japanische Sitcom. Ein richtiger Weltbürger. Er gibt offen zu, dass er in seinem Handy Telefonnummern von Frauen aller Kontinente hat. Sein Adressbuch könne mit dem jedes Piloten konkurrieren, witzelt er jetzt. Auf einmal bin ich stolz, dass ich nicht auf seine charmante Masche hereingefallen bin.

Trotzdem – irgendwie ist er nett. Ein netter Aufreißer. Wahrscheinlich kommt er deshalb so gut an.

Es ist, als würde ich mit einem Ex reden. Ich stehe sehr auf Freundschaften mit Ex-Freunden. Sie kommen dem, was man sonst nur mit besten Freundinnen hat, sehr nahe. Guten Ex-Freunden kann man fast alles erzählen. Sie kennen dich ganz genau, haben am eigenen Leib all deine Macken und Zicken erlebt und mögen dich trotzdem noch. Das macht sie zu den loyalsten Menschen unter der Sonne. Erst durch eine Beziehung gehen, sich dann trennen und danach wieder befreundet sein ist der härteste Loyalitäts-TÜV, den es gibt. Und das Allerschönste ist: Danach gibt es keinen Grund mehr für Spannungen – weder negativ (alles ist gesagt worden, was zu sagen war), noch erotischer Art (ist man mit durch). Eine entspanntere Freundschaft, als die mit Ex-Freunden, gibt es nicht.

Mr. Martini, die Affäre, die nie zu einer wurde, hat sich also in Lichtgeschwindigkeit in den Status eines Ex-Freundes katapultiert. Und wie ich es so mache bei Ex-Freunden, hole ich mir sein

Urteil zu Lindas *rules* ein. Es ist auch mal gut, einen Mann dazu zu verhören.

Er lässt sich alles genau erzählen, hört mir gut zu und lässt sich die Karteikarten zeigen, die ich immer dabeihabe. Er liest jede einzelne durch. Danach wiegt er etwas den Kopf, holt einen schönen Silberstift mit Ebenholzgriff aus seiner Tasche und greift sich eine kleine Serviette vom Stehtisch. Links schreibt er *pro*, rechts *contra*, dazwischen zieht er einen langen Strich zur Unterteilung. Ein echter Analytiker, er kann nicht aus seiner Haut. Wahrscheinlich würde ich für so eine Beratung im wahren Leben viel Geld bezahlen müssen.

Unter *pro* verbucht er: Hilfreiche Regeln. Disziplinierend. Sicher. Klare Einschätzung.

Unter *contra* steht: Formal. Streng. Keine Spontaneität. Berechnend. Kein schneller Sex.

Kurz wirkt es, als wolle er nun einen waagerechten Strich darunterziehen und alle Punkte zusammenrechnen. Er blickt konzentriert auf den Zettel. Dann schaut er mich sehr ernst und etwas erstaunt an. »Als echter Lebemann, Nina, sage ich dir ganz offen: Es ist deine einzige Chance, uns Typen zu fassen zu kriegen. Ich werde mich ab jetzt vor jedem echten Date hüten. Danke für die Warnung!« Wir verabschieden uns herzlich wie zwei alte Bekannte.

Auf dem Weg nach draußen treffe ich Linda. »Wer war das? Der sah süß aus«, fragt sie neugierig. Ich antworte: »Ein Ex.« Linda verzieht das Gesicht. »Vergeude deine Zeit nicht mit einem Ex. Muss ich dafür etwa auch eine Regel formulieren? Du musst an die Zukunft denken, nicht der Vergangenheit nachhängen.«

Diesmal widerspreche ich nicht, aber ich bin sicher, dass sie nicht recht hat. Es war ein angenehmes Zusammentreffen. Man muss doch auch mal einen Moment Ruhe haben vor dieser ewigen Partnersuche. Und im selben Moment denke ich ärgerlich: Unglaublich! Jetzt tickst du schon wie die Männer am Tresen, die auf ihrem flirtfreien Schonraum beharren.

KAPITEL 9

Es ist Freitagabend, ich hocke im Trainingsanzug auf dem Sofa, zappe mich durch das Programm und esse Häagen-Dazs-Eis, Geschmacksrichtung Strawberry Cheesecake, direkt aus dem Topf. Meine Füße stecken gut eingecremt in warmen, plüschigen Wollsocken. Der Kopf ist von einem Handtuch umwickelt, ich lasse gerade eine Haarkur wirken.

Freitagabend! Im Fernsehen laufen nur Talkshows, in denen Leute zu Gast sitzen, die man eigentlich nicht sehen will. Irgendwelche verblichenen Schlagerstars oder mittelmäßige Autoren, die ein Buch verkaufen wollen. Klar ist das Programm schlecht. Wer hockt schon um diese Zeit vor dem Fernseher? Die werberelevante Zielgruppe, wie es im Mediendeutsch heißt, ist draußen unterwegs und klappert die Bars und Clubs ab. Aber ich habe keine Lust dazu. Nicht nach den verkorksten beiden letzten Wochen.

Fünf Dates habe ich gehabt, alle von Linda arrangiert. Fünf Dates in siebzehn Tagen macht im Schnitt alle 3,4 Tage ein Date. Das klingt gut. Doch die Wahrheit lautet: Es war die Hölle.

Lindas *rules* kann ich inzwischen vorwärts und rückwärts aufsagen, außerdem hatte ich mit Archies Fragekatalog geübt, den er mir freundlicherweise zu Trainingszwecken gemailt hatte. Man bereitet sich also auf die romantischen Abende so gründlich vor wie auf eine mehrtägige Dolomiten-Wanderung und ist in Form, die höchsten Gipfel der Liebe zu erklimmen. Jetzt, mit fünf Dates im Gepäck, ist mir klar, dass ein Treffen mit unseren Männern einem Spaziergang durch die norddeutsche Tiefebene entspricht. Keine Höhen, keine Tiefen, selten aufregend, niemals gefährlich. Einfach nur ernüchternd.

Nehmen wir Hendrik. Schon am Telefon hatte er sich mit der Restaurantwahl schwergetan. Es wisse nicht so recht, wo man hinginge. Ob ich nicht einen Vorschlag hätte? Aber natürlich. Mich kann man zu jeder Tages- und Nachtzeit nach guten Restaurants fragen. Ich entschied für uns das *Vietcong*, ein Konzept-Asiate, der immer nur wenige Vorspeisen und fünf Hauptgerichte auf seiner Karte anbietet. Wir trafen uns vor dem Restaurant – hierzulande wäre kaum ein Mann bereit, eine Frau beim ersten Treffen an der Haustür abzuholen, wie es in den USA Usus ist. Linda hatte gleich darauf verzichtet, diese Regel zu übernehmen.

Hendrik, der bei meiner Ankunft schon an einer Litfaßsäule vor dem Restaurant lehnte, war an diesem Abend indifferent angezogen. Das Wort ist ernst gemeint: Indifferent. Damit will ich sagen, dass ich bis heute keine Ahnung habe, ob er sich für den Abend zurechtgemacht hatte oder nicht. Er trug zwar so etwas Ähnliches wie ein Sakko, aber seine ausgebeulte Jeans hob die Wirkung wieder auf, dazu ein gestreiftes Hemd von H&M, C&A oder P&C und an den Füßen etwas, was ich mal ganz allgemein als Schuhwerk bezeichne. Besonders viel Mühe, durch Kleidung Eindruck zu hinterlassen, hatte er sich nicht gerade gegeben. Ich kam mir overdressed vor, mit meinem Bubble-Rock und den hohen Absätzen, die meine Fersen in Höhenangst versetzten.

Wir gaben uns eher sachlich die Hand und traten ein. Das *Vietcong* war wie zu erwarten brechend voll.

Eine Kellnerin, wunderhübsch, aber mit genervtem Gesichtsausdruck, stürzte auf uns zu. »Reservierung?«, fragte sie barsch. Hendrik schaute mich erstaunt an. »Hast du?«

Hatte ich? Natürlich nicht! Ich hatte ihm schon den Namen des Lokals genannt, es wäre doch seine Aufgabe als Herr gewesen, sich um den Tisch zu kümmern. Jetzt standen wir zwei traurigen Figuren im Eingangsbereich herum, umringt von Menschen, die an Tischen saßen, aßen, lachten, redeten. Zwei Aussätzige, die nicht dazugehörten; ohne Tisch, ohne Reservierung. Ich hasse diesen deprimierenden Moment, wenn man in Lokalen vor den

Augen aller umdrehen muss und weggeschickt wird. Und deshalb hasste ich auch Hendrik.

Zum Glück kam in diesem Moment Han-San, der Besitzer, aus der Küche geschossen, fünf volle Teller balancierend. Er entdeckte mich, machte mir schnell Zeichen zu warten und kam wenig später zu uns. »Nina, Daling. Hast du nicht reservielt? Gib mir fünf Minuten, gleich wird ein Tisch flei«, rief er mir zu und verschwand.

Da das *Vietcong* keine Bar hat, an der man in dieser Zeit herumstehen kann und draußen das Wetter nicht besonders war, drückten wir uns schweigend in die Garderobe, bis abgeräumt war. Meine Stimmung war inzwischen wirklich schlecht. Aber ich riss mich zusammen. Hendrik war eine Chance auf eine feste Beziehung. An so einer Misslichkeit sollte das Date nicht scheitern.

»Ich habe nicht daran gedacht«, sagte Hendrik entschuldigend, als wir uns setzten. Abends ohne Reservierung ins *Vietcong* zu gehen war etwa so blöde, wie im Hallenbad ohne Badehose aufzutauchen, um dann so ein labbriges Leihding an der Kasse mieten zu müssen. Nun gut. Geschenkt.

Mit dem Menu tat sich Hendrik allerdings auch schwer. Die Begriffe Maki und Nigiri waren ihm noch nie untergekommen – obwohl Sushi heutzutage doch allgegenwärtig ist –, und die Vorstellung, Tintenfisch, Schweinefleisch, Koriander und Glasnudeln gemeinsam in einem Gericht essen zu müssen, löste bei ihm Irritationen aus. Ich half ihm ein wenig mit der Speisekarte. Das Huhn in Sesammantel mit Wokgemüse und Kokosraspeln schien am sichersten für Hendrik. Er kannte jede der Zutaten und konnte sich sogar vorstellen, sie alle vereint auf seinem Teller vorzufinden.

In der kurzen Zeit, in der ich Hendrik bislang kannte, hatte ich ihm schon drei wichtige Entscheidungen abgenommen. Ich hatte das Restaurant gesucht, den Tisch besorgt und das Essen ausgewählt. Und hätte ich eine Chance gehabt, ihn vor dem Treffen zu sehen, dann hätte ich sicherlich auch bei seiner Garderobe eingegriffen.

Hendrik brauchte keine Frau fürs Leben, Hendrik brauchte eine Mutter.

Beim Essen erzählte er mir, nachdem ich ihn dazu aufgefordert hatte, ein bisschen von seiner Arbeit. Er leitet einen großen Elektromarkt am anderen Ende der Stadt. Das fand ich interessant. Ich fragte ihn aus, was sich gut verkaufe, was weniger, und er schien heilfroh, darüber reden zu dürfen. Denn er setzte mir sehr ausführlich auseinander, warum Haushaltsgeräte schlechter laufen (Frauen bestellen lieber per Katalog oder Internet), wogegen die Fernsehabteilung boome (Männer lungern stundenlang in seinem Markt herum). Mir dagegen stellte Hendrik keine einzige Frage – er wollte nicht wissen, wo ich arbeite oder wer ich bin. Ich glaube, er hatte ein bisschen Angst vor mir.

Nachdem unsere Teller nach dem Hauptgang von der Kellnerin wortlos abgeräumt worden waren – sie machte dabei weiterhin ein extrem genervtes Gesicht –, erkundigte sich Hendrik unsicher, wie denn so ein Date nach dem Essen weiterginge. Was genau jetzt von ihm erwartet werde. Nun verdrehte ich wirklich die Augen. Was für ein Weichei! Der Mann holte sich bestimmt eine schriftliche Erlaubnis für die erste zärtliche Berührung ein.

»Wie das Date zu Ende geht? Ganz einfach«, antwortete ich ihm deshalb mütterlich resolut. »Du bestellst die Rechnung, zahlst für uns beide, und wir verabschieden uns höflich voneinander. Für immer.«

Was soll ich sagen? Er tat es. Widerspruchslos. Zwar musste ich noch energisch die Kellnerin heranwinken, aber er schaffte es tatsächlich, das Portemonnaie herauszuziehen und die Rechnung zu begleichen, sogar mit einem anständigen Trinkgeld, das hätte ich ihm nicht zugetraut. Während ich mir danach selbst in den Mantel half – Hendrik stand mit hängenden Armen daneben –, wollte ich doch noch eines wissen. »Wie schaffst du es eigentlich, so einen großen Elektro-Markt eigenverantwortlich zu leiten? Nimm es jetzt nicht persönlich, aber du wirkst nicht gerade sehr dynamisch.«

Hendriks Schultern sackten noch tiefer. »Ich habe eine gute Assistentin«, sagte er.

Eines musste man ihm lassen: Er war ehrlich.

Mein nächstes Date war ein Abend mit Torsten. Nach der schlechten Erfahrung mit Hendrik im Restaurant verabredete ich mich diesmal in einer Bar. Damit folgte ich dem Ratschlag von Linda. Sie hatte mir empfohlen, für ein erstes Date eher eine Bar als ein Restaurant aufzusuchen, weil man da schneller fliehen könne, wenn der Abend sich grauenhaft entwickle. Auch sei bei einem Abendessen die Neigung zu groß, das Date kaugummiartig auszudehnen – und wie heißt es bei *Regel Nummer 9: Lass das erste Date nie länger als neunzig Minuten dauern. So bleibt er hungrig.*

Leider hatte Torsten zu keinem Zeitpunkt an diesem Abend Appetit.

Lindas *rules* gehen ja davon aus, dass auch deutsche Männer – egal wie abgeklärt oder entmännlicht sie sich geben – einen unauslöschlichen Jagdinstinkt in sich tragen, der sie dazu treibt, Frauen aufzureißen. Im ersten Schritt geht es darum, durch geschickte Manipulationen den verschütteten Instinkt wiederzuerwecken. Haben sie einmal Witterung aufgenommen und man beherrscht es, mit ihnen zu spielen, dann laufen sie einem auf der Fährte bis zum angepeilten Ziel hinterher: Manch einer erlegten Frau reicht vielleicht schon das Bett, ich will den Altar.

Sollte ich mir allerdings Torsten als reißendes Raubtier vorstellen, dann sehe ich einen starken, aber schläfrigen Löwen, der sich auf seinem Lieblingshügel zur Seite gerollt hat und seinen gut gefüllten Bauch von der warmen Nachmittagssonne der Savanne bescheinen lässt. Torsten war offensichtlich satt – schon lange vor unserem Date. Um bei ihm Hungergefühle zu entfachen, hätte ich nackt auf dem Tresen tanzen müssen. Vermutlich hätte auch das nicht gereicht. Torsten war nämlich so eine Art männliche Naomi Campbell. Selbstverliebt bis über beide Ohren.

Noch nie habe ich einen Mann so divenhaft rauchen sehen. Dabei war Torsten, soweit ich das auf den ersten Blick einschätzen konnte, heterosexuell bis auf die Knochen. Nichts sonst an ihm erschien zweideutig, keine gespreizten Gesten, auch kein übermännliches Gehabe, wie man es von manchen Schwulen kennt. Außer sein Rauchen. Er rauchte wie die Dietrich oder die Garbo. Er sog den Rauch tief ein, ließ ihn aus dem Mund wehen und schaute den Schwaden sinnierend hinterher. Dann wieder hielt er die Zigarette dank eines aufgestützten Armes hoch, sodass er auf einer Augenhöhe mit ihrem Glimmen war. Er blickte gedankenverloren in die Glut.

Während er das tat, war er hübsch anzusehen. Zu unserem Date war er perfekt rasiert erschienen, mit leicht gegelter Kurzhaarfrisur und Koteletten, die nicht wucherten, sondern das Haar dezent bis zum Wangenbereich verlängerten. Das Hemd mit Kentkragen war knitterfrei, das Blau unterstützte seine Augenfarbe, dazu eine Jeans, die weder verwaschen noch am Beinende zerschlissen war, und geputzte braune Schuhe – ganz klassisch, ich glaube, man nennt dieses Modell Oxford. Selten ist mir so ein betont gepflegter Mann aufgefallen wie er. Er hätte glatt einer Boss-Werbung entsprungen sein können, aber soweit ich weiß, arbeitete er als Manager bei einem Energiekonzern.

Der Abend plätscherte so dahin. Torsten rauchte, ich schwieg und betrachtete ihn. Ich glaube, er fand das gut. Er fand es sexy, im Mittelpunkt zu stehen.

Diese neue, zwischenzeitlich metrosexuell genannte Selbstbezogenheit der Männer ist eine echte Gefahr für Lindas *rules*. Denn diese Kerle werben dann nicht mehr um mich, nein, sie wollen von mir umworben werden. Wie sollen Mann und Frau jemals zueinander finden, wenn beide gleichermaßen umschwärmt werden wollen? Rätselhaft.

Als ich nach 45 Minuten aufstand, um dem Unglück ein Ende zu machen, schaute er mich erstaunt an. Der Abend verlaufe doch ganz nett, warum ich denn schon aufbrechen wolle? Wir könnten doch die Tage zusammen essen gehen. Ich sagte ihm, ich hätte keine Lust, mit einem Narziss auszugehen. Er bräuchte keine

Frau, er bräuchte nur seinen Spiegel. Torstens Augen wurden schmal, es kostete ihn ein paar Sekunden, um zu verstehen. Dann ätzte er zurück, ich solle mich mal daran gewöhnen, dass in der heutigen Zeit nicht nur Frauen schön seien. Ich könnte mich ruhig mal ins Zeug legen und solle hier nicht die Prinzessin spielen. Die Prinzessinnenzeiten seien vorbei.

Ich zahlte meinen Cocktail selbst und ging.

Freitagabend. Draußen höre ich Leute auf der Straße lachen und lärmen. Sie haben Spaß, gehen aus, ich hocke hier herum. Wütend nehme ich die Karteikarten mit Lindas *rules* vom Tisch und werfe jede einzelne in Richtung Papierkorb. Alle landen daneben. Klar. Mir gelingt einfach nichts mehr. Ich greife zur Fernbedienung.

Im Fernsehen bleibe ich bei einer Talkshow zum Thema Singlegesellschaft hängen. Ein junger Professor, Soziologe und Autor eines Bestsellers über den Gebärstreik (Titel: »Schampus statt Schnuller«), redet über Frauen wie mich. Mittdreißigerin, liebt ihren Beruf, hat wechselnde Beziehungen, reist gerne, verdient ihr eigenes Geld, fühlt sich unabhängig. »Solche Frauen sind auf dem Heiratsmarkt etwa so schwer vermittelbar wie ein Langzeitarbeitsloser, den Sie wieder in den Beruf kriegen wollen.« Na toll.

Frustriert stelle ich den Fernseher ab, es ist plötzlich ganz still in meiner Wohnung, nur über mir höre ich den Nachbarn laufen. Mit einem Kissen im Arm verdrücke ich mich in die Ecke meines Sofas und frage mich, warum alle diese Dates schiefgelaufen sind.

Was war mit dem nächsten Kandidaten, meiner dritten Verabredung? Wir hatten uns bei einem Speed-Dating-Abend kennengelernt. Das Treffen hatte im Hinterzimmer eines Lokals stattgefunden. Ich hatte zwanzig Euro berappt, bekam dafür ein Getränk spendiert und ein Schildchen mit einer Nummer, das ich mit der Klebefläche auf mein teures Wunderkind-Jackett pappen sollte. Ich war die Nummer 8. Eine gute Zahl – ich mochte die Acht schon immer.

Zuerst wurden die Herren im Raum aufgefordert, sich an kleine Tische zu setzen, die in zwei ordentlichen Reihen im Raum verteilt waren. Für uns Frauen stand jeweils ein freier Stuhl auf der anderen Seite des Tisches bereit. Drei Minuten seien für jedes Gespräch vorgesehen, erklärte der Veranstalter, dann sollten wir Damen aufstehen und zum nächsten Platz vorrücken. Die Szenerie erinnerte an den Besucherraum einer deutschen Vollzugsanstalt – nur wird dort kein Prosecco zur Gesprächsanregung gereicht.

Bald stellte ich fest: Drei Minuten können sehr lang sein.

Bei einem rieselten die Schuppen auf das Papier, auf dem Anmerkungen zu den Frauen standen, mit denen er gerade ein Gespräch geführt hatte. Da war zu lesen: »Nummer 4: übergewichtig, Körbchengröße 85 C«, »Nummer 7: Spuckt beim Reden« und »Nummer 2: HEISS!!!«. Ich schaute mich im Raum nach Nummer 2 um, es war die Anna-Nicole-Smith-look-a-like-Frau (und ich spreche von der Frau Smith in ihren üppigeren Tagen, etwa ein Jahr bevor sie starb). Nummer 4, die laut Protokoll dieses Typen ja angeblich mit Übergewicht zu kämpfen hatte, sah gegen Nummer 2 aus wie ein Hungerhaken. Ich machte mein Gegenüber darauf aufmerksam, dass dies eine seriöse Veranstaltung sei und nicht die 0180-Erotik-Rubrik eines Stadtmagazins, und forderte ihn außerdem auf, sich so schnell wie möglich die Haare zu waschen. Als ich – nach den vorgeschriebenen drei Minuten – den Platz verließ und zum nächsten aufrückte, konnte ich noch erkennen, wie er hinter meine Zahl das Wort »Zicke« schrieb.

Der Nebenmann hing schlapp auf seinem Stuhl, als ich mich zu ihm setzte. Der Gong ertönte, die Uhr lief, an allen anderen Tischen ging eine gewisse Spannung durch die Körper, man richtete sich auf, beugte sich rüber, stellte eine erste Frage. Nicht so mein Gegenüber – Nummer 17. Seine Körperhaltung erinnerte an ein aufgeblasenes Schwimmtier, bei dem langsam durch einen feinen Riss die Luft entweicht.

»Wollen wir anfangen?«, fragte ich zögerlich. Der Typ reagierte nicht. Überall sonst wurde schon eifrig gedatet. Ich begann, mich hilflos nach dem Organisator umzuschauen, der meinem Blick auswich und geschäftig in Papieren kramte, da richtete sich die Nummer 17 auf und gab eine Erklärung ab, die er vom Zettel ablas.

»Ich weigere mich, unter diesem diktatorischen Zeitregiment eine Frau kennenzulernen. Liebe braucht Freiheit – die Freiheit der Zeit, die Freiheit der Aktion, die Freiheit des Geistes und des Körpers. Speeddating ist eine imperialistische, US-amerikanische Form, die Welt der Emotionen zu kolonialisieren!« Dann, als sei er ein Tonband, das abgespielt war, klappte er den Mund wieder zu und schwieg.

»Das steht da alles auf dem Zettel?«, fragte ich vorsichtig.

»Jup«, antwortete er.

»Aber wenn dich diese Form des Kennenlernens so stört, warum kommst du dann hierher, lässt dir 20 Euro abnehmen und ärgerst dich doch nur?«

Er grübelte einen Moment. »Weil es in der postmodernen Dialektik heißt, dass Kritik auch Gegenkritik anzieht. Die Frau, nach der ich suche, finde ich genau hier. Wir werden im Protest den Gleichklang unserer Seelen erkennen und diesen traurigen Ort Arm in Arm verlassen.«

»Entschuldige, was genau machst du eigentlich im richtigen Leben?«, fragte ich.

»Philosophie, Politikwissenschaften und Soziologie. 35. Semester. Es gibt immer etwas zu lernen«, sagte er.

»Und was war heute das beste Angebot in der Mensa?«, erkundigte ich mich, ehrlich neugierig.

»Linie B: Suppe, Königsberger Klopse und Apfelkompott«, kam wie aus der Pistole geschossen.

Zwei Tische weiter wollte einer nur meine Hand halten. Er sagte, es werde in der Welt zu viel gesprochen. Liebe entstehe doch durch Berührung. Nur so könne man zusammenfinden. Ich weigerte mich strikt, ihm meine Hand zu reichen. Als er versuchte, über den Tisch danach zu greifen, setzte ich mich bis zum Ende der drei Minuten auf meine Handflächen. Beim Abschluss-Gong sprang ich sofort auf und floh zum nächsten Platz.

Dort saß die Nummer 11. Er sah nett aus. Der Gong schlug, wir mussten beide grinsen.

»Machst du das zum ersten Mal?«, fragte er unsicher.

Ich nickte heftig und erkundigte mich, ob die Frauen so schräg seien wie die Männer in diesem Raum.

Er sagte, es sei unglaublich. Eine habe ihn sogar gefragt, ob er in anti-allergener Bettwäsche schlafe, ein anti-allergenes Müsli bereitstünde und er selbst anti-allergenes Haarshampoo benutze. Denn sie könne nur mit Männern ein Verhältnis beginnen, die auf ihre Allergien »totale Rücksicht« nähmen. Bei Missachtung bekäme sie nämlich sofort Pusteln. »Pusteln«, rief er nochmals laut aus, ich bin sicher, wir dachten beide in diesem Moment: Was für ein absurdes Wort.

Es wurden die nettesten drei Minuten des Abends, und ich hoffte inständig, dass er sich meine Nummer merken würde – denn er machte sich als einziger Mann keinerlei Notizen.

Die restlichen Treffen waren so lala. Alles keine Kandidaten, mit denen man seine Lebenszeit vergeuden wollte. Nach gut 45 Minuten war alles vorbei, die Männer gaben ihre Wahl ab, sie konnten sich auf einer Tafel hinter unseren Nummern eintragen. Mit mir wollten sich am Ende die 3, die 7 (das war der Typ mit der Handfixierung), die 9 und die 11 treffen. Die 11! Ich jubelte innerlich.

Trotzdem versuchte ich, mir die Freude nicht anmerken zu lassen. Linda hatte mir extra eine neue Regel für diesen Abend mitgegeben, wahrscheinlich hatte sie eine Vorahnung. *Regel Nummer 10: Gib nie zu erkennen, dass du an einem Mann interessiert bist. Mache es ihm niemals leicht. Spiele die Gleichgültige, auch wenn du dich innerlich nach ihm verzehrst.* Also blieb ich cool. Während die anderen Frauen im Raum auf die Herren zustürzten, von denen sie gerade erwählt worden waren, blieb ich sitzen. Sollte er sich doch auf den Weg quer durch den Raum machen und mich ansprechen.

Und tatsächlich, er kam. Besser: er schlenderte. Es sah gut aus, wie er das machte. Lässig. Hinter ihm verließen gerade der Langzeitstudent und eine weibliche Seelenverwandte den Raum. Eine Flasche Prosecco hatten sie einfach abgegriffen. Die beiden wirkten wirr und glücklich – eben füreinander bestimmt. Morgen würde die Nummer 17 sicherlich nicht alleine in der Mensa sitzen. Ich wünschte den beiden Rinderroulade mit Rotkohl auf der Linie A.

Meine Nummer elf hieß Micha.

Bei unserem ersten richtigen Date lud er mich zum Bowling ein. Das fand ich eine grandiose Idee. Ich gehe wirklich gerne bowlen, auch wenn ich überdurchschnittlich oft die Rinne treffe. Aber ich mag diesen ganzen Zirkus um die Schuhe am Anfang, dann die grelle Musik, das aufwändige Computerpunktsystem und überhaupt die ganze Rummel-Atmosphäre der Bowling-Bahnen. Nach einer Weile entdeckte ich eine Damen-Bowling-Kugel mit dem perfekten Gewicht – sie war pink mit Glitzerstaub – und erspielte mir einen besseren Wurf. Einmal räumte ich sogar ab. Zwischen jeder neuen Runde stellten Micha und ich uns gegenseitig Fragen, ich taktierte so gut, wie es mir Archie beigebracht hatte, und eh wir uns versahen, begann der Flirt. Unsere Finger berührten sich flüchtig bei der Kugelübergabe, sein Oberkörper streifte mich sacht, wenn er sich über mich beugte, um den Punktestand auf dem Monitor abzulesen. Micha roch angenehm.

Was bekam ich über ihn heraus? Stellvertretender Geschäftsführer eines kleinen mittelständischen Unternehmens, das wichtige Bauteile für Kontrollarmaturen von Kraftwerken herstellt, 38 Jahre alt, hohes Jahreseinkommen, IQ 122, liebt Reisen (besonders in ein traumhaftes Ressort in Kenia, bei dem man in Hütten übernachtet, die auf Stegen direkt im Meer stehen) und Windsurfing, fährt einen alten Saab und isst immer noch am liebsten Choco-Pops mit Milch. Alles vielversprechend.

Nachdem er mir mithilfe eines mechanischen Greifarmes für 1 Euro aus der Spielmaschine einen Plastikkobold mit grünlich zerzaustem Haar geangelt hatte, gestand ich mir ein: In den werde ich mich verlieben. Vor meiner Haustür küssten wir uns zum Abschied. Dann ging ich abrupt rein, freute mich über sein enttäuschtes Gesicht und wartete sofort sehnsüchtig auf seinen nächsten Anruf.

Regel Nummer 7: Kein Sex vor dem dritten Date. Beende die ersten Treffen mit einem Kuss vor der Haustür. Zu mehr darf es zu diesem Zeitpunkt nicht kommen! Du suchst einen ernsthaften Partner, keinen One-Night-Stand. (Nimm diese Regel ernst, Nina!!!!)

Hinter der Tür atmete ich tief durch. Mein Herz pochte. Ich hatte völlig vergessen, wie schön es ist, wenn Begehren entsteht und nicht gleich befriedigt wird. Das ist ein wunderbares Gefühl. Diese ersten, zufälligen Berührungen zwischen Fremden. Anfangs noch absichtslos, später nicht mehr. Die Körper sind schon weiter als der Verstand; während man sich im Gespräch noch distanziert gibt, kündet ein kurzes Aneinanderlehnen, Arm berührt Arm, schon von der Nähe, die kommen wird. Wie ein Feuer, das längere Zeit vor sich hinglimmt, noch sind keine Flammen zu sehen, aber die Hitze steigt. Und Peng – vom einen zum nächsten Moment entzündet es sich. So ist es mit dem Begehren. Die Unsicherheit, wann es wirklich losgeht, bringt dich fast um. Unerträglich und doch unvergleichlich aufregender.

Zwei Tage später rief Micha an und lud mich in das angesagteste Restaurant der Stadt ein. Ein Restaurant auf Zeit – deshalb sind die Plätze sehr gefragt. Ein stadtbekannter Clubbetreiber kam auf die Idee, die Schalterhalle einer alten Bank, die schon seit vielen Jahren geschlossen ist und der Öffentlichkeit lange nicht mehr zugänglich war, für einige Monate zu einem hippen Speisetempel umzugestalten. Danach werden die Bauarbeiter anrücken und das Haus zu einem Bürogebäude umgestalten. Jeder will dort essen. Aber um zu reservieren, kann man nicht einfach anrufen und einen Tisch bestellen. Die Nummer steht nirgends im Telefonbuch, sie wird unter der Hand weitergereicht. Hat man sie erhalten, wählt man sie, spricht auf den Anrufbeantworter und wenn man Glück hat, dann rufen sie zurück und bestätigen die Reservierung. So läuft das. Ohne Reservierung kommt man gar nicht am Empfang vorbei. Vielleicht ist Empfang das falsche Wort. Am Eingang steht ein Türsteher.

Zuerst dachte ich, dass ich wieder mein geliebtes Wickelkleid anziehen würde, aber dann entschloss ich mich doch dazu, mein Audrey Hepburnhaftes Cocktailkleid anzuziehen. Gut, das Kleid ist so dunkelviolett, dass es schon fast schwarz anmutet. Aber Linda klärte mich – nach telefonischer Rückfrage – auf, dass dies ja schon mein zweites, wenn man den Speed-Dating-Abend dazurechnet, sogar drittes Date sei. Zu diesem Zeitpunkt sei eine dunkle, erotische Farbe völlig legitim. Also das Cocktailkleid, mit dem man immer elegant aussieht und nie überdreht. Ich kann einen zu großen Auftritt nicht leiden. Gerne werde ich wohlwollend betrachtet, wenn ich einen Raum betrete. Aber wenn man zu viel Aufwand betreibt, dann schlägt das Wohlwollen in Gezischel um. Passend zum Kleid hatte ich meine Haare zur Rolle gesteckt, wie in *Frühstück bei Tiffany,* und elegante Pumps angezogen. Ich fand, ich sah gut aus. Aber Micha verzog bei der Begrüßung keine Miene, gab mir nur flüchtig die Hand. Das irritierte mich.

Bald hatten wir das Restaurant erreicht. Oder sollte ich sagen: die Bank? Ließ man die schwere, goldene Eingangstür samt Türsteher hinter sich, stand man auf einer Empore und war überwältigt vom Anblick. Die riesige Schalterhalle lag einem zu Füßen, ein Raum aus dem letzten Jahrhundert, hunderte Lampen im Jugendstildesign erhellten den Raum, dessen Boden mit wunderbar rötlichem Marmor gefliest war. Auf der einen Seite konnte man noch deutlich Schalter und Kassen hinter schweren goldenen Gittern erkennen. Zwischen mächtigen Säulen fanden sich Tische verstreut. Nicht zu dicht, dass es auf Kosten der Herrschaftlichkeit des Raumes ging und nicht zu weit auseinander, dass man sich verloren fühlte. Ich schätze, es waren um die vierzig Tische. Die Kellner flogen förmlich durch die Gänge, unter der hohen Decke hallten Gespräche, es war eine unvergleichliche Stimmung.

Ich strahlte Micha an. Ich konnte nicht anders. Keine Chance, hier kühl zu bleiben und die Desinteressierte vorzutäuschen – egal was Linda mir vorschrieb. Aber Micha vermied den Blickkontakt mit mir. Schweigend gingen wir zu unserem Platz, er führte, ich folgte.

Wir saßen wunderbar. Der perfekte Tisch, um den Raum zu beobachten. Ich konnte mich anfangs nicht auf das Menu konzentrieren, weil ich selten so viele schöne Menschen auf einen Schlag gesehen hatte. Einige Prominente und Halb-Prominente waren anwesend, zwei vom Fernsehen, eine deutsche Filmschauspielerin, ein berühmter Architekt, zwei Luder. Kann sein, dass ich in den Raum hineinstarrte – auf jeden Fall zupfte mich Micha ungeduldig am Kleid und grummelte, ich solle endlich in die Speisekarte blicken. Das Zupfen am Kleid zählt für mich nicht zu den sinnlichen Gesten.

Ich bestellte Jakobsmuscheln auf roten Linsen mit einer Kakao-Vinaigrette und danach eine Zander-Tafelspitz-Terrine in Meerrettichschaum mit gebratenen Oliven und Fenchelgemüse. Micha wählte das Reh in dreierlei Variationen, dazu gab es Lebkuchen-Soße und ein Rosenkohl-Lakritz-Gemüse. Als Vorspeise verlangte er einen »kleinen Beilagensalat«, was der Kellner, ohne mit der Wimper zu zucken, notierte. Kaum war er mit der Bestellung weg, murmelte Micha etwas von »schweineteuer«. Womit er recht hatte. Aber das musste er doch vorher gewusst haben. Was war hier los? Unser Wein kam. Micha spülte das erste Glas hinunter.

Jetzt hätte ich ungerührt weitermachen können. Ich hätte meine Spielchen spielen können, er fragt, ich frage, wir flirten. Aber Micha sah nicht nach Spielchen aus. Vielleicht hatte er einen wirklich schlechten Tag gehabt. Vielleicht war auf der Arbeit etwas schiefgelaufen. Vielleicht war sein Hund gestorben. Vielleicht hatte er gar keinen Hund und wünschte sich sehnlichst einen. Wer weiß? Sicher war nur, dass vom Prickeln des Bowling-Abends nichts mehr zu spüren war.

Also fragte ich ihn einfach direkt: »Was ist los?«

Anfangs druckste er herum, sagte etwas von mieser Laune, anrückender Erkältung, aber als ich ihn weiterhin beharrlich auffordernd anschaute, meinte er: Die Gefühle seien einfach nicht mehr da. Als er mich heute abgeholt hätte, sei ihm das schlagartig bewusst geworden.

»Die Gefühle sind nicht mehr da?«, fragte ich.

»Meine Gefühle sind wie Piraten. Sie überfallen mich unerwartet, aber es kann auch sein, dass sie über Nacht wieder verschwinden. Das hat nichts mit dir zu tun, Nina. Meine Gefühle sind nicht steuerbar«, sagte er.

»Wie Piraten«, wiederholte ich ungläubig, »und wo vermutest du deine Piraten im Moment?«

»Versackt in irgendeiner Spelunke«, meinte er.

Wie reagiert man auf so etwas? Wahrscheinlich wäre ich ohne Linda ziemlich orientierungslos gewesen. Aber ihre Anweisung war eindeutig. *Regel Nummer 11: Wirst du an einem Abend nicht genug gewürdigt, behandelt er dich lieblos, dann brich das Date sofort ab. Werde nicht zickig oder zänkisch, sondern gehe souverän zur Tür hinaus. Das wird er sich merken.* Natürlich steht in dieser Regel nicht geschrieben, dass man besonders stark sein muss, wenn just in diesem Moment eine traumhaft arrangierte Vorspeise serviert wird. Die Jakobsmuscheln sahen so zart aus, dass ich sie am liebsten schnell gegessen hätte. Aber es half nichts, nach der Vorspeise zu gehen hätte entschieden weniger Eindruck hinterlassen.

Also schob ich den Stuhl nach hinten und stand auf. Der Kellner und Micha schauten mich gleichermaßen verwundert an.

»Ich danke dir für den zauberhaften Abend, Micha. Vielleicht schauen deine Piraten noch rein, dann können sie meine Vorspeise übernehmen«, sagte ich, die Hand noch auf die Lehne gestützt.

Micha wollte etwas sagen, aber ich kam ihm zuvor. »Nur so aus Neugier: Wie genau hieß denn diese Spelunke?«

»Dirty Doll House. Da war ich nach unserem Bowling-Abend. Die Zeit bis zum nächsten Treffen wurde mir so lang. Zwischen uns lief ja nix«, antwortete er überrumpelt. Ich schüttelte missbilligend den Kopf, drehte mich um und ging.

»Alle anderen haben nach dem Speeddating sofort Sex. Deshalb geht man doch dorthin ...«, rief Micha noch in meinen Rücken, aber ich machte nur eine abwehrende Handbewegung und schritt hocherhobenen Hauptes zur Eingangstür.

Micha, die Fernsehleute, die deutsche Filmschauspielerin und der berühmte Architekt schauten mir hinterher. Die beiden Luder applaudierten. Es war ein guter Abgang – aber eben ein Abgang. Wieder nichts.

Es ist so still hier. Zu still.

Über das nächste Treffen will ich nicht lange reden. Der Mann hatte nicht nur mangelndes Benehmen an den Tag gelegt, sondern gar keins. Von Beruf war er bezeichnenderweise Journalist. Seine Rücksichtslosigkeit fing schon vor dem Diner an, einem amerikanischen Restaurant mit roten Lackledersofas und kleinen Jukeboxen an jedem Tisch. Während ich also wartend davor stand, weil der Herr einer Dame eigentlich höflich die Tür aufhalten sollte, zog er mit den Worten: »Ist sie kaputt?« an mir vorbei. Als er daraufhin merkte, dass nichts klemmte, drehte er sich erst verwundert zu mir um und schlüpfte dann mit einem triumphierenden: »Geht doch« hinein.

Die Tür fiel wieder zu, und ich blieb fluchend in der kühlen Nacht zurück. Wohl oder übel musste ich mir selbst Eingang verschaffen. Im Lokal hatte sich der Kerl längst in eines der Separees gesetzt und fragte mich frech, die ich noch unschlüssig im Mantel stand: »Willst du nich' ablegen?« Danach wendete er sich wieder der überdimensionalen Speisekarte in Form eines Cowboyhutes zu.

Trotzdem versuchte ich, die Contenance zu bewahren. Linda pocht ja auf Disziplin. Ihn nach diesem Anfang anzublöken wäre nicht sehr zurückhaltend, sprich weiblich, gewesen. Außerdem ist der Mann als Journalist ganz populär, er gilt als gescheit und war offenbar auf der Suche nach einer Partnerin. Ich versuchte also, charmant zu bleiben. Und präsentierte ihm die neue Nina, die gerade frisch entworfen worden war. Er war grantig, bockig, unverschämt, aber ich federte alles ab wie Hightech-Stoßdämpfer an einem Luxus-Mountainbike.

Bis er mich während des Double-Cheeseburger-Hauptgangs fragte, ob ich eigentlich mit Eva Herman verwandt sei. Ich wäre ja wohl das absolute Heimchen. Er stände mehr auf kernige Frauen, mit kurzen Haaren und Lederjacken. Die hätten echten Biss.

Daraufhin riss mir der Geduldsfaden. Ich sagte ihm, ich sei garantiert tougher als alle seine Lederjackenschnatzen zusammen, eine hart arbeitende Frau in einem harten Job, bei dem es nur Konkurrenten gäbe. Trotzdem sei ich felsenfest davon überzeugt, dass man sich als Mann einer Frau gegenüber höflich zu verhalten habe. Tür aufhalten und aus dem Mantel helfen gehörten zu den Standards. Er sei doch ein sensibler Reporter, meinte ich spöttisch. Ob er davon noch nie etwas gehört habe?

Das war sein Stichwort, denn nun legte er los. Ich sei offensichtlich nicht mal tough genug, mir die Tür selbst zu öffnen. Der Blödmann steigerte sich richtig in das Thema rein. »Ich dachte immer, ihr Frauen wollt unabhängig sein. Dann müsst ihr eure Jacken auch alleine aufhängen. Für irgendetwas muss die Emanzipation ja gut sein.«

Daraufhin konterte ich, das mit der Emanzipation sei für ein Typ wie ihn doch nur eine billige Ausrede. Die deutschen Männer seien einfach zu faul geworden, um sich anständig zu benehmen. Sie seien regelrecht verzogen. Keine Frau dieser Welt – außerhalb Deutschlands – würde ein solches Benehmen tolerieren. Aber hier gelte es als fortschrittlich. Kerle wie er seien auch noch stolz auf ihr Verhalten. Frauen ernst nehmen hieße für sie, sie ohne Schirm im Regen stehen zu lassen und selbst trocken nach Hause zu spazieren. Er vermute sich bestimmt besonders weit oben auf der Evolutionsskala – in maximaler Entfernung zum Neandertaler. Dabei sei er nur degeneriert und schlapp.

Und weil ich einmal in Fahrt war, sagte ich, schlappe Männer seien das Allerschlimmste. Denn Männer seien nun mal dafür da, sich aus der Deckung zu begeben und die Dinge in die Hand zu nehmen. Echte Männer würden sich um zwölf Uhr mittags herausfordernd zum Showdown stellen, sie kröchen unter schlimmstem Beschuss aus dem Schützengraben, sie nähmen die Rohrzange zur Hand, wenn die Kontaktlinse der Geliebten wieder mal im Abfluss verschwunden ist, obwohl sie genau wüssten, welche stinkende Brühe sie dort erwartet. Sie täten es – egal wie lebensgefährlich, bescheuert oder unangenehm die Aufgabe ist. Dafür hätte ihnen Gott das Y-Chromosom geschenkt, ein – das sei wissenschaftlich längst erforscht – fast leeres Chromosom. Sie seien genetisch eben für besinnungslose Taten programmiert. Aber Typen wie er würden den Schützengraben ja gar nicht erst finden, aus dem sie rauskriechen sollten.

Jetzt verfinsterte sich seine Miene. »Mädchen, auf welchem Planeten lebst du eigentlich? Ich zeige dir jetzt, was Kerle wie ich im 21. Jahrhundert so draufhaben«, sagte er drohend und winkte dem Kellner, der ein sonderbares Cowboy-Outfit tragen musste und darin keine besonders glückliche Figur machte.

So laut, dass die Paare vom Nachbartisch herüberschauten, rief er: »Wir hätten gerne die Rechnung. Getrennt!« Dann beugte er sich mit einem hämischen Grinsen zu mir. »Willkommen in der modernen Welt, Dornröschen.«

Als wir dann draußen standen, ich weiterhin wutschnaubend, da meinte er ganz beiläufig, der Abend hätte ihn richtig scharf gemacht. Ob denn sexmäßig noch was drin sei?

Auf so etwas kann einen niemand vorbereiten. Ich stelle den Fernseher wieder an. Homeshopping-Kanal. Bevor ich mich mit so einem Deppen einlasse, kaufe ich mir doch lieber das Fußmassagegerät für 33 Euro, von dem noch drei Stück übrig sind. Damit kann man auch glücklich alt werden!

Ich werde das Fußmassagegerät tatsächlich brauchen, denke ich so bei mir. Denn heute Abend ist mein letztes Date gescheitert. Und langsam nagt das alles an meinem Selbstbewusstsein.

Olaf, der Meeresbiologe. Der Name hatte wie ein Wetterhoch geklungen, das fand ich hoffnungsvoll. Wie Lindas Regeln es vorschreiben, hatte ich mich auch diesmal vorher positiv motivieren können. Neues Spiel, neues Glück. Aus dem Kleiderschrank hatte ich meinen türkisfarbenen Blazer, den ich mal secondhand gekauft hatte, und die Röhrenhosen herausgezogen, die zusammen mit meinen hohen Schaftstiefeln einfach umwerfend aussahen. Dazu die Haare im kunstvollen Zopf. Diesmal wollte ich was reißen. »Ich bin eine begehrenswerte, einzigartige, anziehende junge Frau und ich bin sicher, da draußen wartet der Traummann«, murmelte ich mein Mantra vor mich hin. So lautet nämlich die *rules*-Philosophie: *Nur wer sich selbst liebt, wird auch geliebt werden.*

Aber auch dem Rest der Welt gegenüber war ich extrem positiv eingestellt. Er würde mich nicht abholen, hatte Olaf am Telefon gesagt, weil er kein Auto habe. Normalerweise finde ich autolose Menschen unmöglich, schon aus professionellen Gründen. Diesmal nicht. Finde ich gut, sagte ich mir. Autos verpesten die Luft. Es gibt eh zu viele von ihnen. Kein Mensch braucht in der Großstadt ein Auto. Nur wer zu Fuß geht, rettet die Welt.

Wir sollten uns am U-Bahn-Ausgang treffen, meinte Olaf. Das wäre am einfachsten.

Wundervolle Idee, dachte ich bei mir. Warum soll eine moderne Romanze nicht an einer U-Bahn beginnen? Die weißen Flecken der eingetretenen Kaugummis leuchten wie Sterne auf dem Boden, das Rascheln unachtsam weggeworfener Zeitungsseiten und Hamburgereinwickelpapiere klingt nach Wind in den Weiden, und der penetrante Geruch von Urin erinnert uns Liebende daran, dass auch dem romantischen Höhenflug nichts Irdisches fremd ist. Ich war zu allem bereit.

Sogar als ich ihn dann endlich stehen sah, in seiner zerschlissenen Jeans, in der kein Po zu sein schien, einem Parka in undefinierbarer Matschfarbe, an den Füßen ausgetretene Turnschuhe und eine große Beuteltasche quer hängend, wollte ich partout nicht enttäuscht sein. Er sah aus wie ein als Pubertierender verkleideter Enddreißiger. Oder wartete er auf seinen Einsatz auf einem Kutter? Vielleicht war er ja ein Meeresbiologe auf Abruf. Mit einem Pager in der Tasche, so wie ein Arzt in Bereitschaft. Sobald in der Ostsee ein Wal oder Loch Ness gesichtet wurde, musste er los – ohne zu packen, sofort ab auf das Schiff.

Eigentlich war Olaf ein ganz hübscher Kerl, er hatte etwas von einem Wikinger. Erstens weil er groß und blond war. Und zweitens wegen seines auffälligen Schmuckes. An der Hand trug er mehrere schwere silberne Ringe. Also, wenn ich schon beim Anblick von ungepflegten Turnschuhen an Männerfüßen Widerwillen empfinde, dann löst Schmuck bei Männern echten Abscheu aus. Die Kerle sollen uns Schmuck schenken, nicht Schmuck tragen. Ein Teil von mir wollte schon an diesem Punkt auf dem Absatz kehrtmachen. Aber ein anderer Teil wollte Olaf wirklich eine Chance geben. Alle Dates vorher waren so mies gelaufen.

Aber dann kam auch noch diese furchtbare Restaurantwahl dazu. Da war ich durch die halbe Stadt gefahren und hatte ihn an seiner heimatlichen U-Bahn-Station getroffen (und damit schon gegen die Regel verstoßen, die einer Frau vorschreibt, ihm nie auf halbem, geschweige denn auf ganzem Wege entgegenzukommen. Er muss sich die Mühe machen, dich aufzusuchen, nicht du ihn); natürlich in der Erwartung, er würde dort ein besonders schnuckeliges Restaurant kennen. Und wo führt er mich hin? Zu so einem billigen Nachbarschafts-Inder, wo nur Studenten rumhockten, die alle aussahen wie Olaf. Ein Lokal mit durchnummerierter Speisekarte und einer Küche, die nach dem Baukastenprinzip funktioniert: jedes soßige Gericht, jeder Curry wird in der

Variante Chicken, Schwein, Rind, Fisch und Tofu angeboten. Aber eigentlich ist es egal, was man wählt. Es schmeckt alles gleich. Was auf den Teller kommt, Tier oder Tofu, wird in einer sahnigen Soße ertränkt.

Dieses indische Restaurant wirkte von außen besonders finster. Die Farbe Braun dominierte. Kupferlampen, Fransenteppiche als Wandschmuck, Stühle mit Rattanrücken und tönerne Kerzenhalter. Warum kann in dieser riesigen Stadt nicht endlich ein Inder eröffnen, bei dem es so grell und blinkend zugeht wie in den Bollywood-Filmen? Im Hintergrund würden die Bollywood-Schlager laufen und alle Stunde gäbe es eine Sing- und Tanzeinlage von Kellnern, Barkeeper und Kochpersonal. Auf so ein verlebtes Restaurant wie hier, einen Inder-Imbiss, hatte ich keine Lust. Außerdem: Mit meinem geliebten türkisfarbenen Blazer setze ich mich auf keinen korbgeflochtenen Stuhl. Nicht in diesem Leben.

Ich sagte Olaf, dass mir weder das Lokal gefalle, noch sein Aussehen. Und dass ich fände, er sollte sich bei seinem nächsten Date etwas mehr Mühe geben.

Die Antwort fiel überraschend aus. Und heftig.

Er fände mich schrecklich aufgebrezelt (aufbrezeln – hat es das Wort eigentlich jemals in den Duden geschafft? Oder ist es in den 80ern hängen geblieben?). Ich sähe aus wie verkleidet. Er dagegen sei ein ehrlicher Kerl. Er trage auch ehrliche Klamotten. Ginge in ehrliche Lokale. In seinem ehrlichen Stadtteil. »Bei mir weiß man gleich, was man bekommt.« Er hätte die Verabredung heute Abend gleich komisch gefunden. Eine Frau über ein Date kennenzulernen sei ihm nicht spontan genug. Es sei an so einem Abend gleich so ein Druck dabei. Man müsse sich an einem festgesetzten Termin, zu einer festgesetzten Uhrzeit unterhalten. Das könne er nicht. Er boykottiere ja auch schon seit Jahren Weihnachten, weil er keine Lust habe, sich verordnen zu lassen, wann er fröhlich zu sein habe. Kurz und gut: Es sei ihm ziemlich recht, wenn ich jetzt abhauen würde.

Ich winkte mir ein Taxi heran.

Meinen Blazer, die Schaftstiefel und die Röhrenhose hatte ich zu Hause gleich ausgezogen und erst mal ein Bad genommen. Ich rief Linda auf dem Handy an, aber sie ging nicht ran – klar, Freitagabend – also hinterließ ich ihr eine kurze frustrierte Nachricht auf dem Anrufbeantworter.

Jetzt liege ich auf dem Sofa und überlege gerade, ob ich einen weiteren Topf Eis anbrechen soll. Das Telefon klingelt, aber ich bin zu deprimiert, um aufzustehen. Der Anrufbeantworter geht ran. Es ist Linda.

»Darling, ich weiß, es ist wieder schlecht gelaufen. Aber bitte gib jetzt nicht auf. Ich habe noch ein Date für dich arrangiert, schon morgen Abend. Ruf mich an.«

Der Fernseher plappert weiter, oben knarzt der Nachbar, in meiner Hand schmilzt das alte Eis zu einer Suppe und ich merke, dass mir eine Träne über die Wange läuft. Es ist nicht so, dass ich weine. Nur diese eine stille Träne. Ich bin müde. So müde.

KAPITEL 10

Es ist kurz vor neun, und ich bin im Trainingsanzug aufgewacht. Die lähmende Schwere hatte gestern verhindert, dass ich mich wie sonst vor dem Zubettgehen umzog, abschminkte und eincremte. Ich hatte es gerade mal geschafft, mich vom Sofa ins Bett zu schleppen. Aber nur, um danach mit offenen Augen unter der Bettdecke zu liegen und in die Dunkelheit zu starren, während meine Gedanken unaufhörlich kreisten. Was machte ich falsch? Wieso wollte mich keiner – trotz *rules*? Erst im Morgengrauen fiel ich in einen traumlosen Schlaf, der einer Vollnarkose ähnelte. Jetzt, nach dem Aufwachen, fühle ich mich deshalb auch genauso benommen und alle Fragen sind auf die eine, alles entscheidende zusammengeschrumpft: Sind die verdammten *rules* zu blöd für mich oder bin ich zu blöd für sie?

Ich schleiche im Trainingsanzug zum Kühlschrank und öffne ihn. Außer Kapern und Mayonnaise nichts Essbares vorhanden, nur Kosmetik. Das Weiß des Innenraumes blendet mich schmerzhaft grell, schnell schlage ich die Tür wieder zu. Zeit, einkaufen zu gehen; der Supermarkt müsste schon aufhaben. Soll ich mich duschen und umziehen? Wofür? Oder besser: für wen?

Wie lautet mein mageres Ergebnis nach fünf Dates unter Lindas Regie? Keiner meiner Verehrer hat jemals wieder angerufen. Ich musste Häme ertragen, Erniedrigung und Spott. Wer wird schon gern gefragt, ob man mit Eva Herman verwandt sei? Über die Hälfte meiner Restaurantrechnungen habe ich selbst bezahlt. Das war früher auch so, aber jetzt ärgere ich mich darüber. Und Sex habe ich auch keinen mehr. Fünf Dates, und am Ende steht ein kümmerlicher Kuss. Mein altes Leben war lustiger.

Vermutlich ist es einfach zu spät. Man kann in meinem Alter keine 180-Grad-Wende hinlegen. Aus mir wird kein zurückgenommenes, sanftes hyperweibliches Wesen mehr. Nicht in diesem Leben. Dafür habe ich schon zu viele Männer aufgerissen, habe zu viel Spaß mit ihnen gehabt. Wahrscheinlich sollte ich einfach so weitermachen wie bisher und auf das Beste hoffen.

Müde räume ich Lindas Karteikarten, die überall auf dem Boden verstreut herumliegen, zusammen und werfe sie in den Mülleimer. Das tut gut. Die *rules* hatten ihre Zeit, sie ist vorbei. Gleich werde ich zum ersten Mal seit Wochen ungeduscht, ungeschminkt und im Trainingsanzug auf die Straße treten. Na und, juckt eh keinen. An der Haustür greife ich nach meiner roten Baseballkappe und ziehe sie über die Haare, die zu einem wirren Pferdeschwanz zusammengebunden sind. Hätten die *rules* eine Aufsichtsbehörde, mir würde jetzt schwere Strafe drohen, denn in der *rules*-Welt gelten ungekämmte Mädchen als Erregung öffentlichen Ärgernisses. Aber ich gehöre nicht mehr zum Klub.

Oder doch? Zumindest kann ich mich nicht so einfach davonstehlen. Denn ich bin gerade aus der Haustür getreten, da sehe ich, dass mir Linda mit einem Umschlag in der Hand auf der Straße entgegenkommt. Während ich im sportlichen Schlampenlook hier stehe, hat sie sich schon – es ist 9.24 Uhr morgens! – wunderbar zurechtgemacht. Sie trägt einen hellen Trenchcoat, ehrlich gesagt: eine Spur zu hell, über dem Rock, darunter erkenne ich den Rand eines babyblau-weißen Rautenpullunders, ihre Füße stecken in himmelblauen Ballerinas. Die Haare sitzen wie immer vorbildlich. Ich vermute, man braucht für ihre Frisur einen Fön und mehrere Rundbürsten gleichzeitig. Sie mustert mich aufmerksam, kommentiert meinen Aufzug aber nicht.

»Du hast nicht zurückgerufen. Also wollte ich schauen, ob mit dir alles in Ordnung ist. Ich fliege heute Nachmittag zu Greg nach New York, wir feiern unser 9-Monats-Verlobungsjubiläum. Deshalb habe ich dir alles Wichtige für dein heutiges Date zusammengestellt.« Linda überreicht mir den Umschlag. Ich kann fühlen, dass er mehr als nur eine Karteikarte enthält. Noch mehr *rules,* denke ich. Und merke dabei deutlich, wie sehr mich der Gedanke nervt.

»Linda, es tut mir leid. Ich glaube kaum, dass ich heute Abend ausgehe. Ich fühle mich nicht danach.«

Man sieht ihr an, wie diese Mitteilung sie trifft. Vielleicht ahnt sie schon das drohende Ende unseres gemeinsamen Verkupplungs-Projekts. Es schmerzt mich, sie so zu enttäuschen. Also schlage ich schnell vor, wir sollten beim Frühstück in meiner Wohnung noch mal in Ruhe über alles reden. Dort werde ich ihr dann erklären, warum ihre *rules* für mich leider nicht funktionieren. Allerdings muss ich vorher unauffällig die Karteikarten aus dem Müll fischen. Der Anblick ihrer Dating-Bibelsprüche im Müll würde Linda das Herz brechen.

Gemeinsam gehen wir weiter zum nahe gelegenen Supermarkt. Die automatische Tür öffnet sich für uns, ich atme tief die klimatisierte Luft ein. Alles riecht so schön sauber. Hier fühle ich mich gleich geduschter.

Es muss ein gutes Frühstück werden, ein Frühstück, das meine schlechte Laune und Lindas Enttäuschung bekämpft. Also kaufe ich Eier, Aufschnitt, Milch, Öko-Radieschen, Nordseekrabben, glatte Petersilie, Müsli. Ich werde uns heute verwöhnen. Linda legt noch einen Morgengruß-Wohlfühltee mit Lindenblüten, Fenchel, Süßholz und Hibiskus dazu. Ich schaue sie fragend an. Hat Frau Schneider sie etwa mit der makrobiotischen Kantinenkost rumgekriegt?

»In New York trinkt niemand mehr Kaffee«, erklärt Linda, »viel zu ungesund.« Wie kann man freiwillig auf Kaffee verzichten, aber Coko-Zero literweise in sich hineinschütten? Amis, würde Kitty jetzt verächtlich sagen.

An der einzigen offenen Kasse hat sich ein kleiner Stau gebildet. Wir reihen uns unmittelbar hinter einem hübschen Typen ein, der leger auftritt in seinem langärmligen Poloshirt und seinen ausgewaschenen Jeans. Er hat dunkle, fast schwarze Haare, sehr akkurat getrimmt. Bei Männern mit dunkler Haarfarbe muss ich an Rhett Butler aus »Vom Winde verweht« denken. Ob dieser Mann allerdings einen schmalen Oberlippenbart trägt, kann ich nicht sehen, das Gesicht ist abgewandt. Wer weiß? Das Modekarussell dreht sich schnell, über Nacht kann ein Schnurrbart wieder en vogue sein.

Einen Moment lang verfluche ich mich innerlich, weil ich gerade heute Morgen mit den *rules* gebrochen habe. Vielleicht hätte ich mich doch umziehen sollen. Aber dann rufe ich mich wieder zur Räson. Wenn es der Richtige sein sollte, sage ich mir, dann wird sein liebendes Auge mich auch im ausgeleierten Trainingsanzug erkennen. Diese *rules* sind doch in Wirklichkeit nur unerwachsen. Die Liebe ist eine viel zu große Kraft, als dass man ihren Verlauf mit läppischen Paragrafen kontrollieren könnte.

»Sprich ihn an«, höre ich plötzlich Linda neben mir flüstern. Was? Sie schaut mich auffordernd an. Man darf bei Lindas blonder Fassade und himmelblauen Ballerinas nie vergessen, dass sie das ist, was in Amerika »tough« genannt wird. Linda kann nie aufhören. Sie grinst mich herausfordernd an. »Heute gelten keine Regeln. Zeig mir, wie du vorgehst. Vielleicht sollte ich etwas von dir lernen, nicht du von mir.«

Die Schlange rückt weiter, gleich stehen wir am Band, ich muss jetzt schnell handeln. Linda hat sich hinter die Kasse abgesetzt, wohl, um mir alle Hemmungen zu nehmen. Sie lehnt sich gegen das Brett mit Kleinanzeigen und beobachtet alles von Weitem.

Wie soll ich den Mann vor mir ansprechen? Womit soll ich das Gespräch beginnen? Mir fällt nichts ein. Wo ist mein Selbstbewusstsein hin? Schuld sind die *rules*. Sie haben sich in meinem Kopf eingenistet und jetzt rauben sie mir das Tempo, die Spontaneität, den Wortwitz, die Dreistigkeit. Früher, als ich noch keine Ahnung von irgendwelchen *rules* hatte, hätte ich diesen Mann souverän angesprochen. Aber jetzt bin ich befangen. Meine

Laune wird wieder schlechter. Will ich diesen Morgen noch retten, muss schnell etwas geschehen.

Also fahre ich meinem Vordermann mit dem Einkaufswagen in die Hacken. Ich finde, das ist ein gelungener Kompromiss zwischen aktiv und passiv, zwischen meiner alten Handschrift und Lindas *rules*. Ich habe diskret die Initiative ergriffen und doch nicht den ersten Schritt vorweggenommen. Wenn er sich gleich umdreht und mich anschaut, werde ich mich zuckersüß entschuldigen. Ich werde dabei so reizend aussehen, dass er alles um sich herum vergisst und den Rest des noch jungen Tages nur noch mit mir verbringen will.

Gerade will ich die Entschuldigungspose einnehmen, da dreht sich der Unbekannte wie eine Furie um, schaut mich wütend aus seinen giftig grünen Augen an und blafft: »Pass doch auf, du blöde Schnalle.«

Ich bin fassungslos. Nicht nur, dass er mich duzt. Er beschimpft mich wie auf dem Ballermann. »Blöde Schnalle.« Solche Worte gehören sich einfach nicht – auch nicht, wenn ich heute aussehe, wie ich eben aussehe. Dieser Kerl hat nicht nur die Grenzen der Höflichkeit überschritten, er ist ein unverschämter Grobian. Nur, weil ich seine Ferse mit meinem Einkaufswagen berührt habe. Was sehr sanft geschehen ist, ich möchte es fast eine zärtliche Geste nennen. Übrigens – er trägt kein Oberlippenbärtchen.

Groll kocht in mir hoch. Mir wird schlagartig klar, dass ich die Schuld an der falschen Stelle gesucht habe. Ich dachte, Lindas *rules* sind nichts für mich. Aber da liegt nicht das wahre Problem. Das wahre Problem ist das Drama des modernen Mannes, der sich nicht mehr zu benehmen weiß. Genau wie dieser Mann vor mir, genau wie die fünf letzten Männer, die ich kennenlernen musste. Ich wende mich an die Kassiererin, die kopfschüttelnd alles verfolgt hat.

»Haben Sie das eben gehört?«, frage ich sie. »Das ging doch wirklich zu weit, finden Sie nicht?«

»Ja, det denk ick och«, bestätigt sie mir.

»Seh ich denn aus wie eine, die man einfach als blöde Schnalle beschimpfen darf?«, hake ich nach.

»Ick finde Sie hübsch unter Ihrer roten Mütze. Schnuckelig«, meint sie. Die Frau meint es wirklich gut mit mir. Rhett Butler wird unruhig. Er spürt, dass sich zwischen der Kassiererin und mir Einvernehmen bildet. Hektisch legt er seinen Einkauf auf das Band. Offensichtlich möchte er so schnell wie möglich den Supermarkt verlassen.

»Die Männer von heute kennen keine Höflichkeit mehr. So redet man nicht mit einer Frau! Das gehört sich nicht. Oder liege ich da falsch?«, erkundige ich mich diesmal mit deutlich lauterer Stimme. Ich spüre, wie hinter mir Leute stehen bleiben und hinübersehen.

Mein Polo-Langshirt-Träger blickt sich gehetzt um. Er weiß, er ist in der Defensive. Mit Nachdruck schiebt er der Kassiererin seinen Einkauf näher, er drängelt. Aber die lässt sich diesmal besonders viel Zeit. Provozierend langsam zieht sie ein Produkt nach dem anderen über den Scanner.

»Ick seh det jeden Tag. Wird immer schlimmer. Unjehobelt, keene Kinderstube«, schimpft sie.

Am Ende des Laufbandes staut sich der Einkauf. Milchreis Diät, 0,1 % Fett. »Weight Watchers«-Gouda jung, »Du darfst«-Teewurst, »Du darfst«-Eiersalat. Frischkäse light. Reiswaffeln. Magermilch. Fettreduzierte Sprühsahne. Fettreduzierte Chips. Apfelschorle ohne Zucker. Der Kühlschrank eines Supermodels könnte kaum anders bestückt sein als der von diesem Typen. Die erotische Ausstrahlung meines dunkelhaarigen Unbekannten sinkt endgültig auf Minuswerte, wie sie im Packeis herrschen. Nichts ist so unsexy wie ein Du-darfst-Mann auf Diät.

Die Kassiererin und ich schweigen beredt, und Rhett Butler erahnt, dass wir in diesem Moment seinen Einkauf analysieren. Inzwischen ist noch ein Niedrigkalorien-Salatdressing und eine Low-Fat-Pizza dazugekommen. Eilig zieht er einen 50-Euro-

Schein aus dem Portemonnaie. Er würde sicherlich gerne auf die Herausgabe des Wechselgeldes verzichten, aber die Differenz ist einfach zu hoch.

»Der isst ja wie die magersüchtige Nichole Ritchie. Bei so einer Diät steigt automatisch der Östrogenspiegel an. Kein Wunder, dass der Mann so eine Zicke ist«, sinniere ich.

Wir, die Verkäuferin und ich, beobachten, wie der Typ in Lichtgeschwindigkeit seinen Einkauf in die Tüte schmeißt. Inzwischen ist er puterrot angelaufen. Ganz gemütlich zählt die Kassiererin das Wechselgeld ab, dreht sich sehr langsam um und drückt es ihm in die Hand.

»Essen Se' mal wat Vernünftiges, dann wird Ihre Laune och wieder besser«, ruft sie ihm hinterher.

Aber Rhett Butler ist schon durch die automatische Tür entkommen.

»Wo genau soll dieses Date heute Abend stattfinden?«, frage ich Linda, die sich wie unbeteiligt wieder neben mich gestellt hat, und bin ihr dankbar, dass sie ihren Triumph nicht allzu deutlich zeigt.

KAPITEL 11

Mit einem Glas Champagner in der Hand stehe ich verloren im Raum und ahne, dass ich mit meiner Kleiderwahl falsch liege. Zum einen ist mein Kleid lang und festlich. Ein wenig erinnert es mich an meinen Abschlussball, nur trug ich damals, mit fünfzehn, eine üppige Schleife über dem Po. Das Kleid dieses Abends ist wenigstens schlicht. Zum anderen – und dieser Fehler wiegt schwerer – ist mein Kleid komplett schwarz. Wie auch alles andere an mir komplett in Schwarz gehalten ist. Ich trage schwarze Pumps, um meinen Hals hängt das Medaillon meiner Großmutter – ein schwarzer Onyx mit einem kleinen Diamanten im Zentrum –, und über die Augen habe ich mir mühsam einen schwarzen Lidstrich getupft. Sogar das Haar ist mithilfe eines breiten schwarzen Haarbandes streng nach hinten frisiert. Meine Strumpfhosen? Hautfarben, zum Glück.

Alle anderen Frauen im Raum tragen freundliche Farben. Die Atmosphäre hat etwas Spätsommerliches, die Terrassentür steht offen, ein Teil der Gäste hält sich trotz kühler Luft draußen auf. Beim Eintritt hatte ich sofort die gesunde Bräune vieler Gäste bemerkt, vor allem der Damen. Tiefe Dekolletés und halblange Ärmel führen eine gepflegte, sonnenverwöhnte Haut vor, deren bronzefarbenen Ton man sich niemals im Sonnenstudio holen kann, sondern nur an den Stränden der Karibik, auf einer Yacht im Mittelmeer oder an guten Sommertagen auf Sylt. Alle Frauen tragen das Haar glatt, lang und offen, das scheint hier ein ungeschriebenes Gesetz zu sein. Die meisten Kleider sind gemustert. Das Design erinnert an 60er-Jahre-Tapeten. Bis heute bin ich unentschlossen, ob ich diese Vintage-Mode schön oder grässlich finden soll. Am stärksten fasziniert mich der üppige Modeschmuck an den Damenhälsen. Lange Ketten im Ethno-Stil, oft mehrfach geschlungen, mit kleinen und großen Glasperlen. Man darf sich von der scheinbaren Einfachheit dieser Ketten nicht täuschen lassen. Solcher Schmuck kann es im Preis mit Hochkarätern aufnehmen.

Eine Serviererin mit Tablett kommt an mir vorbei. Flink stelle ich meine leere Champagnerflöte bei ihr ab und greife mir sofort eine neue. Sie blickt mich erstaunt an. Mein hohes Tempo hat sie beeindruckt. Was soll ich sagen? Gelernt ist gelernt. Mein halbes Berufsleben besteht aus Stehpartys. Inzwischen habe ich einen untrüglichen Instinkt dafür, auf welchen Bahnen sich ein Kellner durch den Raum bewegt. Auf einer Abendeinladung würde ich niemals verhungern, egal, wie sehr der Gastgeber an den Kosten für das Catering gespart hat.

Doch der Abend heute ist keine Herausforderung für mich. Es sind zu viele Tabletts unterwegs, serviert wird das übliche Programm. Flusskrebse auf Blätterteigboden mit einem Crème-fraîche-Dill-Klecks nebendran. Gebackene Garnelen in süß-saurer Soße. Kleine Reibekuchen mit Schmand und Kaviar. Tafelspitzecken und Meerrettich. Ich lasse das Zeug vorüberziehen und warte auf das eigentliche Essen. Niemand im Raum – es mögen fünfzig, sechzig Gäste sein – kümmert sich um mich. Man steht in kleineren Gruppen zusammen und hält Smalltalk. Ab und zu schießt ein lautes, weibliches Lachen wie eine Rakete empor, legt sich über das Geplauder im Raum und verpufft wenig später. Ich würde jetzt gerne eine Zigarette rauchen, aber eigentlich habe ich damit aufgehört. Mein rechter Fuß dreht sich leicht nach außen, ich beginne mit dem Pumps zu wippen. Ein Zeichen, wie unwohl ich mich fühle. Wo bleibt mein Tischherr, den Linda mir heute Morgen versprochen hatte?

Übrigens habe ich mich von Kitty zu dem Kleid überreden lassen. Sie war nachmittags im Auftrag von Linda vorbeigekommen, um mir für diesen Abend zu helfen. Linda hatte dem morgendlichen Frieden wohl nicht getraut, sie hatte vermutlich

Angst, dass ich doch noch im letzten Moment abspringe. Also hatte Linda Kitty telefonisch beauftragt, ein Auge auf mich zu haben. Nicht nur das. Sie ordnete auch ausdrücklich an, den Anweisungen im Umschlag zu folgen. Diesmal lagen keine neuen *rules* darin, sondern konkrete Kleidervorschläge für den Abend – jede Kombination war fein säuberlich auf einer gelben Karteikarte vermerkt. Seidenchiffonkleid im Nude-Ton und Riemchenpumps. Oder weißes Bustierkleid mit maskulinem Blazer. Oder geblümter Rock und knallfarbene Bluse, dazu Keilabsatz. Und auf einer Karte stand in Großbuchstaben und zweimal unterstrichen: KEIN SCHWARZ! Damit nahm das Unglück seinen Lauf.

»Du mochtest Schwarz doch immer gerne?«, fragte Kitty misstrauisch.

Ich konnte ihr nicht widersprechen.

»Und du hast doch zu allen möglichen Gelegenheiten, die dir wichtig waren, Schwarz getragen? Damals, zu deiner Führerscheinprüfung. Bei deinem ersten und einzigen Bungee-Sprung. Du sahst damals auf dieser Brücke in Frankreich aus, als würdest du dein eigenes Begräbnis vorwegnehmen. Und sogar zur Hochzeit deiner Schwester kamst du in Schwarz – und hast mit deiner Farbwahl für wilde Spekulationen gesorgt. Immer, wenn es wichtig wurde in deinem Leben, hast du Schwarz getragen. Und jetzt lässt du es dir von Linda grundsätzlich verbieten?«

Ich erklärte ihr das mit den positiven Farben und der Fröhlichkeit, und dass laut Linda niemand sich in jemanden verlieben könne, der Schwarz trägt, aber Kitty schüttelte nur den Kopf.

»Du suchst doch jemanden, mit dem du lange zusammenbleiben wirst. Der sich richtig in dich verliebt. Der mit dir ein Leben aufbauen will, dich vielleicht sogar heiratet. Dann musst du doch von Anfang an ehrlich sein. Du selbst sein. Es mag ja sein, dass man in Amerika als Frau daran arbeitet, sich zu verstellen, um geheiratet zu werden. Es kann auch sein, dass so etwas klappt. Aber mach dir nichts vor – in Amerika sind die Scheidungszahlen noch viel höher als bei uns. Denn es wird der Tag kommen, da wird er merken, wie sehr du Schwarz liebst. Das du von der Farbe Schwarz nicht lassen kannst. Und stell dir vor, ihr entdeckt dann, dass er eine tiefe Abneigung gegen alle Frauen hegt, die sich schwarz kleiden. Also sei ehrlich, vom ersten Moment an«, sagte sie, holte das lange schwarze Kleid aus dem Schrank und hielt es mir hin.

Noch zögerte ich.

Kitty redete weiter auf mich ein. »Nina, denk an deine ungeborenen Kinder. Lass eine Ehe nicht an einer falschen Kleiderfarbe scheitern. Scheidung ist schrecklich.«

Kitty, das Scheidungskind. Sie wusste, dass ich dagegen nichts sagen konnte. Außerdem: Linda war weit weg und ich liebte nun mal Schwarz. Also hatte ich das Kleid angezogen.

Und jetzt stehe ich hier zwischen diesen sommerfrischen Partyfrauen und sehe aus wie eine bulgarische Witwe mit Alkoholproblem. Vielen Dank, Kitty! Hätte ich mich bloß an Lindas Grundsätze gehalten. Diese ganze Bussi-Bussi-Atmosphäre, von der ich ausgeschlossen bin, wird mir zunehmend unangenehm.

Ich tippe Kitty eine wütende SMS ins Handy. Danach beginne ich, mich unauffällig nach meinem Platz an der Tafel umzuschauen. Ich könnte auch ein drittes Champagnerglas hinunterstürzen, aber so viel vertrage ich nicht. Es gibt keine Tischkarten, offensichtlich ist die Tischordnung also frei. Ich entscheide mich für den linken Teil der Tafel und suche mir einen Platz nahe dem Blumengesteck, damit es ein bisschen Farbe auf mich wirft. Gerade will ich einen Stuhl herausziehen, da spielt mein Handy die jazzige Vertonung von Summertime. Das Antwort-SMS von Kitty. Ich greife in meine Handtasche, die ich schon auf dem Boden abgestellt hatte.

»An Black Beauty: Wahre Liebe baut niemals auf einer Lüge auf.« Na klar, Kitty wird von ihrem Frank so sehr verehrt, dass sie sogar fliederfarbene Leggings tragen könnte, ohne eine Krise heraufzubeschwören.

Während ich noch meinen Gedanken nachhänge, merke ich, wie mir der Stuhl aus der Hand genommen wird, den ich schon auf halbem Wege unter der Tischkante hervorgezogen hatte. Meine Sitzgelegenheit! Ich drehe mich um und erwische einen hochgewachsenen, um nicht zu sagen langen Mann, der sich meinen Stuhl greifen will. Offensichtlich ist der Moment gekommen, die Plätze einzunehmen. Als gäbe es nicht genügend Sitzgelegenheiten im Raum. Aber so ist er, der schlecht erzogene moderne Mann – kaum hat er einen einladend frei stehenden Stuhl entdeckt, wittert er die Gelegenheit, sich ohne viel Mühe hinzufläzen.

»Hey, Neandertaler«, herrsche ich den Dieb an, »das ist mein Stuhl. Suchen Sie sich gefälligst einen eigenen Platz.«

Der Mann blickt mich erstaunt an. Aber nicht unfreundlich. Dann beugt er sich leicht vor, ganz leicht, aber so, dass es deutlich als Begrüßungsgeste zu verstehen ist, und sagt: »Darf ich mich vorstellen, mein Name ist Enno Freiherr von Rufenberg. Und ich wollte Ihnen den Stuhl natürlich nicht wegschnappen. Ich wollte Ihnen nur helfen, sich zu setzen. Ich glaube, ich bin heute Abend Ihr Tischherr. Entschuldigen Sie, dass ich mich erst jetzt vorstelle. Aber ich bin gerade erst eingetroffen.«

So lerne ich also meinen Tischherrn kennen. Neben seiner Größe, er misst bestimmt über 1,90 Meter, fallen mir seine längeren Haare auf. Eine gepflegte Kinnlänge, mit wenig Gel zurückgekämmt. Als ich mich am Tisch umschaue, wird mir klar, dass fast alle Männer diese Frisur tragen. Freiherr von Rufenberg trägt ein hervorragend geschnittenes dunkelgraues Sakko, darunter ein weißes Hemd ohne Krawatte, dafür ein sehr zurückhaltendes hellgraues Einstecktuch, dazu Jeans und Slipper. Auch damit entspricht er dem Trend im Raum. Kaum ein Mann trägt Anzug, es sind auch nur wenige Krawatten da. Trotzdem sieht keiner der Männer underdressed aus.

Mein Tischherr schweigt und betrachtet mich. In seinen Augen stehen Interesse und Ironie so unschlüssig nebeneinander, als könnten sie sich nicht einigen, wer wem den Vortritt lässt. Er findet mich ein bisschen seltsam. Aber er ist vielleicht auch ein bisschen neugierig auf mich.

Erwartet er jetzt irgendeine Reaktion von mir? Vielleicht eine Entschuldigung? Ich höre mich murmeln: »Verzeihung. In letzter Zeit musste ich um jeden Stuhl kämpfen.«

Er sieht mich noch eine Spur interessierter an, fragt aber nicht nach. Aha, ein diskreter Mann; das gefällt mir. Weil wir in so einer eingefrorenen, unfertigen Pose im Raum stehen, beschließe ich, mich zu setzen. Enno von Rufenberg schiebt mir wie ein perfekter Gentleman den Stuhl hin. Dann bestellt er mit einem Wink zwei Champagnerflöten und nimmt an meiner Seite Platz. Wir stoßen an.

Nun, nachdem wir auf Augenhöhe nebeneinander sitzen, kann ich ihn besser betrachten. Er hat ein schmales, eher längliches Gesicht, das in einem energisch spitzen Kinn endet. Die blauen Augen stehen dicht und betrachten mich immer noch amüsiert. Er hat schön geschwungene, sehr saubere Augenbrauen. Am meisten Charakter verleiht aber die Nase dem Gesicht – sie ist groß, sehr schmal und wirkt, als sei sie in der Königlich Preußischen Porzellanmanufaktur modelliert worden. Auf den Mund will ich nicht so direkt schauen. Ich ahne, er hat für einen Mann eher sinnliche Lippen. Damit sollte ich mich besser nicht zu schnell befassen. Langsam, Nina.

Seine ganze Ausstrahlung lässt sich mit einem Wort beschreiben: Selbstsicherheit. Er gehört eindeutig zu den Menschen, die ihr Leben lang eine Extraportion Milch bekommen haben. Aber er wirkt nicht blasiert. Zumindest nicht auf den ersten Blick.

Wie mache ich jetzt weiter? Ginge es nach Archie Hegemann, würde ich mich jetzt unverbindlich über Bücher, Filme oder Lieblingsfarben mit diesem Mann unterhalten. Aber irgendwie sind wir schon über Smalltalk hinaus, obwohl wir erst zwei Sätze gewechselt haben. Man kann schlecht mit einer Neandertaler-Beschimpfung beginnen, um danach über ein gutes Buch zu plaudern. So eine Beschimpfung stellt ja eine gewisse Vertrautheit her. Also sage ich, mehr zu mir als zu ihm: »Das falsche Kleid habe ich heute Abend auch an.«

Er lehnt sich leicht zurück, betrachtet mich und streicht sich dabei über seine Koteletten. Sie sind eher kurz und waren mir auf den ersten Blick nicht aufgefallen. Männer neigen zu dieser Geste, wenn sie nachdenken. Manche fahren sich versonnen über ihre Wange, andere über das Kinn. An Frauen habe ich so etwas noch nie gesehen. Die drehen sich höchstens mal verspielt eine Locke in die Haare.

Mein Tischherr ist offenbar am Ende seiner Betrachtungen angelangt. Er nimmt einen entschlossenen Schluck aus seiner Champagnerflöte und fällt ein sehr resolutes Urteil: »Da liegen Sie völlig falsch! Sie sehen wunderbar aus, ich liebe schlichtes Schwarz. Die ganze Saison musste ich diese schrecklichen Kleidermuster ertragen – Cardigan, Paisley, floral, geometrisch, psychedelisch. Selbst die schönste Frau wird von einem schrecklichen Muster in den Schatten gestellt. Dazu der tonnenschwere Schmuck, der mich immer an Winnetous Schwester erinnert, wie hieß sie gleich?«

»Nscho-tschi«, assistiere ich.

»Nscho-tschi! Ja!« Wir müssen beide lachen. Er schaut den anderen Frauen hinterher. »Schwarz hat alles, was man braucht. Es ist die ewig elegante Farbe.«

Nur die Autorität der *rules*, die in jedem Moment, so schön er auch sei, eine gewisse Kühle vorschreibt, hält mich davon ab, meinen Tischherrn zu küssen. Noch nie in meinem Leben konnte mir ein Mann ein so präzises Kompliment zu meiner Garderobe machen.

Plötzlich wird es mir zu eng am Tisch. Ich will jetzt nicht eingepfercht sitzen und brav parlieren. Mich überkommt große Lust, mit diesem Mann spazieren zu gehen. Mit einer Champagnerflasche hinauszugehen ins Freie. Ich möchte jetzt mit ihm losgehen, einfach so. Ich muss mich bewegen. Stattdessen sitzen wir eingeklemmt auf diesen Stühlen an dieser Tafel. An Aufstehen ist nicht zu denken, nach und nach füllt sich der Tisch mit den anderen Gästen.

Uns gegenüber nimmt eine attraktive Frau Platz, Kette und Kleid sehr teuer und sehr ethnohaft, die Haare in perfekter Mahagoni-Tönung, lang und offen, der Blick aus den schönen dunklen Augen scharf und abschätzig. Sie mustert uns. Enno von Rufenberg bemerkt ihren Blick und steht schnell grüßend auf, damit sie sich setzen kann.

»Darf ich vorstellen: Chichi, eine Freundin aus Kindertagen«, sagt er zu mir.

Irgendwie bringen mich diese ganzen Höflichkeitsgesten langsam durcheinander, ich weiß überhaupt nicht mehr, wie man sich wann zu benehmen hat. Stehe ich jetzt auch auf oder nicke ich nur hinüber? Ich ahne, dass mein Tischherr und diese Frau sich sehr gut kennen, also erhebe ich mich leicht und strecke ihr meine Hand zur Vorstellung über den Tisch, die sie herablassend empfängt.

»Felipa Gräfin ...«, will sie loslegen, aber Enno von Rufenberg unterbricht sie mit einer abwehrenden Geste. »Lass doch, Chichi«, beschwichtigt er. »Wir sind hier doch unter uns.«

Woraufhin Felipa Gräfin zu irgendetwas, unter Freunden kurz Chichi genannt, mich kühl anblickt und sagt: »Und wie sind Sie an eine Einladung gekommen?«

Das ist eindeutig eine Kriegserklärung. Sie hat mir gerade gesagt, dies sei eine Gesellschaft, zu der ich nicht gehöre. Tatsächlich habe ich auch schon überlegt, wo ich hier wohl hineingeraten bin. Es ist ungewöhnlich, dass ich hier keinen Menschen kenne, das passiert mir auf größeren Festen nicht oft. Linda hat mir – neben den konkreten Tipps für die passende Abendgarderobe – lediglich die Adresse gegeben und den Hinweis, ich solle ihr vertrauen. Tischherr und Veranstaltung seien absolut solide. Langsam wird mir klar, dass es sich hier nicht um eine Geheimloge handelt, sondern um eine Ansammlung junger Adliger. Mir fallen die vielen Siegelringe auf – die Frauen tragen sie am Ringfinger, die Männer am kleinen Finger. Mein Tischherr auch. Ganz klar, eine Art Adelstreffen. Die Frage, wie ich hier hineingeraten bin, ist nicht ganz unberechtigt. Aber natürlich unverschämt.

»Die Einladung verdanke ich allein meinem guten Aussehen«, sage ich, der Tischherr der Gräfin, der bislang alles interessiert verfolgt hat, muss laut auflachen, und ich merke, wie auch Enno von Rufenberg versucht, sein Grinsen in den Griff zu bekommen.

Zum Glück wird die Vorspeise serviert. Eine klare Tomatenconsommé mit Pestoflädle. Die Gespräche im Raum werden leiser, man hört jetzt das konzentrierte Klappern von Suppenlöffeln, die an tiefe Teller schlagen. Ich habe keinen Appetit, obwohl ich vorhin noch hungrig war. Ich will nur in Begleitung meines Freiherrn von dieser Tafel weg. Hinaus! Hinaus! Plötzlich sehe ich mich mit ihm durch rosenbewachsene Spaliere wandeln, vorbei an pyramidenförmig geschnittenen Buchsbäumen, zu den Wasserspielen im Zentrum. Was ist mit mir los? Führen fünfzig Adlige in einem Raum schon dazu, dass ich mich gleich in eine alberne Vorabendserie versetzt fühle? Verärgert über mich selbst wende ich mich der Suppe zu. Ich werde jetzt ganz ruhig und möglichst gelassen diese Suppe essen. Aber schon den Löffel ordentlich zu halten fordert ungewöhnlich viel Konzentration. Irgendwie werde ich das Gefühl nicht los, dass rechts neben mir, auf dem Platz des Freiherrn, auch nicht alles rund läuft. Mein Tischherr und ich schauen uns verstohlen an. Wir müssen beide lächeln. Was passiert hier gerade?

Enno von Rufenberg übernimmt wieder die Konversation. Danke! Es ist so angenehm, etwas abgenommen zu kriegen. Wir plaudern über dies und das – über eine neue Theaterinszenierung in der Stadt, die sehr populär ist, über sonderbare Leute, die man tagsüber in der Berliner U-Bahn trifft, und über das Schwimmbad auf dem Dach des Flughafens in Singapur. Ich behaupte, dass ich wunderbar kochen könne. Zum Glück muss ich aber nicht so sehr lügen, dass ich vortäusche, meine Lieblingsfarbe sei leidenschaftliches Karminrot. Ich darf jetzt ehrlicherweise bei Schwarz bleiben.

Unser Gespräch verläuft wie ein wunderschöner Paartanz auf dem Parkett. Er führt, aber ich gebe den Bewegungen Charakter. Jeder von uns beiden hat seine tragende Rolle, und es macht Spaß, sich zu ergänzen, anstatt sich ständig – wie bei meinen normalen Flirts – ins Gehege zu kommen. Um im Bild des tanzenden Paares zu bleiben: Wo nicht geklärt ist, wer führt und wer formt, da tritt man sich gegenseitig ständig auf die Füße. Elegant sieht das nicht aus.

Nach einer Weile erfahre ich, dass er als Wirtschaftsanwalt in einer großen Berliner Kanzlei arbeitet. Wie immer bei Juristen, komme ich nicht umhin, auch ihn nach seiner Examensnote zu fragen. Archie Hegemann fände das sicher gut, ich soll ja herausfinden, mit welcher Qualität von Mann ich es zu tun habe. Es macht einfach immer großen Spaß, Juristen nach ihrer Examensnote zu fragen, weil es ihnen allen peinlich ist. Denn nach einem Jurastudium kann man Gott schon danken, wenn man am Ende mit einem »befriedigend« davongekommen ist. Deshalb spricht keiner gerne darüber, ob Anwälte oder Richter. Auch mein Tischherr drückt sich vor der Antwort.

Dafür übernimmt Chichi das Reden. Seit der Zickerei während der Vorstellungsrunde hat sie geschwiegen und uns beobachtet. Ich habe gesehen, wie ihr Tischherr sich bemüht hatte, sich mit ihr auszusöhnen und ein wenig zu plaudern. Aber es war nichts zu wollen. Chichi schnitt ihn und hatte nur Ohren für uns. Jetzt schlägt ihre Stunde.

»Er hat mit ›gut‹ abgeschlossen«, sagt sie jede Silbe überbetonend, als hätte sie sich diese Note erarbeitet. Ich nicke Enno von Rufenberg anerkennend zu, aber er macht eine wegwerfende Handbewegung, als sei ihm das Thema unangenehm. Chichi aber ist noch nicht zu Ende: »Und Sie? Haben Sie studiert?«, fragt sie streng.

Damit trifft sie einen wunden Punkt. Nein, ich habe nämlich nicht zu Ende studiert. Bis heute fehlt mir mein Abschluss in Volkswirtschaft, von dem ich immer wieder behaupte, ich würde ihn eines Tages nachholen. Mein Studium zog sich damals wie Kaugummi, und als ich ein erfolgreiches Praktikum in unserem Autokonzern absolviert hatte, dem ein Angebot folgte, da habe ich nicht lange gezögert und bin dort eingestiegen. Niemand fragt einen Lobbyisten nach seinem Abschluss, zumindest nicht, so lange es gut läuft. Aber in schwierigen Momenten ahne ich, dass es zum Problem werden könnte. Heute ist so ein Moment.

»Ich bin früh ins Berufsleben gewechselt«, sage ich ehrlich. Warum sollte ich lügen? Die Gräfin triumphiert, ich kann es ihrem Blick ablesen. Ihr Mund wird sehr spitz. Jedes Wort, das sie mit den nächsten Atemzügen ausspricht, wird überbetont. »Was sind Sie? Kosmetikerin? Zahnarzthelferin? Oder bei der Sparkasse?« Sie macht eine kurze Kunstpause, um dann mit einer aufgeregten Handbewegung ihren Tischnachbarn anzustoßen. Der schaut erstaunt zu ihr rüber, er hatte sich nämlich schon länger der Frau zu seiner Rechten zugewandt, im Glauben, dass sich Chichi eh nicht mit ihm beschäftigen will. »Jetzt weiß ich es, ich weiß es: Sie ist Verwaltungsangestellte im Bezirksamt. Richtig?« Sie schaut mich herausfordernd an.

Chichi macht sich über Frauen lustig, die ich sehr schätze. Meine Kosmetikerin ist eine wunderbare Zuhörerin, der ich alles anvertrauen kann und auf deren Behandlung ich mich schon Tage vorher freue. Meine Zahnarzthelferin hält ab und zu meine Hand, wenn es zu schlimm wird. Meine Bankangestellte war immer sehr verständnisvoll, in Zeiten, als ich noch kein Geld verdiente und den Dispo permanent überzogen hatte. Zu Verwaltungsangestellten im Bezirksamt habe ich keinen persönlichen Bezug. Aber ich vermute, man stellt sich mit ihnen besser gut. All diese Frauen – die im Gegensatz zu mir eine abgeschlossene Berufsausbildung haben – werde ich jetzt nicht im Regen stehen lassen, in dem ich blende und sage, ich sei Lobbyistin und würde in zwölf Monaten mehr Geld verschieben, als ihre Adelsfamilie in einem Jahrhundert auf Schweizer Konten schaffen kann.

Also antworte ich ganz schlicht: »Ich verkaufe Autos.« Stimmt ja auch. Nur in anderer Stückzahl, als sie jetzt vermutet.

Tatsächlich, Chichi fällt darauf rein. Sie lacht meckernd los. Das Lachen schüttelt sie so sehr, dass sie den Arm ihres Nachbarn als Haltestange greift, um nicht vom Stuhl zu fallen. »Sie arbeiten in einem Autohaus! Können Sie mich bei modischen Polsterfarben für mein neues Coupé beraten, das ich mir nächste Woche zulegen werde? Oder haben Sie von High-Class-Autos keine Ahnung? Verkaufen Sie koreanische Kleinwagen?«

Als sei sie nicht längst zu weit gegangen, greift sie über den Tisch und schnappt sich meine kleine schwarze Wunderkind-Handtasche, die ich heute Abend bei mir trage. Dreist öffnet sie sie vor meinen Augen und untersucht das Futteral. Dann gibt sie mir mit gespieltem Erstaunen meine Handtasche zurück. »Die ist ja tatsächlich echt. Keine Fälschung. Sie müssen ja eine Teufelin unter den Autoverkäufern sein. Wie nennt man Sie? Königin des Gewerbegebiets?«

Endlich mischt sich Enno von Rufenberg ein. Er sieht wütend aus und haut mit seiner Hand flach auf den Tisch, hat sich aber geschickt vorher die Stoffserviette gegriffen, sodass seine Geste zwar sehr energisch wirkt, aber kein Geräusch verursacht und kaum Aufmerksamkeit auf sich zieht.

»Chichi, es reicht«, zischt er seine Freundin aus Kindertagen an. »Ich weiß mit ziemlicher Sicherheit, dass die Dame neben mir in keinem Autohaus arbeitet. Aber sogar wenn sie Gebrauchtwagen verkaufen würde, wäre das in Ordnung. Vergiss bitte nicht, wie du deinen Abschluss an der Universität gemacht hast. Dein Vater musste einen Bibliotheksanbau spenden.«

Das wiederum ist eine sehr amüsante Information, die ich gut speichern werde. Chichi ist also auch kein Überflieger. An unserem Teil des Tisches schweigen jetzt alle betreten. Der Tischherr der Gräfin schaut in die Luft, als wäre er bei dem Schlagabtausch nicht anwesend gewesen. Kein Regelkatalog der Welt kann einen aus dieser peinlichen Situation herausholen. Zum Glück wird jetzt der Hauptgang serviert. Es gibt Brandenburger Wild und eine köstliche Morchelsoße. Das Essen hebt die Stimmung. Außerdem liefert es ein neues Unterhaltungsthema. Enno von Rufenberg und ich reden über die Jagd. Über die echte Jagd.

Es stellt sich heraus, dass in seiner Familie seit Jahrhunderten gejagt wird. Sie besitzt einen eigenen Wald in Württemberg, einmal im Jahr wird zu einem großen Jagdwochenende geladen. Verwandte und Freunde reisen an, mit Rauhaardackel und Büchse im Gepäck, um zwei Tage lang im privaten Waldstück zu schießen, was ihnen vor die Flinte kommt. Es befremdet mich etwas, eine Unterhaltung mit einem Mann zu führen, der zu schießen weiß. Und der mit seinem Schuss auch regelmäßig etwas erlegt. Müsste ich das nicht verurteilen?

»Sie töten Tiere?«, frage ich unsicher. Mein Tischherr bringt diese Frage nicht sonderlich aus der Fassung. Er hört die Irritation nicht zum ersten Mal.

»Sie haben keine Ahnung von der Jagd, oder?«, fragt er. Stumm schüttle ich den Kopf.

»Ich habe nie versucht, jemanden zur Jagd zu bekehren«, beginnt er, »alles, was ich von meinem Gegenüber verlange, ist, dass man weiß, worüber man redet. Die Jagd steckt in uns. Ich will jetzt nicht über das Töten reden. Fangen wir mit dem Wald an – der nächtliche Wald. Die beste Jagdzeit ist in der Morgendämmerung. Man muss also noch in der Dunkelheit aufbrechen. Anfangs sieht man kaum etwas, der Farn mit dem Morgentau darauf streift die Beine, unter den Sohlen Tannennadeln. Die Luft ist feucht und schwer, richtig würzig, ich klettere auf den Hochstand, um mich herum ist die Welt pechschwarz, nur oben am Himmel sieht man die Wolken rasen. Plötzlich reißt der Himmel auf und gibt gleißendes Mondlicht frei. Alles zeichnet sich überdeutlich vor mir ab – zu meinen Füßen eine Lichtung, die Pfützen glänzen, das hohe Gras wiegt sich im Wind. Und plötzlich steht da ein herrliches Tier.« Er macht eine kurze Pause, sammelt sich.

»Die intensivsten Momente meines Lebens waren immer auf der Jagd«, sagt er und schaut mich direkt an. So direkt, dass man es indiskret nennen könnte. In diesem Moment, ich schwöre es, kann ich das Parfüm jeder einzelnen Dame im Raum und das Aftershave jedes einzelnen Herrn riechen. Mein Gehör schärft sich. Trotz lautem Stimmengewirr merke ich, wie die Terrassentür zugeschoben wird. Ich spüre, wie eine Gabel, die einige Plätze weiter hinunterfällt, auf dem Tisch aufschlägt. Obwohl ich meinem Tischherrn in die Augen schaue, sehe ich im Augenwinkel, wie eine Dame am Ende des Raumes unauffällig ihren BH zurechtrückt. Und ich weiß instinktiv, dass Chichi uns von der anderen Seite des Tisches aus sehr aufmerksam beobachtet. Meine Sinne sind geschärft. Ich bin auf der Jagd.

Also lasse ich meine Stoffserviette zu Boden gleiten. So wie es seit Jahrhunderten Frauen getan haben, die ihr Interesse signalisieren wollten. Sie ließen etwas fallen – ein besticktes Taschentuch, ein Handschuh, eine Handytasche mit Strass. Oder eben eine Stoffserviette aus Damast.

Die Stoffserviette fällt. Sie wählt den Weg zwischen unseren Stühlen. Wir schauen ihr beide hinterher. Unten am Boden angekommen, türmt sie sich wie ein Eisberg auf. Enno von Rufenberg lächelt mich an. Dann beugt er sich nach unten, greift mit seinen schlanken Fingern geschickt nach der Serviette, richtet sich auf und legt sie zurück in meinen Schoß. Unsere Hände berühren sich kurz.

Er wird mich anrufen.

KAPITEL 12

Komisch, wie man manche Veränderungen sofort wahrnimmt. Ohne dass ein Wort fällt. Unten an der Pforte, als ich bei Security-Hans vorbeiging, schien noch alles normal. Hertha war wieder mal aus dem Pokal rausgeflogen, wie eigentlich jedes Jahr, und Hans war, wie immer nach dem Pokal-Aus, gedrückter Stimmung. Heute brachte er kein nettes Wort für mich auf, was nur sehr selten vorkommt. Aber das war nicht schlimm, denn ich hing in meinen Gedanken immer noch dem Samstag hinterher. Vier Tage lag mein Treffen mit Enno Freiherr von Rufenberg schon zurück, aber er hatte noch immer nicht angerufen. Komischerweise machte ich mir aber keine Sorgen. Im Gegenteil. Ich spürte noch immer dieses unglaubliche Kribbeln des Jagdgefühls. Zumindest so lange, bis ich aus dem Fahrstuhl stieg. Denn sobald ich auf die Glastür zu unserem Büroflur zusteuere, weiß ich, irgendetwas ist vorgefallen. Ich kann den Druck förmlich spüren. Etwas muss schiefgelaufen sein. Jetzt stehe ich noch etwas unschlüssig herum, bevor ich zu meinem Büro gehe.

Tatsächlich kommt unsere Sekretärin, als sie mich sieht, um die Ecke geschossen. Ihrem Gesichtsausdruck nach zu urteilen, hänge ich in der Sache – welcher auch immer – mit drin. Sie wirkt sehr besorgt. »Zieh deine Jacke nicht aus. Du sollst sofort rauf zum Abteilungsleiter. Sofort!«

Wir Lobbyisten haben keinen richtigen Chef. Lobbyisten sind Einzelkämpfer. Jeder pflegt seinen persönlichen Stil, mit dem er vorgeht. Mal verbündet man sich mit dem einen, mal mit dem anderen in der Firma – zu wählerisch darf man dabei nicht sein. Unser Vorstand will in der Regel nicht so genau wissen, was gerade bei uns läuft. Zumindest nicht, wenn sich am Ende ein Erfolg einstellt. Ist ein Lobbyist erfolgreich, ist er der Liebling des Konzerns. Eng wird es für einen Lobbyisten, der etwas in den Sand setzt. Dann wird man ganz oben einbestellt, es gibt Nachfragen, und der schöne Job ist schnell in Gefahr. Deshalb werden in unserem Metier nur wenige alt. Wer mit den Jahren risikoscheu wird – und wer wird das nicht? –, weicht in weniger gut dotierte, aber dafür ruhigere Abteilungen aus. Die Handvoll älterer Herren und Damen unseres Gewerbes gelten als Ikonen. Das sind mit allen Wassern gewaschene Zyniker, die jeden Trick kennen. Kommt man an sie ran, was ziemlich schwer ist, kann man eine Menge lernen. Die einzige Gefahr, die ihnen droht, ist, dass sie aus Langeweile etwas übersehen. Oder dass sie eine Situation eskalieren lassen, weil sie nur bei höchster Alarmstufe einen Kick verspüren. Aber sie sind Meister, keine Frage. Unser Abteilungsleiter ist ein Meister. Ich bin in unserem Gewerbe eine Anfängerin, ich mache noch Fehler. Nur welchen?

Mich beschleicht das Gefühl, das Ganze hat mit dieser verdammten Teststrecke in Brandenburg zu tun. Hätte ich mich heute Morgen weniger um mein Make-up und mehr um die Radionachrichten gekümmert, wüsste ich jetzt vielleicht, was los ist.

Ich drehe auf dem Absatz um und laufe schnurstracks zurück zum Fahrstuhl. Ein Kollege von mir, er ist neu in der Abteilung, steckt neugierig den Kopf aus seinem Büro. Ich glaube, er versucht aufmunternd zu schauen. Aber er kann sich seine Krokodilstränen sparen. Ich weiß genau, auf welche Kollegen ich mich verlassen kann. Und meine Menschenkenntnis verrät mir, dass er nicht dazugehört.

Im Fahrstuhl läuft mein Gehirn auf Hochtouren. Habe ich in letzter Zeit meine Arbeit vernachlässigt? War ich vielleicht zu sehr mit dieser ganzen Männerjagdgeschichte beschäftigt, sodass wichtige Entwicklungen an mir vorbeigelaufen sind? Man kann sich in meinem Job nicht viele Pausen leisten. Die Fahrstuhlanzeige blinkt bei jedem neuen Stockwerk. 20, 21, 22. Ich muss in die 24. Etage. Da kommt man nur selten hin. Eigentlich will man dort auch nicht hin.

Schnell überschlage ich den letzten Stand in Sachen Teststrecke. Was habe ich noch in der Hinterhand? Bislang war die Landesregierung offiziell für den Bau. Das Land ist arm – es braucht dringend Investitionen und Arbeitsplätze. Wenn ich also behaupte, ich engagiere mich, um einen kargen Landstrich zu fördern, dann ist das noch nicht einmal gelogen.

Gab es Gegner? Natürlich. Aber den Fraktionschef der Opposition konnte ich zu einer Unternehmensreise nach Kuba überreden. Es war leichtsinnig von ihm, die Fahrt anzutreten. Er weiß genau, dass ich ihn seitdem in der Hand habe. Spiele ich das Material des echten Reiseverlaufs, den ich von unserem begleitenden Pressereferenten penibel habe dokumentieren lassen, einer Boulevardzeitung zu, ist die politische Karriere dieses Mannes zu Ende. Ich habe eine Mappe voll Fotos von ihm in Badehose, mit einem Longdrink in der Hand und einer kubanischen Bikini-Schönheit im Arm. Dazu jeweils zwei unabhängige Zeugen, die das Datum und die Uhrzeit des Fotos bestätigen. So kann man genau nachprüfen, wie auf dem offiziellen Reiseplan: »14 Uhr: Besichtigung des Che Guevara-Motorenwerks« steht, während sich der Herr Oppositionsführer fünf Minuten später am Strand unter Palmen von der Mulattin eincremen lässt.

Nein, auf Landesebene sind die Weichen gestellt. Das Problem kann höchstens von ganz oben kommen, von der Bundesebene. Sprich: aus dem Verkehrsministerium. Da sah die Lage tatsächlich schon mal besser aus. Der Minister hat nämlich seinen alten Staatssekretär an die Luft gesetzt. Der war zwar eine Schnarchnase, aber für Lobbyisten ideal – immer gesprächsbereit und keiner Bestechung abgeneigt. Mit dem alten Staatssekretär war die Teststrecke längst ausgehandelt, die Papiere sollten nur noch dem Minister vorgelegt werden. Aber dann kam es vor zwei Wochen zu dieser ärgerlichen Ablösung. Und den neuen Mann kenne ich nicht. Er ist ein absoluter Unbekannter im Polit-Geschäft. Auch sein Name sagt mir nichts, ich habe ihn nie zuvor gehört. Seit Tagen versuche ich, ihn einmal ans Telefon zu kriegen, aber seine Sekretärin wimmelt mich immer wieder ab. Ihr Vorgesetzter müsse sich erst einmal in Ruhe einarbeiten, hieß es von ihr. Darauf bin ich reingefallen!

Plötzlich weiß ich genau, was passiert ist. Der neue Staatssekretär will sich profilieren. Er braucht schnell einen Ruf in der Politszene. Was kommt da besser, als sich mit einem großen Autokonzern anzulegen? Gerade in dieser Zeit, wo alle ständig von Klimakatastrophe reden. Die einzigen Proteste, die bislang gegen die Teststrecke laut wurden, hängen nämlich mit irgendwelchen Abgaswerten und Befürchtungen, Öl könne in das Trinkwasser sickern, zusammen. Lächerlich. Wo die Teststrecke gebaut wird, lebt eh kein Mensch mehr. Halb Brandenburg ist schließlich in den Westen abgewandert, das Land ist mehr oder weniger leer. Also atmet dort auch keiner Luft ein. Außerdem hat sich unser Konzern bereit erklärt, eine Betonwanne unter die Teststrecke zu legen, die alle versickernden Schadstoffe auffängt. Wir bauen hier ja nicht im Kaukasus, in Brandenburg gibt es genug Richtlinien und Verordnungen, da muss sich niemand Sorgen machen. Das wird auch der neue Staatssekretär wissen. Aber es schafft natürlich immer gute Presse, gegen einen Goliath wie uns anzutreten.

Der Fahrstuhl hält sanft, die Tür gleitet auf und ich betrete die teure Auslegeware des 24. Stocks. Mit jedem neuen Schritt auf dem weichen, flauschigen Teppich – er ist königsblau – werde ich wütender. Dieser ehrgeizige Staatssekretär und sein willenloser Bundesminister werden meine Teststrecke nicht stoppen. Egal wie viele Presseerklärungen sie irgendwelchen Wochenmagazinen zuspielen. Ich habe schon ganz andere Sachen durchgestanden. Wenn die einen Krieg mit mir wollen, sollen sie ihn haben. Ich baue eine Kampagne gegen sie auf, die ihnen im Ministerium nur so um die Ohren fliegt. Davon muss ich den Abteilungsleiter jetzt überzeugen. Ich brauche unbedingt seine Rückendeckung. Wenn er mir sogar Zugang zum Vorstand verschaffen könnte – das ein oder andere Statement aus der Konzernzentrale in Süddeutschland, am besten direkt in die Mikrofone der Journalisten –, dann werde ich innerhalb der nächsten drei Monate noch eine Wende in der Sache herbeiführen. Dieser profilierungssüchtige Staatssekretär sollte sich gleich nach einem neuen Ministerium umschauen. Er hat sich mit der Falschen angelegt.

Meine anfangs gedrückte Körperhaltung ist verschwunden, ich habe mich aufgerichtet. Die Vorzimmersekretärin des Abteilungsleiters, Helga, eine ältere, sehr gepflegte Dame, winkt mich schon von Weitem durch. Ich nicke ihr zu, dann greife ich nach der schweren Türklinke und spüre das kalte Messing in meiner Hand. Im Moment des Aufdrückens überkommt mich ein kleiner Abschiedsschmerz. Ich weiß, nachdem ich durch diese Tür gegangen bin, werde ich mich für einige Zeit von den *rules* und der Suche nach dem Mann fürs Leben verabschieden müssen. Bei einer richtigen Kampagne muss man sich voll konzentrieren, da bleibt keine Zeit mehr. Zum Glück ist bislang nichts befriedigender in meinem Leben gewesen als ein gelungener Coup im Job. Mein Traummann muss warten.

Kampfbereit und entschlossen trete ich in das Zimmer des Abteilungsleiters. Im Gegensatz zu meinen Erwartungen hockt der nicht lauernd hinter seinem Schreibtisch, sondern er steht dahinter – und strahlt mich an. Diesen Ausdruck habe ich bei ihm noch nie gesehen. Auf meiner Stirn bilden sich angestrengte Denkfalten. Da bin ich hereingestürmt wie ein Stier, aber statt in eine tobende Arena einzulaufen, scheine ich auf einer freundlichen Blumenwiese gelandet zu sein. Jetzt fällt mein Blick auf einen Champagnerkühler. Champagnerkühler? Fragend wende ich mich dem Abteilungsleiter zu, doch der hat seinen Platz hinter dem Schreibtisch verlassen, umrundet sein mächtiges Bollwerk aus Kirschholz, ein Vorzeigestück kühler Moderne, und kommt freudig auf mich zu. »Da ist ja mein Goldstück«, ruft er aus und drückt anerkennend meine beiden Arme.

Mein Goldstück?

Der Abteilungsleiter hat mich schon wieder losgelassen und ist jetzt auf dem Weg zu dem Tischchen, auf dem der Champagner steht. Mit einem lauten Knall öffnet er die Flasche und füllt beide Gläser mit großer Geste auf. Diese Situation hat es, seitdem ich in dieser Firma arbeite, noch nie gegeben. Es hat wohl auch noch nie jemand unseren Abteilungsleiter zu einer Mitarbeiterin »Goldstück« sagen hören. Von dem strahlenden Lächeln wollen wir jetzt nicht reden. Das alles ist wirklich sehr, sehr irritierend. Champagner, Goldstück, Schmuselächeln – ist das hier eine Anmache? Hat unser Abteilungsleiter gestern Nacht in den Spiegel geschaut und sich zum ersten Mal eingestanden, dass er alt wird? Und hat daraufhin beschlossen, sich eine junge Partnerin an seine Seite zu nehmen? Wer kommt da besser infrage als ich, der vermutlich die verzweifelte Suche nach einem Mann auf der Stirn geschrieben steht? Kurz male ich mir ein Leben an der Seite des Abteilungsleiters aus. Ich würde den Konzernchef kennenlernen, die beiden sind alte Freunde und gehen regelmäßig golfen. Der Abteilungsleiter soll ein tolles Haus auf Sylt besitzen und noch eines auf den Kanaren. Ich wäre nur noch mit älteren, sehr viel etablierteren, halb toten Menschen zusammen. Grauenhaft! Nein, dann wende ich mich doch lieber an die Frauenbeauftragte des Konzerns. Gilt »Goldstück« eigentlich schon als sexuelle Belästigung?

Offensichtlich kann der Abteilungsleiter den Ausdruck auf meinem Gesicht richtig interpretieren, denn er lächelt wieder sein gewohnt zynisches Lächeln und geht mit seinem berühmten Tigergang zur Gegensprechanlage. »Helga, möchten Sie gerne dazukommen?«, spricht er hinein.

Die immer etwas unterkühlte Helga tritt ein. Sie hat in dieser Firma schon viele kommen und gehen sehen. Kaum einer kennt den Laden besser als sie. Und sie sieht wirklich großartig aus für ihr Alter. Vielleicht haben die beiden, der Abteilungsleiter und sie, ein Verhältnis?

Helga hat sich ihr Champagnerglas gleich mitgebracht. Wir stoßen an. Ich blicke wohl immer noch irritiert.

»Kann es sein, Sie haben keine Ahnung, warum wir hier feiern?«, fragt mich der Abteilungsleiter lauernd. Keine Ahnung zu haben ist nie gut. Das käme einer Blöße gleich. Also werfe ich möglichst souverän das Wort »die Teststrecke« in den Raum.

»Die Teststrecke? Ihre Teststrecke! Das war ein Coup. Den haben wir alleine Ihnen zu verdanken. Heute Morgen kam grünes Licht aus dem Bundesministerium – Baubeginn soll nächstes Jahr sein. Wir kriegen sogar saftige staatliche Zuschüsse. Es läuft alles schon in den Nachrichten. Gratulation, Frau Kollegin. In der Konzernleitung ist man stolz auf Sie«, ruft der Abteilungsleiter begeistert aus. Dann, jetzt wieder etwas kühler, aber dafür sehr professionell, sagt er: »Sie sind eine gute Lobbyistin, Nina. Ich hoffe, Sie wissen das.«

Das Bundesministerium hat das O.K. gegeben! Das ging aber schnell. Damit hätte ich so kurzfristig nicht gerechnet. Am letzten Freitag hielten sich noch alle bedeckt. Der neue Staatssekretär müsse sich erst in die Lage einarbeiten, hieß es abwiegelnd. Ich solle mich in einer Woche wieder melden. Die Woche ist noch nicht einmal herum.

Irgendwer muss interveniert haben. Der Minister selbst gibt nie das Tempo vor, den kenne ich, der verlässt sich voll auf seinen Stab. Es hilft nichts, ich muss herumtelefonieren, um irgendetwas zu erfahren. In einem Zug trinke ich mein Glas aus und bedanke mich artig für die kleine Feier. Der Abteilungsleiter merkt meine Ungeduld, und ich glaube, er schätzt sie.

»Gehen Sie ruhig. Hängen Sie sich ans Telefon, so wie man das in unserem Metier tut. Dafür brauchen wir Leute wie Sie. Und rechnen Sie bald mit einer Einladung in die Konzernzentrale. Der Vorstand will Sie kennenlernen.« Dann zwinkert er, ich glaube, jetzt will er väterlich wirken. Ich hatte keine Ahnung, dass unser Abteilungsleiter zwinkern kann. Helga nimmt mir das Glas ab.

Ich rase nach unten. Diesmal wähle ich das Treppenhaus. Durch die Bewegung arbeite ich meinen Adrenalinüberschuss ab. Drei Minuten später stehe ich in meinem Büro. Unglaublich – in der vierten Minute habe ich den neuen Staatssekretär am Apparat.

»Sie klingen überrascht«, lacht der ins Telefon. »Fragen Sie doch einfach Enno.«

»Enno«, sage ich ungläubig. »Sie meinen Enno Freiherr von Rufenberg?« In diesem Moment kommt unsere Sekretärin in mein Büro und drückt mir einen Umschlag in die Hand. Rufenberg steht als Absender handschriftlich auf der Rückseite. Ich reiße ihn auf und entnehme einen Brief auf schönem Büttenpapier. In eleganter Schrift steht dort: »Wollen wir den großen Erfolg feiern? Nächsten Samstag, 20 Uhr. Ich hole Sie ab.«

Männer haben ja schon viel für mich getan. Aber mir eine Teststrecke zu schenken, um an ein Date zu gelangen, übertrifft alles.

KAPITEL 13

Es klingelt zum zweiten Mal. Diesmal etwas drängender. Aber weiterhin höflich.

»Lass mich jetzt endlich an die Gegensprechanlage«, zicke ich Linda an und schiebe sie diesmal etwas zur Seite. Sie macht widerwillig Platz. »Er muss lernen zu warten, *Regel Nummer 13*«, mahnt sie. Ich drohe ihr mit dem Zeigefinger, damit sie endlich schweigt, und flöte dann in die Sprechmuschel, ich sei gleich unten. »Wunderbar«, höre ich noch Enno von Rufenberg sagen. Neben mir erklingt ein Piepton. Linda hat die Stoppuhrfunktion an ihrer sportlichen Chromuhr gedrückt.

»Ab jetzt zweieinhalb Minuten«, sagt sie bestimmt. »Erst danach gehst du los.«

»Linda«, maule ich. Aber ich weiß, es hat keinen Sinn zu protestieren. Also stehen wir beide hinter meiner Eingangstür und warten, bis uns die Stoppuhr mit einem weiteren Piep das Ende der Wartezeit ankündigt. Eine groteske Szene. Ich stehe perfekt angezogen, geschminkt und auf hohen Pumps eingeklemmt zwischen Sicherungskasten und Garderobenständer und achte darauf, dass mein neues, wirklich wunderschönes Kleid von Lanvin nicht in den Briefschlitz gerät. Es ist karminrot, als sei es mit Herzblut gefärbt, knielang und verschafft einem eine wunderbare Taille. Über der Brust endet der kräftig glänzende Stoff in einem Bustier, ab hier übernimmt ein transparenter schwarzer Chiffon den Halt. Solche Kleider liebe ich. Sie sind sexy wie alles mit Bustier, aber man muss nie Angst haben, plötzlich als Vertreterin der FKK-Bewegung im Restaurant zu stehen, nur weil man eine unbedachte Bewegung gemacht hat. Zum Beispiel die Arme zu heben. Um dann auch noch hässliche Teppichklebebandreste auf dem Busen vorzuführen. Ohne mich. Mein Kleid ist reizend und trotzdem unter Kontrolle. Das ist überhaupt das Motto dieses Abends: Reizend und trotzdem unter Kontrolle.

Linda versucht eine meiner widerspenstigen Haarsträhnen hinter mein Ohr zu klemmen. Hätte sie einen Klebstift dabei, sie würde die Locke ankleben. Ich mache eine abwehrende Handbewegung, als würde ich eine Mücke verscheuchen. Ich weiß, mein Haar ist eigenwillig. Man lässt es am besten in Ruhe.

Überhaupt sollte Linda mal auf Abstand gehen. Sie will nur mein Bestes, klar. Sie arbeitet auf das perfekte Date hin. Und sie möchte mich wirklich vor dem Altar sehen. Nur ihre Methoden sind fragwürdig. In den letzten Tagen hat sie an mir gearbeitet wie ein Schleifer beim Militär.

»Wie lange noch?«, frage ich ungeduldig.

»1:14«, antwortet sie wie aus der Pistole geschossen. Diese Frau könnte locker eine NATO-Übung mit 26 multinationalen Truppenverbänden planen. Sie ist präzise, umsichtig, gnadenlos und perfektionistisch. Aber das erste romantische Date mit einem Mann ist nicht berechenbar. Auch wenn Linda so tut. Woher will sie immer genau wissen, was gut und was richtig ist? Vielleicht hat Enno von Rufenberg in diesem Moment genug vom Warten. Sagt sich, diese Nina hatte ihre Chance. Ich lege großen Wert auf pünktliche Frauen. Womöglich steigt er gerade wieder in sein Auto, dreht den Schlüssel um und braust davon. Jetzt bin ich mir sicher, vor dem Haus ein aufjaulendes Motorengeräusch zu hören.

Erschrocken greife ich nach der Türklinke, ich will sofort die Wohnung verlassen.

Aber Linda stellt den Fuß vor die Tür. »Es fehlen noch 52 Sekunden.«

Da steht sie nun in ihrem sonnengelben Hausanzug und lächelt mich zähnebleckend an. »Er wird schon warten. Keine Sorge«, beschwichtigt sie mich. Linda hat sich so bequem angezogen, weil sie plant, heute Nacht in meiner Wohnung auf meine Rückkehr zu warten. Damit ich mich ihm nicht – um ihre Worte wiederzugeben – »überstürzt hingebe«. Diese Form der erzieherischen Nachtwache habe sich schon in ihrer eigenen Jugend bewährt. Ihr Vater und ihre Mutter hätten bei jedem Date bis zum Schlusskuss hinter der Wohnzimmergardine gelauert. Keiner ihrer Verehrer habe sich deshalb getraut, auch nur die Veranda des Hauses zu betreten, aus Angst, Lindas Vater könne seinen legendären Waffenschrank öffnen. Einigen Jungen ihrer Highschool sei sogar verboten worden, mit Linda auszugehen – man fürchtete um das Leben der geliebten Söhne. So habe sie es tatsächlich als Jungfrau durch die Pubertät geschafft. Seitdem ist sie überzeugt, jemanden auf dem Sofa sitzen zu haben, der bis zum letzten Moment ausharrt, sei das beste Mittel gegen Sex. Ich solle mich bitte nicht bevormundet fühlen, aber beim Sex läge meine Schwachstelle. »Du bist zu schnell dabei, Nina. Wie fast alle deutschen Frauen.« Sie müsse mich deshalb disziplinieren.

Niemals werde ich ihr erzählen, dass auch meine Eltern damals aufblieben, wenn ich als Fünfzehnjährige von Feten zurückkehrte – an der Hand wechselnde Jungs, die ich wortlos in mein Jugendzimmer mitnahm. Grauenhaft sind mir die Familienfrühstücke am Morgen danach in Erinnerung. Während mein Vater missmutig auf seinem Brötchen herumkaute und keinen Ton sagte, bemühte sich meine Mutter sehr um die Jungs. Tee oder Kaffee, begann sie die Konversation, ob sie ein Ei wünschten oder lieber frische Grapefruit. Dann versuchte sie herauszukriegen, auf welche Schule sie gingen. Oder ob sie überhaupt zur Schule gingen. Diese Frühstücke waren eine reine Folter für alle Familienmitglieder. Aber ich fühlte mich damals sehr rebellisch.

»Dieser Adlige ist deine große Chance. Ich werde dafür sorgen, dass du sie dir nicht verdirbst. Wenn er echte Gefühle für dich hat, dann wird er unten warten. Und ich rate dir, in deinem eigenen Interesse, Sweetie: Lass ihn zappeln«, sagt Linda eindringlich und hält weiterhin die Tür blockiert.

Einen Moment lang sind wir beide still. Ich muss an die letzten Tage denken. Nachdem ich Ennos Brief auf meinem Schreibtisch gefunden hatte, hatte ich gleich in Lindas Büro angerufen. Zehn Minuten später trafen wir uns in der Kantine. Dort umfing uns der Duft von Curry. Frau Schneider ist von einer Ayurveda-Kur in Hessen zurückgekehrt und hat danach den Speiseplan der Kantine noch radikaler umgestellt. Wir essen seitdem unverfälscht wie in einem indischen Ashram. Mein Getreidemilchkaffee bekam jetzt statt Zimt entschlackendes Ingwerpulver auf den Schaum gestreut. Ich nahm es in Kauf. Linda hatte sich natürlich eine Coke-Zero mit Eis genommen. Sie las zum wiederholten Mal Ennos Brief auf Büttenpapier. Ich sah ihr an, dass sie beeindruckt war. Eine Teststrecke sei zwar noch kein Verlobungsring, sagte sie. Aber ihr Gefühl sei, diesmal befände ich mich auf der Siegerstraße. »Jetzt dürfen wir keinen Fehler machen.«

Diesen Satz hörte ich in den folgenden Tagen hundertfach. »Bloß keine Fehler machen.« Ab jetzt musste alles perfekt geplant sein. Die erste Frage, die sich stellte, war: Sollte ich eine Einladung, die so kurzfristig für einen Samstagabend ausgesprochen worden war, überhaupt noch annehmen? An einem Mittwoch! Müsste ich nicht behaupten, ich habe längst etwas vor? Das würde normalerweise ihre *Regel Nummer 12* vorschreiben. Nach längeren Beratungen mit Archie Hegemann und Freundinnen in New York gab Linda grünes Licht für den Samstag. Das widerspreche zwar den *rules*, räumte sie ein. Aber der Freiherr habe mit der Teststrecke so viel in die Waagschale geworfen, da könne man ihm ausnahmsweise entgegenkommen.

Danach schloss sich das nächste Problem an. In welcher Form zusagen? Telefonisch, per E-Mail, schriftlich mit Briefkarte oder sollte meine Antwort mithilfe eines Flugzeugs in den Himmel geschrieben werden? Wir einigten uns auf eine schlichte Antwort auf seiner Mailbox und klärten dann ab, zu welchem Zeitpunkt er garantiert nicht ans Telefon ging. Mehrmals übte ich mit Linda meinen Aufsager: »Lieber Enno von Rufenberg, gerne gehe ich diesen Samstagabend mit Ihnen aus.« Dann folgte meine Adresse. Danach drehte sich alles um mein Aussehen. Linda hatte sogar bei der Unterwäschefrage eine feste Vorstellung. Sie hatte mich aufgefordert, zum Date meine alte, ausgeleierte Baumwollunterwäsche zu tragen, mit der sie mich immer beim Sport erwischt. Mit der am Leib würde ich ihn garantiert nicht heranlassen. Manchmal frage ich mich, ob Linda früher von ihren Eltern zum Besuch von Gottesdiensten evangelikaler Prediger gezwungen wurde, die Sex vor der Ehe verdammen und die Evolutionstheorie für Gotteslästerung halten. Obwohl, ich will es gar nicht wissen. Meine Unterwäsche an diesem Abend ist übrigens zauberhaft. So weit lasse ich mich von Linda nicht verbiegen.

Lindas Uhr piept. Sofort zieht sie ihren Fuß zurück und gibt die Tür frei. Sie schaut mich strahlend an und küsst mich zum Abschied leicht auf die Wange. »Du siehst hinreißend aus, Nina. Ich wünsche dir einen wunderbaren Abend«, sagt sie, und ich drücke aufgeregt ihre Hand, dann beginne ich, beschwingt die Stufen der Treppe hinunterzuspringen.

Die Luft ist noch warm, aber der Herbst deutet sich schon an. Der Freiherr lehnt entspannt an seinem Auto und richtet sich sofort auf, als ich aus der Tür trete. Er sieht immer noch sehr groß aus, besonders, weil das Auto, an das er lehnt, ein kleiner Spider ist; schottisch grün, wenn ich mich in der Dunkelheit nicht täusche. Enno von Rufenberg trägt einen klassisch schwarzen Anzug, dazu ein graues Hemd mit einer sehr schmalen schwarzen Krawatte. Wir geben uns einen unverbindlichen Kuss auf die Wange, er öffnet die Beifahrertür.

Während ich den Weg in die Sitzpolster seines Wagens nehme, habe ich seinen Geruch in der Nase. Er riecht angenehm männlich. Ich hieve beide Beine geschlossen und elegant angewinkelt in den Beifahrerraum und komme mir dabei vor wie eine von

Paparazzis verfolgte Promifrau. Was bei den Filmsternchen dieser Welt reizend aussieht, sollte auch mir gut stehen.

Die Beifahrertür wird mit einem satten Klang zugeworfen. Der Freiherr setzt sich hinter das Steuer, was erstaunlich gut klappt, denn eigentlich hätte ich gedacht, dass lange Männer und kleine Autos schlecht zusammengehen. Los geht die Fahrt durch das nächtliche Berlin.

Ich bin ahnungslos, wohin wir fahren. Mein Galan hat es mir nicht verraten, und ich habe auch nicht gefragt. Diesmal musste ich weder das Restaurant aussuchen, noch mühsam unseren Treffpunkt auf dem Stadtplan suchen – also werde ich mich auch jetzt nicht in die Planung einmischen. Soll ich auch gar nicht, Lindas Regeln untersagen es mir strikt. Zu meinem Erstaunen wählen wir nicht den Weg nach Berlin-Mitte, wo man die vielen In-Restaurants und Bars findet. Wir fahren auch nicht ins Herz des alten Westberlins, dort kenne ich auch einige sehr schöne Lokale und neuere Adressen. Nein, wir fahren aus der Stadt heraus und passieren dabei Eckkneipen, Steakhäuser, familienfreundliche Italiener, Imbisse. Ein Schild kündigt ein Schlosshotel an. Stimmt, hier gibt es ein teures Restaurant, in dem man angeblich hervorragend essen kann. Der Blick soll auch schön sein – das Schloss liegt direkt am See.

Gerade will ich Enno zu seiner geschmackvollen Wahl gratulieren, da fällt mir auf, dass der Spider nicht verlangsamt. Wir rauschen am Abzweig Schlosshotel vorbei. Ein gelbes Schild mit durchgestrichenem »Berlin« verkündet das Ende der Stadt.

Jetzt sind wir in Brandenburg. Muss ich mir Sorgen machen? Was hat er vor? Mir kommen schreckliche Möglichkeiten in den Sinn. Verbringen wir den Abend in einer Bikerkneipe der Brandenburger Hells Angels und Enno Freiherr von Rufenberg amüsiert sich köstlich darüber, wie ich im eleganten Kleid zwischen tätowierten, langhaarigen, bärtigen Rockertypen stehe. Nicht auszudenken, wen man noch alles in Brandenburg antreffen kann. Ehemalige NVA-Offiziere, größenwahnsinnige Wessi-Kapitalisten, umgesiedelte Hippies, deren Wagenburg in Kreuzberg von der Polizei aufgelöst wurde und die jetzt auf dem Lande weiterkiffen. Und, nicht zu vergessen, die Glatzen mit den Baseball-Schlägern, die sicherlich gerade auf einen Adligen und seine Begleitung im englischen Sportwagen gewartet haben.

Wir passieren einen Swingerclub in einem Einfamilienhaus am Rande der Landstraße. Ich male mir aus, wie es da drinnen zugeht. Ich sehe beleibte Männer und verlebte Frauen nackt unter Yucca-Palmen aus dem Gartencenter stehen, unentschlossen, ob sie nach links zum Sex im Gruppenraum oder lieber nach rechts zum kalten Buffet mit den Cocktail-Würstchen gehen sollen. Ich versuche, das Ortsschild eines Dorfes zu lesen, aber wir fahren zu schnell daran vorbei. Mir ist völlig schleierhaft, wo ich mich gerade befinde.

»Hätte ich eine Tasche packen sollen? Es scheint ja ein größerer Ausflug zu werden«, frage ich in das Motorengeräusch hinein.

Enno von Rufenberg lächelt, antwortet aber nicht. Sein Auto fährt weiter durch die Dunkelheit, im Lichtkegel seiner Scheinwerfer sieht man links und rechts Wald.

Wir sind im Nirgendwo, die letzte Ortschaft liegt schon länger zurück. Unerwartet verlangsamt das Auto, mein Fahrer setzt den Blinker. Er setzt den Blinker? Hier ist doch nichts. Aber da liege ich falsch, denn wir biegen auf einen Waldparkplatz, wie man ihn in Deutschland tausendfach findet. Am Eingang steht das typische Schild mit den Wandersleuten – Ehepaar mit Hut auf zünftigem Spaziergang. Außer uns sehe ich niemanden auf dem Parkplatz. Ist das beruhigend oder beunruhigend? Enno von Rufenberg stellt sein Auto ab. Es ist jetzt dröhnend still. Und ziemlich dunkel. Ich denke an amerikanische Teenie-Horrorstreifen, in denen Pubertierende sich zu gefährlichen Ausflügen hinreißen lassen. Ausflüge an den falschen Ort, zum falschen Zeitpunkt, mit der falschen Person.

Mein Fahrer ist wortlos raus in die Nacht. Ich höre ihn im Kofferraum fuhrwerken, während ich leicht panisch prüfe, ob mein

Handy hier funktioniert – ja! – und fieberhaft überlege, ob ich außer Pumps noch irgendeine andere Waffe zur Hand hätte – nein!

Meine Beifahrertür wird aufgerissen. Enno steht mit dunkelgrünen Gummistiefeln und einem Lodenmantel in der Hand vor mir. Er hält mir beides hin.

»Ich dachte mir, mit Größe 38/39 kann ich nicht viel falsch machen. Sie finden auch ein paar sehr warmer, dicker Wollsocken in den Stiefeln, die werden Sie heute Nacht brauchen.«

Heute Nacht? Obwohl ich mich etwas entspanne, weil mein Date nicht plötzlich mit einer Axt, um mich zu zerstückeln, und einer Schaufel, um mich zu vergraben, aufgetaucht ist, bleibt mein Grundgefühl mulmig. Wieso heute Nacht – was plant dieser Mann? Ich ziehe die schweren, dem Anblick nach zu urteilen selbst gestrickten Wollsocken über meine teuren, hauchdünnen Strümpfe, die hoffentlich etwas aushalten, denn ihr Preis war horrend. Danach schlüpfe ich in die moosgrünen Stiefel. Die Kombination aus Abendkleid und Gummistiefeln wirkt trendig. So stelle ich mir die Kids der englischen Oberschicht vor. Nun verschwindet mein schönes karminrotes Kleid unter dem übergroßen, absolut warmen Lodenmantel. Den kann man hier draußen tatsächlich gut gebrauchen, denn auf dem Waldparkplatz ist es deutlich kühler als in der Stadt. Bevor von dem Stoff mit der Herzblutfarbe nichts mehr zu sehen ist, sagt Enno noch anerkennend: »Ein sagenhaftes Kleid. Es bekommt irgendwann später seinen Auftritt.« Dann schließt er das Auto ab, greift nach meiner Hand und führt mich ohne weitere Erklärung in den Wald.

Ist das jetzt romantisch? Oder bescheuert? Ich bin diesem Mann, den ich kaum kenne, völlig ausgeliefert. Falls ich jemals zurückkehren sollte, werde ich mit Linda ein eindringliches Gespräch führen. Hat sie jemals über die bedrohlichen Konsequenzen ihrer *rules* nachgedacht? Fakt ist: Wenn es nach Linda geht, soll ich ihm die Planung überlassen. Ich soll mich nicht einmischen, soll nicht zu viele Fragen stellen, sondern lieber geheimnisvoll schweigen und zurückhaltend sein. Und was kommt dabei heraus?

Ich betrete mit einem mehr oder weniger Unbekannten nachts alleine einen Wald. Übrigens einen Wald, von dem ich keine Ahnung habe, wo er liegt und in dem es so dunkel ist, dass man die Hand kaum vor den Augen sieht.

Allmählich weiten sich meine Pupillen, ich kann langsam Konturen erkennen. Ich versuche, mir Wegzeichen zu merken. Ein großer Steinbrocken an einer Waldwegkreuzung. Ein schiefer Nadelbaum. Ein Baumstumpf. Aber dann verlassen wir den Waldweg, wir schlagen uns auf einem Trampelpfad durch die Büsche, und spätestens jetzt bin ich ohne Enno von Rufenbergs Unterstützung aufgeschmissen. Der Pfad wird unebener, Enno umgreift meine Hand fester. Ein Gefühl von Sicherheit.

Die Gummistiefel tragen sich sehr bequem. Eigentlich brauche ich nur Schuhgröße 37, aber durch die dicken Socken rutsche ich kaum. Vielleicht liegt es an Ennos leitender Hand, vielleicht an dem Balancieren über das Wurzelwerk, langsam beginne ich diesen Trip zu genießen. Ich war schon viele Jahre nicht mehr nachts im Wald. Zu Schulzeiten haben wir manchmal Nachtwanderungen gemacht. Jetzt wandere ich nachts nur noch von einem Restaurant in eine Kneipe oder von einem Konzert zu einer Bar, oder man sieht mich rennend auf dem Weg zum Nachtbus.

Unter unseren Füßen knacken Äste, es liegen auch Zapfen herum, auf denen man leicht ausrutscht. Mir fällt das Wort »Mischwald« wieder ein, das haben wir mal im Erdkundeunterricht gelernt. Die Nachtluft atmet sich feucht und schwer. Sie tut der Lunge gut. Meine Hand, die sich anfangs an Ennos geklammert hat, beginnt sich zu entspannen. Er merkt es und sein Zeigefinger streicht leicht über meinen Handrücken. Witzig. Wir siezen uns noch, aber halten schon zaghaft Händchen. Ich fühle mich wie im 18. Jahrhundert.

Über unseren Köpfen flattert etwas ziemlich tief hinweg. Ich meine, es hat sogar meine Haare gestreift. Sofort wird mein Griff wieder panischer. »Ein Uhu«, sagt Enno leise. Und: »Wir sind gleich da.« Keine Ahnung, wie er sich da so sicher sein kann. An dieser Stelle, die wir gerade durchlaufen, sieht es genauso aus wie an allen Stellen zuvor. Da fällt mir etwas auf. Weiter entfernt, hinter Bäumen und Laubwerk, erkenne ich flackernde Lichter. Zuerst muss ich an Glühwürmchen denken, aber dafür ist die Jahreszeit schon zu kühl. Außerdem sind die Lichter nicht tanzend genug. Als wir näher kommen, wird mir klar: Es müssen brennende Kerzen sein. Ich zähle sechs Lichter. Enno bleibt abrupt stehen und lässt mir den Vortritt. Der Trampelpfad endet nach wenigen Metern. Wir stehen auf einer Lichtung mit kniehohem Gras.

Der Anblick ist magisch. Auf der Mitte der Lichtung steht ein kleiner, viereckiger Tisch mit zwei Stühlen daran. Auf dem Tisch thront ein Kandelaber, darin stecken die Kerzen. Der Mond bricht durch und im Mondlicht blitzt kurz das Silber des Kerzenhalters auf. Ab und zu kommt ein leichter Wind auf, er lässt die Kerzenflammen flackern, das Waldgras wiegt sich leicht.

Die Szene trifft mich ins Herz. Jetzt kenne ich kein Halten mehr, alle Zögerlichkeit ist wie weggeblasen, diesmal greife ich mir Ennos Hand und laufe mit ihm über die Lichtung zu unserem Waldplatz. Mein Adelsverehrer hat offensichtlich Freude daran zu sehen, wie ich mich freue.

Der Tisch ist schlicht und schön gedeckt. Eine weiße Tischdecke, ein einfaches weißes Geschirr aus Porzellan, schweres silbernes Besteck und zwei dickwandige Weingläser. Enno macht sich sofort daran, den Wein zu entkorken, während ich aufgeregt die Deckel der geschlossenen Schalen und Behälter lüfte, die auf dem Tisch stehen. Ich sehe Terrinen und Patés, Soßen, verschiedene Käsesorten, Obst, Crème Caramel in kleinen runden Formen. Unten, am Fuß des Tisches, ragen zwei mit rot-weiß karierten Servietten umwickelte Baguettestangen aus einem Picknickkorb. Ich höre, wie der Korken aus der Flasche ploppt, danach gießt Enno den Rotwein ein. Er ist noch nicht mal besonders kalt. Ich stutze.

»Wie haben Sie das alles …?«, stammele ich überwältigt. Aber er legt seinen Zeigefinger an die Lippen und deutet mir an zu schweigen. »Mein Geheimnis«, sagt er. Dann zieht er den Stuhl für mich hervor, und ich merke, wie schnell man sich daran gewöhnen kann, zuvorkommend behandelt zu werden. Wir stoßen an. »Auf einen gelungenen Abend unter freiem Himmel.«

An der frischen Luft zu essen tut den Geschmackssinnen gut. Alles schmeckt intensiver, ich möchte unser Waldmenu gegen keine Sterneküche dieser Welt tauschen. Der Rotwein wärmt mich von innen, der Lodenmantel und die dicken Socken wärmen von außen.

Jetzt stelle ich endlich die Frage, die mich so brennend interessiert. Was war das mit der Teststrecke, wie hat er es angestellt?

Enno grinst und sagt, ein sehr enger Freund von ihm sei der neue Staatssekretär. Man kenne sich schon ewig, habe zusammen studiert, sei gemeinsam in einer Studentenverbindung gewesen.

»Ein Korpsbruder«, sage ich und er nickt.

Schlagend sei seine Verbindung allerdings nicht gewesen, meint er. Sie seien mehr an Wandertouren durch Biergärten und Hausmusik interessiert gewesen. »Aber egal«, fährt er fort, »dieser Freund von mir ist der neue Staatssekretär im Verkehrsministerium und arbeitet sich seit einiger Zeit in die Akten ein. Nach unserem Treffen am Samstag erwähnte ich ihm gegenüber zufällig Ihren Namen, Nina. Da wurde er hellhörig. Sie scheinen in den Unterlagen des Verkehrsministeriums ziemlich häufig aufzutauchen.« Auf jeden Fall habe sich sein Freund daraufhin den Vorgang »Teststrecke« genauer angesehen und stellte fest, dass eigentlich schon alles entschieden sei: Der Minister unterstützt den Bau. »Ich habe die öffentliche Bekanntgabe nur etwas beschleunigt. Ich dachte, ein bisschen Nachdruck kann nicht schaden.«

Also habe ich Enno Freiherr von Rufenberg wirklich etwas zu verdanken. Er hat seinen Freund angesprochen, um mir zu helfen. So läuft unser Geschäft. So kommt man an große Aufträge, so erhält man gut dotierte Verträge. Die wichtigen Sachen werden alle unter der Hand vergeben – ob Politik oder Wirtschaft, man kennt einander seit Jahren. Die beruflichen und privaten Interessen sind untrennbar miteinander verflochten. Wäre ich mit Enno von Rufenberg nur beruflich verbandelt, ich würde automatisch davon ausgehen, dass ich ihm in den nächsten Jahren irgendeinen großen Gefallen schulde. Womöglich würde ich ihm ein attraktives Auto zu günstigen Konditionen organisieren, 20 % unter dem Listenpreis. Oder ihn zu einem von uns voll finanzierten Werksbesuch nach Brasilien einladen, inklusive teurem Hotelaufenthalt und Fahrt in den tropischen Regenwald.

Aber was sich zwischen Enno und mir anbahnt, ist rein privat. Wie zahlt man eine private Schuld ab?

Weil ich darauf keine Antwort habe, wechsle ich das Thema. Ich frage ihn, wo genau wir hier eigentlich sind.

»Das ist die Pacht eines Bekannten«, sagt er. »Bei unserem ersten Zusammentreffen beschlich mich die Ahnung, dass Sie ein richtiger Stadtmensch sind, ohne viel Verständnis für die Natur. Ich dagegen bin auf dem Lande aufgewachsen. Allerdings nicht auf einem Bauernhof, sondern auf einem großen Gut. Aber Land ist Land.«

Enno von Rufenberg ist ein perfekter Gastgeber. Er reicht mir das Essen an, schenkt Wein nach und dabei reden wir ohne Unterlass. Er erzählt Geschichten aus seiner Heimatgegend in Württemberg und seiner Internatszeit in Irland, ich gebe Anekdoten meines Vaters zum Besten, als der noch versuchte, die Weltrevolution nach Meppen zu tragen. Wir müssen beide viel lachen. Die ganze Kulisse, der dunkle Wald um uns herum, der weite Himmel über uns, der Mond, der manchmal durchbricht, sogar die leichte Brise, die ab und zu droht, unsere Kerzen auszupusten, aber doch immer im letzten Moment abebbt – alles scheint uns an diesem Abend wohlgesinnt. Als wollte der Wald, dass wir uns gut in ihm aufgehoben fühlen.

Je länger wir hier sitzen, desto vertrauter wird mir die Lichtung. Als sei es völlig normal, einen Abend bei Kerzenschein an einem Tisch im Wald zu verbringen.

Wie viel Uhr ist es? Ich habe keine Ahnung. Der Mond ist gewandert, es müssen schon einige Stunden vergangen sein. Was Linda sich jetzt wohl vorstellt? Eines ist sicher: Sie liegt falsch. Wir reden und reden – aber sonst passiert nichts. Keine Berührung, kein Kuss, noch nicht einmal eine Annäherung zum »Du«. Wäre nicht das Händehalten am Anfang gewesen, als wir durch den Wald stapften, ich hätte diesen Mann noch nicht gespürt. Es läuft alles ganz anders als erwartet. Weder Linda noch die *rules* haben sich jemals so ein Szenario ausgemalt.

»Eine Überraschung habe ich noch«, sagt Enno von Rufenberg plötzlich und bittet mich aufzustehen. Er stellt die Stühle nebeneinander, sodass wir wie Zuschauer auf den hinteren Teil der Lichtung blicken. Dann fordert er mich auf, ab jetzt kein lautes Geräusch mehr zu machen. Kein Sprechen, kein Rascheln, auch kein Niesen. Und ein wenig Geduld bräuchte ich auch.

Wir sitzen dicht nebeneinander, ich bin ein bisschen beduselt und habe meinen Kopf an seine Schulter gelehnt. Wir warten. Ich weiß nicht worauf. Ich weiß nicht wie lange. Irgendwie gewöhne ich mich langsam an diesen orientierungslosen Zustand. Erstaunlich, ich bin noch nicht einmal innerlich ungeduldig. Im Gegenteil. Mich überkommt ein tiefes Gefühl der Ruhe, wie es mir sonst oft fehlt. Im Alltag bin ich immer irgendwohin unterwegs. Und wenn ich mal ankomme, dann bekämpfe ich sofort die Stille. In meiner Wohnung schalte ich gleich das Radio an oder den Fernseher, manchmal sogar beides gleichzeitig. Mir wird klar, dass so mein Leben aussieht. Ich hetze von A nach B, und wenn ich endlich in B bin, dann stelle ich schnell C an, damit ich weiterhin abgelenkt bin.

Wie viele Knöpfe drücke ich wohl durchschnittlich an einem Tag? Dreißig? Fünfzig? Sechzig? Angefangen mit dem Lichtschalter. Der Knopf meines Radioweckers. Den Anrufbeantworter. Der Fahrstuhlknopf. Den Knopf, damit die U-Bahntür sich öffnet. Mein Computerknopf an der Arbeit. Plötzlich fallen mir die verrücktesten Knöpfe ein. Denjenigen, den man am digitalen Passfotoautomaten drücken muss, um ein missratenes Porträt abzulehnen. Die überlebenswichtigen Knöpfe der Geldautomaten. Sehr hübsch auch die großen Knöpfe an der Maschine für Flaschenpfandrückgabe. Ich glaube, ich bin ein bisschen beschwipst. Oder träume ich schon?

In diesem Moment zieht Enno leicht am Ärmel meines Lodenmantels und zeigt in die rechte Ecke der Lichtung. Noch kann ich nichts sehen. Aber ich höre etwas rascheln. Nein, das Wort »rascheln« ist zu niedlich. Es kracht im Unterholz. Und plötzlich steht ein Wildschwein auf freiem Feld. Etwas besorgt schaue ich meinen Gastgeber an. Sollte man nicht wegrennen, wenn einem ein Wildschwein so nahe kommt? Die Tiere gelten nicht gerade als friedliebend, so viel weiß ich als Stadtmensch auch. Aber Enno von Rufenberg macht ein beruhigendes Zeichen, er wirkt entspannt. Tatsächlich kümmert sich das Wildschwein nicht weiter um uns. Es geht von rechts nach links und verlässt die Lichtung etwa auf unserer Höhe. Wenige Meter trennten uns vom Wildschwein. Unglaublich. So etwas habe ich noch nie erlebt.

Aber die Tierparade geht noch weiter. Es folgen mehrere Hasen, vor meinen Gummistiefeln schnaufelt ein Igel laut im Gras, ein Rehbock springt einmal quer über die Lichtung und als ich gerade denke, jetzt wird es aber unglaubwürdig, der Mann muss diese Tiere für sein romantisches Date gecastet haben, so aktiv kann der deutsche Wald doch nicht sein – da steht urplötzlich ein Hirsch vor uns. Ein wirklich großer Hirsch. Mit einem wirklich großen Geweih. Diesmal sieht selbst mein Freiherr beeindruckt aus. Der Hirsch gibt einen markerschütternden Brunftschrei von sich. Er lässt damit den ganzen Wald erzittern. Vögel, die eben noch geruht hatten, fliegen auf. Eine Eule wechselt den Baum. Dann dreht sich der Hirsch um und trabt majestätisch davon.

Ich blicke Enno von Rufenberg fassungslos an. »Ist hier nachts immer so viel los?«

Er schüttelt den Kopf. »Nein, du bringst Glück. Jagdglück.« Und dann umgreift er endlich mit seinen beiden Händen mein Gesicht, zieht mich zu sich ran und fragt, als er schon ganz nah an meinen Lippen ist: »Darf ich?«

Ich nicke stumm. Was folgt, ist ein langer Kuss auf einer Lichtung im Wald vor heruntergebrannten Kerzen.

Ich kann nicht sagen, ob in diesem Moment eine Sternschnuppe gefallen ist. Aber der Abend ist so perfekt, dass ich vermute: Ja. Vielleicht hat Linda sie ja beim Blick aus meinem Berliner Fenster gesehen. Aber wahrscheinlich ist sie längst auf meinem Sofa eingeschlafen.

KAPITEL 14

Beates Zwillingskinderwagen verstopft die Fußgängerzone. Wir bräuchten eine Polizeieskorte, um uns den Weg zu bahnen. Seit zwanzig Minuten wuchte ich diesen Trumm an Passanten vorbei, versuche ungelenk schnüffelnden Hunden auszuweichen, umschiffe mühsam Sitzbänke, Betonpfeiler und unverschämt geparkte Autos. Alle entgegenkommenden Menschen blicken finster. Sie fühlen sich in ihrem Laufflluss gestört. Zugleich stauen sich hinter uns Ungeduldige, die an uns vorbeiziehen wollen, aber nicht können, weil der Gegenverkehr zu stark ist. Niemand freut sich, uns auf der Einkaufsstraße zu sehen. Wir behindern alle. Zu allem Unglück brüllt Theo lauthals. Er ist inzwischen fast drei Monate alt und hat seit dem Tag seiner Geburt nicht aufgehört zu schreien. Theo isst und schläft nur, um seine Umwelt mit jedem neuen Gramm und jedem neuen Wachstumsschub noch lauter tyrannisieren zu können. Sein Bruder Albert dagegen, der in der Nebenwanne des Doppelkinderwagens liegt, lächelt den ganzen Tag in die Welt hinaus. Mir war nicht klar, dass Zwillingscharaktere so unterschiedlich sein können.

Zwei ältere Damen, die in die andere Richtung laufen, schütteln missbilligend die Köpfe. »Das arme Baby«, sagt die eine. Wie immer zieht Theo das gesamte Mitleid auf sich, niemand äußert Mitgefühl für gestresste Mütter oder überforderte Tanten. »Hat bestimmt Hunger«, orakelt die zweite.

Diese Schlaumeierei geht mir besonders auf die Nerven. Seitdem wir aus dem Fahrstuhl der U-Bahn gestiegen sind und die Fußgängerzone betreten haben, werden wir von wildfremden Menschen permanent kommentiert. Die eine findet das Kind zu warm angezogen, die andere zu kühl. Manche glauben, nur schreien lassen würde helfen. Andere zischeln böse, warum Theo nicht auf dem Arm getragen würde.

Ein Mann fragt entsetzt, ob wir denn kein Spielzeug dabeihätten – eine Rassel oder einen batteriebetriebenen Krachmacher für Babys, der irgendeine scheußlich verzerrte Melodie spielt. Es nervt mich, so stark unter öffentlicher Beobachtung zu stehen. »Er hat gerade hervorragend gegessen«, rufe ich den beiden alten Damen hinterher, aber Beate legt beruhigend ihre Hand auf meinen Unterarm.

»Reg dich nicht auf, Nina. Die Leute geben gerne ihr Urteil ab.«

Ich glaube, der Schlafmangel hat sie milde gemacht. Überhaupt scheinen Beate der Kinderwagenstress, die drängelnden Menschen und der brüllende Theo nichts anhaben zu können. Sie läuft traumwandlerisch, wie in einer Luftblase, durch die Fußgängerzone. Inzwischen ist Theo vor Wut tomatenketchuprot im Gesicht. Nichts konnte ihn beruhigen – kein Schnuller, kein Handhalten. Jetzt endlich lenkt Beate ein. Sie holt ihren Sohn aus dem Wagen, wickelt ihn in eine Wolldecke und trägt ihn. Sobald Theo von seiner laufenden Mutter im Arm gehalten wird, findet er zur Ruhe. Aber wehe, Beate wagt es, sich mit ihm auf dem Arm in ein Café zu setzen.

Mit dem Vorderrad bleibe ich an einem Mülleimer hängen. »Pass'nse doch auf«, flucht jemand hinter mir, der unerwartet stehen bleiben musste. Beate erkundigt sich, ob ich lieber Theo nehmen möchte, aber die Aussicht finde ich noch anstrengender als den Kampf mit dem Kinderwagen. Meine Schwester amüsiert sich augenscheinlich. So schläfrig entrückt ist sie also doch nicht.

»Wie läuft es mit dem Prinzen?«, fragt sie, nachdem ich das Rad wieder befreien konnte. Beate nannte Enno von Anfang an »den Prinzen«. Sie sagt, sie habe während der anstrengenden Stillzeit nicht die Nerven für genealogische Feinheiten. Ob Herzog, Fürst, Graf, Freiherr oder einfach nur »von« – am Ende seien doch alle irgendwie Prinzen.

Ich habe aufgehört, es ihr erklären zu wollen. Enno kann sich ja selbst die Mühe machen, sie in die Ahnenkunde der Freiherren von Rufenberg einzuweihen.

Gut. Es läuft gut. Enno und ich sind jetzt zwei Monate zusammen, genau genommen 55 Tage, und keiner von uns zeigt Anzeichen eines Fluchtwunsches. Es kommt noch besser. Enno bemüht sich weiterhin wie am ersten Tag. Er lässt nicht nach. Mal überrascht er mich mit einem Ausflug ins Kupferstichkabinett, wo wir beide ernsthaft mit Audioguides durch die Räume wandeln, bis ich ihn irgendwann zum Lachen bringe, weil ich den Audioguide zum Rufgerät von Captain Kirk auf der Enterprise umfunktioniere. Mal liest er mir einen Abend lang Gedichte vor. Ich organisiere als Dankeschön DVD-Abende, in denen wir alle Staffeln von »24« hintereinander sehen und dabei Unmengen von Taco-Chips und Guacamole vertilgen. Enno hatte vorher noch nie von Kiefer Sutherland gehört, er kannte nur seinen Vater, Donald. Manchmal gehen wir auch durch den Herbstwald spazieren. Spaziergänge, die immer damit enden, dass einer den anderen in einem riesigen Laubhaufen versenkt und man noch abends kleine Stöckchen im BH finden kann.

Überhaupt profitiere ich von allen Annehmlichkeiten guter Erziehung: Er hält mir jede Tür auf, hilft in den Mantel, trägt schützend den Regenschirm und bietet ungefragt seinen Pullover an, wenn ich friere. Das tut gut. Seine Höflichkeit ist wie ein warmes Plaid, das sich um meine Schultern legt.

Zwei Monate. Zwei Monate sind bei mir so etwas wie eine magische Grenze. Normalerweise ist dann das Verfallsdatum einer Beziehung erreicht. Spätestens danach geht es abwärts. Diesmal nicht.

Gut, diesmal handhabe ich bestimmte Dinge anders als früher. Ich meide zum Beispiel mit Enno einige meiner Lieblingsorte. Der Freiherr im Afterworkklub – schwer vorstellbar. Enno ist sehr zuvorkommend, sehr umsichtig, er fährt ein tolles Auto, trägt gute Kleidung, aber besonders cool ist er nicht. Mit Enno an der Seite fühlt man sich ein bisschen wie beim Rendezvous mit dem Klassenstreber.

Wahrscheinlich bin ich ungerecht. Enno ist schon cool. Aber anders cool, als die meisten Jungs es heute sind. Ihn scheint der ganze Zeitgeistkram überhaupt nicht zu interessieren.

Vermisse ich die Berliner Bad Boys? Irgendwie mochte ich immer Männer, die eine Bierflasche auf zehn verschiedene Arten öffnen können, wissen, wie man ein Auto kurzschließt, und mit größtem Vergnügen von dieser unglaublich dreckigen Strip-Show in Las Vegas erzählen. Sie sind Charakterschweine, keine Frage. Aber attraktive Charakterschweine. Mit denen hält garantiert keine Beziehung länger als zwei, drei Monate. Denn nach wenigen Wochen beginnen solche Männer, nachlässig zu werden. Mit jedem neuen Besuch ist es bei ihnen unaufgeräumter. Da liegen dann gammlige Pizzaschachteln offen rum, in der Küche stapelt sich unabgewaschenes Geschirr und die dreckige Wäsche türmt sich im Flur. Ich hatte mal einen, wir waren schon eine Weile zusammen, mit dem fand ich mich knutschend auf seinem Sofa wieder. Nach einer Weile stieg mir ein unangenehmer Geruch in die Nase und als ich die Augen öffnete, bemerkte ich, dass hinter mir in der Sofaecke ein Haufen gebrauchter Socken und Unterhosen herumlag. Hätte ich sie klaglos in die Waschmaschine geräumt, wir wären vielleicht noch zusammen. Irgendwann wollen sie dich von der Geliebten zur Mama machen. Aber nur, um dann Jahre später eine neue Geliebte aufzureißen. Nicht mit mir.

Enno trinkt niemals Bier aus der Flasche. Sein Auto bringt er in die Werkstatt oder ruft den ADAC. Striplokale? Dieses Wort habe ich aus seinem Mund noch nie gehört.

»Und der Sex?«, bohrt meine Schwester weiter. Meine Schwester war schon immer sehr neugierig. Sie will alles wissen und erfährt es in der Regel auch.

Ich zögere. Nicht, weil ich nicht antworten will. Sondern weil ich diesmal – auch das ist anders als sonst – das Bedürfnis habe,

Dinge für mich zu behalten. Meine Schwester missversteht mein Zögern.

»Ihr habt doch Sex?«, fragt sie erschrocken.

»Natürlich haben wir Sex, Beate. Wir leben im 21. Jahrhundert.«

»Ich dachte nur, wegen dieser *rules* von Linda, und dazu noch die Konventionen des Adels. Könnte ja sein, dass Sex vor der Ehe bei euch tabu ist.« Ich schüttele energisch den Kopf.

Beate lässt nicht locker. Sie schaut mich durchdringend an. »Ist der Sex gut, macht er Spaß? Nun sag schon«, drängt sie. Theo ist auf ihrem Arm eingeschlafen. Sie legt ihn sanft zurück in den Kinderwagen, und er wacht zu meinem Erstaunen nicht auf.

Ich überlege eine Weile. Suche die richtigen Worte für meine Antwort. Beate und ich waren immer ehrlich zueinander. Das wird sich auch jetzt nicht ändern. Also sage ich: »Enno ist ein höflicher Liebhaber.«

Beates Augen weiten sich, sie werden groß und rund. Sie liebt diese Stummfilmgestik. Sie meint, es unterstreiche gekonnt ihr Erstaunen. »Höflich?«, hakt sie nach. »Das habe ich noch nie gehört. Ich kenne gute Liebhaber und schlechte, leidenschaftliche, lieblose, sogar brutale. Aber ein höflicher Liebhaber ist mir noch nie untergekommen. Wie soll ich mir das genau vorstellen?« Beate giggelt. Sie ist überhaupt ziemlich giggelig geworden, seitdem ihr nachts der Schlaf fehlt.

In Wahrheit ist höflich ein Synonym für zögerlich. Enno ist ein zögerlicher Liebhaber. Ich hoffe, dass sich das mit der Zeit ändert. Vielleicht bräuchte er mehr Vertrauen. Obwohl, eigentlich mangelt es ihm nicht an Vertrauen. Wir haben schon zweimal den ganzen Tag im Bett verbracht, so wie es echte Liebende eben tun. Einmal hat es geregnet, die Tropfen schlugen an die Fensterscheibe seiner Wohnung, ich hatte meinen Kopf auf seiner Brust abgelegt, er spielte mit meiner Haarsträhne und wir schauten hinaus und sprachen kein Wort, was schön war, weil es eben so vertraut war. Nein, ich glaube, er vertraut mir. Womöglich merkt er, dass ich nicht ganz ehrlich mit ihm bin. Denn mich nervt manchmal die Art, wie er mich beim Sex berührt. So fragend. So »darf-ich?«-haft. Das macht mich wahnsinnig. Ahnen Männer eigentlich, wie viel eine Frau während des Geschlechtsaktes denken kann, wenn sie nicht wirklich zufrieden ist? Mag ich eine bestimmte Art nicht, angefasst zu werden, dann denke ich, während wir es tun, darüber nach, und je mehr ich darüber nachdenke, desto verrückter macht mich seine Berührung, bis ich plötzlich aus dem Bett aufspringe und irgendetwas Wildes behaupte – ich hätte das Licht angelassen, die Verhütung vergessen, die Haustür unten nicht abgeschlossen –, nur weil ich seinen Körper keine Sekunde länger ertragen hätte. Normalerweise ziehe ich mich an und bin für immer weg. Aber so weit darf es mit Enno niemals kommen. Vorher muss ich unbedingt mit ihm reden. Aber erst will meine Schwester etwas hören.

»Ich gebe zu, es ist nicht der beste Sex, den ich bislang in meinem Leben hatte, aber auch nicht der schlechteste. Er ist o.k. Wenn ich meine wichtigste Partnerwahl danach treffen würde, mit wem ich den besten Sex hatte, dann wäre ich jetzt noch mit diesem Schwachkopf aus der Uni zusammen. Dieser komische Medizinstudent, dieser durchgeknallte Zwerg. Erinnerst du dich an den?« Schon wieder muss Beate giggeln.

»Das war wirklich ein Spinner«, sagt sie.

»Also.«

»Du siehst glücklich aus«, urteilt Beate abschließend.

Beate und ich steuern einen Kettenbäcker an, der im vorderen Teil des Ladenlokals Stehtische aufgestellt hat, an denen man Kaffee trinken kann. Hier wollen wir Rüdiger treffen. Er kommt jeden Tag nach der Schule hierher, um eine Tasse Kaffee zu trinken. Sogar Senioren trinken heutzutage einen Cappuccino, Espresso oder Latte macchiato. Wer überhaupt noch normalen Filterkaffee trinkt, der ordert einen Pott Kaffee und keine Tasse. Ich stelle mir vor, wie Rüdiger jeden Nachmittag mit seiner Fistelstimme sagt: »Eine Tasse Kaffee, bitte.« Er ist so unglaublich retro. Die Coffeeshops mit ihrem üppigen Milchschaum und den Aromastoffen – Haselnuss, Karamell, Vanille – haben einen wie Rüdiger nie in Versuchung gebracht. Brownies, Focaccias, Tuna-Sandwiches und Muffins hält er für neumodischen Mist. Mit einer täglichen Tasse Filterkaffee und ab und zu einem Plunder zeigt er der Amerikanisierung die kalte Schulter.

Wir stehen mit unserem Riesenkinderwagen vor der Glasfront des Bäckers. Rüdiger hat uns noch nicht bemerkt. Er nippt an seiner Tasse und blättert dabei im Gratismagazin der Bäckerinnung.

Zum wiederholten Male frage ich mich, wie Beate es mit diesem Mann aushält. Er ist nicht charmant. Er sieht nicht gut aus. Er macht keinen Eindruck. Und besonders reich ist er auch nicht. Wie also? Bisher habe ich sie noch nie gefragt. Vielleicht aus Respekt vor ihrer Ehe. Ich meine eine Ehe, das ist doch schon etwas. Aber jetzt, wo ich mich zum ersten Mal in festen Händen glaube, habe ich das Gefühl, zu dieser Frage berechtigt zu sein. Außerdem hat sie auch gerade sehr intime Dinge von mir wissen wollen. Also frage ich Beate, bevor sie die Tür aufmacht, nach ihrem Mann Rüdiger.

Sie antwortet anders als erwartet. »Weißt du noch, als Achim damals nach Neuseeland fuhr?«

Achim. Den Namen habe ich eine Weile nicht mehr gehört. Wenn es jemals so etwas wie eine große Liebe im Leben meiner Schwester gab, dann war es Achim. Ein Surfertyp, blond, groß und sehr, sehr nett. Die beiden waren zusammen umwerfend attraktiv. Leider war ihre Beziehung etwa so stabil wie Achims Surfbrett bei Windstärke 8. Sie sahen beneidenswert glücklich aus, wenn sie Arm in Arm eine Party betraten. Trotzdem konnte niemand mit Sicherheit voraussagen, ob dieses Paar eine Stunde später noch zusammen sein würde. Ihre öffentlichen Kräche waren legendär. Ihre Affären, mit denen sie sich gegenseitig verletzten, auch. Doch ohne dass es sich Beate wirklich eingestanden hätte, ging sie wohl davon aus, am Ende würden Achim und sie zusammenfinden. Auf eine unkonventionelle Art, glaubte sie, halte man aneinander fest und werde eines Tages gemeinsam alt werden. Bis zu dem Tag, als Achim für unbestimmte Zeit nach Neuseeland abflog.

»Am letzten Abend habe ich mich noch mal mit ihm getroffen. Es lag in der Luft, dass dies unser endgültiges Aus sein könnte. Ich wollte es unbedingt abwenden. Also sagte ich zu Achim, so halb im Scherz: ›Lass uns heiraten und eine Familie gründen.‹ Weißt du, was Achim damals geantwortet hat? ›Du bist doch viel zu egoistisch für Kinder. Mit einer Frau wie dir kann man nicht zusammenleben.‹ Das hat mich zutiefst gekränkt. Ich meine, ich war genauso wie er. Wir standen uns in unseren Schwächen in nichts nach. Wir waren beide Egoisten. Aber sein eigener Egoismus hinderte ihn nicht daran, wenige Monate später eine australische Surferbraut zu schwängern und sie dann auch noch zu heiraten.«

Heute soll Achim drei kleine Söhne und ein Strandcafé mit Internet-Anschluss haben. Meine Schwester hatte lange mit der Niederlage zu kämpfen.

Beate zeigt auf Rüdiger, der weiterhin von uns abgewandt seinen Kaffee trinkt und sich offensichtlich in einen Artikel über die kulturelle Bedeutung des Backpulvers verbissen hat. Rüdiger, fährt meine Schwester fort, sei der erste Mann gewesen, der ihr auf den Kopf zugesagt habe, dass er mit ihr leben will. Mit ihr, der wilden Vorzeige-Szenefrau. Keine Affäre, kein ständiges Um-die-Häuser-Ziehen. Nein, mit ihr wollte er zusammenziehen. Er habe damals sogar gesagt, dass er ihren Egoismus liebt, weil er nur ein Ausdruck von Lebenshunger sei – ein Gefühl, welches er nie gekannt habe. »Und dann hat er mir noch versichert, dass er mir alles zutraut. Alles!«, erzählt Beate. Danach sei es um sie geschehen gewesen.

»Wenn ein Mann sagt, dass er mit dir ein Leben verbringen will, Nina, dann nimm das Angebot ernst. Wirf diese Chance niemals leichtfertig weg. Wer weiß, ob sie so schnell wiederkommt.«

Unsicher schaue ich zu Rüdiger rüber. Er hat beim Trinken gekleckert und wischt den Kaffeefleck mit einer Papierserviette weg. Seine Handbewegungen sind wie immer heftig. Er bohnert sozusagen den Kaffeefleck weg. So ein Pedant! Ich würde gerne sagen, dass Rüdiger nach dem leidenschaftlichen Plädoyer meiner Schwester intelligenter wirkt, weniger manisch und nicht so armselig. Aber nein, Rüdiger sieht genauso dämlich aus wie vor fünf Minuten.

So schnell gebe ich meinen Lieblingsfeind nicht auf. Über wen soll ich mich dann den ganzen Tag lustig machen, wenn nicht über Rüdiger? Er ist der größte Idiot, der auf dieser Erde wandelt. Im Grunde dachte ich immer, dass meine Schwester auch so denkt – wenn sie ganz ehrlich ist. Vielleicht habe ich mich getäuscht. Ich gebe zu, wenn ich in die Gesichter der Zwillinge schaue, dann sehen sie auch ein klitzekleines bisschen aus wie Rüdiger. Warum ist mir das vorher nie aufgefallen? Wer weiß, womöglich erkenne ich ihn doch eines Tages als Vater meiner Neffen an. Aber nicht heute.

KAPITEL 15

Sie haben mir Bombay angeboten! Bombay. Es gibt im Moment keinen begehrteren Posten in unserem Unternehmen. Früher wollten alle in die traditionellen Metropolen – nach Paris, Rom, Madrid, Washington D.C. oder auch Tokio. Heute nicht mehr. Wer heute ehrgeizig ist, der will nach Peking, nach São Paulo, nach Kapstadt, Seoul oder – ganz, ganz oben auf der Wunschliste – nach Bombay. Dort werden die großen Geschäfte der Zukunft erwartet. Dort ist Geld zu holen. Von dort führt der Weg, wenn es gut läuft, direkt in die Vorstandsetage unseres Konzerns.

Paris, Madrid und New York sind dagegen Posten für den Vorruhestand. Solche Klassiker werden am Schluss einer Laufbahn verdienten Mitarbeitern zugeschanzt, um Dank auszudrücken. Früher erhielt man am Ende eines Arbeitslebens eine goldene Uhr, heute drei Jahre Geschäftsleitung in Rom. Es wird dort lediglich erwartet, dass man immer gute Konditionen in den Top-Hotels vor Ort aushandelt, damit die Vorstandsmitglieder es in ihrer Freizeit gut und günstig haben. Diese Jobs kommen einer späten Umschulung vom Autogewerbe in das High-Class-Segment des Tourismus gleich. Aber ich bin jung, ich soll nach Bombay.

Ich habe schon per Handy im Internet nachgeschaut. Das Wetter in Bombay heute: 28 Grad und hohe Luftfeuchtigkeit. Bei uns ist es kalt und regnerisch. Herbststürme sind angekündigt. Ich kann es kaum glauben: Bombay!

Da ich im Speisewagen des ICE sitze, hat es keinen Sinn zu telefonieren. Wie soll man bei einer ständig abreißenden Verbindung erklären, dass man einen Job in Fernost antreten soll? Also schiebe ich meinen Teller mit dem halb aufgegessenen Rührei mit Lachs weg, um eine Sammel-SMS zu verschicken. Sie lautet: »Meine Karriere bekommt Turbokick. Man hat mir Posten in Bombay angeboten. Steiler Weg nach oben. Soll ich oder nicht?« Dann schicke ich sie los – an Kitty, Linda, meine Schwester Beate und natürlich an Enno.

Enno. Wie wird er das Bombay-Angebot aufnehmen? Er ist für ein paar Tage zu seinen Eltern nach Württemberg gefahren. Das macht er offensichtlich ziemlich regelmäßig. Enno scheint ein richtiger Kronprinz zu sein. Sein Vater will ihn bei allen wichtigen geschäftlichen Entscheidungen dabeihaben, die das Gut und den Besitz betreffen, seine Mutter regelt mit seiner Hilfe die kleinen Familienfinanzen. Enno hat zwar noch andere Geschwister, die näher am Haus der Eltern wohnen. Aber – so hat er mir erklärt – als Ältester stehe er in der Verantwortung. Das nächste Mal wollte er mich eigentlich mitnehmen zu seinen Eltern.

Es scheint wirklich ernst zu werden mit uns. Oder soll ich sagen: Es schien ernst zu werden?

Ich stochere im Rührei herum. Das Rührei der Bahn erinnert mich immer an Weltraumkost. Ich habe mal zugeschaut, wie sie das machen. Es wird in einem Beutel vorgegart, in die Mikrowelle des Bord-Restaurants gesteckt und in Sekunden auf etwa 423 Grad erhitzt. Dafür kühlt es aber in wenigen Minuten an der vollklimatisierten Speisewagenluft wieder auf 4 Grad runter und liegt dann schlapp und wässrig auf dem Teller. Ich schiebe das Rührei zur Seite.

Enno ist sicher enttäuscht, wenn er die Bombay-SMS liest. Wer führt schon gerne eine Wochenendbeziehung Berlin–Bombay? Soweit ich weiß, gibt es keine Billigflüge auf dieser Strecke. Bombay würde wohl das Aus für unsere Liebe bedeuten.

Die Stadt heißt nicht mehr Bombay, sondern seit einigen Jahren Mumbai. Aber daran will ich mich nicht gewöhnen. Bombay lässt sich so schön aussprechen. Wie Bonbon. Die Stadt klingt nach den grellbunten Filmen, die von dort stammen. Bombay, Bollywood. Kaum eine Stadt auf der Welt hat eine größere Bevölkerung. Wie viele? Niemand weiß es. Die Einwohner Mumbais wurden niemals gezählt, die Bombays auch nicht. Klar ist nur, dass es immer mehr werden. Diese Stadt explodiert. Wer einmal auf dem zentralen Victoria-Bahnhof gestanden und beobachtet hat, wie zehntausende Pendler sich zu jeder Stunde in die indischen Vorortzüge quetschen, der weiß, dass Bevölkerungsexplosion kein leeres Wort ist. Viele, viele Millionen bewohnen schon heute Bombay, und jetzt komme ich womöglich bald dazu.

Allerdings mache ich mir nichts vor, bislang ist keiner richtig mit dem Posten in Bombay fertig geworden. Er ist ein Schleudersitz. Allein in den letzten drei Jahren haben fünf verschiedene Mitarbeiter unserer Firma versucht, dort Fuß zu fassen und Geschäfte zu machen. Es ist keinem von ihnen gelungen. Der letzte Bombay-Chef musste den Posten räumen, weil er ein Verhältnis mit einer viel zu jungen indischen Bardame begonnen hatte. Ein hoher indischer Politiker hatte sie zu einem Geschäftstermin mitgebracht, um so bessere Vertragsbedingungen mit unserem Konzern auszuhandeln. Die unmöglichen Konditionen, die unser verliebter Kollege der indischen Regierung einräumte, führten bei der deutschen Buchhaltung sofort zum Eklat und zum Ende dieses Bombay-Aufenthaltes. Zum Glück wurden die Verträge nie unterschrieben. Wobei auch das nicht so tragisch gewesen wäre, weil in Bombay schriftlichen Verträgen kein großer Wert beigemessen wird. Das musste sein Vorgänger erfahren, der – nach viel Papierkram und geringer Anzahlung – für seinen indischen Großkunden drei Dutzend Hochklasse-Limousinen per Container aus Deutschland in den Hafen von Mumbai schiffen ließ. Kaum waren die Autos ausgeladen, sprang der Großkunde ab. Er habe kein Interesse mehr. Als der Vorgänger auf die unterschriebenen Verträge pochte, lachte der Inder ihm nur ins Gesicht und sagte, so laufe das hier nicht.

Die Autos verschwanden übrigens spurlos über Nacht. Und es hielten sich die Gerüchte in der Stadt, der abgesprungene Kunde habe bei diesem Raub die Finger im Spiel. Das ist Bombay, die

Stadt der großen Gaunereien. Aber man soll sich keine Illusionen machen – auch ohne diesen räuberischen Verlust bleiben unsere Verkaufszahlen deutlich hinter anderen ausländischen Automarken zurück.

Dabei lieben reiche Inder unsere Autos. Auch wenn sie kaum die Straßen haben, um sie auszufahren. Auf der Stadtautobahn Bombays erreicht man an guten Tagen 40 Stundenkilometer Höchstgeschwindigkeit. Ich habe einmal bei einer Geschäftsreise drei Stunden vom Mumbai Airport bis ins Hotel gebraucht – und dabei jede Variation menschlicher Fuhrwerke gesehen, von der Bronzezeit bis heute. Nicht nur Autos, die keiner Marke zuzurechnen sind, weil sie zusammengeklaute Gebilde aus aktuellen und vergessenen Modellen sind. Auch Ochsenkarren, total überladene Lastwagen, Lastenträger mit Karren, Fahrradrikschas und sogar einen Arbeitselefanten.

Auf diesem langen Anreiseweg ins Hotel überkam mich damals ein großes Gefühl von Freiheit. Deshalb habe ich diese Stadt sofort ins Herz geschlossen. Nicht weil sie besonders schön wäre, sie ist – im Vergleich zu Kalkutta oder Neu Delhi – noch nicht mal besonders indisch. Mich überkam das Gefühl, in diesem Chaos sei alles möglich, aber nichts wirklich wichtig. Bombay ist wie ein wildes Tier – wenn ich will, kann ich eine Weile auf seinen Rücken aufspringen, mich im Fell festkrallen und mitreiten. Irgendwann werde ich wieder abgeschüttelt, die Stadt wird davon nichts spüren, es ist ihr egal.

Aber mich wird dieser wilde Ritt verändern. Ich kann von Bombay nur lernen und laufe gleichzeitig nicht Gefahr, dass meine Fehler allzu schwer wiegen. Wenn mir in Berlin etwas schiefgeht, dann löst das sofort ein mittleres Beben in unserer süddeutschen Konzernzentrale aus. Wenn mir dagegen Bombay misslingt, dann bin ich ein Opfer der Stadt, eines von vielen. Und wenn ich in Bombay den Durchbruch schaffe, dann steigt mein Marktwert ins Unermessliche. Ich kann mit Bombay also eigentlich nur gewinnen.

Und irgendwie glaube ich, dass die Stadt mich auch mag. Zumindest behauptete das mal ein alter Yogi mit wirren, verfilzten, grauen Haaren und stechendem Blick aus, als der mich über die Straße gehen sah: »Bombay is your karma, Madam«, rief er mehrmals aufgeregt, bis ich ihm einige Rupien in die Hand drückte und er wieder in der Menge verschwand. Ist Bombay etwa mein Karma? Unser Abteilungsleiter glaubt fest daran.

Habe ich mich etwa schon für Bombay entschieden? Nein, erst muss ich mit Enno reden. Und auch hören, was die anderen sagen.

Meinen Eltern konnte ich keine SMS schicken. Sie weigern sich, ein Handy anzuschaffen. Sie haben noch nicht einmal einen Anrufbeantworter. Meine Eltern lieben es, wenn man schon elf Mal an einem Vormittag angerufen hat, um ihnen etwas Wichtiges mitzuteilen.Wenn sie dann endlich nach dem zwölften Versuch den Hörer abnehmen, lassen sie es sich nicht nehmen, zu erklären, man müsse in diesen schnellen Zeiten wieder lernen, Geduld zu haben. Komischerweise hatte mein Vater nichts gegen einen MP3-Player einzuwenden. Er findet es dann doch zu anstrengend, beim Joggen einen Ghettoblaster auf den Schultern mitzuschleppen.

Mein Handy spielt eine kurze, jazzige Melodie. Kitty hat die erste Antwort-SMS geschrieben. »Bring mir bitte regelmäßig Koriander Chutney von Moongarden mit. Werden dich oft besuchen!«. Kitty und Frank, das weiß ich, sind sehr reiselustig.

Ich bestelle mir einen kleinen Rotwein mit Drehverschluss, das mache ich sonst nie, aber mir ist nach feiern. Der Zug hält in einer bekannten deutschen Studentenstadt. Viele, die einsteigen, sind etwa in meinem Alter, aber tragen noch einen Rucksack auf dem Rücken. Ich hasse Rucksäcke! Egal wie Chichi spottet, ich bin froh, das Studium abgebrochen zu haben. Bei Chichi fällt mir Enno wieder ein. Wie er wohl reagieren wird? Er ist sicher enttäuscht. Ob er schon die SMS gelesen hat? Das Handy meldet sich wieder.

Meine Schwester gratuliert mir auch. Sie bedauert, dass die Patentante so weit wegziehen wird. Und fragt an, ob sie mir die Kinder in den nächsten Ferien mal nach Indien schicken kann. Die hat Nerven.

Noch immer nichts von Enno. Ich proste mir selbst innerlich zu und trinke einen Schluck. Ironie des Schicksals, denke ich, als ich hinausschaue und sehe, wie wir an abgeernteten Äckern vorbeirauschen: Enno hat meine Karriere so beschleunigt, dass wir uns aus den Augen verlieren werden. Ich weiß, er würde niemals nach Bombay wechseln. Er ist gerade zum Partner in seiner Berliner Kanzlei gemacht worden. Es wäre dumm, jetzt zu gehen.

Linda antwortet wie immer mit einer kryptischen SMS. »Es wird spannend.« Meint sie Bombay? Oder Ennos Reaktion? Natürlich wird Bombay spannend. Ich schreibe ihr zurück, sie soll unbedingt in der Firma Schweigen bewahren. Nicht dass das Gerücht meines Abgangs über die Flure tanzt, noch bevor ich diesen Zug verlassen habe. In solchen Dingen kann ich mich auf Linda verlassen. Sie war in den letzten Monaten sehr verschwiegen, sie ist wirklich eine enge Freundin geworden. Und wer weiß, so ehrgeizig wie Linda ist, werde ich sie vielleicht bald in Bombay wieder treffen. Außer natürlich, Börsengreg heiratet sie endlich.

Wieder gibt mein Handy einen Signalton ab. Der Mann hinter mir dreht sich um. Er wirkt verärgert. Dabei ist mein Handy weder laut, noch hat es eine sehr aufdringliche Melodie. Ich sage zu dem Mann: »Tut mir leid, 21. Jahrhundert«, und er wendet sich schnell wieder ab. Er hat wohl nicht damit gerechnet, angesprochen zu werden.

Dieses Mal muss es Enno sein. Mein Herz schlägt ein bisschen schneller. Ich fürchte mich vor dieser SMS. Was wird er schreiben? Wo stehen wir? Bislang haben Enno und ich noch nie über die Zukunft geredet. Linda hat mir streng verboten, Enno jemals nach einer Perspektive zu fragen. Dafür gab es mal wieder eine extra Karteikarte. *»Regel Nummer 14: Frühestens nach sechs Mo-*

naten darfst du das Thema Hochzeit ansprechen. Aber wenn er dir nach einem Jahr noch immer keinen Antrag gemacht hat, dann setz ihm die Pistole auf die Brust und sag: ›Entweder du gehst jetzt auf die Knie und bittest um meine Hand, oder ich gehe durch diese Tür und kehre niemals wieder.‹«

Ennos Antwort lautet knapp: »Reden in Berlin darüber. Komme morgen Abend bei dir vorbei. Kochst du uns etwas?«

Verdammt, ist er jetzt enttäuscht oder nicht? Und nochmals verdammt: Ich soll kochen!

KAPITEL 16

Exotische Apfelcremesuppe mit Curry? Oder lieber Muschelsuppe mit Ingwer und Safran? Unentschlossen blicke ich durch die Glasscheibe des Kühlfachs, dahinter stapeln sich die kleinen weißen Take-away-Plastikeimerchen, die mit edlen Suppen gefüllt sind. Jedes Eimerchen ist mit einem handschriftlichen Etikett versehen, auf dem der Inhalt der Suppe und der Tag der Abfüllung vermerkt sind. Wegen dieser hübschen Details liebe ich Enricos kleinen Feinkostladen. Und weil er unglaublich gut kochen kann.

Enrico hat sich hinter seiner Theke verkrochen und reinigt zum dritten Mal, seitdem ich hier ratlos stehe, die Milchschaumdüse seiner Cappuccino-Maschine. Der Laden ist leer, nur hinten an einem Tisch in der Ecke sitzt ein Pärchen vertieft im Gespräch. Eigentlich könnte er sich ruhig mal um mich kümmern. Aber Enrico ist nicht nur ein genialer Koch, sondern auch eine ziemliche Diva. Ich kenne ihn schon länger und mag ihn. Als klassisch kundenfreundlich könnte man ihn allerdings nicht bezeichnen.

Ich weiß, wie man garantiert Enricos volle Aufmerksamkeit bekommt. Ich lege Hand an die Kühlfachtür. Mit einem satten Schmatz öffnet sie sich. Die Kälte des Kühlschranks umfängt mich, vor mir stehen die Suppen jetzt zum Greifen nahe. Aber noch immer bin ich unentschieden. Ich stiere auf den Kühlschrankinhalt, summe leise vor mich hin und weiß, es ist nur noch eine Frage von Sekunden, bis Enrico an meine Seite eilt. Er hasst es nämlich, wenn man sein schickes Kühlregal länger offen stehen lässt.

Tatsächlich. Einen Wimpernschlag später steht er an meiner Seite. Und drückt sanft, aber entschlossen die Tür wieder zu.

»Nina, Cherie. Darin stehen sehr temperaturempfindliche Suppen, kleine Kunstwerke der europäischen Esskultur. Würdest du in ein Museum gehen, zum Beispiel in die Alte Nationalgalerie, und dort die Heizung voll aufdrehen, während die Farben der Caspar David Friedrichs, Monets und Manets unwiederbringlich austrocknen? Vermutlich nicht. Also leg auch nicht Hand an meine Suppen.« Dann schnauft er leicht durch die Nase, verdreht die Augen und fragt leicht mürrisch: »Du suchst Beratung?«

Erwartet man Hilfe von Enrico, sollte man das Anliegen schnell und knapp formulieren. Also beeile ich mich zu sagen: »Heute Abend, wichtiges Date. Attraktiver Mann, alter württembergischer Adel, Ende dreißig, wir sind seit über zwei Monaten zusammen. Jetzt habe ich ein tolles Jobangebot in Bombay. Es sieht nach Trennung aus.«

Enrico wedelt die Informationen mit der Hand weg. Das war ihm alles schon zu viel. Er stellt eine einzige Frage: »Leidenschaftlicher Abschieds-Sex oder ewige Beziehungsdiskussion?«

»Das weiß ich doch jetzt noch nicht«, protestiere ich. Aber ich sehe an Enricos ungeduldigem Gesichtsausdruck, dass dies die falsche Antwort war. »Erst mal müssen wir wohl reden«, sage ich zögerlich. Ich kann Enrico ja schlecht offenbaren, dass Leidenschaft nicht gerade zu Ennos Stärken zählt.

»Also kein leidenschaftlicher Abschieds-Sex«, Enrico schüttelt missbilligend den Kopf. Für ihn wäre ein Date ohne schnellen Sex nicht mal ein Butterbrot wert. Wortlos öffnet er den Kühlschrank und überreicht mir die exotische Apfelsuppe mit Curry. »Damit kann garantiert nichts passieren. Ihr könnt euch die ganze Nacht lang unterhalten.«

»Wieso? Exotik reimt sich doch auf Erotik«, ärgere ich ihn.

»Diese exotische Suppe ist so erotisch wie ein Besuch im Asia-Grill. Viel Brühe, viel deutscher Apfel, viel Sahne und ein Hauch Curry. Wie ich schon sagte, völlig ungefährlich. Die Muschelsuppe wäre da ein anderes Kaliber«, sagt Enrico und bei dem Wort »Muschelsuppe« fängt seine Stimme leicht an zu vibrieren. Bevor er sich hinter seine Ladentheke zurückzieht, lässt er es sich nicht nehmen, mich noch mal mitleidig anzublicken.

Am Tresen packt mir Enrico den Rest des Abendessens ein. Nach der Suppe soll ein leichter Zwischengang folgen: toskanischer Brotsalat mit Rucola, Tomate und Petersilie. Danach der Hauptgang und Höhepunkt des Abends: Glasierte Ente auf Linsengemüse, dazu gedämpfter Reis asiatischer Art. Enrico hat mir die Ente schon vorgeführt. Sie sieht unglaublich schmackhaft aus. Ich werde großen Eindruck machen.

Denn – es ist mir etwas peinlich – ich werde lügen. Ich werde dieses Essen als selbstgekocht ausgeben. Zu Hause werde ich alles umtopfen und Enricos verräterische Verpackungen verschwinden lassen. Es widerstrebt mir zwar etwas, Enno vorzulügen, ich hätte am Herd gestanden. Aber ich habe ihm gegenüber nun mal behauptet, ich könne hervorragend kochen. Und jetzt, wo es so aussieht, als ob das zwischen Enno und mir bald wieder vorbei ist, werde ich diese Lüge nicht mehr aufklären. Warum auch? Er soll mich als perfekte Frau in Erinnerung behalten. Eine, die gleichermaßen Kochbücher und Börsenkurse lesen kann. Wenn ich eines Tages als alte, vereinsamte Singlefrau allein in meinem Penthouse sitze, dann will ich zumindest von einem einzigen Mann da draußen wissen, der immer noch ab und zu an mich denkt, weil er mich für wirklich vollkommen hält.

Um mein schlechtes Gewissen zu besänftigen, habe ich den Nachtisch tatsächlich selbst gemacht. Damit die Lügerei nicht überhand nimmt. Heute früh habe ich zwei Töpfe aus meinem Regal gezogen, von einem musste ich sogar noch den Garantieaufkleber vom Boden knibbeln. Ich hatte sie damals zu meinem Einzug gekauft – ein Topfset, fünf Töpfe für 99,90 Euro. Benutzt hatte ich bislang nur den Eierkochtopf. Aber jetzt kamen zwei weitere zum Einsatz, für Schokoladenpudding mit Vanillesoße. Natürlich ist mir der Pudding auf dem Herd angebrannt. Pudding zu kochen ist eine echte Herausforderung. Als Erstes muss man das Puddingpulver möglichst klumpenfrei verrühren. Das geht gerade noch. Aber dann muss man die Masse in die aufkochende Milch einrühren, die währenddessen überzukochen droht. Als sei das noch nicht übel genug, fing der Pudding wild an zu blubbern und zu spucken – und zu stinken – wie ein Geysir auf Island. Vermutlich hätte der Pudding sofort von der Platte gemusst, damit er nicht im Topf festbrennt. Mein Hauptproblem beim Kochen ist das Timing. Man braucht zu viel Geduld.

Enrico schenkt mir zum Abschied noch ein Tütchen mit Pralinen, die ich zum Espresso reichen soll. »Wenn es keinen Sex gibt, dann doch wohl wenigstens Espresso?«

Auf dem Nachhauseweg ruft mich Linda an, ich jongliere mit Tüten und Handy, kriege das Telefon aber dann unter das Kinn geklemmt. Ich sage, dass ich mich ein wenig schlecht fühle, Enno zu belügen. Das sei eigentlich privat nicht mein Stil. Linda antwortet, die Wahrheit sei oft nichts weiter als eine Belästigung. Ich solle aufhören zu lamentieren. Greg wisse bis heute nicht, dass sie meist ein Haarteil trage – eine Information, die auch für mich neu war. Solange, fährt Linda fort, ich ihm nicht ein geheimes Doppelleben als Koksdealerin verheimlichen würde, sei alles im Rahmen des Erlaubten.

»Außerdem: Für ihn zu kochen eröffnet Möglichkeiten. Vielleicht wird es doch noch etwas mit euch«, meint Linda.

»Linda«, sage ich eindringlich ins Telefon, »ich gehe bald nach Bombay.« Warum sie mir nicht ein paar hilfreiche Regeln zum Schlussmachen dagelassen hätte?

»Dafür kriegst du von mir keine Regeln«, lautet ihre knappe Antwort, dann legen wir auf.

Ich habe mich entschlossen: Eine Fernbeziehung über eine Distanz von 6306 Kilometern kann ich mir nicht vorstellen. Ich finde schon rätselhaft, wie Linda und Greg ihre Liebe zwischen Berlin und New York aufrechterhalten. Ich habe schlechte Erfahrungen mit Fernbeziehungen. Ich hatte mal etwas mit einem Hamburger. Wir sahen uns eine Weile jedes Wochenende. Es lief immer gleich. Freitagabend, meist sofort nach der Ankunft, hatten wir einen ersten großen Krach. Wenn es gut lief, landeten wir danach miteinander im Bett. Das führte dann zu einem schönen Samstag. Aber schon Sonntagmorgen setzte wieder die gereizte Stimmung ein, weil wir beide die Abwesenheit des anderen schon wieder vor Augen hatten. Auf dem Bahnhof stritten wir uns dann wieder, versöhnten uns zwischen Infopoint und Gleis, ließen einen Zug nach dem anderen abfahren. Nach einigen Wochen hatte ich von diesem anstrengenden Leben genug. Ich bin für eine Fernbeziehung nicht geschaffen. Berlin – Bombay? Das ist verlorene Liebesmüh.

Noch 58 Minuten bis zu Ennos Ankunft. Es wird Zeit, die Gerichte umzufüllen. Der Brotsalat wird in eine Porzellanschüssel umgeschichtet. Während ich die Suppe aus dem Eimerchen in den Topf gieße, komme ich mir schon ungemein hausfraulich vor. Allein, dass ich in der Küche am Herd stehe. Die Ente kommt in den Bräter, den meine Mutter mir zum letzten Weihnachten vor ihrem feministischen Coming-out geschenkt hatte. Ich lese Enricos Anweisungen: »Ofen auf 180 Grad/ Heißluft erhitzen. Glasierte Ente in eine feuerfeste Form geben, Reis in Schüssel dazustellen. Bitte eine Tasse Wasser im Ofen nicht vergessen, damit die Gerichte beim Erwärmen nicht austrocknen!«

Ich gehe strikt nach seinen Anweisungen vor, im Ofen brennt zum ersten Mal seit meinem Einzug Licht. Die Besteckschublade rollt mit einer neuen Dynamik heraus, auch das Geschirrhandtuch erlebt, wie es sich anfühlt, tatsächlich benutzt zu sein. Im Kühlschrank dominiert nicht der Kühlschrankgeruch, sondern der Duft von Petersilie breitet sich angenehm aus. Ein Fach tiefer steht mein Schokoladenpudding mit Vanillesoße. Es ist, als erwache meine Küche aus einem Dornröschenschlaf. Nur die Tüten und Tetrapacks aus Enricos Laden stören das idyllische Bild. Sie müssen sofort verschwinden.

Alles wird in einen großen weißen Plastikbeutel gestopft, den ich noch vom Sommerschlussverkauf übrig habe. Die Zeit rast.

Ich muss noch den Tisch decken, mich umziehen und schminken, die Wohnung auf Dinge durchkämmen, die nicht herumliegen sollen, Linda eine »Alles klar«-SMS schicken, Kitty kurz anrufen, die auf meinem Anrufbeantworter um dringenden Rückruf gebeten hat, und natürlich darf ich nicht vergessen, zum richtigen Zeitpunkt den Rotwein zu öffnen, damit der noch genügend atmet. Das Programm ist so dicht, dass ich beschließe, die Tüte mit den Verpackungen in meiner Abstellkammer zu versenken.

Mit der Kleidung halte ich es wie mit der Suppe – ein Hauch von Exotik. Ich ziehe eine Erst-sollten-wir-reden-Bluse und einen Aber-danach-lass-es-uns-noch-einmal-tun-Rock an. Die Haare binde ich zu einem Pferdeschwanz, der nicht zu streng wirkt. Was mir jetzt noch zum perfekten Auftritt fehlt, ist eine Küchenschürze. Oder ein Küchenkittel. Meine Großmutter trug noch einen ärmellosen Kittel in der Küche. Er war weiß und hatte in Handhöhe zwei praktische Taschen, in denen manchmal Holzlöffel oder Schneebesen steckten.

Zeit, Kitty anzurufen. Sie klingt am Telefon völlig aufgelöst, sagt, sie hat Angst, schwanger zu sein. Zehn Tage sei sie überfällig.

Ich rate ihr, sofort in die Apotheke zu gehen und sich einen Test zu besorgen. Absurd, einer Ärztin zu einem Schwangerschaftstest zuzureden. Offensichtlich sollte ich ihr auch einen Vortrag über Verhütung halten. Natürlich frage ich sie, ob ich Enno absagen und sie begleiten soll. Aber Kitty lehnt ab. Sie werde das schon alleine hinkriegen. Ich verspreche, später noch mal anzurufen.

Noch 18 Minuten bis zum Date. Ich bin umgezogen, die Suppe simmert – ein neues Wort in meinem Küchenfeevokabular – im Topf, der Tisch ist gedeckt und der Rotwein atmet. Vielleicht sollte ich Kerzen anzünden? Oder zerstört das eine ernste Gesprächsatmosphäre? Kerzen oder keine Kerzen? Ich habe noch nie ein gepflegtes Gespräch über eine Trennung geführt. Ich kenne nur Männer, die im Morgengrauen leise ihre Sachen zusammensuchen, während ich wach im Bett liege, aber mich schlafend stelle, und die dann grußlos aus meinem Leben verschwinden. Manchmal habe ich den Spieß umgedreht und bin selbst unangekündigt aus ihrem getreten. Ob sie oder ich – wichtig war mir nur, diese elenden Trennungsgespräche zu vermeiden. Denn lässt man sich darauf erst ein, kommen garantiert unschöne Dinge zur Sprache. Es liegt in der Natur der Trennungsgespräche, dass sie eskalieren. Fand man vorher eine Eigenschaft des Partners einfach nur störend, zum Beispiel, dass er nie ein Buch zur Hand nimmt, so wirft man ihm im Trennungsgespräch nach einer Weile an den Kopf, er sei ein analphabetischer Vollidiot, der maximal seinen DVD-Spieler programmieren könne. Was danach von ihm als Antwort zurückkommt, ist noch einen Zahn aggressiver. Das sollte man sich nicht antun.

Aber dies hier wird ein gepflegtes Trennungsgespräch von zwei Menschen, die gerne zusammenbleiben würden, wenn Berlin einen S-Bahn-Anschluss nach Bombay hätte.

Soll ich also Kerzen anzünden? Ich denke schon. Enno soll schließlich glücklich auf diesen Abend zurückblicken, der ihm für immer das Herz brach. Diesen Gedanken finde ich romantisch. Ich werde diesen Mann zwar nicht heiraten, aber ich werde dafür sorgen, dass er mich ein Leben lang nicht vergisst.

Jetzt ist alles fertig. Das ist schlecht. Nervös blättere ich in einer Frauenzeitschrift. Sie lag umsonst in meinem Fitnessstudio aus. Bei dem Artikel »Die 33-No-No's bei einem Candle-Light-Dinner« bleibe ich hängen. Da steht, man solle niemals Salat anbieten. Salat ließe sich einfach nicht verführerisch essen. Na prima. Und was ist mit Brotsalat? Toskanischer Brotsalat besteht leider nicht nur aus grob gewürfelten Brotstücken, sondern auch aus Rucola. Rucola hängt tatsächlich immer blöd aus meinen Mundwinkeln heraus, wenn ich ihn esse. Bei einem Geschäftsessen würde ich nie Rucola bestellen. Warum habe ich nicht heute Abend daran gedacht? Bringt denn nicht der dämmrige Kerzenschein einen Weichzeichnereffekt? Wieso hieß Rucola eigentlich früher bei meiner Oma Rauke? Und was machen wir, wenn Kitty schwanger ist?

Meine Gedanken überschlagen sich, diese Frauenzeitschrift macht mich nur noch verrückter, ich will gerade die Tür zur Abstellkammer öffnen, um sie dort hineinzupfeffern, da klingelt es.

Es klingelt. Endlich. Enno Freiherr von Rufenberg gibt sich die Ehre.

Enno ist vom ersten Moment an anders als sonst. Als ich die Tür aufmache, steht er für seine Verhältnisse fast leger davor. Er hat seine Hände links und rechts am Türrahmen verkeilt, füllt also die ganze Tür aus, was er mit seiner Größe gut kann, und grinst mich an. Er trägt ein englisches Sakko, eines dieser bunten Harris-Tweed-Sakkos, Basisfarbe Grün. Dazu ein eierschalfarbenes Hemd, Jeans, und wie mir gerade auffällt, tolle Schuhe. Schlichte, elegante Schnürschuhe aus karamellbraunem Wildleder. Enno steht da, die Arme ausgebreitet, dann neigt er sich mit dem Kopf leicht vor.

Zuerst denke ich, er will wieder einen höflichen Diener andeuten, aber dann beginnen wir uns zu küssen, noch ohne Umarmung, und plötzlich, mit Schwung drängt er in meine Wohnung, umfasst mich dabei wie Superman, hört deshalb aber nicht auf, mich zu küssen. Die kurze Reise endet an meiner Flurwand, die ich jetzt in meinem Rücken spüre. Mir fällt die simmernde Suppe ein. Ich könnte mich jetzt hingeben, aber wofür habe ich dann so viel eingekauft? Also befreie ich mich und rutsche unter dem aufgestemmten Arm hindurch Richtung Küche. Enno folgt mir.

Als ich vor dem Herd stehe, die Apfelcurrysuppe entfaltet einen wunderbaren Duft, unten im Ofen sieht man kross glasierte Ente, ich suche gerade in einer Schublade meine noch nie benutzte Suppenkelle, von der ich sicher bin, dass sie damals in dem 63teiligen Küchenset-Einzugspaket dabei war, atmet Enno in meinen Nacken und murmelt: »Du bist unglaublich.« Der Mann ist wie enthemmt.

Ich bin froh, dass ich nicht zur Muschelsuppe gegriffen habe.

Die Aussicht, bald wieder solo zu sein, scheint auf Enno befreiend zu wirken. Es heißt doch immer, kein Sex wäre besser als Abschiedssex. Bislang konnte ich das nicht bestätigen. Der Abschiedssex, den ich in meinem Leben hatte, ist mir als verdruckst in Erinnerung geblieben. Der Kopf hatte längst Gütertrennung vollzogen, während unsere Körper noch so taten, als wollten sie verschmelzen. Hat bei mir noch nie geklappt. Sollte das heute Abend anders werden?

Erst will ich mein erstes Trennungsgespräch. Man kann doch nach diesen beiden Monaten nicht einfach sagen: Schön war's mit dir, Enno, aber ich gehe jetzt ins Ausland. Obwohl es wohl darauf hinausläuft.

Als ich in der Küche die Teller fülle, gießt Enno unseren Wein ein. Er studiert das Etikett. »Ein guter Wein«, ruft er anerkennend in die Küche. Das stimmt. Ich mag zwar nicht kochen können, von Wein habe ich dagegen wirklich Ahnung. Ich wollte nie zu den Frauen gehören, die ratlos vor dem Kellner sitzen und sagen: »Chianti oder Cabernet, keine Ahnung. Mein Mann entscheidet, ich trinke nur.« Vorsichtig balanciere ich die gefüllten Teller zum Esstisch.

Eigentlich ist so ein Abendessen zu Hause ganz schön. Keiner gängelt einen, man bestimmt selbst das Tempo, und am Ende erwartet einen nicht eine horrende Rechnung, von der man hofft, dass man sie eines Tages von der Steuer absetzen kann.

Wir setzen uns. Bevor wir anfangen, zieht Enno aus seinem Jackett noch ein Geschenk für mich – ein schmales Buch. Auf den ersten Blick sieht man, dass es antiquarisch ist. Ein Taschenbuch, ich vermute aus den 70er Jahren, gedruckt auf einem Papier, das mich an nikotingelbe Zähne erinnert. Meine Güte, die 70er waren wirklich verraucht. Wenn ich mich an die Kneipen erinnere, in denen mein Vater früher politische Versammlungen abhielt und uns Mädchen manchmal mitnahm. Diese Kneipen waren Höhlen – dunkle, verrauchte Höhlen. Daran muss ich denken, als ich das schmale, vergilbte Bändchen in den Händen halte. Es ist ein Krimi. Ich verschlinge Krimis.

»Spannend, unerwartet und vor allen Dingen kurz!«, sagt Enno.

Ich sollte gerührt sein. Dieses Geschenk ist sehr persönlich. Denn ich habe mich schon öfters, seitdem wir zusammen sind, darüber beschwert, dass die Krimis von heute immer länger werden. Früher schaffte ich ein Buch pro Dienstreise. Inzwischen brauche ich schon einen Transatlantikflug oder einen Oberleitungsschaden, um bis zur Hälfte zu kommen. So ein Durchschnittskrimi hat ja oft nicht weniger als 400 Seiten, manchmal sind es sogar 600 Seiten. Und sind die Geschichten besser geworden? Nein. Der einzige Unterschied zu früher besteht darin, dass ich mich jetzt als Leser auch noch mit dem Innenleben alkoholabhängiger Ermittler oder lesbischer Privatdetektivinnen auseinandersetzen muss. Heutzutage tritt immer das ganze Personal des Zeitgeistes auf – verkokste Kinder, verwahrloste Ex-Geliebte und natürlich Psychotherapeuten. In den guten alten Krimis hatten die Ermittler kein Privatleben. Sie hatten einen Fall und der musste gelöst werden.

Mir hängt nach, was Enno gesagt hat. »Spannend, unerwartet und vor allem kurz.« Treffender hätte er unsere Beziehung nicht charakterisieren können. Will er mir mit diesem Geschenk wehtun?

»Bombay, Bombay«, murmelt Enno jetzt. Höre ich da doch Frust raus? »Nina, du bist eine echte Karrierefrau. Eine Karrierefrau, die sogar kochen kann. Und etwas von Wein versteht. So einer wie dir steht die Welt offen.« Sonst sitzt Enno sehr gerade, aber heute scheint er mir etwas zusammengesackt. Vielleicht hat Enno vor seiner Ankunft etwas getrunken. Er wirkt so formlos.

Wir sind inzwischen schon beim Brotsalat angelangt. Enrico hat ihn toll hingekriegt. Alle Rucolas benehmen sich artig und verschwinden, ohne widerspenstig zu sein, einfach so in meinen Mund. »Hervorragender Salat«, lobt Enno. Es ist mir wieder etwas peinlich, mich auf den Lorbeeren eines anderen auszuruhen. Im Beruf macht mir die Lügerei nichts aus. Aber im Freundeskreis ist das etwas anderes. Ich bin so erzogen worden, dass man möglichst nicht lügen sollte, sondern für das geradestehen muss, was man getan oder eben nicht getan hat. Zu behaupten, man habe einen toskanischen Brotsalat zubereitet, den man in Wahrheit in einem Feinkostgeschäft gekauft hat, würde in unserer Familie sehr missbilligt werden. Besonders mein Vater ist ein echter Moralist.

Was mache ich nur? Ich lüge den Mann an, mit dem ich das Bett teile, und denke während eines romantischen Essens an meinen Vater. Beides, bilanziere ich, ist weder passend noch gut. Zeit für eine Übersprungshandlung.

»Entschuldige, ich muss eben Kitty anrufen«, sage ich und verschwinde kurz mit dem Telefon im Nebenraum. Enno muss ja nicht gleich mitkriegen, dass Kitty vielleicht schwanger ist. Ich höre ihn sofort in die Küche gehen und eine neue Flasche Rotwein öffnen.

Kitty ist gleich am Apparat. Sie sagt, sie hat den Test gekauft, kann sich aber nicht überwinden, die Packung aufzubrechen. »Ich schlafe noch eine Nacht drüber. Vielleicht hat sich ja morgen alles erledigt«, meint sie und ich höre, wie sie versucht, ihre Stimme unter Kontrolle zu behalten.

»Soll ich nicht doch vorbeikommen?«, biete ich ihr wiederum an. Aber Kitty meint, nein. Ich solle den Abend mit Enno genießen.

Die glasierte Ente ist ein Traum. Man kann es nicht anders sagen. Die erste Rotweinflasche war im Nu geleert, die zweite neigt sich auch schon verdächtig. Wir haben bislang ganz neutral über Bombay geredet. Enno kennt dort mehrere Leute, ein enger Freund von ihm arbeitet im Konsulat. Natürlich auch adlig. Als Adliger fällt man per Geburt in ein tragfähiges soziales Netz. Er erzählt eine amüsante Anekdote von einem Elefanten, den er im indischen Rajastan reiten wollte. Dann sagt er den Satz, vor dem ich mich schon die ganze Zeit gefürchtet habe. »Ich bin ja auch ab und zu beruflich in Bombay.«

»Ab und zu will ich nicht«, antworte ich. Wir schweigen.

Hinter uns gibt die kleine chromfarbene Espressokanne auf dem Herd gluckernde Geräusche ab. Ich serviere die kleinen Tassen, dazu die Pralinen von Enrico. Danach bringe ich den Nachtisch auf den Tisch – der Schokoladenpudding mit Vanillesoße.

Enno von Rufenberg starrt auf seinen Nachtisch, als ob er eine Erscheinung hätte. Gut, das Ganze sieht nett aus. Ich habe meine Champagnerkelche kurzerhand zu Nachtischschalen umfunktioniert, der Schokoladenpudding hat eine satte braune Farbe, und darüber schwimmt eine dicke Schicht sonnenfarbener Vanillesoße. Aber egal wie man es dreht und wendet, es bleibt ein sehr schlichter Nachtisch, den ich aus Pulver angerührt habe. Und ehrlich gesagt, es sind Klümpchen drin.

Aber wenn man Enno zuschaut, dann denkt man, er verzehre ein hochkompliziertes Parfait, das von mir mit hauchdünnem Blattgold verziert wurde. Jeden Löffel taucht er sehr langsam und genussvoll in den Pudding ein.

Als er fertig ist, trinkt er mit einem Zug seinen Espresso aus. Er nimmt seine Serviette zur Hand, fährt sich kurz über den Mund, dann beugt er sich zu mir herüber und nimmt meine Hand. Zum ersten Mal an diesem Abend schaut er mir wirklich in die Augen. »Noch nie hat eine Frau für mich Pudding gekocht. Überhaupt war dein Essen wunderbar, toll zusammengestellt und kunstvoll gewürzt. Aber dieser Pudding übertrifft alles. Es war, als würde ich nach Hause kommen.« Er umgreift sanft meinen Nacken, zieht mich zu sich hin und küsst mich.

Es ist ein langer Kuss. Ein guter Kuss. Ein sehr gefühlvoller Kuss. Und erst beim Küssen spüre ich, wie sehr ich mich nach diesem Kuss gesehnt habe. Die letzten Wochen sicherlich, wahrscheinlich sogar die letzten Jahre. So einem Kuss, der einem sagt, dass der andere einen will. Richtig will, ohne Kleingedrucktes. Dass man Teil seines Lebens ist. Dass alles richtig ist.

Enno von Rufenberg hat wieder diesen wunderbaren Geruch. Er riecht nach Wald. Am stärksten nehme ich den Geruch in seiner Halsbeuge wahr. Jetzt gibt er meinen Nacken wieder frei. Dafür umschließt er mit seinen Händen mein Gesicht, er schaut mich an und uns überkommt beide eine feierliche Stimmung. Das hier ist kein normaler Flirt, das wussten wir schon länger. Wieder küsst er mich, diesmal sehr sanft und kurz und murmelt, »Du bist es«, als sei ich ein geliebtes, verloren geglaubtes Stück, das man unerwartet wiederentdeckt hat.

Und dann sinkt er vor mir auf die Knie und holt aus seinem Jackett eine kleine, in weinrotem Samt ausgeschlagene Schmuckschatulle heraus. Er öffnet sie und ich blicke auf einen prächtigen Diamanten, der im Art-déco-Stil von zwei kleinen blauen Bergkristallen umrahmt ist. Er stellt die Frage, auf die ich so gewartet habe und die jetzt doch so unerwartet kommt:

»Nina, willst du meine Frau werden?«

Viel später in der Nacht stehe ich auf und betrachte mich im Spiegel. Hinter mir schläft erschöpft Enno. Ich bin ganz nackt, meine Haare hängen offen über die Schulter. An meiner Hand funkelt dieser unglaublich große Diamant. Er ist jetzt Teil von mir.

Ich wusste nicht, wie angezogen man sich nackt mit Verlobungsring fühlen kann.

KAPITEL 17

Du hast es tatsächlich geschafft.«

Linda und ich betrachten stolz unsere rechten Hände. An jeder funkelt ein diamantener Verlobungsring. Beide Ringe sind so imposant, dass man sie in São Paulo niemals auf offener Straße tragen sollte. Fast könnte man glauben, unsere Verlobten hätten sie bei Swarovski gekauft. Fast.

Normalerweise entspricht die Größe von Diamanten dem Durchmesser homöopathischer Kügelchen. Die Diamanten unserer Verlobungsringe kommen jeweils auf den Umfang einer Aspirin-Tablette. Meiner ist sogar etwas größer als Lindas. Er ist sehr rein, man schaut durch ihn durch wie durch einen kristallklaren lappländischen Bergfluss, und wenn man ihn gegen das Licht hält, dann zeigt er einem die Farben des Regenbogens. Der Ring selbst ist aus Weißgold, dank des hellen Silberglanzes wirkt er deshalb trotz des schweren Diamanten leicht. Zu dem Eindruck tragen auch die beiden blassblauen Steine links und rechts bei. Ich mag das kühle Art-déco-Design des Rings.

Linda und ich wedeln spielerisch mit unseren Händen, damit die Diamanten blitzen. Und sie blitzen! Bernd, der wie fast jeden Abend mit seinem Freund Björn im Afterworkklub sitzt, kneift geblendet die Augen zu. »Welch heller Glanz an unserem dunklen Tresen. Seid ihr Mädels jetzt beide vergeben?«, fragt er neugierig.

»Ich bin verlobt! Seit sieben Tagen«, antworte ich stolz.

»Wer verlobt sich denn heutzutage noch? Die einzige Art, mich vor den Altar zu kriegen, wäre, mich völlig besoffen nach Las Vegas einzufliegen und dann im halb bewusstlosen Zustand zu heiraten. So wie in den Hollywood-Filmen. Verloben – der muss es ja echt ernst meinen, der Typ. Ist er Ausländer?«

»Vielleicht stammt der ja aus so einer archaischen Heiratskultur?«, mischt sich jetzt auch Björn ein.

»Nein, er ist adlig«, sagt nun Linda.

»Ach so«, kommt unisono von Bernd und Björn.

Linda und ich müssen wieder kichern und halten nun unsere Hände nebeneinander auf Augenhöhe in die Luft. Ring gegen Ring. Was für ein Anblick!

Linda ist sehr stolz auf mich. Sie sagt, ich sei am Ziel angelangt, ab sofort bräuchte ich keine *rules* mehr. Meinen Verlobungsring nennt sie nur »the rock«. Sonst versucht sie, englische Einsprengsel zu vermeiden, wenn sie deutsch spricht. Aber für einen Diamanten dieser Kategorie gebe es leider kein deutsches Wort – ich habe das große Los gezogen: »the rock«. Schon zwei Mal hat sie mir angeboten, mit ihr an einem der nächsten Wochenenden nach New York zu fliegen, um ihren Freundinnen den Ring vorzuführen. Sie meint, ich könne mich damit in Manhattan absolut sehen lassen. Dazu sei der zukünftige Ehemann adlig, er habe einen lukrativen Job, und das Schmuckstück zur Verlobung stamme direkt aus dem Familientresor. Damit würde ich gleich hinter Sarah Ferguson rangieren, der unfreiwillig abgedankten Moppel-Prinzessin, und sei sogar für Ivana Trump eine Herausforderung. Wenn ich mit Linda spreche, habe ich das Gefühl, bald Prinz William zu heiraten und in den Buckingham Palace zu ziehen.

Der Ring hat tatsächlich viel erlebt. In der Verlobungsnacht hatte mir Enno die ganze Geschichte erzählt. Er stammte ursprünglich von Ennos Urgroßtante und war extra zu ihrer Verlobung angefertigt worden. Die Verlobungsfeier fand 1909 statt. Der Bräutigam, später Ennos Urgroßonkel, hatte den Diamanten eigenhändig entwendet, als er als Ingenieur in der »Kaiser-Wilhelm-Mine« im afrikanischen Deutsch-Südwest arbeitete.

»Entwendet?«, fragte ich erstaunt nach.

Enno musste eingestehen, dass Adel nicht automatisch für einen besseren Charakter sorge. Es gebe in seinen Kreisen echte Gauner. »Man schätzt das Gentlemen-like-Verbrechen. Niemand hat jemals nach diesem Diamanten gesucht. Offiziell ist er nie aus der Erde geborgen worden.« Erst mit dem Diamanten in der Tasche wagte sein Urgroßonkel, der Urgroßtante einen Antrag zu machen. Und hundert Jahre später ging Enno vor mir mit demselben Ring in der Hand auf die Knie. Das nenne ich Tradition.

Enno sagte, als er meine SMS gelesen habe, die ihm von dem Bombay-Angebot berichtete, habe er sofort gewusst: Er musste schnell handeln. Ihm sei klar gewesen, dass die einzige Art, mich zu halten, ein Antrag sei. Seine Eltern hätten sich gefreut. Sie hätten in den letzten Jahren zunehmend gehofft, er würde bald heiraten und eine Familie gründen. Gemeinsam sei man also zum Safe der Bank gegangen und habe sich für genau diesen Ring als Verlobungsgeschenk entschieden. »Ich fand, er passt zu dir: Er ist stilvoll, direkt ohne Schnörkel und von allergrößter Reinheit.«

Über die Reinheit will ich seitdem nicht allzu sehr nachdenken. Wie viel weiß Enno eigentlich über mich? Ich hoffe, es kommt nicht der Tag, an dem sich zufällig alle meine Liebhaber in einem Raum zusammenfinden. Zum Beispiel in der Wartelounge der Deutschen Bundesbahn für Vielfahrer, in der umsonst Kaffee und kalte Getränke ausgeschenkt werden. Enno und ich treten nichts ahnend ein und alle, wirklich alle Plätze sind von meinen Ex-Männern besetzt. Sogar die kleine, zugige Viererecke dicht an der Toilette. Es könnte sein, dass ich meinen schönen Ring dann wieder los wäre.

Aber weiß ich, wie es um Ennos Reinheit steht? Ich frage ja auch nicht nach. Vergangenes ist vergangen. Jetzt beginnt ein völlig neuer Lebensabschnitt. Wieder schaukele ich leicht mit meinem Ringfinger hin und her, der Stein funkelt, und in mir breitet sich eine Zufriedenheit aus, wie ich sie selten gespürt habe. Linda legt glücklich den Arm um mich.

»Trägt er sich gut?«, fragt Kitty spöttisch hinter uns. Wir haben vor lauter Diamanten-Blinkerei nicht gemerkt, wie sie reingekommen ist.

Mein Ring trägt sich nicht, er trägt mich. Inzwischen habe ich aufgehört, die Wirkung materieller Dinge zu unterschätzen. Um ein Gefühl für die Kunden und die Kundenwünsche zu bekommen, musste ich eine Zeit lang in Autohäusern hospitieren. Damals habe ich erlebt, welche Kraft in den Dingen steckt. Wenn die Männer zur ersten Probefahrt in eins unserer besonders teuren Autos einstiegen, waren sie meist noch arme Würstchen. Geduckte, wenig selbstbewusste Herren mit viel Geld. Aber schon die erste Probefahrt mit einem 80 000-Euro-Auto veränderte sie. Sie entstiegen dem Auto aufgerichtet, traten danach deutlich souveräner auf. Wenn sie schließlich das Fahrzeug nach Abschluss eines Kaufvertrags abholten, konnte man ihr Gebaren herrschaftlich nennen.

Dieser Ring hat auch mich verändert. Wenn ich ihn anblicke, spüre ich kaum mehr Unruhe. Vielleicht werde ich endlich das ermüdende Gefühl los, das mich im letzten Jahrzehnt permanent vorwärtsgetrieben hat. Dieses nervöse Hoffen darauf, dass nach der nächsten Biegung mein Leben endlich losgeht. Offensichtlich war der Beruf nicht genug. All die Jahre habe ich – ich muss es mir eingestehen, und der Ring hilft mir sehr bei dieser Selbsterkenntnis – immer noch auf irgendetwas anderes gewartet. Worauf ich gewartet habe, war wohl ein Mann. Mein Mann. Ein Zuhause. Vielleicht bald eine Familie. Der Verlobungsring ist ein Grundstein – der Grundstein zu meinem neuen Leben, zu dem, was ich bald Zuhause nennen werde.

Ich bin selbst überrascht, wie pathetisch ich sein kann.

»Er ist viel leichter, als er aussieht«, lüge ich.

Kitty schaut skeptisch. Sie ist der lebende Gegenpol zu Linda. Während Linda vor Freude außer sich ist, zeigt Kitty überdeutlich ihre Verhaltenheit. Natürlich hatte sie mir gleich gratuliert. Doch das »aber« ließ nicht lange auf sich warten. Aber ihr ginge alles zu schnell. Aber Enno und ich hätten uns doch erst kennengelernt. Aber wir sollten erst mal eine feste Beziehung aufbauen. Und dann fiel der blöde Satz: »Liebe braucht kein Stück Papier«.

Liebe braucht kein Stück Papier – ha. So habe ich bis vor Kurzem auch geredet. Das sagt sich so schnell dahin. Es klang richtig, aber jetzt fühle ich, für mich war es falsch. So eine formlose Liebe ist nicht weniger, aber eben auch nicht mehr als eine Beziehung. Und in Sachen Beziehungen kenne ich mich aus. Eine Beziehung kann Jahre vor sich hindümpeln, ohne dass sich zwei jemals zueinander bekennen müssen. Diese Sorte Liebe ist ein Boot an einem schlaffen Tau, und jeden Abend machst du das Tau am Steg fest und schaust morgens nach, ob das Boot noch da ist. Eines Tages, die See ist rau, da hat sich der Knoten gelöst, und deine Beziehung ist lautlos davongetrieben. Am Steg liegt noch eine Nachricht. »Nichts für ungut. Wir hatten eine schöne Zeit.« Sogar eine Scheidung ist besser als das. Da kommt es wenigstens zu einem lauten Knall. Liebe braucht kein Stück Papier – das heißt doch meist nur: Wir machen ein Versuch, vielleicht klappt es ja. Falls nicht, auch gut. Kommt nicht wirklich darauf an. Alles nicht so wichtig.

Wir haben uns zu dritt in den hinteren Teil des Afterworkklubs verzogen, lungern auf unseren Lieblingssofas und überlegen, was wir bestellen sollen. Einen Cocktail? Ein Bier? Ein Wasser? Welches Getränk sieht mit einem Diamanten an der Hand wirklich gut aus? Während wir beraten – Kitty trinkt nur deshalb nicht automatisch Bier, weil sie seit zwei Tagen freihat und endlich mal ausgeschlafen und nicht überarbeitet ist –, kommt die Tresenkraft zu uns. Erstaunlich, eigentlich wird man im Afterworkklub nie bedient. Aber sie trägt tatsächlich ein rundes Tablett mit drei Gläsern Crémant vor sich her. Ihre Frisur ist übrigens völlig anders als beim letzten Mal. Nicht mehr Königspudel, sondern Nana Mouskouri.

Nana M. stellt alles auf unserem Tischchen ab und sagt: »Von Björn und Bernd am Tresen. Herzlichen Glückwunsch zur Verlobung.«

Schau an. Sie wissen doch, sich zu benehmen. Wahrscheinlich sind die beiden erleichtert, dass sich wieder ein Mann für sie in die Bresche geschlagen hat und das Opfer einer festen, verantwortungsvollen Bindung auf sich nimmt. Solange es Männer wie Enno gibt, kriegen Typen wie Björn und Bernd keine Probleme. Eine Zeit lang schlafen wir mit ihnen, dann lassen wir von ihnen ab, weil klar ist, das wird auf Dauer nichts. Wir wenden uns den soliden Männern zu, während Björn und Bernd nur abwarten müssen, bis eine neue Generation attraktiver Frauen durch ihre Kneipentür tritt. Werden die denn niemals dieser ewigen Spielereien müde? Das soll nicht mehr mein Problem sein – ich habe die Bernds und Björns dieser Welt hinter mir gelassen.

Wir stoßen an und prosten den Jungs am Tresen zu. Sie heben für uns würdevoll ihr Bier und grüßen zurück. Dann wende ich mich wieder Linda und Kitty zu. Linda strahlt hell und freudig, Kitty schaut finster. Seitdem sich ihre vermeintliche Schwangerschaft als Fehlalarm entpuppt hat, ist sie ständig schlecht gelaunt. Dabei hatte sie immer behauptet, sie wolle sich mit Kindern noch Zeit lassen.

»Was ist los, Kitty? Wir feiern eine Verlobung. Darüber darf man sich freuen«, sage ich ihr. Linda nickt heftig neben mir. Sie ergänzt, das Ganze entwickle sich so märchenhaft schön, sie könne es selbst kaum glauben. Zum wiederholten Mal greift sie meine Hand und hält Kitty meinen Ring unter die Nase. »Ist er nicht traumhaft?«

Wenn Kitty sich ärgert, das kenne ich schon, dann kann sie schwer sitzen. Sie fängt dann immer an, auf den Pobacken hin und her zu rutschen. Am liebsten streitet sich Kitty im Stehen. Aber da wir nun mal an unserem kleinen Bartisch sitzen, in den durchgesessenen Hotelsofas aus dem DDR-Interhotel, muss sie sich im Sitzen streiten. Sie beugt sich nach vorne, berührt nur noch den äußeren Rand ihres Sessels, greift nach meinem Finger, an dem der Verlobungsring steckt, und hält ihn jetzt Linda vorwurfsvoll hin. So oft bin ich lange nicht mehr an die Hand genommen worden.

»Das ist der Ring einer exklusiven Zuchthenne«, erbost sich Kitty. Dann wendet sie sich an mich. »Tut mir leid, Nina, ich will dich nicht verletzen. Aber es stimmt nun mal.«

Linda ist irritiert. »Zuchthenne?«

»Männer wie Enno denken anders. Bei denen geht es um so einen Quatsch wie Erbfolge, Stammhalter und Familienbesitz. Nach diesen Kriterien suchen die sich eine Frau aus. In dem Moment, als Nina diesen Traumjob in Bombay angeboten bekommen hat, wollte Enno sie unbedingt haben. Sie und keine andere. Denn spätestens jetzt wusste er – sie gehört zu den Besten. Und nur eine, die zu den Besten gehört, kommt als Frau an seiner Seite und Mutter seiner Kinder infrage. Dieser Mann ist mit goldenen Löffeln aufgewachsen. Der sucht seine Begleiterin wie einen exquisiten Gegenstand aus – ganz kühl. Mit Liebe hat das nichts zu tun.«

Kitty wendet sich von Linda ab und direkt an mich. »Du lässt dich von Enno furchtbar ausbremsen, mein Schatz. Seit Jahren arbeitest du, und du arbeitest hart. Jetzt endlich siehst du den Lohn dafür – du kriegst ein traumhaftes Angebot auf den Schreibtisch. Und gibst alles über Nacht auf für einen Mann, den du seit gut drei Monaten kennst. Jetzt sag mir ganz ehrlich: Liebst du Enno wirklich oder liebst du nur das Gefühl, geliebt zu werden?«

Ob ich ihn liebe oder nur das Gefühl, geliebt zu werden? Was für eine komplizierte Frage! Das sind doch Spitzfindigkeiten.

»Kitty, er hat mir einen Antrag gemacht. Er meint es ernst mit mir. Er kann sich vorstellen, mit mir für immer zusammenzuleben. Mich hat noch nie vorher ein Mann gefragt, ob ich ihn heiraten will. Verstehst du nicht, was das für mich bedeutet? Es ist eine Revolution! Auf eine Revolution kann man nicht mit einem ›vielleicht später‹ reagieren. In solchen Situationen gibt es nur ein klares ›ja‹ oder ›nein‹. Und ich habe ›ja‹ gesagt, weil ich wirklich glaube, dass er der Richtige ist. Meine Karriere läuft auch in Berlin erfolgreich weiter, mach dir keine Sorgen. Es ist doch nur der Job«, sage ich beschwichtigend.

Wir schweigen alle drei betreten. Ich werde schon aufpassen, dass ich im Beruf nicht den Anschluss verliere. Aber warum soll ein erfolgreiches Berufsleben mehr zählen als ein glückliches Privatleben? Und das bin ich doch: glücklich. Kitty wird die Hochzeit mit der Zeit schon akzeptieren.

Was mich allerdings schon stutzig macht, ist, dass Marketing-Karl der Erste im Büro war, der mir überschwänglich gratulierte. Es heißt jetzt, er sei für Bombay im Gespräch. Diese Flasche! Aber er hat einen Startvorteil: Sollte sich Marketing-Karl vor Bombay noch verloben, dann bereitet das beruflich sicherlich keine Probleme. Denn, ich muss mir da nichts vormachen, eine Frau würde garantiert ihren Job aufgeben und mit dem Mann nach Bombay ziehen. Wenn der Richtige kommt, dann zahlen wir dafür gerne den Preis.

KAPITEL 18

Obwohl erst früh am Abend, ist die Dämmerung da. Ich ziehe meinen Mantelkragen dichter um den Hals. Mir ist kühl. Der Wind fährt in die Blätter auf dem Gras und lässt sie rascheln. Wir lehnen an einer mächtigen Blutbuche, mit üppigem Wurzelwerk, sie muss sehr alt sein, und schauen auf das Gutshaus. Nach und nach wird es hinter den Fenstern der unteren Etage hell. Mathilde, die Hausdame, scheint unterwegs zu sein. Der warme Lichtschein des Hauses reicht bis zur ersten Front akkurat geschnittener Eiben, die auch jetzt im November noch grün sind. Dahinter liegt der Park im Dunkeln. Enno hat eine Kerze aus dem Haus mitgebracht und sie mit Wachs auf der Steinbank festgeklebt. Ihr Licht flackert sehr unruhig. Die Flamme droht mit jedem neuen Windstoß auszugehen. Ich würde jetzt lieber im Dunkeln stehen. Aber Chichi braucht jedes bisschen Helligkeit, um in ihrer riesigen Handtasche von Gucci das mehrfach angekündigte Geschenk zu finden.

»Es muss doch hier irgendwo sein. Ich habe es extra für euch besorgt. In einem Laden, den ich sonst nie betreten würde«, murmelt sie vor sich hin. Dann ein triumphierender Ausruf. Aus den Tiefen ihrer Tasche kramt sie eine raschelnde Plastiktüte mit der blauen Aufschrift einer Billig-Drogerie hervor. Sie zieht drei goldene Dosen mit einem Getränk hervor und überreicht jedem von uns eine stolz.

»Herzlichen Glückwunsch zu eurer Verlobung. Ich dachte, wir stoßen mit einem Prosecco an. Prickel-Pop aus der Dose, wie es vielversprechend in der Werbung heißt. Bei der bombastischen Aufmachung musste ich gleich an deine zukünftige Frau denken«, sagt sie. Bombastische Aufmachung. Sehr charmant, Chichi.

Ungläubig halte ich die Dose nah an den Kerzenschein und versuche, die Aufschrift zu lesen. Tatsächlich, Prosecco aus der Dose. Diese Frau ist wirklich bodenlos unverschämt. Dosenbier ist ja schon widerlich, aber Dosenprosecco ist unmöglich.

»So ist meine Chichi. Immer lustig«, sagt Enno freundlich und nimmt sie kumpelhaft in den Arm. Dann schüttelt er seinen goldenen Prosecco, Chichi macht es ihm nach, eins – zwei – drei, beide öffnen zeitgleich den Metallverschluss ihrer Dose und der handtaschenwarme Prickel-Pop spritzt im hohen Bogen auf den gepflegten Rasen, der dieses Jahr schon den ersten Nachtfrost hinter sich hat.

Sie prosten sich lachend zu, dann schaut Enno mich an und merkt, dass meine Dose noch ungeöffnet in meiner Hand ruht. »Darling«, sagt er deutlich vorwurfsvoll, »sei doch keine Spielverderberin.«

Spielverderberin – so fühle ich mich, seitdem ich auf dem Gut derer von Rufenberg angekommen bin. Mir war schon klar, dass die Welt des Adels eine andere ist als die, die ich bislang kannte. Ich hatte mich deshalb auf diesen Besuch vorbereitet. Über das Internet hatte ich ein Buch bestellt, »Der Adel. Aufstieg und Niedergang«, versandfertig in vier Tagen. Danach wusste ich zwar sehr viel mehr über die Ursprünge des deutschen Adels in der fränkischen Zeit, über die Reichsaristokratie der Karolinger und die Trennung von altem Adel und Briefadel. Aber nichts davon würde mir durch dieses Wochenende helfen. Ich hätte lieber das Buch mit dem Titel: »Der Adel und seine Marotten« besorgen sollen. Kapitel 1: »Der ganz besondere Adelshumor«.

Jetzt erinnere ich mich wieder an ein Foto, auf dem ich die englische Queen, Charles und Camilla habe herzhaft lachen sehen. Es war auf einem schottischen Baumstammweitwurf-Turnier. Einem der Schotten wehte der Wind beim Abstoß den Rock nach oben und der arme Mann stand unten ohne da. Das ist doch

Mr. Beans Humor. Aber die Queen sah man selten so gelöst. Genauso wie Ernst August von Hannover. Der ist doch weltweit bekannt für seine Zoten. Außerdem pinkelt er als Ehrengast öffentlich an einen Expo-Pavillon. Er fand das damals lustig. Es sind wilde Geschichten über den Hochadel im Umlauf – von Pupskissen unter den Salonsesseln großer Höfe und täuschend echten Gummischnitzeln bei feierlichen Banketts. Klingt nach Kindergeburtstag.

Enno nimmt mir meine Dose ab und schüttelt auch sie kräftig. Dann reicht er sie mir zurück. »Und jetzt: Aufploppen!«, ermuntert er mich. »Spritz die arme Chichi ruhig nass.« Durch das hin- und herspringende Licht der Kerze sieht sein Gesicht grimassenhaft aus. Unheimlich. Und jetzt fängt er auch noch mit diesem blöden Internatshumor an.

Vielleicht ist er adliger, als ich dachte. Ich halte meine Dose nach hinten und spritze eine alte knorrige Eiche an. Die kann auch mal einen guten Schluck gebrauchen. Der Prosecco zischt in alle Richtungen, auch die Kerze wird gelöscht. Wir stehen im Dunkeln da. Wie schön. Chichi stöhnt genervt auf. Hat sie gerade »Trampel« auf den Lippen gehabt? Ich konnte es in der Dunkelheit nicht erkennen.

Der Mond über uns ist sehr schmal und fast sichelförmig. »Abnehmend«, sage ich und zeige hoch in den Himmel. Keiner der beiden reagiert darauf. Enno und Chichi sind schon wieder vertieft in den neuesten Adelsklatsch, während ich mich an den Baum lehne und die Dunkelheit genieße. Das Gutshaus und der Park sind wirklich schön. Schlicht und schön. Ich hätte nicht gedacht, dass ich jemals in so etwas Schönes einheiraten würde.

Als wir mit Ennos schottisch-grünem Spider vorgestern Nachmittag durch die mächtige, alte Toreinfahrt gefahren waren – das Grundstück liegt hinter einem Wald und ist vorne von einer hohen Mauer umgeben –, waren die kleinen Steinchen der Kiesauffahrt wie klitzekleine Frösche an unserem Auto hochgesprungen. Wir hatten übermütig nach der Autobahn das Verdeck geöffnet, es war ein toller, sonniger Wintertag und wir waren durch Ennos schöne, leicht hüglige Heimat gefahren. Beim Hineinfahren winkte Enno aus dem Auto seinen Eltern zu, die am Fuß der großen Freitreppe des Gutshauses standen und warteten.

Ich dachte, das muss ein Traum sein. Vorgefahren, hüpfte Enno über die geschlossene Fahrertür aus dem Auto, umarmte innig seine Mutter und gab seinem Vater einen kernigen Handschlag. Die Hausdame Mathilde bekam einen Kuss auf die Wange. Jagdhunde sprangen um Eltern, Enno und Auto herum, alles war so unglaublich idyllisch – nein, nicht idyllisch, das ist das falsche Wort. Es war kein bisschen süßlich. Es war – schön. Von einer herben, würzigen, realen Schönheit, die mir fast wehtat: die tief stehende wärmende Wintersonne, die aufgeregten Hunde mit ihrem langen, gepflegten kastanienbraunen Fell, die Eltern in ihrer teuren, aber robusten Gutshauskleidung und natürlich Enno, der strahlte, wie ich ihn noch nie gesehen hatte.

Dann stieg ich aus dem Auto. Ich ging um den Spider, Enno brachte seine Eltern in Begrüßungsposition, man sah ihm an, dass er stolz war, man sah seinen Eltern an, dass ihre Haltung freundlich, aber abwartend war. Ihr gutes Recht. Es muss komisch sein: Plötzlich bringt der Sohn eine wildfremde Frau ins Haus und erklärt sie zur Zukünftigen. Also lächelte ich alle entwaffnend an – Eltern, Hausdame, die Hunde, meinen Verlobten – und schritt auf sie zu, der Kies knirschte unter dem hohen Absatz, die kurze Strecke war nicht ganz einfach zu laufen.

Als ich fast da war, zog ich meinen rechten Handschuh aus, um ihnen die Hand zu geben. Es war die Hand, an dem der Verlobungsring saß. Ich hatte ihn für einen kurzen Moment vollkommen vergessen.

Alle starrten auf den riesigen Diamanten an meinem Finger. Niemand schaute mehr mich an. Es war, als würde ich ihr entwendetes Tafelsilber als Gastgeschenk mitbringen. Offensichtlich hatten Ennos Eltern kein Problem damit, ihren Sohn mit einem großen Diamantring in der Tasche hinaus in die Welt ziehen zu sehen, damit er damit eine Frau freit. Aber die fremde Verlobte dann mit genau jenem Diamanten an der Hand kennenzulernen, das fiel ihnen dann doch schwer.

Plötzlich hasste ich Familienschmuck und Familientradition. Warum hatte ich nicht auf einem neuen Verlobungsring bestanden, dann hätten wir diese peinliche Situation nicht gehabt. Nun konnten sie alle nicht mehr den Blick von meiner Hand abwenden. Ennos Eltern, die Hausdame Mathilde, sogar die Hunde – und Letztere starrten nicht nur, sie knurrten auch leise.

Wir standen da, niemand sagte etwas, niemand begrüßte mich, es war sehr peinlich. Das Gesicht von Ennos Mutter Cecilia zeigte keinerlei Regung. Ennos Vater Hubertus schwieg auch unüberhörbar, und die Hausdame schaute mich an, als sei ich eine Erbschleicherin, die es gierig auf das Vermögen der Rufenbergs abgesehen hat. Zu meinem Unglück hätte nur noch gefehlt, dass die Hunde nach mir schnappten. Enno war auch keine Hilfe, der sah plötzlich aus, als hätte er einen Schlag in den Magen zu verkraften.

Ich räusperte mich.

Das löste bei Ennos Vater die Verspannung, denn er polterte in die Stille hinein: »Wenigstens hat sie nicht die Wurstfinger von Tante Elisabeth-Viktoria.«

Die Wurstfinger von Tante Elisabeth-Viktoria. Das war der erste Satz, den man an mich richtete. Kein Hallo, keine freundliche Begrüßung. Wenn es so etwas wie den Zauber der ersten Begegnung gibt, zwischen meinen zukünftigen Schwiegereltern und mir war dieser Moment unwiederbringlich zerstört. Zum Glück waren an diesem ersten Tag weder Chichi noch ihre gräflichen Eltern dabei, die sonst bei den Rufenbergs ganz selbstverständlich ein- und ausgehen. Die hätten sicherlich jede Sekunde dieses peinlichen Momentes ausgekostet. Aber es war auch so demütigend genug.

Enno klopfte mir tröstend auf die Schulter und führte mich dann hinter seinen Eltern und den Hunden über die Freitreppe ins Haus. Die Blicke der Hausdame Mathilde im Rücken erdolchten mich.

»Das lief doch ganz gut«, flüsterte Enno. »Wenn mein Vater eine spaßige Bemerkung macht, ist das ein gutes Zeichen.«

Ich blickte ihn verwirrt an, meinte er das ernst? Er sah ernst aus. Da ahnte ich zum ersten Mal, dass ich mich an diesem Wochenende noch auf ganz andere Späße einstellen musste.

Jetzt also Dosenprosecco. Das Zeug schmeckt metallisch. Im Gutshaus sieht man, wie die Verandatür geöffnet wird. Mathilde ruft zum Essen. Wir sind alle unter unseren dicken Wintermänteln schon für den Abend zurechtgemacht, für den heutigen Anlass hatte ich mir extra das karminrote Kleid aufgehoben, das damals während des Waldpicknicks vom schweren Lodenmantel verdeckt blieb. Ich schütte den Rest aus meiner Prosecco-Dose auf den Rasen, während Chichi und Enno schon zum Haus vorgehen.

Auf halber Strecke bleibt Enno stehen, als habe er sich an etwas erinnert, dreht sich zu mir um und greift nach meiner Hand. Das ist die erste liebevolle Geste, seitdem wir hier sind. Wahrscheinlich traut er sich nur, weil es hier so dunkel ist. Enno ist wie ausgewechselt bei seinen Eltern. Er ist nur noch Sohn. Kein Liebhaber, kein Galan, noch nicht mal mehr ein richtiger Verlobter. Der Enno außerhalb der Reichweite seiner Eltern gefällt mir besser. Aber meine Schwester hatte mich schon gewarnt – Besuche bei den Eltern seien immer schwierig. »Wenn es schiefgeht, mach dich nicht verrückt, Nina. Es werden noch viele Besuche folgen. Das renkt sich mit der Zeit schon ein«, hatte sie mir als Rat mitgegeben.

Wir legen die Mäntel ab und treten in den Speisesaal ein. Wieder bin ich überwältigt. Die lange Tafel ist üppig gedeckt, zwei große Blumenbuketts stehen auf dem Tisch, das Silber funkelt wie der Kronleuchter, der den Raum mit einem warmen, gelbstichigen

Licht erfüllt. Im Kamin lodert ein behagliches Feuer, die Hunde liegen lang gestreckt davor, ab und zu hört man das Knacken eines Holzscheits. Mein zukünftiger Schwiegervater und Chichis Vater sitzen in zwei ledernen Ohrensesseln am Feuer und trinken einen vermutlich sehr alten Sherry. Die Damen haben sich an den Rand des Tisches verzogen, sie halten sich stehend an den hohen Stühlen fest und gönnen sich einen Champagner.

»Da sind ja die Kinder. Dann können wir ja anfangen. Ihr habt euren Aperitif ja schon gehabt, wie ich gehört habe«, sagt Ennos Mutter und versucht eine Art Augenzwinkern. Das matte Licht wirkt wie ein Weichzeichner, es tut ihrem Gesicht gut. Sie kommt nämlich gerade von einem Besuch beim Schönheitschirurgen zurück. Das Botox legt ihre Gesichtsmuskeln lahm. Gut, sie ist nicht so verschnitten wie die Begum oder die Charitykönigin Ute Ohoven. Ihre Nase ist noch normal und die Lippen sehen auch nicht so aus, als müsste man den Luftdruck alle paar Tage an der Tankstelle überprüfen. Aber ihre Gesichtshaut ist deutlich überspannt. Damit fehlt ihr zwischen Augen und Mund die Bewegungsfreiheit, die man braucht, um auch ohne Worte lebendig und anteilnehmend zu wirken. Bei hellem Tageslicht sieht Cecilia beängstigend starr aus. Vielleicht sollte sich meine Botox-behandelte Schwiegermutter in spe erst nach Sonnenuntergang zeigen.

Beim Essen sind Enno und ich das Hauptthema.

»Nina, Sie müssen ja wirklich erpicht auf einen adligen Titel gewesen sein«, eröffnet Chichis Vater den Abend. Seine Stimme ist lauernd. Es ist das erste Mal, dass er mich direkt anspricht.

»Nina Freifrau von Rufenberg«, murmelt Enno. Ich habe den Namen noch nie ausgesprochen gehört. Aus seinem Mund klingt das stilvoll, keine Frage.

Aber jetzt ist nicht der Zeitpunkt, melancholisch zu werden. Chichis Vater hat gerade ohne Vorwarnung eine volle Breitseite auf mich abgeschossen. Und ich ahne, es kommt noch mehr.

»Wie kommen Sie darauf, dass ich hinter einem Adelstitel her wäre?«

Chichis Vater legt Messer und Gabel hin und lehnt sich zurück. Eine überhebliche Geste. Ich kann ihm ansehen, dass er die nächsten Sätze schon länger vorbereitet hat. Es muss irgendetwas mit einer Pointe sein. Irgendetwas, was man sich vorher im Kopf zurechtlegen kann und dann im richtigen Moment abfeuert. Chichis Eltern werden diese Hochzeit bis zum letzten Moment torpedieren. Sie hoffen wohl, dass statt meiner ihre Tochter mit Enno vor den Altar tritt.

»Wissen Sie, Nina, ich musste um meine Frau drei Jahre buhlen, bevor sie meinen Antrag angenommen hat. Enno kennt Sie gerade mal drei Monate, und Sie sagen beim ersten Versuch ›ja‹. Das spricht doch Bände.«

Enno, der mir gegenübersitzt, scheint blass geworden zu sein. Er wirkt geduckt. Chichi schaut triumphierend, als hätte sie mich, die Rivalin, eben dabei ertappt, mit Stilettos in einen Hundehaufen getreten zu sein. Auch ihre Eltern erwarten jetzt eine große Szene, die dann zum endgültigen Bruch führt. Ennos Mutter sucht wie immer die richtige Gesichtsmaske. Noch schaut sie desinteressiert – aber das heißt bei ihr ja nichts.

Ich traue mich gar nicht, zu Ennos Vater hinüberzusehen. Alle Blicke sind auf mich gerichtet.

Auch ich lege jetzt mein Besteck ab, stütze die Arme auf und spiele provokant mit meinem Verlobungsring. Dabei schaue ich Chichis Vater an und sage: »Vielleicht war Ihre Frau nie verliebt in Sie. Vielleicht hat es deshalb so lange gedauert.«

Chichis Mutter atmet hörbar aus. Ich glaube, sie will sich echauffieren.

Aber da geht Hubertus, mein zukünftiger Schwiegervater, dazwischen.

Er fängt laut an zu lachen. Dann haut er Chichis Vater an. »Sie ist ungestüm wie ein wildes Pferd. Und schnell. Das ist gut. Das hat Kraft«, poltert er und lacht weiter. Nachdem das Familienoberhaupt die Richtung vorgegeben hat, stimmen die anderen ins Lachen mit ein. Enno lacht erleichtert, Chichi und ihre Familie lachen frustriert, und sogar Ennos Mutter hat ihre Lachmaske aufgesetzt, das scheint trotz Botox möglich. Auch die Hausdame Mathilde blickt mich nicht mehr ganz so finster an. Das Eis ist gebrochen. Man trinkt auf mein Wohl, ich darf ab jetzt alle duzen.

Mir scheint, ich gehöre jetzt ein bisschen dazu.

»Enno erzählte, du arbeitest gerne in deinem Beruf?«, erkundigt sich Ennos Mutter. Zum allerersten Mal stellt sie mir eine persönliche Frage. Gerade will ich antworten, da legt Enno los. Er hält eine flammende Rede auf mich – wie talentiert ich bin, wie erfolgreich, dass mein Büro mindestens 25 Quadratmeter groß ist und einen umwerfenden Blick auf den Potsdamer Platz, den Reichstag, das Holocaust Mahnmal und das Brandenburger Tor hat. Sein Plädoyer für meine Arbeitsleistung gipfelt in dem Satz: »Sie hatten ihr sogar Bombay angeboten.«

Sie *hatten* ihr angeboten – ein Plusquamperfekt macht einem unmissverständlich klar, dass etwas endgültig vorbei ist. Ad acta. Für immer abgeschlossen. Der Satz versetzt mir einen Stich. Gut, ich hatte dem Vorstand und meinem Abteilungsleiter mitgeteilt, dass ich auf den Posten verzichte. Man hat Verständnis gezeigt. Es sei nicht das erste Mal, dass so etwas passiere. »Gute Frauen sind eben immer begehrt – ob im Beruf oder als Ehefrauen«, hatte mein Abteilungsleiter vieldeutig gesagt. Jetzt verstand ich, dass es tatsächlich ein gewisses Risiko für einen Arbeitgeber ist, Frauen einzustellen. Wir sind eine unsichere Spezies. Eine Zeit lang wandeln wir auf den Spuren unserer Firma, und dann wechseln wir den Pfad, gelockt von einem mächtigen Männchen, und folgen ihm.

Ich schließe die Augen und sehe in diesem Moment einen Pavian vor mir, hinter dessen riesigen, leuchtend rosa Po ich auf allen vieren hergehe, immer tiefer in den Urwald. Schnell reiße ich die Augen wieder auf und überlege, ob sie mir etwas in den Wein gemischt haben, als ich merke, dass Chichis Mutter sich an mich gewandt hat.

»Aber wenn die Kinder da sind, dann hören Sie doch auf zu arbeiten?«, sagt sie. Es ist weniger eine Frage. Mehr eine Feststellung. Ich vermute, sie redet über Enno und meine Kinder. Warum benutzt sie gleich den Plural? Fängt man nicht gewöhnlich mit einem Kind an? Oder legt man in diesen Kreisen gleich Zwillinge vor?

»Sie meinen, wenn wir *ein* Kind haben?«, frage ich irritiert nach.

»Im Adel hat man nicht ein Kind. Man hat mindestens drei. Mindestens! Wir empfinden eigentlich erst ab vier Kindern eine Familie als vollständig. Fünf oder sechs sind aber auch völlig konform. Diese moderne Idee des Einzelkindes behagt uns nicht. Es ist so schrecklich individualistisch«, belehrt mich Chichis Mutter.

»Ein Kind ist kein Kind!«, verkündet Chichi hämisch. Vermutlich sehe ich ziemlich entsetzt aus. Denn jetzt greift Enno schnell ein. »Keine Sorge, Schatz. Wir werden natürlich eine englische Nanny zur Unterstützung haben.«

Das Wort Nanny führt automatisch zu einem nostalgisch-glasigen Blick aller Anwesenden an der Tafel – mich ausgenommen. »Meine Norland-Nanny trug immer ein kleines silbernes Medaillon am Revers«, sagt Cecilia. »Meine auch.« Auch Chichis Vater nimmt jetzt wieder am Gespräch teil. Man erzählt sich kleine Anekdoten über die jeweilige Nanny. Die eine hatte immer einen kleinen silbernen Flachmann gefüllt mit Portwein in ihrem Kittel, die andere verteilte Kopfnüsse, wenn man nicht gehorchte. Im Gegensatz zu Eltern, mit denen man ja weiterlebt, ist eine Nanny eine reine Figur aus der Kindheit – man lernt sie dort kennen und lieben, aber man muss sie nicht herübernehmen in die Erwachsenenwelt. Diese Nannys, die eine Zeit lang so wichtig waren, sind nun Geister der Kindheit, auch wenn man ihnen weiterhin höflich Weihnachtskarten schickt. Kein Wunder, dass es in adligen Gutshäusern spukt. Sie haben nicht nur diese unendlichen Ahnengalerien, sie produzieren schon zu Lebzeiten Gespenster.

»Wenn wir eine Nanny haben, dann kann ich doch nach der Geburt wieder arbeiten«, mische ich mich ein. Meine Schwiegermutter schaut mich an. Mit welchem Ausdruck? Vehementer Widerspruch?

»Nein, Nina, das geht nicht. Das sieht nicht gut aus. Für uns Adlige haben Kinder einen sehr hohen Stellenwert. Eine Mutter sollte sich nicht zwischen Beruf und Familie zerreißen. Außerdem, keine Sorge. Du hast neben den Kindern genug zu tun«, sagt sie.

»Wieso? Wenn ich nicht arbeiten soll, was mache ich dann?«

»Repräsentative Aufgaben. Charity – wie man heute neudeutsch sagt. Wir Rufenberg-Frauen sind traditionell ehrenamtliche Vorsitzende karitativer Organisationen. Stiftung der Asthmakranken. Kinder mit ADS-Symptomen. Armenspeisung. Verein zur Pflege von Schlossgärten. Freunde der Oper. So eine wie dich können wir dringend brauchen. Du weißt, wie man Geldgeber ranholt. Dir steht beim Ladieslunch eine große Zukunft bevor«, prophezeit sie mir.

»Und als Eingeheiratete hat sie auch weniger Hemmungen, den Galagästen das Geld aus der Tasche zu ziehen. Schließlich sind wir ja mit den meisten verwandt oder sehr lange bekannt. Da kann man nicht immer so aufdringlich sein, wie es für eine Benefiz-Veranstaltung wichtig wäre. Aber ich bin sicher, das bereitet unserer Nina kein Problem«, schießt Chichi wieder einen Giftpfeil auf mich ab.

Chichis Mutter, die merkt, dass es jetzt wieder gegen mich geht, stimmt sofort in den herablassenden Ton ihrer Tochter ein. Sie betrachtet mich eingehend, als säße ich bei ihr im Vorstellungsgespräch und würde mich um den Job ihrer privaten Assistentin bewerben. »An ihrem Äußeren müssen wir noch arbeiten«, stellt sie nüchtern fest.

Und noch bevor ich reagieren kann, meldet sich meine zukünftige Schwiegermutter Cecilia zu Wort. »Keine Sorgen. Die Locken kriegen wir glatt.« Und sie greift sanft in mein Haar, das ich heute Abend zu einem sehr lockeren Knoten geschlungen trage.

Das ist mein Problem als Siegerin. Am Anfang dieses Essens, als ich mit einer Bemerkung Chichis Vater lahmlegte, hatte ich zweifelsfrei einen großen Sieg errungen. Wenn ich jetzt allerdings in das Scharmützel mit den drei Frauen einsteige, kann es schnell so laufen, dass ich am Ende dieses Abends als Zicke dastehe. Ich kenne das Problem schon aus dem Job. Jeder Sieg, den ich erringe, hat seinen Preis. Vermutlich wäre es anders, wenn ich ein Mann wäre. Männern gönnt man mehrere Siege hintereinander. Sie gelten dann als echte Gewinnertypen. Bei uns Frauen ist es komplizierter. Wir pflegen ein ausgeklügeltes Wechselspiel aus Gewinnen und Verlieren, das heißt, wir sind bereit, ab und zu bewusst eine Niederlage in Kauf zu nehmen. Denn nichts ist bei einer Frau tödlicher als der Ruf, eine Zicke zu sein. Oder ein Flintenweib, wie man vielleicht hier im Gutshaus sagen würde. Das gilt übrigens für das Geschäftsleben genauso wie für das Privatleben. Ebenbürtige Gegner ahnen, dass mich ein großer Sieg für eine Weile schachmatt setzt. Und diese Adelsfrauen sind weiß Gott Gegnerinnen auf Augenhöhe.

Ich fasse mir an den Kopf. »Oh, aber ich mag meine Locken.« Gleichzeitig hasse ich mich für den weinerlichen Ton.

Während die Männer sich jetzt überdeutlich aus dem Gespräch heraushalten, blicke ich in die kühlen Augen der drei anwesenden Frauen.

»Nein«, sagt Cecilia mit einer Resolutheit, die ich ihr gar nicht zugetraut hätte, »in unseren Kreisen trägt man die Haare glatt. Außerdem brauchst du Hüte, Hüte, Hüte. Wir tragen ständig Hüte. Bei Hochzeiten, Taufen, bei der Jagd und bei Beerdigungen.«

»Ich habe sage und schreibe 67 Hüte im Hutschrank«, schwärmt Chichis Mutter.

»Meinen letzten habe ich in London bei Hatwreck gekauft. Er ist kleiner als eine Pralinenschachtel«, erzählt Chichi.

»Mein Verlobungshut war zwei Armlängen breit«, kichert meine zukünftige Schwiegermutter. Dann schaut sie mich wieder ernst und etwas bedauernd an. Ich glaube, sie mustert kritisch die

Locke, die sich gerade links über dem Ohr kräuselt. »In den nächsten Wochen gehen wir mal deine Garderobe durch und schauen, was für eine kommende Freifrau von Rufenberg geht und was nicht.«

Ich will Cecilia zugutehalten, dass sie offensichtlich eine Frau ist, die fest im Griff der Schönheitsindustrie gefangen ist. Wer sich mit lähmendem Nervengift das Gesicht aufspritzen lässt, der muss eine sehr starre Vorstellung davon haben, was Schönheit bedeutet. Damit will ich nur sagen, man muss Cecilia wie eine Süchtige betrachten, einen Kosmetikjunkie. Sie hat sich nicht mehr unter Kontrolle – auch nicht das, was sie sagt. Würde man ernst nehmen, was einem ein Alkoholiker an den Kopf wirft? Oder ein zugekokster Ex-Freund? Nein. Also beschließe ich, auch Cecilia nicht ernst zu nehmen. So bleibt dieses Gespräch erträglich.

Enno hält sich übrigens aus allem raus. Er tut so, als gebe es vor ihm in der Luft schwebend irgendeine wichtige Botschaft zu lesen. Er starrt einfach so in den Raum. Ich kriege seinen Blick nicht zu fassen. Plötzlich ahne ich, warum Letizia, die bürgerliche Frau des spanischen Thronfolgers, nach der Hochzeit zwischenzeitlich auf 41 Kilogramm abgemagert war. So viel manipulierende Boshaftigkeit habe ich ja selten auf einem Haufen erlebt. Und ich bin Lobbyistin! Ich arbeite mit Politikern!

Wieder ist es Ennos Vater, der die angespannte Atmosphäre mit einem Scherz löst. »Keine Sorge. Deinen Vornamen darfst du behalten«, sagt er, alles lacht, ich auch. Jetzt habe ich begriffen, wie das mit dem Humor geht. Man lacht den Schwefel in der Luft einfach weg.

Der Druck lässt auch am nächsten Morgen nicht nach. Als ich kurz nach zehn Uhr in den Frühstückssalon gehe, finde ich alle schon wach und fröhlich tafelnd. Enno winkt mir zu, ich soll mich zu ihm setzen. Chichis Vater nennt mich eine »Langschläferin« und behauptet, sie seien schon beim zweiten Gabelfrühstück. So wie sie aussehen, sind sie eher beim zweiten Whiskey.

Ich frage Enno leise, warum er mich nicht geweckt habe, sondern sich so aus dem Zimmer geschlichen hat. Er antwortet, ich hätte gestern Nacht erschlagen gewirkt, da wollte er mich ausschlafen lassen. Das sei doch in Ordnung.

Die Flügeltür schlägt auf, und Ennos Mutter kommt hereingestürmt, in der Hand einen Block und das Telefon. Sie wirkt heute schon viel belebter als gestern.

»Da ist ja die Braut«, ruft sie aus und wendet sich dann an alle. »Ich habe etwas Gutes zu verkünden. Die Hochzeit kann am letzten Wochenende des Februar stattfinden. Der Bischof hat Zeit, unsere Kapelle ist frei. Das Schlosshotel hat auch Platz. Im Kalender ist keine andere große Adelshochzeit eingetragen. Unser Sternekoch Josef steht zur Verfügung. Und Nina, jetzt kommt die schönste Nachricht: Unser traditioneller Münchner Hausschneider ist bereit, dir so kurzfristig ein Brautkleid zu nähen. Normalerweise muss man sich auf die Warteliste setzen, es dauert ein, zwei Jahre, bis man am Zuge ist. Aber nicht bei den Rufenbergs! Ist das nicht eine tolle Nachricht?«

Jetzt muss ich mich setzen. Sie haben alles geplant, ohne mich zu fragen! Enno wohl auch nicht, denn er schaut ähnlich erstaunt. Meine Güte! In knapp drei Monaten bin ich verheiratet. Ich heirate an einem Ort, den ich nicht kenne. Feiere in einem Hotel, das ich nie gesehen habe. An einem Tag, der vorher nicht mit mir besprochen wurde. Und in einem Kleid, das ich mir nicht ausgesucht habe. Ich merke, wie ich mich verkrampfe. So habe ich mir meine Hochzeitsplanung nicht vorgestellt.

Cecilia schaut etwas irritiert, es bildet sich zumindest so etwas Ähnliches wie eine Falte im Augenwinkel. Sie versteht nicht, warum ich ihr nicht gleich um den Hals falle. »Schätzchen, keine Sorge. Selbstverständlich kriegt ihr eine Hochzeitsagentur an die Seite gestellt. Sonst könnten wir den Termin gar nicht einhalten«, will sie mich beruhigen.

Auch Enno legt besänftigend seine Hand auf meinen Unterarm. »Wir bestimmen über die Details, es bleibt unsere Hochzeit.

Meine Mutter schafft uns einfach nur den richtigen Rahmen«, flüstert er. Dann steht er auf und umarmt seine Mutter. »Du bist die Größte«, sagt er zu ihr. Alle klatschen und freuen sich. Jetzt will ich auch nicht die Laune verderben. Wir stoßen an.

Hoffentlich, denke ich, können meine Eltern am letzten Wochenende im Februar. Und Linda. Kitty und Frank. Beate, die Zwillinge und sogar der idiotische Rüdiger. Ich brauche jeden an meiner Seite.

KAPITEL 19

Wir klingeln an dem 70er-Jahre-Bungalow meiner Eltern, neben der Tür hängt noch immer das Namensschild aus Ton, das ich mit elf Jahren für meine Eltern selbst getöpfert und es ihnen zu Weihnachten geschenkt habe. Es ist blau und grün und hat einen kleinen rot-weißen Marienkäfer in der rechten Ecke. Enno findet es erwartungsgemäß »niedlich«, ich dagegen wollte das Namensschild schon mehrmals entsorgen.

Die Tür öffnet sich, meine Eltern stehen beide im Hauseingang. Sie sind neugierig! Meine Mutter hält Enno die Hand hin, drückt sie kräftig und sagt in ihrem neuen forschen Gruppenleiter-Ton: »Ich bin die Inge. Und das ist mein Mann, der Klaus.« Mein Vater hebt zögerlich die Hand und winkt Enno zu. So locker macht man das bei uns daheim in Meppen. Enno scheint ein bisschen aus dem Gleichgewicht zu geraten. Erstens hat meine Mutter die Vorstellungsrunde übernommen, zweitens hat er sofort das »Du« angeboten bekommen und drittens vermeidet es mein Vater offensichtlich, ihm die Hand zu schütteln. Als Folge wirkt Ennos Diener, den er sonst perfekt beherrscht, an der Haustür meiner Eltern leicht verrutscht.

Seit meinem Auszug hat sich in unserem Bungalow kaum etwas verändert. Das Wohnzimmer ist nach wie vor mit heller skandinavischer Kiefer möbliert, was vor Unzeiten der neueste Schrei war und heute an die gammelige Praxis eines Heilpraktikers erinnert. Die Esszimmerlampe sieht aus, als sei sie aus Hunderten Eisstielen in einer Gefängniswerkstatt zusammengeleimt worden. Eine der Stehlampen im Wohnzimmer hat einen großen orangenen Plastikschirm, der psychedelisches Licht verströmt.

Eine andere ist aus Kupfer und Emaille, ich finde sie düster und unangenehm. Von der Wohnzimmerdecke, die mein Vater irgendwann mit hellem Holz verkleidet hat, hängen lauter Topfpflanzen in Makramee-Netzen. Meine Mutter hat sie alle geknüpft. Ich glaube, für diese Makramee-Arbeiten gingen die gesamten achtziger Jahre drauf. Die Topfpflanzen in den Netzen erinnern an Tiere, die in Fallen gestolpert und nun ein Leben lang dazu verdammt sind, gefangen unter der Decke zu hängen.

Wie jedes Jahr steht unser Weihnachtsbaum vor der Terrassentür und ist behängt mit Baststernen, Tannenzapfen und politisch korrekten Engeln, die in Jute gekleidet sind. Muss ich erwähnen, dass die Weihnachtsbäume meiner Eltern noch nie Lametta gesehen haben? So etwas gibt es bei uns nicht. Auch keine strombetriebenen Blinklichter. Bei uns werden nur honigfarbene Kerzen aus biologischem Wabenwachs angezündet. Deshalb riecht es zu Weihnachten wunderbar süßlich. Wo doch sonst jede verkitschte Weihnachtssüßlichkeit Hausverbot hat.

Enno lässt sich von meinen Eltern geduldig durch den verwinkelten Bungalow führen. Tatsächlich muss man es als baukünstlerische Leistung anerkennen, 153 Quadratmeter derart zu verschachteln, wie es der Architekt meiner Eltern geschafft hat. Die fensterlose Küche meiner Eltern entspricht der Größe eines Gästeklos und besteht – neben Herd und Spüle – eigentlich nur aus Schränken, stehenden und hängenden. Irgendetwas stört mich heute besonders an der Küche. Erst vermute ich, dass mir die augenfällige Diskrepanz zwischen der Gutshausatmosphäre bei den Rufenbergs und dem verstaubten Bungalow meiner Eltern unangenehm ist.

Dann wird mir bewusst: Was mich gerade stört, ist viel konkreter. Verwundert stoße ich meine Mutter in der Küche an. Warum riecht es hier denn gar nicht nach Gans? Der Herd ist auch nicht an. Es ist doch Weihnachten.

Eigentlich ist es bei uns Tradition, schon an Heiligabend Gans zu essen. Meine Mutter kann eine wunderbare Gans zubereiten.

Das Tier sieht nach acht Stunden im Ofen aus wie auf einem Foto der Zeitschrift »Essen & Trinken«. Von allen Seiten kross und braun, und innen wunderbar saftig. Die Füllung besteht aus einer Maronen-Hackfleisch-Gemüsemischung, für die man alles stehen und liegen lässt. Dazu serviert meine Mutter traditionell Rotkohl und Klöße. Nicht zu vergessen die perfekte Soße, die durch grob geschnittene Zwiebeln so sämig werde, wie sie mir vor Jahren verraten hat. Diesen Trick habe sie mal »beim Alfred« in der Kochsendung gesehen.

Ich liebe die Weihnachtsgans meiner Mutter.

Nachdem ich auf dem ganzen Weg von Berlin nach Meppen meinem Verlobten vorgeschwärmt hatte, wie unglaublich gut meine Mutter an Weihnachten kocht, kommt jetzt die Ernüchterung. Inge, diese fremde Frau mit den fransigen kurzen Haaren und der spitzen roten Brille, teilt uns resolut mit, sie habe nun lange genug Gänse gebraten und sei dieses Jahr unter keinen Umständen bereit, das halbe Weihnachtsfest in der Küche zu verbringen. Man könne ja ins Restaurant gehen. Falls man auf ihre Meinung Wert lege – es gebe da einen vegetarischen Inder, gar nicht weit. Der habe an Heiligabend offen, Inder feierten bekanntlich nicht Weihnachten. Wir sehen uns achselzuckend an, und Enno bereinigt die Situation, indem er eine Bombay-Pointe zündet. »Dann kommst du dieses Jahr ja doch noch nach Indien, Nina.« Ich lächle etwas säuerlich. Erst keine Gans und dann schale Witze über Bombay.

Unser Tannenbaum rettet die Stimmung. Mein Vater hat die honiggelben Kerzen angezündet. Beim Anblick der tanzenden Flammen wird mir so weihnachtlich zumute. Meine Mutter hat klassische Weihnachtsmusik angestellt, und über den Geschenken hängen tief die Tannenzweige mit den Juteengeln. Draußen hat es wahrhaftig begonnen zu schneien.

Enno überreicht meinem Vater ein kleines Päckchen. Ich hatte schon auf der Fahrt versucht, herauszubekommen, was er verschenkt, aber Enno schwieg sich aus. Es muss irgendetwas Wichtiges sein, mit schönen Grüßen von seinen Eltern. Man freue sich schon, unsere Familie so bald wie möglich kennenzulernen, lässt man über Enno ausrichten.

Ich weiß, meine Eltern finden diese Hochzeit komisch. Ihnen widerstrebt schon seit vielen Jahren meine »konforme Lebensführung«. Erst Karriere bei einem Autokonzern. Und nun eine Adelshochzeit. Arme Eltern. Vermutlich hätten sie besser mit einer Heirat umgehen können, wenn ich einen Rastafari aus Jamaica lieben gelernt hätte, dem ich durch das Ehedokument zugleich eine deutsche Aufenthaltsgenehmigung beschafft hätte. Stattdessen ein schwer verdaulicher konservativer Adliger aus Württemberg! Aber da sie sich Toleranz in Großbuchstaben auf die Fahnen geschrieben haben, versuchen sie, diese auch Enno gegenüber anzuwenden. Ich ahne schon, dass es meiner Mutter leichter fällt als meinem Vater. Der wirkt hinter seinem Vollbart noch zurückgezogener als sonst.

Er öffnet das Päckchen. Zum Vorschein kommt eine kleine Lederschatulle, die er sofort aufklappt. Darin liegt, feinsäuberlich in gerafftes Satinfutter gepiekst, eine Nadel. Die Familiennadel der Freiherren von Rufenberg. Den Kopf der Nadel ziert das kleine Hauswappen. Man kann sich die Nadel ans Revers stecken wie das Bundesverdienstkreuz. Eine kleine Weihnachtskarte steckt dabei, eine weibliche Handschrift, vermutlich Cecilias, wünscht »Frohe Weihnachten. Herzlich willkommen in der Familie«.

Mein Vater sagt keinen Ton, starrt nur auf die Nadel, und ich sehe sogar im dämmrigen Schein der honiggelben Weihnachtsbaumkerzen, dass er blass wird.

Enno erkennt die brenzlige Situation nicht. Im freundlichen Plauderton erläutert er das Wappen. Die Eichel stehe für den Wald, der zum Gut gehöre, die Sense für die Felder. Jetzt will er zu einem Vortrag über die familieneigenen Farben der Rufenbergs anheben – Schwarz und Gelb. Ich weiß schon, dass gleich der Witz folgen wird, der auf die aktuelle politische Lage eingeht. Das würde das Fass zum Überlaufen bringen. Also falle ich ihm ins Wort.

»Für meinen Vater ist so ein Abzeichen mit adligem Wappen – na ja, ungewöhnlich«, versuche ich Enno zu erklären. Der schaut mich völlig perplex an. Er versteht nun gar nichts mehr. Wie auch? Dies ist eine ungewöhnliche Welt für ihn.

Mein Vater klappt das Lederetui zu und reicht es Enno. »Sie können es wieder mitnehmen«, sagt er schlicht, fast feierlich. »Das würde ich niemals tragen.« Seine Stimme zittert. Ich weiß, dass er außer sich ist.

Man muss wissen, mein Vater hatte irgendwann vor langer Zeit diese kurze, aber intensive politische Revolutionsphase. Fünf wilde Jahre, die sein Leben veränderten. In seinem Lehrerkollegium hatte er damals als Star gegolten, angeblich drohte ihm sogar Berufsverbot, aber das halte ich für eine Legende, denn er war mit dem Schuldirektor schon damals eng befreundet. Meine Schwester Beate und ich bewunderten ihn natürlich, er war unser Papi und so kämpferisch. Keine Ahnung, warum der Aufruhr endete. Später blieb nicht mehr viel von seinem Engagement übrig, außer dass er immer mal darauf rumritt, so etwas wie ein alter Revoluzzer zu sein. Mein Vater kann diese Zeit schwer loslassen, sie ist wohl so etwas wie sein Lebenshöhepunkt.

Wortlos geht er jetzt zum Bücherschrank und zieht »Das Kapital« von Karl Marx heraus. Es staubt etwas. Ich habe es schon seit Jahren nicht mehr in seiner Hand gesehen. Früher, als Kind, dachte ich, es sei in allen Familien so, dass der Vater täglich im »Kapital« liest. Ich hielt es für eine Art Bibel. Bis ich merkte, in den Häusern meiner Mitschüler stand das Buch überhaupt nicht. Bei denen stand tatsächlich die Bibel. Und Johannes Mario Simmel. Bei uns fand man weder die Bibel noch Simmel. Aber dafür alles von Marx und Engels.

Er blättert eine Weile im Buch herum. Still registriere ich, dass er nicht mehr so textsicher ist wie früher. Dann sagt er »aha« und beginnt laut vorzulesen: *»Auf den materiellen ökonomischen Grundlagen errichtet die herrschende Klasse jeweils – einst der Adel, nun die Kapitalisten –, die Ideologie, die für sie nutzbrin-*

gend ist. Der Staat dient nur als Unterdrückungsapparat«, zitiert er mit seiner tragenden Stimme aus dem »Kapital«. Einer Stimme, der man anmerkt, dass sie in Erdkunde-LK-Stunden und Politveranstaltungen geschult wurde. Danach schaut er Enno und mich lehrerhaft streng an, die wir weiterhin am Fuße des Tannenbaums hocken. Enno scheint ehrlich erschüttert. Man sieht ihm an, er hätte sich bis vor zwei Minuten nicht vorstellen können, dass es so jemanden wie meinen Vater wirklich gibt. Einen, der vor angezündetem Christbaum Marx zitiert.

»Ich hatte mich damit abgefunden«, fährt mein Vater fort, »dass ich meine Tochter an einen Autokonzern verloren habe, der auch für die Rüstung arbeitet.«

Ich werfe ein »Papa, das stimmt doch nicht« ein. Er bringt mich mit einer Handbewegung zum Verstummen. »Jetzt rede ich, Nina. Du weißt, dass ich mit deiner Berufswahl nie einverstanden war. Aber ich habe immer gesagt, es ist dein Leben. Und jetzt bringst du mir einen ...« Er stockt kurz, bevor er das Wort ausspricht. Bis vor zwei Minuten, so schien es, hatte er noch verdrängen können, dass seine Tochter wirklich drauf und dran war, einen Freiherrn zu heiraten. »... einen Adligen nach Hause. Noch dazu einen Wirtschaftsanwalt. Und verlangst von mir, ihn als meinen Schwiegersohn zu akzeptieren. Es geht nicht gegen Sie persönlich, Enno, aber mein Leben lang habe ich gegen Menschen wie Sie gekämpft.«

Er will wohl noch etwas sagen, aber er bricht ab. Ratlos wirkt er jetzt, wie er so stumm dasteht. Ich kenne ihn. Es zerreißt ihn innerlich. Er ist eigentlich ein Mensch, der mit anderen Menschen gut auskommen will. Es hat ihn Kraft gekostet, das alles zu Enno zu sagen. Aber er hat eben seine Überzeugungen. Und lange keine Gelegenheit mehr gehabt, dafür einzustehen. Hier ist endlich Gelegenheit. Er musste sprechen.

Das »Kapital« noch in der Hand, geht er aus dem Wohnzimmer, schließt die Wohnzimmertür sacht und man kann hören, wie er über die Wendeltreppe in den Hobbykeller verschwindet.

Obwohl ich mich furchtbar fühle, muss ich zugeben, dass ich mich auch ein bisschen über den Ausbruch meines Vaters freue. Seit Jahren habe ich ihn nicht mehr so lebendig gesehen. Er zeigt richtig Größe.

Meine Mutter schaut Enno erschrocken an. Höchstens mit einem Paket Rüstungsaktien als Weihnachtsgeschenk hätte man meinen Vater mehr verärgern können. Dann sagt sie, halb vorwurfsvoll, halb entschuldigend: »Nina, du hättest Enno doch vorwarnen müssen«, und geht meinem Vater hinterher.

Enno und ich bleiben allein im Wohnzimmer zurück. Enno betrachtet abwechselnd seinen Siegelring und die hängenden Makrameegärten meiner Mutter und sagt erst mal gar nichts. Die Weihnachtsmusik spielt weiter. Gerade läuft »Ihr Kinderlein kommet«.

»Müssen deine Eltern bei unserer Hochzeit dabei sein?«, fragt Enno dann nüchtern.

Ich schaue ihn entsetzt an. Natürlich müssen meine Eltern bei meiner Hochzeit anwesend sein – egal wie schwierig sie manchmal sein können. Es sind meine Eltern! Wie kann er nur einen Gedanken daran verschwenden, sie auszuladen?

Enno missversteht mein beleidigtes Schweigen und nimmt mich tröstend in den Arm. »Das nächste Weihnachten wird viel schöner. Dann feiern wir bei meinen Eltern im Gutshaus«, flüstert er mir ins Ohr. Er greift in seine Tasche und holt zwei Päckchen heraus. »Meine Weihnachtsgeschenke für dich«, sagt er und schiebt sie mir auf dem Teppich herüber.

Gut, denke ich, dann bescheren wir eben. Ich will Weihnachten feiern und mich nicht weiter ärgern. Weder über Enno, noch über meinen kämpferischen Vater oder meine Mutter, die sich weigert, dieses Jahr eine Gans zu braten. Ich lege mein Weihnachtsgeschenk zu Ennos dazu. Die Kerzen am Tannenbaum brennen immer noch wunderschön und zumindest der Geruch im Raum ist harmonisch, so wie es sein soll.

»Du fängst an«, fordere ich Enno auf. Der lässt sich nicht zweimal bitten, schnappt sich sein Geschenk und reißt es auf. Es ist ein Schal. Der Stil ist britisch, so wie er es liebt – dunkelblau mit schmalen gelben und grünen Streifen. Er ist aus reiner Wolle von sehr exklusiven schottischen Schafen, gestrickt bei einer sehr exklusiven englischen Marke. Ans Ende habe ich sein Monogramm sticken lassen: E.F.v.R.

»Du solltst ihn bei der Jagd tragen. Er ist sehr, sehr wärmend. Ich will nicht, dass sich mein Verlobter im Morgengrauen erkältet«, sage ich ein wenig unsicher. Warum ich unsicher bin?

Noch nie habe ich einem Mann ein so fürsorgliches Geschenk gemacht. Wenn ich zurückblicke, muss ich einräumen, dass ich jahrelang für meine Liebhaber ironische Geschenke ausgewählt habe. Dinge, die von vornherein völlig überflüssig waren. Über die man einmal lacht und die dann irgendwo verstauben, bis sie den Weg auf die Müllkippe finden. Ein Cocktail-Quirl. Eine aufblasbare Palme, auf der man in der Badewanne seinen Drink abstellen kann. Ein Set Spiderman-Unterhosen. Eine Fußmatte »Hier wohnt ein Hecht«. Mit ironischen Geschenken kann man sich niemals lächerlich machen, weil alles sowieso ein Witz ist. Wer dagegen etwas von Herzen schenkt, setzt sich der Gefahr aus, abgewiesen zu werden. Würde Enno diesen Schal jetzt lächerlich finden oder zu altbacken, ich wäre verletzt. Aber ich glaube, ich muss mir keine Sorgen machen. Gerade betrachtet er verzückt die Initialen. Er scheint sich wirklich zu freuen.

»Den werde ich immer anziehen. Vielleicht klebt ja dein Jagdglück daran.«

Jetzt bin ich dran. Soll ich erst das große oder das kleine Päckchen öffnen? Das große Päckchen ist eindeutig ein Buch. Also keine große Überraschung. Ich reiße es zuerst auf. Und erlebe doch eine Überraschung – es ist ein Kochbuch. »Das große Schul-Kochbuch. 1000 Tipps, um kochen zu lernen«, lese ich laut vor. Ich wage es kaum, Enno anzuschauen. Er hat bei unserem Verlobungsdate gewusst, dass ich die Köchin nur vortäusche? Wie peinlich! Kann dieses Weihnachtsfest eigentlich noch schlimmer werden?

»Fast hätte ich dir die glasierte Ente abgekauft«, sagt Enno triumphierend, »aber als ich in deine Küche ging, um eine neue Weinflasche zu holen, da entdeckte ich die schriftlichen Anweisungen vom Feinkostladen auf der Theke.«

Idiotisch! Die Tetrapacks hatte ich spurlos beseitigt, aber den blöden Zettel von Enrico, den hatte ich natürlich liegen lassen. Wie ungeschickt. Ich schlage die Hände vor das Gesicht, verschanze mich hinter meinen Fingern, drehe mich leicht weg und murmele »oh Gott, oh Gott«. Ich werde nicht gerne erwischt – weder beruflich noch privat.

Von hinten umschlingen mich seine Arme. »Umso mehr hat mich dein selbst gemachter Pudding gerührt«, spricht er in meine Locken. »Da wusste ich, dass in dir eine tüchtige Hausfrau schlummert, die zutage treten will. Ich kann dich beruhigen, man kann es lernen, Nina.«

In mir schlummert eine gute Hausfrau? Wie bitte? Das hat noch keiner gewagt, mir zu unterstellen. Was kriege ich nächstes Jahr von Enno? Einen Dampfkochtopf? Ein Thermometer für den Braten? Oder das Buch: »Wie bügele ich seine Hemden richtig?« Auf meinem Gesicht bildet sich eine theatralische Zornesfalte. Enno sollte jetzt vorsichtig sein. Ich habe eigentlich nicht vor, die nächsten Jahre damit zu verbringen, die perfekte Backschiene im Ofen zu finden, damit mein Soufflé nicht zusammenstürzt. Ich erkenne ja an, dass sich mit einer Heirat eine gewisse Häuslichkeit verbindet. Aber soweit ich weiß, leben wir im 21. Jahrhundert und es spricht nichts dagegen, dass Enno sich statt meiner an den Herd stellt. Johannes B. Kerner hat ja auch längst eine Kochsendung.

Enno grinst. »Ich wusste, mein Geschenk würde dich in Rage bringen. Deshalb habe ich zur Besänftigung noch eine Kleinigkeit dazugekauft.« Und er überreicht mir das handliche Päckchen. Es hat eine vielversprechende Größe. Tatsächlich, ich werde nicht enttäuscht. Ein Schmuckkästchen. Als ich es öffne, liegt ein schöner goldener Armreifen darin, an dessen offenen Enden elegant zwei Rubine stecken.

»Der Armreif ist ganz neu. Keine Urgroßtante, keine Cousine hat ihn jemals getragen. Ich habe ihn nur für dich anfertigen lassen«, sagt Enno. Er zeigt mir eine Gravur auf der Innenseite: unser Verlobungsjahr. Dieser Mann schafft es wirklich, mich zu rühren. Ich streife den Reifen über und fühle mich zum ersten Mal an diesem Weihnachtsfest richtig gut. Jetzt finde ich sogar das Kochbuch in Ordnung. Irgendwie lustig.

Ich rücke näher an Enno heran, lehne meinen Kopf an seine Schulter und schließe die Augen. Er legt wärmend den Arm um mich. Warum, geht mir durch den Kopf, ging dieses Weihnachtsfest mit meinen Eltern so schief? Vielleicht wäre es besser gelaufen, wenn Beate mit den Kindern hier gewesen wäre. Wenn mein Vater und ich uns insgeheim wieder über Rüdiger lustig gemacht hätten. Aber die sind dieses Jahr alle in Berlin geblieben. Also ein Weihnachtsfest nur mit den Eltern. Und die sollten heute, an Heiligabend, endlich ihren zukünftigen Schwiegersohn kennenlernen. Ich dachte, die weihnachtliche Stimmung arbeitet für uns.

Enno hat schon eine Weile nichts mehr gesagt. Er schaut sich schweigend um. Die Tatsache, dass ich in diesem Haus groß geworden bin, beschäftigt Enno. Ich versuche, den Bungalow mit seinen Augen zu sehen. Mir wird schmerzhaft bewusst, wie groß die Kluft zwischen uns ist. Ich bin völlig anders aufgewachsen als er, habe völlig andere Dinge erlebt. Vermutlich denke ich auch anders. Reicht es für eine Ehe wirklich, dass wir Gefühle füreinander haben? Und sind unsere Gefühle gleich groß?

»Hättest du Indien für mich abgesagt?«, frage ich in die Stille hinein. Die Frage spukt schon eine Weile durch meinen Kopf. Ich war nur nicht sicher, ob es gut ist, sie zu stellen. Jetzt ist es zu spät. Die Frage ist raus. Dieser Weihnachtsabend ist eh kaum noch zu retten.

Enno versteht mich nicht. Oder will er mich nicht verstehen? Ich muss genauer werden.

»Wäre es umgekehrt gewesen – du hättest einen guten Job in Bombay angeboten bekommen, aber ich hätte beruflich nicht aus

Berlin weggewollt. Wärst du dann auch in Deutschland geblieben, um mit mir zusammenzuleben, mich vielleicht sogar zu heiraten?«

Er antwortet nicht gleich. Er zögert. Damit ist alles klar. Verdammt. Ich wusste vorher, dass ich diese Frage besser nicht hätte stellen sollen. Weil ich mit dieser Antwort schwer klarkommen werde. Wäre es umgekehrt gewesen, Enno hätte Bombay niemals für mich abgesagt. NIEMALS. Vielleicht, wenn es gut gelaufen wäre, hätte er mich gebeten, ihm zu folgen. Und vermutlich wäre ich ihm hinterhergereist.

Ich wage es kaum, mir einzugestehen: Ich passe prima in sein Leben. Aber ich muss mir nichts vormachen – ich bin für ihn nicht zwingend. Wäre ich nach Bombay gegangen, er hätte irgendwann eine andere Frau kennengelernt und ihr einen Antrag gemacht. Er dagegen erscheint für mich einzigartig. Denn zum ersten Mal in meinem Leben ist durch Enno ein Tor aufgegangen, dahinter liegt ein schöner, ein guter Weg. Einer, der mich lockt und der mir etwas verspricht, von dem ich vor Kurzem nicht wusste, dass ich es will. Dass ich es suche. Dass ich es brauche.

Kochbuch, Armreif, Autos verkaufen, Mumbai, Hochzeit – meine Gedanken überschlagen sich. Da kommt endlich der Satz, den er besser gleich gesagt hätte. »Natürlich hätte ich Bombay auch abgesagt.«

Es klingt ein wenig lahm. Ich glaube, wir wissen beide, dass er lügt. Ich schaue hinaus und mir ist nach Heulen zumute. Übertreibe ich? Gut, er hätte für mich nicht alles stehen und liegen lassen. Andererseits, verlange ich nicht ein bisschen viel von ihm? Schließlich trage ich seinen Verlobungsring. Das hat noch keine vor mir geschafft. Noch nicht einmal Chichi.

Ich blicke auf meinen Ring. Er gibt mir eine gewisse Sicherheit. Ich bin wirklich froh, dass wir uns verlobt haben.

Plötzlich stehen meine Eltern wieder im Wohnzimmer. Mein Vater hält eine Weinflasche in der Hand. Meine Mutter trägt hinter ihm die Gläser.

»Dürfen wir dazukommen?«, fragt er aufgeräumt. Wir nicken, froh über die Störung. Sie setzen sich zu uns auf den Boden, vor den Tannenbaum.

»Oh, wie hübsch«, sagt meine Mutter und betrachtet das Monogramm auf Ennos Schal. »So etwas habe ich früher auch gestickt. Eine gute Idee, Nina.«

Ich kontrolliere erstaunt, ob meine Mutter das Kompliment ironisch meint. Aber Ironie war noch nie ihr Ding. Nein, sie scheint sich wirklich über meine Geschenkewahl zu freuen. Plötzlich wirkt ihr Gesicht unter der Kurzhaarfrisur nicht mehr so verbissen.

Mein Vater räuspert sich. »Enno, ich wollte mich bei dir für mein Verhalten entschuldigen. Das war nicht in Ordnung. Aber du hast mich an einem wunden Punkt getroffen. Ich weiß natürlich, dass das nicht deine Absicht war. Nimmst du meine Entschuldigung an?«

Enno macht eine joviale Handbewegung. Vergessen wir das Ganze, will er damit sagen. Seine Geste wirkt ein bisschen überheblich, schließlich ist Enno deutlich jünger als mein Vater, da wäre eine freundliche, entgegenkommende Antwort angebrachter gewesen. Aber gut, die Männer scheinen beide zufrieden.

Meine Mutter strahlt, füllt unsere Weingläser und wir stoßen an. »Auf unseren zukünftigen Schwiegersohn«, sagt meine Mutter und klingt sogar ein bisschen stolz.

Es wird doch noch ein netter Abend. Wir bleiben auf dem Boden sitzen, trinken den Wein leer und reden. Meine Mutter verspricht hoch und heilig, nächstes Jahr wieder eine Gans zuzubereiten. Sie räumt ohne Zögern ein, ein indisches Restaurant sei das Letzte, wonach ihr an Weihnachten zumute sei. Plötzlich denke ich, ich sollte nicht so hart über ihr feministisches Coming-out urteilen. Mein Vater hat immer mit seiner Politzeit geprahlt, warum soll meine Mutter jetzt nicht nachziehen? Wir öffnen eine weitere Weinflasche. Zum ersten Mal erkundigen sich meine Eltern genauer nach unserer Hochzeit. Sie wollen wissen, wo und wie wir feiern.

Als wir beim letzten Glas angelangt sind, holt mein Vater ein kleines Abzeichen aus den Tiefen seiner Jacketttasche. Sein roter Stern. Auch den habe ich lange nicht mehr gesehen. Er zeigt ihn Enno.

»Weißt du, Enno, das einzige Abzeichen, das ich jemals getragen habe, ist dieses. Ich habe es vor vielen, vielen Jahren aus Moskau mitgebracht. Es war mir …« – er betrachtet den Stern, dreht ihn etwas verlegen in seiner Hand – »… immer heilig.«

Enno nimmt den Stern in die Hand, der an einem Zacken schon seine rote Farbe verloren hat, und betrachtet ihn neugierig.

»Darf ich ihn mal anstecken«, fragt er und öffnet schon die Nadel. Mein Vater wiegt den Kopf.

»Vielleicht sollten wir uns vorher ein wenig besser kennenlernen«, meint er und nimmt ihn Enno wieder ab.

KAPITEL 20

Das Kleid fühlt sich an wie eine Rüstung. Brust und Dekolleté liegen unter einem Seidenpanzer verborgen. Sogar meine sittenstrenge Großmutter hätte ein freizügigeres Brautkleid entworfen als dieses. Ich drehe mich vor dem wandgroßen Spiegel erst nach links, dann nach rechts. Die Bewegung fällt nicht ganz leicht, das Gewicht des Kleides ist beachtlich. Im Spiegel sehe ich mein Gesicht und erkenne den verzweifelten Ausdruck. Mir war vorher nicht klar, wie steif Duchess-Seide fallen kann. Ich hasse schon jetzt dieses laute Rascheln.

Enno ist nicht da. Natürlich nicht, denn er darf das Brautkleid nicht vor der Hochzeit sehen. Aber auch sonst hält er sich vornehm aus den Feiervorbereitungen heraus. Er meint, die Hochzeit sei mein Beritt. Außerdem habe er im Job zu viel zu tun. Als ob ich nicht arbeite.

Ständig klingelt das Telefon. Alle um mich herum sind hektisch, niemand kümmert sich um meine Gemütslage. So arbeitet also eine Hochzeitsagentur? Alle und alles stehen im Mittelpunkt – die Gäste, die Tischdekoration, die Blumengebinde, die Einladungskarten – nur die Braut nicht. Hinter mir rennt die Agenturchefin quer durch das Spiegelbild und hackt irgendwelche Botschaften in ihren Pager. Die Assistentin der Agenturchefin geht die Tischordnung durch, zum vierzehnten Mal an diesem Tag. Das Telefon klingelt weiter, endlich geht der Praktikant ran.

Sollte nicht die Hochzeit *mein* größter Tag im Leben sein?

Die Räume unserer Hochzeitsagentur liegen in einem Loft direkt an der Spree. Alles sieht extrem durchdesigned aus. Es gibt drei große helle Zimmer mit riesigen Fensterfronten, die ineinander übergehen. Im ersten ist eine Art Showroom eingerichtet worden – hier werden Brautkleider anprobiert, Frisuren gesteckt, das perfekte Make-up gesucht. Ganz hinten liegt ein Büroraum. Der mittlere Raum ist mit Flipcharts zugestellt, auf denen, von bunten Magnetstreifen dargestellt, verschiedene Tischordnungen zur Auswahl stehen. Auf einem langen Tisch ist diverses Porzellan gedeckt, samt möglicher Tischdekorationen. An jedem Platz liegen mehrere Reihen Silberbesteck, drei Gläser stehen Spalier und kunstvoll gewickelte Servietten türmen sich auf großen Serviertellern. Ich liebe die coolen weißen Stühle an der Probehochzeitstafel. Es sind Freischwinger aus Plastik, die an alte James-Bond-Filme erinnern.

Vermutlich wäre alles entspannter, wenn Madame Zita sich nicht eingemischt hätte. Madame Zita ist unbestritten der Hofmarschall dieser Feier: Sie segnet die Gästeliste ab, sie bestimmt, für wen die vordersten Reihen in der Kapelle reserviert bleiben, sie passt auf, wer später beim festlichen Abendessen neben wem sitzt, sie entscheidet, was am nächsten Tag zum Post-Trauungs-Brunch serviert wird. Die Berliner Agenturchefin schaut auch nicht mehr sehr glücklich drein, seitdem Madame Zita hier aufgeschlagen ist.

Meine Schwiegermutter hatte sie ins Spiel gebracht. Die Agenturchefin war ihr nicht geheuer. Die ist anderes Klientel gewohnt, keinen Adel, sondern hauptstädtische Oberschicht. Staatssekretäre, die sich das Ja-Wort mit Übersetzerinnen geben. Pressesprecher großer Pharmakonzerne, Arm in Arm mit Journalistinnen Münchner Nachrichtenmagazine. Bisexuelle Modemacher, die kurzzeitig internationalen Erfolg feiern und sich nun ein extragroßes bisexuelles Hochzeitsfest gönnen. Für sie alle gilt nur eine Faustregel: Die Hochzeit muss jederzeit nach Großstadt aussehen. Damit alle zugereisten Freunde noch Jahre später schwärmen, Berlin sei wirklich eine Weltstadt, die Berliner seien wirklich Weltbürger, und überhaupt könne man sich gar nicht mehr vorstellen, dass das Hochzeitspaar eigentlich aus der schwäbischen, niedersächsischen oder hessischen Provinz stamme. Bloß keine Traditionen, keine Hochzeitsspiele oder peinlichen Diavorträge. Ja keine Herkunft. Bloß Zukunft.

Ennos und meine Hochzeit liegt dagegen am anderen Ende möglicher Heiratsstile. Nicht im schnellen, vergesslichen Berlin wird sie stattfinden, sondern in einem Schlosshotel in der tiefsten westdeutschen Provinz. Peinliche Diavorträge sind zwar auch bei uns nicht vorgesehen, dafür aber viele, viele Hochzeitsreden von Vertretern der Familie, Korpsbrüdern aus der Burschenschaft und verschiedenen Repräsentanten des öffentlichen Lebens, die über den Wert von Familie schwadronieren werden. Alles muss ausgesprochen traditionell ablaufen. Für Zeitgeist hat Madame Zita überhaupt nichts übrig. Bei ihr gilt der Dreiklang: stilvoll, traditionell, zurückhaltend. Alles andere wird von ihr gnadenlos verworfen.

»Dieses Kleid ist tuffig«, spreche ich laut in den Raum. Die beiden knienden Schneiderinnen schauen erschrocken hoch, ich lächle sie beruhigend an und flüstere, diese Worte richteten sich nicht gegen sie persönlich. Mir sei klar, sie führten nur sehr gekonnt aus, was ihnen von höherer Seite aufgetragen wurde. Schnell schauen die beiden wieder weg und arbeiten weiter.

Jetzt fällt mir ein, woran mich das Kleid erinnert. An das schreckliche Brautkleid von Máxima, das sie tragen musste, als sie in Amsterdam den holländischen Kronprinzen heiratete. Keine Frau der Welt würde freiwillig in so einem Kleid heiraten. Es hatte einen extrem unvorteilhaften U-Boot-Kragen, machte eine voluminöse Figur und sah ein bisschen aus wie die Mönchskutte von Obi-Wan-Kinobi im Krieg der Sterne.

Auch ich soll einen verschnittenen Stehkragen hinnehmen, der schon in Schlüsselbeinhöhe ängstlich zu einem v-Ausschnitt zusammenläuft. Nein, kein großgeschriebenes V wie in Vertigo. Mein Ausschnitt entspricht einem klitzekleinen v wie verklemmt. Vielleicht kann ich zumindest erreichen, dass der Ausschnitt etwas tiefer rutscht. Es geht mir ja nicht darum, einen prallen Brautbusen vorzuführen. Aber in diesem Brautkleid sieht mein Busen aus wie der einer Eisschnellläuferin. Mit meinem Zeigefinger ziehe ich das v ein wenig tiefer, um zu erkunden, ob noch etwas zu retten ist.

»Nina, Kindchen, Sie sind doch nicht die Gsell.«

Madame Zita ist in ihrem Chanelkostüm um die Ecke gebogen. Sie trägt ausschließlich Chanelkostüme, sie besitzt diese Kostüme in allen Farben. Altrosé, Himmelblau, Zitronengelb, Mintgrün, Kaffeebraun und Schwarz. Die teure Marke kann sie sich eigentlich kaum leisten. Madame Zita gehört zwar unbestritten zum europäischen Hochadel, aber zu einem verarmten Zweig. Schuld daran tragen die ungarischen Kommunisten. Sie zwangen die Familie von Madame Zita 1949 – sie selbst war damals schon fast eine junge Frau – über Nacht, das geräumige Schloss über der Donau zu verlassen; es wurde bald darauf in ein Kinderheim umgewandelt. Man bezog danach eine einfache Drei-Zimmer-Wohnung in Budapest. Heute bessert sich Madame Zita ihre Rente als Beraterin für adlige Hochzeitsfeste auf. Ihrem gesellschaftlichen Ansehen schadet das nicht. Der Adel funktioniert nach anderen Gesetzen.

»Madame Zita, das Kleid ist unangenehm schwer«, quengele ich, diesmal mit Nachdruck. Ich lasse einen hysterischen Unterton mitschwingen.

Doch auch damit treffe ich auf taube Ohren. »Das Gewicht des Kleides verleiht der Braut Würde, der feste Stoff schenkt ihr Haltung«, heißt es resolut. Dann wendet sie sich schon wieder ab. Aus ihrer Kostümtasche zieht sie ein Handy, klappt es auf und beginnt unmittelbar, wie wild darauf herumzudrücken. Irgendetwas klappt nicht. Leise zischt sie etwas auf Ungarisch, und stünde nicht Madame Zita vor mir, ich würde behaupten, sie flucht. Was macht sie da? Ich brauche eine Weile, um zu kapieren, wo das Problem liegt. Madame Zita sucht auf dem Handy die Fotofunktion. Sie will mich fotografieren, vermutlich wartet meine

Schwiegermutter ungeduldig auf die ersten Bilder im Hochzeitskleid. Madame Zita mag ja unwiderlegbar wissen, welcher Schrifttyp für eine Hochzeitseinladung infrage kommt und ob der Text in Gold, Silber oder Königsblau gedruckt sein sollte, aber von moderner Technik versteht sie nichts. Sie hält jetzt das Handy hoch, aber ich denke, sie hält es verkehrt herum. Zum Glück hat die Agenturchefin Erbarmen. Wortlos nimmt sie Madame Zita das Handy ab und beginnt, mich zu fotografieren.

Zum wiederholten Male wuchtet die Assistentin die Flipchart mit der überarbeiteten Tischordnung vor den Spiegel. Die Logistik dieser Hochzeit ist eine Herausforderung. Dreihundertfünfzig Gäste müssen auf dreißig Tische verteilt werden. Auf Ennos Seite kommt das Who is Who der deutschen Gesellschaft: viel Adel, hohe Wirtschaftsbosse, ein Chefredakteur, zwei bekannte Fernsehmoderatoren, wichtige Politiker – darunter sogar ein ehemaliger Bundespräsident. Mir wurden lediglich fünfzig Gäste zugestanden. Meine Liste liest sich unspektakulär. Verwandte aus Meppen, Freunde von früher, mein Cousin aus Mexiko und der Barmann aus meiner früheren, inzwischen geschlossenen Lieblingskneipe, dem ich angetütert mal versprochen habe, er sei eines Tages bei meiner Hochzeit dabei. Sogar meinen Abteilungsleiter habe ich eingeladen, er hat schon zugesagt. Er kommt mit Helga, seiner Sekretärin. Ich wusste doch, dass die beiden ein Verhältnis haben.

Der Praktikant hilft beim Aufstellen der Flipchart. Madame Zita betrachtet wie ein Feldherr kurz die aktuelle Tischordnung und braucht nur wenige Sekunden, bis sie einen gravierenden Fauxpas entdeckt hat.

Entrüstet schüttelt sie den Kopf. »Kindchen, Sie können doch nicht einen Prinzen neben eine Schlagersängerin setzen. Verfügen Sie denn über gar kein Taktgefühl?«, fragt sie tadelnd.

Hilflos schaut die Assistentin hinüber zur Agenturchefin. Die zuckt nur mit den Schultern. Ich glaube, sie hat resigniert.

»Diese Hochzeit kommt zu schnell. Das schaffen wir in der kurzen Zeit nie. Warum kann nicht einfach später geheiratet werden?«, murmelt die Agenturchefin. Dann starrt sie auf meinen Bauch. Sie mutmaßt, ich sei schwanger. Bin ich natürlich nicht.

Madame Zita, aufmerksam wie sie ist, hat den Blick der Agenturchefin bemerkt. »Sommerlath, 1976«, sagt sie schlicht, mehr nicht. Die Agenturchefin schaut mich verwirrt an und rätselt, was diese Worte bedeuten sollen. Inzwischen kann ich den Code knacken. Madame Zita meint die Hochzeit des schwedischen Königs Carl Gustaf mit der Olympiahostess Silvia Sommerlath im Jahre 1976. Silvia gilt als eine der Pionierinnen unter den bürgerlichen Frauen, die in den höchsten Adel eingeheiratet haben. Das Thema »Hochzeit mit Bürgerlicher« gilt in diesen Kreisen weiterhin als heikel. In Deutschland könnten sich die Prinzen, Fürsten und Grafen, die vom Erbe ausgeschlossen wurden, weil sie entgegen dem Familiengesetz eine Frau aus dem Volk zum Altar führten, längst zusammentun und eine gut besuchte Selbsthilfegruppe gründen. Aber lieber zürnt man einzeln vor sich hin und lässt sich zähneknirschend aus der Familienerbfolge streichen. Die Schweden dagegen, nicht nur beim Regalbau unbekümmert progressiv, gingen mit ihrem nicht standesgemäß verliebten König anders um. Im Frühjahr 1976 verkündete der schwedische Hof die Verlobung mit der Münchnerin, im Sommer wurde geheiratet. Nur vier Monate lagen zwischen Verlobung und Hochzeit – damit wollte man jeder Kritik zuvorkommen. Der Plan ging auf, die Schweden liebten ihre schöne Königin vom ersten Moment an.

Dieses Beispiel machte Schule. Und deshalb müssen Enno und ich jetzt auch möglichst schnell heiraten. So will man das Gerede niederhalten – mit einem hochzeitsplanerischen Parforceritt.

Es klingelt, der Florist kommt schwer bepackt mit Blumenbuketts herein. Eines ist schöner als das andere. Eilig schleppt der Praktikant einen Tisch an und man baut alles vor uns auf. Welche Blumenpracht! Gestecke mit weißen Rosen, cremefarbenen Lilien, Mohnröschen in rosa und lila Tönen, sogar Sonnenblumen sind in einem Bukett eingearbeitet. Ich finde die cremefarbenen Lilien wunderschön, aber Madame Zita hält dagegen. Lilien seien nur etwas für Hochzeiten regierender Königshäuser. Die Mohnröschen sind ihr zu zeitgeistig, Sonnenblumen kämen sowieso nicht infrage, die könne man inzwischen in jedem Supermarkt kaufen. Sie wählt ein weißes Rosengesteck mit Rittersporn für die Tische und – etwas fröhlicher – helle Ranunkeln mit Margariten für die Kirche. Da meine Proteste sowieso nur noch reine Formsache sind, nimmt der Blumenhändler die Bestellung auf.

Und spätestens jetzt kapiere ich es: Ich habe bei meiner eigenen Hochzeit kein Mitspracherecht. Im Grunde steht der Ablauf schon seit Jahrhunderten fest. Das Ganze ist vergleichbar mit einer türkischen Hochzeit in Kreuzberg. Da läuft es auch immer gleich. Ein großer Hochzeitssaal für 600 Gäste wird angemietet, ein Alleinunterhalter gebucht, der Bräutigam vor der Trauung zum Rasieren geschickt, und die Braut im weißen Hochzeitskleid kriegt von ihrem Bruder ein rotes Band als Zeichen ihrer Jungfräulichkeit um die Hüften gewickelt. Danach fährt das Brautpaar über den PKW-Aufzug im geschmückten Mercedes in den Hochzeitssaal ein, die Frischverheirateten werden mit Geld überschüttet und mit Gold behängt. Es wird viel gegessen und getanzt – und die Mütter mit Söhnen halten Ausschau nach attraktiven, unverheirateten türkischen Mädchen, die als Ehefrauen für ihre Söhne geeignet wären. Kein Türke, der etwas auf sich hält, würde an diesem Programm etwas ändern. Der Adel denkt genauso. Das ist lustig, weil der Rest der Menschheit inzwischen versucht, sich mit individuellen Hochzeitsformen zu überbieten. Überall wird geheiratet: beim Fallschirmsprung aus dem Flugzeug, in Taucheranzügen unter Wasser, auf dem Fernsehturm, im Flugzeug zwischen den Zeitzonen oder in einem afrikanischen Dorf irgendwo zwischen Wüste und Regenwald.

Es piept, das Handy von Madame Zita hat eine SMS erhalten. Die setzt sich sogleich ihre Lesebrille auf, die sie immer an einer silbernen Kette um den Hals trägt, und liest. Sie lächelt. »Nina, ihre zukünftige Schwiegermutter ist von dem Brautkleid sehr angetan. Wenn jetzt noch der Schleier aus alter Brüsseler Spitze und das Diadem dazukommen, ist die Braut perfekt.«

Ein Krönchen und ein Spitzenschleier im Haar? Wer bin ich, Lady Di? Die Agenturchefin zaubert aus den Tiefen des Lofts ein falsches Diadem hervor. Vermutlich ist es von einer Dragqueen-Hochzeit übrig geblieben. Sie steckt es mir zynisch lächelnd ins Haar. Jetzt komme ich mir endgültig verkleidet vor. Zu Kindergartenzeiten wollte ich so heiraten. Natürlich einen Prinzen.

Der Praktikant kommt hereingerannt, das Telefon in der Hand. Er habe unseren Sternekoch dran, der dringend mit den ersten Bestellungen loslegen müsse. Für welches Menü wir uns entschieden hätten? Hummer oder Langusten?

»Langusten«, antwortet Madame Zita. »Seitdem die Russen wieder in Europa unterwegs sind, ist der halbe Hummer einfach zu vulgär geworden.« Freundlicherweise hält mir die Assistentin das Langustenmenü hin, damit auch ich lesen kann, was auf meiner Hochzeit serviert wird.

Salat von Langusten mit gefüllten Artischocken

*

Gelierte Perlhuhnterrine mit Gemüseleberparfait,
Mango und brasilianischem Pfeffer

*

Ochsenschwanzessenz

*

Medaillons vom Rehrücken mit Steinpilzen,
Rosenkohl und Schupfnudeln
oder
Seeteufelmedaillons mit Krustentierrisotto,
Spinat und Basilikumschaum

*

Haselnusssoufflé mit marinierten Feigen
und Rotweineis

Zumindest mit dem Menü scheint auch die Agenturchefin glücklich zu sein. Sie steckt es in ihre Ideenkladde, vermutlich um die Perlhuhnterrine mit dem brasilianischen Pfeffer zu kopieren. In Berlin kommt brasilianischer Pfeffer gut an, das klingt weltläufig. Ein Wunder, dass Madame Zita den exotischen Pfeffer nicht gegen Pfälzer Wildkräuter eingetauscht hat. Ich glaube kaum, dass ihr dieser modische Moment unseres Menüs entgangen ist.

Doch dieser kurze Moment vermeintlicher Milde ist schon wieder vorbei. Gerade kriegt die Agenturchefin mitgeteilt, dass die coolen weißen Freischwinger am Tisch auf gar keinen Fall für unsere Hochzeit infrage kämen. »Ich sehe schon Luisa Prinzessin von Preußen darauf umkippen. Den Bruch des Oberschenkelhalsknochens hat sie gerade notdürftig überstanden – und jetzt soll sie ihr Leben durch einen Stuhl gefährden, der vielleicht bei Professoren einer Kunstakademie gut ankommt, aber nicht bei Leuten, die ordentlich sitzen wollen und dabei richtige Gespräche führen.« Ein neuer, sehr konventioneller Stuhl wird hervorgeholt. Er bekommt einen weißen Bettlakenüberzug, damit er mehr nach Hochzeit aussieht.

Zerknirscht beobachte ich die Szene. Vor einigen Tagen hätte die Agenturchefin noch versucht, Madame Zita umzustimmen. Aber seit der gestrigen Diskussion, ob man nach der Trauung vor der Kirche weiße Tauben hochsteigen lassen soll, ist sie verstummt. Die Agenturchefin ist eine große Anhängerin weißer Tauben auf Hochzeiten. Sie hat sogar einen Züchter an der Hand, der verspricht, dass keine seiner Tauben im Umkreis der Hochzeitsgesellschaft das Geschäft verrichtet – also kein Taubenmist auf dem Frack des Bräutigams landet. Madame Zita ließ sie reden, lächelte, nickte mehrmals zustimmend und als die Agenturchefin dachte, nun hätte sie endlich einen Sieg gegen Madame Zita eingefahren, sagte diese:

»Die meisten Hochzeitsgäste – mich eingeschlossen – schießen leidenschaftlich gerne auf Tauben. Und damit meine ich keine

Tontauben. Wir können also für die Sicherheit der Tierchen leider nicht garantieren.« Danach war das Thema vom Tisch.

Wieder klingelt es an der Tür, diesmal kommen Linda und Kitty herein. Ich habe sie eingeladen, mein Brautkleid anzuschauen. Linda jauchzt auf, als sie mich sieht. Dann schlägt sie gerührt die Hände vor das Gesicht. Sie scheint schon seit Tagen völlig aus dem Häuschen. Diese Hochzeit geht an ihre emotionalen Grenzen. Zu viel Old Europe für Linda.

»Nina, du bist meine Cinderella«, kreischt sie.

Prompt fängt sie sich den tadelnden Blick von Madame Zita ein, die jetzt einen deutlichen Vorbehalt zeigt. Ich glaube, Amerikaner sind nicht ihr Ding.

»Dies ist eine Adelshochzeit. Kein Eurodisney«, ermahnt sie streng.

Aber Linda hört nicht. Sie greift nach meiner Hand und hält sie ganz verträumt fest. Vielleicht denkt sie in diesem Moment an ihre eigene, kommende Hochzeit.

Ich schaue Kitty an. Kitty schaut mich an. Wir müssen nicht viel reden. Wir wissen meist auch so, was die andere denkt.

»Bisschen tuffig?«, frage ich Kitty.

Sie antwortet, wie ich es erwartet habe: »Maximal tuffig.«

KAPITEL 21

Ab heute fühle ich mich wie eine Braut. Gut, ich heirate erst übermorgen. Aber schon heute reise ich als Braut an – im Gepäck das Brautkleid, ein blaues Strumpfband, schöne champagnerfarbene Tanzschuhe und tausend wichtige und unwichtige Kleinigkeiten. Madame Zita begleitet mich. Morgen Mittag treffen der Friseur, die Kosmetikerin und die Agenturchefin samt Praktikant ein.

Ich bin eine Braut! Aber Braut hin oder her, erst mal muss ich einchecken. Also stehe ich in meinem neuen beigefarbenen Donna-Karan-Kostüm an der Rezeption und fülle das Anmeldeformular aus. Name, Geburtsdatum, Wohnort, Personalausweis-Nummer. Das Donna-Karan-Kostüm ist übrigens eine Geste an meine Schwiegermutter. Sie bat mich inständig, am gesamten Hochzeitswochenende immer »gediegen« gekleidet zu sein. Ich glaube, sie hätte Chanel geschätzt. Aber für Chanel fühle ich mich weder reif noch reich genug. Also habe ich mich mit Madame Zita auf Donna Karan geeinigt. Mein geliebtes Diane-von-Fürstenberg-Kleid fiel dagegen durch. Zu auffällig!

Enno, der Bräutigam, ist an meiner Seite und schaut mir beim Ausfüllen über die Schulter. Bis wir uns das Ja-Wort gegeben haben, wird er nicht hier im Schlosshotel, sondern bei seinen Eltern im nahe gelegenen Gutshaus wohnen. So muss es ein. Ein Brautpaar sollte die Nächte vor der Hochzeit nicht zusammen verbringen. Außerdem kann dann nichts passieren – er erspäht nicht zufällig das Brautkleid oder, noch schlimmer, sieht die Braut mit Feuchtigkeitsmaske im Gesicht und Lockenwicklern im Haar. In den ersten beiden Nächten bewohne ich unsere Hochzeitssuite allein. Und komisch – darauf freue ich mich. Noch einmal durchatmen, bevor der Stress beginnt.

Hinter mir höre ich, wie Madame Zita das Gepäck und die Verwahrung des im Kleidersack verborgenen Brautkleids organisiert. Nach 24 Stunden, das prophezeie ich, hört das Hotelpersonal nicht mehr auf den Hoteldirektor, sondern gehorcht Madame Zita aufs Wort. Und nach weiteren 24 Stunden reagieren die Mitarbeiter auf ein Heben ihrer linken Augenbraue. Der Hoteldirektor ahnt es wohl, deshalb weicht er Madame Zita nicht mehr von der Seite. Er fürchtet die feindliche Übernahme.

Während ich die Nummer meines Personalausweises eintrage, muss ich lachen. Enno reagiert nicht, er ist abgelenkt. Es sind erste Hochzeitsgäste eingetroffen, ich kenne sie nicht, er begrüßt sie winkend und schlendert dann zu ihnen hinüber. Die hübsche Rezeptionistin hat dagegen mein kurzes Lachen bemerkt.

»Ich wusste nicht, dass unsere Anmeldeformulare witzig sind«, bemerkt sie freundlich.

Ich erkläre ihr, dass ich lachen musste, weil ich unter dem Namen »Nina Peters« einchecke, aber drei Tage später unter dem Namen »Nina Freifrau von Rufenberg« auschecken werde. Das sei doch sonderbar.

Jetzt muss auch die Rezeptionistin grinsen. Sie hat lockige Haare wie ich, wir sind etwa gleich alt. Sie zeigt mir ihren Ehering. Ein schmaler, silbern glänzender Reif, vermutlich aus Platin. Davor trägt sie einen zweiten Ring, ähnlich schmal, der durchgehend mit kleinen Diamanten besetzt ist. Diese Kombination sieht reizend aus. Mir gefällt so ein dezenter Diamantreif vielleicht doch besser als mein großer, auffälliger Diamant. Die kleinen Diamanten sind alltagstauglicher. Mein Ring sorgt dagegen immer für Aufruhr.

»Einige Tage, nachdem ich geheiratet hatte«, erzählt die Rezeptionistin, »habe ich abends eine Flasche guten Wein aufgemacht, mich mit Papier und Stift in die Küche gesetzt und geübt, meinen neuen Nachnamen zu schreiben. Bestimmt hundert Mal habe ich die neue Unterschrift probiert. Ich kam mir vor wie eine Erstklässlerin beim Schönschreiben.«

Auf ihrem Namensschild steht »Krawzowitsch«. Gut, vielleicht bin ich etwas albern, weil ich kurz vor der Hochzeit stehe. Denn wieder muss ich laut losprusten.

»Sie haben einen Herrn Krawzowitsch geheiratet?«, frage ich giggelnd. Keine Ahnung, ob ich den Namen richtig ausgesprochen habe.

Die Rezeptionistin grinst und nickt.

»Und wie hießen Sie mit Mädchennamen?«

»Marotzke«, sagt sie trocken berlinerisch.

Das ist zu viel. Wir gackern beide los, bis ich mir Tränen aus den Augen wische. Sie versucht wie ich, die Fassung wiederzugewinnen. Einige Hotelgäste schauen schon zu uns herüber. Vermutlich sind auch sie auf meiner Hochzeit eingeladen. Besonders streng schaut die Fünfzigjährige im zitronengelben Hosenanzug, die mit schwerem Goldschmuck behangen ist. Der Mann neben ihr blickt nur blasiert.

Ich reiße mich zusammen und fülle weiter das Formular aus. Ohne hochzuschauen, frage ich die Rezeptionistin: »Waren Sie auch so aufgeregt vor Ihrer Hochzeit?«

Sie antwortet mit gedämpfter Stimme, damit wir kein weiteres Aufsehen erregen. »Es war furchtbar. Ich habe am Morgen vor der Trauung einen schlimmen Ausschlag bekommen. Große rote Flecken auf dem ganzen Dekolleté. Zum Glück ist ein Freund von mir Arzt. Seine Diagnose: psychosomatisch. Er verschrieb mir kleine grüne Tabletten. Danach war ich die entspannteste Braut der Welt.«

»Sie haben nicht zufällig noch ein, zwei dieser Tabletten? Ich könnte sie gut gebrauchen. Stellen Sie sich vor, die meisten Gäste auf meiner Hochzeit kenne ich nicht.«

»Alles wird gut«, sagt die Rezeptionistin mitfühlend. Sie hat gut reden, sie hat Herrn K...tsch geheiratet und keinen Freiherrn. Trotzdem. Das Mitgefühl tut gut.

Hinter mir höre ich ein Räuspern. Es ist Enno.

»Bist du bald fertig?«, drängelt er. Enno würdigt die Rezeptionistin keines Blickes. Ich bringe die Ausfüllerei schnell hinter mich und bekomme einen schweren goldenen Zimmerschlüssel gereicht. Wie schön! Es gibt nicht mehr viele Hotels, die noch echte Schlüssel ausgeben. Ich nicke der Rezeptionistin nochmals dankbar zu, sie lächelt zurück, und ich weiß, wenn es ganz hart kommen sollte, dann finde ich hier an der Rezeption immer jemanden zum Reden.

»Das Zimmer liegt ebenerdig. Immer den Flur lang, letzte Tür links. Einen unvergesslichen Aufenthalt! Und natürlich eine traumhafte Hochzeit!«, ruft sie uns hinterher.

Enno ist schon außer Hörweite. Ich eile hinterher. Schweigend durchlaufen wir hintereinander den langen Gang bis zu meiner Zimmertür.

Ein schönes Hotel, keine Frage. Das Gebäude diente früher als Gästehaus der Familie von Rufenberg, wenn man zu großen Jagdgesellschaften lud. In den sechziger Jahren hat es Ennos inzwischen verstorbener Großvater verkauft. Der Unterhalt war viel zu hoch. Es bot sich an, einen renommierten Hotelier als Käufer zu nehmen, auch wenn er damals nicht die höchste Summe bot. Aber jetzt hat Ennos Familie ein wunderbares Hotel in der Nähe, mit ausgebautem Wellnessbereich und einem Zwei-Sterne-Restaurant.

Die selbstbewusste, vertraute Art, mit der Enno sich durch das Haus bewegt, wirkt so, als sei es immer noch ein Rufenberg-Besitz. Mir soll das recht sein. Nach der Hochzeit trage ich nicht nur einen Adelstitel und kann meine Ferien in einem schönen Gutshaus verbringen, es gibt auch ein Sternerestaurant, in dem ich jederzeit einen Tisch bekomme.

Enno steht schon vor der Zimmertür 101 und hält die Hand auf. Er will den Schlüssel. Obwohl sein Verhalten wie immer zuvorkommend ist, merke ich, er ist irgendwie anders. Habe ich etwas falsch gemacht?

Hinter der Tür öffnet sich meine Suite. Ich möchte jubeln. Der Raum ist nicht riesig, aber so geschmackvoll mit alten Möbeln eingerichtet, dass man sofort vergisst, hier als Gast in einem Hotel zu sein. An der linken Wand thront ein großes Himmelbett aus dunklem Holz, aber damit es nicht zu mächtig wirkt, ist der Himmel selbst aus lichtem, fast durchsichtigem Stoff. Auf der anderen Seite des Raumes steht eine kleine Kommode, darauf eine alte Vase mit einem frischen Strauß weißer, blauer und gelber Blumen. Über der Kommode hängt das Porträt einer Dame, nach ihrer Kleidung zu schätzen, ist das Bild älter als 150 Jahre. Ich berühre die Wand, eine echte Seidentapete, rot-beige gestreift. Aber das schönste Möbel im Raum ist das Biedermeier-Sofa. Von ihm aus blickt man durch Flügeltüren in den Park hinaus, auf eine große Rasenfläche und Blumenrabatten, vom Gärtner winterfest gemacht, und auf einen Springbrunnen, der um diese kalte Jahreszeit natürlich ohne Wasser bleibt. Weit dahinter Felder und eine dunkle Waldfront. Auf dem Couchtisch stehen frisches Obst und eine kleine Flasche Champagner im Kühler.

Überschwänglich versuche ich Enno ins Himmelbett zu ziehen. Nur einen Moment für uns, bevor der ganze Trubel mit seinen und meinen Eltern losgeht. In den nächsten Tagen werden wir kaum Zeit füreinander finden. Absurd. Wer mit großem Tamtam heiratet, der verliert sich erst mal aus den Augen. Aber wir können uns ja ein bisschen vorwärmen.

Ich bin so aufgekratzt, ich würde ihm am liebsten die Kleider vom Leib reißen.

Aber Enno windet sich aus meiner Umarmung und lässt mich alleine auf dem Himmelbett liegen. Jetzt sehe ich seinen Gesichtsausdruck, er ist aufgebracht. Was macht ihn nur so wütend?

»Wie redest du denn mit dem Personal?« Er ist sehr ernst. Seine Stimme klingt eisig.

»Welches Personal?«, frage ich verdutzt.

»Die Frau an der Rezeption. Ihr habt gegackert und euch gegenseitig die Ringe gezeigt. Als ich dazutrat, hörte ich, wie du dich bei ihr beklagst, kaum jemand auf deiner eigenen Hochzeit zu kennen.« Er schüttelt verständnislos den Kopf.

So wie er das wiedergibt, klingt es auf einmal tatsächlich unangebracht. Aber, ermahne ich mich selbst, ich muss mich doch nicht dafür entschuldigen, dass ich mich nett unterhalte. Also versuche ich Enno zu erklären, dass ich eine ganz normale aufgeregte Braut bin. Und die Rezeptionistin hätte den Schritt vor den Altar gerade hinter sich gebracht. Dadurch habe sich das Gespräch quasi wie von selbst ergeben.

Enno lässt das nicht gelten. Er schüttelt abwehrend den Kopf.

»Man ist höflich zum Personal, aber niemals – verstehst du das Wort, Nina? – *niemals* wird man vertraulich. Man sucht kein Verständnis bei ihnen, man erklärt nicht sein Verhalten, man redet nicht über seine Gefühle. Weder bei einer Rezeptionistin, noch bei einem Kellner, bei einer Krankenschwester oder einem Taxi-Fahrer. Personal ist Personal.«

Wenn er noch einmal dieses affige Wort benutzt, weiß ich nicht, was ich tue. Personal! Was heißt hier Personal? Ich merke, wie in mir der Unmut wächst. Irgendwie trifft mich dieses Wort. Und mehr noch die Art, wie er es sagt. Was wäre ich wohl anderes für ihn, dieser Gedanke schießt mir in den Kopf, wenn er nicht mein Bräutigam wäre, sondern wenn er einfach nur beruflich mal mit mir zu tun hätte – was wäre ich anderes für ihn als – Personal?! Teilt Enno so seine Welt auf: Personal und nicht Personal? Und wenn ja, auf welcher Seite stehe ich dann, sogar als seine Braut? Kann ich mich wirklich mit ihm auf Augenhöhe fühlen oder bin ich doch nur sehr exklusives Personal – teuer erkauft mit Schmuck und großer Hochzeit? Eine, die nach der Trauung immer für ihn da ist, so eine Art High-class-Assistentin für den Ehemann und später auch für die Kinder?

Enno geht auf mich zu, vielleicht will er mich in den Arm nehmen, weil er merkt, dass ich jetzt ärgerlich bin. Vermutlich könnten wir jetzt gemeinsam auf das Himmelbett sinken. Aber mir ist die Lust vergangen.

Trotzig sage ich: »Ich rede mit jedem, wie *ich* will.«

Enno greift mir unter das Kinn und zieht mein Gesicht etwas hoch, sodass ich ihm vom Bett aus in die Augen schauen muss. »Du hast noch einen weiten Weg vor dir, bis du zur echten Freifrau von Rufenberg wirst. Glaub bloß nicht, ein Ehering würde reichen.« Dann dreht er sich um und greift nach dem Zimmerschlüssel. »Wir treffen unsere Eltern jetzt zum Tee«, sagt er und hält mir die Tür auf.

Alles läuft so höflich ab wie sonst, doch jetzt kommen mir seine Gesten sinnentleert und kalt vor. Ob sich Lady Diana auch so gefühlt hat, wenn der untreue Charles vor aller Augen die Kutschentür für sie geöffnet hat? Was hilft einem die ausgesuchteste Höflichkeit der Welt, wenn man sich nicht mehr richtig geliebt fühlt?

Selten habe ich mich so gefreut, meine Eltern zu erblicken. Sie sind schon heute angereist, denn meine Mutter meinte, irgendjemand Vertrautes müsse doch von Anfang an bei mir sein. Kitty, Linda und meine Schwester mit Rüdiger und den Kindern reisen erst morgen an. Aber meine Eltern haben keine Kosten gescheut, um früh bei mir zu sein. Wir nehmen uns in den Arm, und – täusche ich mich? – auch sie umklammern mich ungewöhnlich fest. Wir wirken wie Seekranke auf hoher See, die sich gegenseitig Halt geben. Meine Mutter war beim Friseur, ihre Hennasträhnen im Fransenschnitt leuchten frisch, dazu trägt sie eine komplizierte grau-schwarze Kombination aus Hose und Oberteil. Ihre Meppener Hausdesignerin hat es geschneidert. Die orientiert sich, wie sie immer betont, »an den Japanern« – wenn man so will, die Modeachse Meppen – Tokio. Wie immer sieht das Ergebnis sehr eigenwillig aus.

Ganz anders wirkt dagegen meine zukünftige Schwiegermutter, die neben ihr steht. Die trägt einen sehr konservativen Rock aus Wildseide, dazu die klassische Blusen- und Damenblazerkombination. Cecilia hat sich wieder ordentlich gebotoxt. Aber diesmal hat der Arzt es so hinbekommen, dass die Grundeinstellung ihres Gesichts nicht gelangweiltes Desinteresse ausdrückt, sondern ein steifes Lächeln formt. Das passt besser zur Hochzeit des ältesten Sohns. Mein Vater trägt sein dunkles, abgenutztes Lehrersakko, das er immer zu Abiturfeiern herausholt. Natürlich keine Krawatte. Mein Vater hat noch nie in seinem Leben eine Krawatte getragen, zumindest nicht mehr, seitdem er sich selbst als politischen Aktivisten sah. Hubertus, der Vater von Enno, mustert meinen Vater aufmerksam. Man hat sich schon selbst bekannt gemacht. Die Stimmung ist distanziert, aber höflich. Nur Enno hebt leicht genervt die Augenbrauen, als würde ihm die pure Anwesenheit meiner Eltern missfallen. Oder übertreibe ich jetzt?

Zumindest kann ich keine weiteren Hinweise für unhöfliche Ablehnung entdecken. Wir setzen uns an die gedeckte Kaffeetafel. Ennos Eltern ist der klassische Smalltalk viel geläufiger, obwohl meine Mutter ganz gut mithält. Aber das Gespräch will nicht recht fließen. Enno und ich sind noch zerstritten, meine Eltern deutlich irritiert und Ennos Eltern meistens abgelenkt. Denn alle paar Minuten treten neue Hochzeitsgäste an den Tisch, die frisch eingetroffen sind. Man kennt sich, klar. Ennos Eltern sind gefragte Leute. Man umarmt sich, schüttelt die Hände, tauscht Scherze aus und begutachtet diskret oder auch weniger diskret mich, die Braut. Höflich werden auch meine Eltern allen vorgestellt – den Herzogen, Staatsministern a.D., den Fernsehtypen. Die beiden versuchen, heiter zu wirken, aber man sieht ihnen an, wie fehl am Platz sie sich fühlen.

Ich schaue meine Eltern an und habe Mitleid mit ihnen. Mir war nicht klar, wie demütigend es sein kann, die eigenen Eltern orientierungslos zu sehen. Das hier ist nicht ihre Welt. Meine auch nicht, aber ich werde da schon reinkommen. Und meine Familie? Muss ich sie bei diesem Sprung zurücklassen?

Jetzt haut Ennos Vater auch noch meinem Vater auf die Schulter. Ich glaube, er meint, das sei volkstümlich.

»Na, Klaus. Ich darf dich doch Klaus nennen? Eure Tochter erfährt jetzt einen ordentlichen Aufschwung, nicht wahr? Bald trägt sie einen Adelstitel. Das hättet ihr nicht gedacht, oder?« Er zwinkert mir zu. Mein zukünftiger Schwiegervater zieht meinen armen Vater ein wenig zur Seite. »Enno hat mir von deiner politischen Vergangenheit erzählt. Wir müssen mal irgendwann darüber reden. Ich habe auch die ein oder andere Geschichte dazu beizutragen – natürlich von der anderen Seite des Schützengrabens.« Er lacht laut.

Mein Vater lächelt schmal und wirkt weiterhin sehr blass. Klaus ist ein bekennender Pazifist. Das Wort »Schützengraben« kommt in seinem Wortschatz nicht vor. Diese adlige Selbstverständlichkeit der von Rufenbergs haut ihn um, ich kann es ihm ansehen.

Mein Gefühl sagt mir, wir sollten dieses erste Zusammentreffen möglichst schnell beenden. Bloß keine zu hohe Dosis Adel beim ersten Mal. Sonst könnte es zu einer allergischen Reaktion kommen.

Möglichst freundlich werfe ich in die Runde, dass meine Eltern eine lange Fahrt hatten und sich jetzt sicher gerne ausruhen würden. Meine Mutter schaut mich dankbar an. Sie wispert mir ins Ohr, ab morgen seien sie nur für mich da. Wenn ich wollte, könnten wir morgen einen Spaziergang zur bis dahin hoffentlich geschmückten Kapelle machen. Aber für heute hätten Papa und sie erst mal genug. Ob das in Ordnung sei? Ich nicke.

Auch Enno und seine Eltern verabschieden sich jetzt. Sie wollen zurück zum Gutshaus. Ich vermute, sie haben heute Abend einige Gäste zum Dinner eingeladen – darunter auch Chichi und ihre Eltern. Da hätte ich eh keine Lust, dabei zu sein. Enno küsst mich beim Abschied zum ersten Mal vor seinen Eltern und sagt leise, ich solle ihm »wegen eben« bitte nicht böse sein. Er sei wohl auch etwas aufgeregt. Dann entschwinden meine Eltern im Hotelfahrstuhl und die Familie Rufenberg durch die vollautomatische Hoteleingangstür. Als ich mich schon umdrehen will, um in meine Suite zu gehen, kehrt Ennos Vater unerwartet zurück. Er holt einen braunen DIN-A8-Umschlag aus dem Jackett und hält ihn mir hin. Das habe er fast vergessen, sagt er. Nur eine kleine Formalität. Ich könne ihm die Papiere morgen unterschrieben zurückgeben.

Meine Augen werden schmal. Die Geschäftsfrau in mir übernimmt die Regie. »Ehevertrag?«, frage ich Hubertus.

Der schüttelt den Kopf. »Wir nennen es Hausgesetz.« Dann ist er weg.

Zurück in meinem Zimmer, lege ich den Umschlag ungeöffnet auf den Couchtisch. Was glauben die eigentlich, mit wem sie es hier zu tun haben? Egal, was in den Papieren steht – das Timing ist eine Frechheit. Jeder, der in der Wirtschaft arbeitet, weiß, dass man Verträge niemals unter Druck unterschreiben darf. Diese Hochzeit mag zwar knapp angesetzt sein. Aber Zeit genug, mir in Ruhe dieses sogenannte Hausgesetz vorzulegen, war da. Was ist überhaupt ein Hausgesetz? Verpflichte ich mich darin, nur Schuhe mit maximal 5-cm-Absatz zu tragen? Oder meine erstgeborene Tochter »Anna-Luisa-Clara-Matilde« zu nennen, den Sohn dagegen »Ferdinand-Carl-Johann-Frederik«?

Ich sitze auf dem schönen Biedermeiersofa, schaue hinaus und beobachte, wie die Dämmerung hereinbricht. Wer hätte gedacht, dass ich mich zwei Tage vor meiner Hochzeit so verloren fühle? Ich versuche, Enno auf dem Handy zu erreichen, aber der ist »contemporary not available«. Der Handyempfang im Gutshaus ist schlecht. Soll ich ein Glas Champagner trinken? Ach, der Champagner ist inzwischen warm. Ich öffne die Flügeltür zum Park, um die Flasche in die Kälte zu stellen. Die frische Luft tut mir gut. Ich beschließe, noch einen Abendspaziergang zu machen. Vielleicht steigt dann meine Laune wieder.

Ist diese Hochzeit ein Fehler? War mein altes Leben besser?

Schon im Mantel, lege ich zum ersten Mal seit Wochen meinen Verlobungsring ab. Ein letztes Mal will ich ganz bei mir sein. Noch einmal die alte Nina. Ich lege den Diamantring auf die alte Kommode, unter das Porträt der unbekannten Dame. Dann schlüpfe ich durch meine Terrassentür nach draußen. Wenn ich allein bleiben will, muss ich unbedingt die Hotellobby meiden. Da sitzen einige unserer Hochzeitsgäste und spielen Bridge. Sie würden mich natürlich – neugierig wie sie sind – auffordern, mich dazuzusetzen. Ich bin nicht in der Stimmung dafür.

Ein schmaler Pfad führt durch den Park, er verläuft etwas abseits der großen, hell erleuchteten Wege. Der Pfad mündet in einen ungeteerten Feldweg, die Strecke liegt im Dunkeln, aber weiter hinten durch Bäume hindurch sehe ich schon die Lichter eines Dorfes. Ich könnte auch auf der erleuchteten Straße, die zum Hotel führt, ins Dorf gelangen. Aber dann würde ich Gefahr laufen, im Lichtkegel eines eintreffenden Hochzeitsgastes zu landen. Das gibt nur Gerede. Ich will den Ärger mit Enno nicht noch vergrößern.

Also gehe ich allein durch die Felder. Ich komme mir vor wie Gretel ohne Hänsel. Ich würde mich gerne anders fühlen, aber ich fürchte, ich bin nicht ganz so glücklich, wie ich an diesem Abend sein sollte.

Der Feldweg ist gottlob kurz, denn ich fürchte mich so mutterseelenallein zwischen Ackerfurchen und windschiefen Bäumen. Das kleine Dorf, das ich jetzt durch eine Seitengasse betrete, scheint hübsch zu sein. Viel Fachwerk. An der Ecke einer größeren Kreuzung liegt eine Gaststätte. Das Werbeschild der Brauerei leuchtet, eigentlich eine gute Idee, jetzt ein frisches Bier und dann zurück ins Hotel. Ich steige fünf Treppenstufen hinauf und stehe vor der Gaststättentür mit Butzenscheiben.

Als Erstes muss ich mit dem schweren Stoffvorhang hinter der Tür kämpfen. Einen kurzen Augenblick bin ich gefangen zwischen Butzenscheiben und weinrotem Filz, der die Kälte draußen halten soll. Während ich mit dem Stoff kämpfe, um den Eingang zu finden, komme ich mir kurz vor wie der einzige Gast bei einem einsamen Junggesellinnenabschied.

Der Schankraum ist ziemlich leer, nur an einem Tisch sitzt eine Dreiergruppe und kloppt Skat. Vor ihnen steht ein Bataillon kleiner Schnapsgläser. Auch der Aschenbecher ist voll – auf

Rauchverbot wird hier nicht viel gegeben. Der Gastwirt poliert hinter dem Tresen seine Gläser mit einem karierten Handtuch. Auf einem Barhocker sitzt ein Typ im Lederblouson, der sich nun von der Theke wegschiebt, damit er genug Platz hat, um sich zu mir umzudrehen. Alle im Raum starren mich an.

Mir schießt durch den Kopf, dass ich hier im Moment die einzige Frau bin. Irgendwie werden mir solche Situationen, je älter ich werde, immer unangenehmer. Soll ich lügen und behaupten, ich hätte da draußen eine Autopanne, aber kein Handy? Blödsinn, das gibt nur Komplikationen. Entschlossen lächelnd, steuere ich den Barhocker an, der von dem grimmigen Typen in der Lederjacke am weitesten weg liegt, grüße den Gastwirt und setze mich auf den Hocker.

Der Kneipenwirt zeigt mir fragend ein leeres Bierglas – sein kleinstes, schmalstes. Ich nicke. Er wirft das Handtuch über seine Schulter und beginnt zu zapfen. Niemand kümmert sich mehr um mich. Das ist mir sehr recht.

Wieder Bewegung an der Kneipentür, wieder kämpft jemand mit dem schweren Vorhang. Wer immer es ist, er oder sie ist garantiert auch nicht von hier. Wer von hier ist, der weiß, an welcher Stelle man durchschlüpfen muss. Es hat etwas von einem Bühnenauftritt: Der Vorhang raschelt und bewegt sich, und dann tritt wieder ein Unbekannter ein. Ich bin mir sicher, dass alle zur Tür starren. Der Gastwirt und der Lederblouson auf jeden Fall. Ich nicht. Der Kneipier stellt gerade das einsame Damenbier vor mich hin. Es geht nichts über den ersten Schluck eines frisch gezapften Biers. Ich spüre schon den Schaum an den Lippen, da ruft jemand laut: »Prost, Schwanenhals!« Dann steht Mr. Martini neben mir und grinst. Er bestellt sich auch ein Bier.

»Was machst du denn hier?«, stammle ich. Aber ich kann es mir schon denken. Die einzig mögliche Erklärung für seine Anwesenheit breitet sich in mir aus wie ein tausendfach beschleunigter Fieberschub: Mr. Martini ist einer der 350 Hochzeitsgäste – meiner 350 Hochzeitsgäste.

Ich will etwas sagen, aber ich weiß nicht was, und es ist nicht bloß dieser Überraschungsangriff meiner Vergangenheit. Es ist das dumme, flaue, aber unabweisbare Gefühl: Irgendetwas läuft hier schief, unübersehbar schief mit meiner supertollen Adelshochzeit. Nina! Reiß dich zusammen! Ein blöder Zufall, nicht mehr. Mach kein Schicksalsdrama daraus. Hätte ich mir damals im Sommer bloß seinen Namen gemerkt, ich hätte ihn auf der Gästeliste entdeckt und wäre vorbereitet gewesen.

Mein neuer, unerwarteter Thekenpartner wendet sich an den Wirt und informiert ihn: »Wir kennen uns aus Berlin. Sie hat mich schon mal abblitzen lassen.« Zumindest kennt dieser Mann keine Hemmung, private Dinge vor dem Personal auszubreiten.

Der Kneipenwirt lächelt verständnisvoll, so, als hätte er von mir auch schon einen Korb erhalten, und stellt zum Trost das frisch gezapfte Bier vor ihn hin. Wir stoßen an. Ich trinke einen großen Schluck und fühle mich schon etwas besser. Es sieht so aus, als ob dies doch noch ein unterhaltsamer Abend wird.

»Ich vermute, du bist auch auf Ennos Hochzeit eingeladen«, eröffnet Mr. Martini das Gespräch. Dann wird sein Blick durchdringend. »Sag mal, du bist doch nicht etwa die Braut? Ennos zukünftige Frau – heißt die nicht auch Nina?«, fragt er plötzlich misstrauisch.

Ohne nachzudenken, plappere ich einfach los. Dies ist *mein* Abend – ohne Verlobungsring, ohne Enno. »Nein, ich bin nur eine enge Freundin von ihr. Wir kennen uns seit der Grundschule.«

Nina, was redest du da? Bist du verrückt? Vorhin bist du abseits der Straße über die Felder gelaufen, um Komplikationen zu vermeiden, und jetzt redest du dich um Kopf und Kragen.

Zu spät. Mr. Martini sieht zwar nicht besonders überzeugt aus. Er ist eben ein guter Statistiker, so wie es sich für einen Wirtschaftsberater gehört. Wie groß ist die Wahrscheinlichkeit, dass in den Siebzigern zwei Ninas dicke Freundinnen waren? In einer Zeit, in der alle Mädchen Heike, Steffi oder Petra hießen. Also lege ich noch eins drauf. »Die Lehrer konnten uns in der Schule schwer auseinanderhalten. Deshalb kannte man uns meist unter unserem Spitznamen – Hanni und Nanni.«

»Hanni und Nanni?« Er betrachtet mich belustigt. »Ist schon eine Weile her. Aber wenn ich mich richtig erinnere, war Hanni ein ziemlicher Besen. Im Gegensatz zu ihrer freundlichen Schwester Nanni. Warst du Hanni?«

Gut, ich habe mein »Hanni und Nanni« gründlich gelesen, es waren fast zwanzig Bände. Kitty und ich hatten tatsächlich eine extreme »Hanni und Nanni«-Phase, wir trugen eine Zeit lang die gleichen Kleider und Frisuren und spielten den lieben langen Tag die Bücher von Enid Blyton nach. Aber wieso in aller Welt kennt Mr. Martini diese Bücher?

»Drei ältere Schwestern«, sagt der nur.

Zumindest scheint er mir jetzt die Sache mit der doppelten Nina abzunehmen. Morgen werde ich ihn im Lauf des Tages zur Seite nehmen und ihm beichten, dass ich mir ein Scherz mit ihm erlaubt hätte. Das täte mir leid, aber der Abend sei so nett gewesen. Er kenne meine Spielchen ja schon.

Mr. Martini schaut mich neugierig an. »Wolltest du nicht auch unbedingt heiraten? Das letzte Mal, als ich dich sah, warst du wild entschlossen – dir fehlte nur noch der Bräutigam. Aber wie ich sehe, trägst du keinen Verlobungsring. Und jetzt heiratet deine beste Freundin gleichen Namens diesen Märchenprinzen. Das ist doch ...«, er sucht einen kurzen Augenblick das richtige Wort, »... traurig.« Seine Stimme klingt sanft, fast fürsorglich.

»Das ist vorbei. War wohl so eine Art hormoneller Fieberschub. Inzwischen finde ich den Gang zum Altar nicht mehr so erstrebenswert«, lüge ich weiter.

Ich kann es kaum fassen, es läuft wie von selbst. In zwei Tagen bin ich verheiratet. Seit Wochen denke ich an nichts anderes. Und jetzt sitze ich hier auf einem Barhocker und tue so, als wäre ich an einer Hochzeit nicht weiter interessiert. Morgen muss ich Mr. Martini eine Menge erklären. Dürfen Bräute eigentlich alles, so wie Geburtstagskinder? Auch lügen?

»Das höre ich gerne. Du hast mir das letzte Mal bei unserem Treffen auf dem Empfang einen ganz schönen Schock versetzt. Mir war nicht klar, wie entschlossen Frauen wie du auf Bräutigamsuche gehen. Danach bin ich eine Weile aus Vorsicht nur noch mit Zwanzigjährigen ausgegangen. Aber bald ging mir auf die Nerven, dass ich deren SMS-Codes nie entschlüsseln konnte. Die E-Mails waren auch so verflixt kompliziert geschrieben, dauernd Abkürzungen. Eine hatte sogar rosa Kuschelhasen-Schonbezüge für ihre Autogurte. Das ist nicht mehr meine Welt.«

»Armer alter Mann«, kontere ich und bestelle uns eine zweite Runde Bier.

Während wir warten, greift Mr. Martini in seine Hosentasche. Er holt tatsächlich die Serviette hervor, die er damals auf dem Wirtschaftsempfang beschrieben hatte, um meine *rules* auf ihre Tauglichkeit zu testen. Er schiebt sie mir auf dem Tresen hin. »Die habe ich seitdem immer als Warnung dabei.«

Ich blicke auf die Serviette. Täusche ich mich, oder hat er die Contra-Sparte um einen weiteren Punkt ergänzt? Ich meine mich genau zu erinnern, sein letzter Punkt auf der Liste der Argumente, die gegen Lindas *rules* sprachen, wäre »kein schneller Sex« gewesen. Jetzt steht deutlich darunter geschrieben: »Wo bleibt das Schicksal?« Das Wort Schicksal hat er sogar unterstrichen. Wer hätte das gedacht, er hat sich seine Gedanken gemacht. Wie überraschend.

Jetzt kann ich wieder nachvollziehen, warum ich in dieser lauen Sommernacht fast zu ihm mit nach Hause gegangen wäre. Ich schaue Mr. Martini an. Er sieht nicht so korrekt wie Enno aus, eher verwegen – schon die dunklen, dichten Haare würden einen Scheitel nie zulassen. Er trägt sie deutlich kürzer als beim letzten Mal. Der neue Haarschnitt steht ihm.

Nina, bremse ich mich selbst, hör auf, ihn zu betrachten. Und hör auf, ihn charmant zu finden. Mit einem Kerl wie Mr. Martini landet man erst im Bett und dann in der Einsamkeit – egal, was er vorher erzählt. Außerdem stehen solche Gedanken eh nicht zur Debatte, übermorgen wird geheiratet. Ich muss irgendetwas tun, damit mir die Kontrolle über die Situation nicht entgleitet. Reden wir besser doch über Enno, meinen Verlobten! Wenn wir über Enno reden, dann sitzt der quasi mit uns am Tresen. Also frage ich Mr. Martini über Enno aus. Er kennt ihn ja schon länger als ich.

Mr. Martini erzählt aus der Studienzeit und dass Enno immer ein netter Kerl war. Man konnte mit ihm gut um die Häuser ziehen. Nur dieser ganze Burschenschaftskram, der habe manchmal genervt. Und wenn Enno seine vornehme Erziehung zu sehr rausgekehrt habe. Andererseits, das müsse er ihm lassen, konnte man von Enno eine Menge lernen. Zum Beispiel die Nummer mit dem Wald.

»Mit dem Wald?«, frage ich.

Jetzt kommt Mr. Martini richtig ins Erzählen. Enno sei ja Jäger, wo immer er gewohnt und studiert habe, kannte er nach kurzer Zeit die Wälder der näheren Umgebung. An jedem seiner Standorte habe er bald eine traumhafte Lichtung in petto gehabt, auf die er seine Dates zu einem romantischen Abendessen unter dem Sternenhimmel ausführte. »Zwei Dinge waren ihm wichtig: Die Lichtung musste mit dem Auto gut erreichbar sein, damit man das ganze Picknickzubehör gut ausladen konnte. Er hatte immer alles dabei – Stuhl, Tisch, einen silbernen Kerzenleuchter und tolle Sachen zu essen. Meistens haben wir ihm als Freunde beim Aufbau geholfen und dabei schon die erste Flasche Wein geöffnet. Chichi war beim Flaschenöffnen und vom Tellerchen Probieren immer ganz vorne. Kennst du Chichi?«

»Und was war ihm als Zweites wichtig?«, frage ich mit tonloser Stimme. Mir ist plötzlich kalt geworden.

»Ein Waldparkplatz sollte nicht allzu weit entfernt sein. Er führte die Frauen dann immer eine Weile kreuz und quer durch den dunklen Wald. Das machte jedes Mal großen Eindruck. Sie waren ihm ausgeliefert, das scheint euch Frauen zu gefallen. Auf jeden Fall kenne ich keine, die nach diesem romantischen Picknick nicht unsterblich in Enno verliebt war.«

»Der Wald war seine Masche?« Jetzt hört man eine leichte Panik in meiner Stimme. Aber Mr. Martini scheint nichts zu merken. Er schwelgt noch zu sehr in der Vergangenheit.

»Ja, und die kam an. Enno hat die Frauen im großen Stil verführt. Nicht so wie ich – ich bin der klassische Kneipen-, Lounge- und Bar-Aufreißer. Aber du weißt ja selbst, das klappt nicht mehr so gut.«

Ich höre kaum noch zu. Alles dreht sich. Ich habe mir nie Gedanken gemacht, warum in dieser Nacht im Wald alles so perfekt war. Wir setzten uns an einen gedeckten Tisch, alles um uns herum gekonnt drapiert – jetzt sehe ich wieder vor mir, wie symmetrisch die Baguettestangen aus dem Korb ragten, wie geschickt die Patés und kleinen Soßentöpfchen auf dem Tisch arrangiert waren, die Servietten kunstvoll gefaltet, der Wein perfekt temperiert und die Kerzen brannten. Die Handschrift einer Frau! Chichi! Wahrscheinlich saß sie irgendwo im Gebüsch und hat uns beobachtet. Ich komme mir verraten vor. Wie eine Urlauberin, die auf die billige Masche eines schmierigen Strandcasanovas hereinfällt. Jede Saison schleppt er die bleichen Touristinnen ins kleine Restaurant am Kliff ab, das garantiert nur Einheimische kennen, wo man den Sonnenuntergang so schön beobachten kann. Jede umschwärmt er, jede fühlt sich von ihm wie eine Königin behandelt. Nur die Kellner im Hintergrund, die kichern, weil sie das Schauspiel schon Dutzende Male gesehen haben. Morgen ist er wieder mit einer anderen da. Und nächste Woche wieder. Bis zur nächsten Saison.

Mir wird schlecht. Enno und auch Chichi wissen genau, wie viele Frauen auf diesem verfluchten Stuhl im Waldgras gesessen haben. Wir alle haben verzückt in den Sternenhimmel geblickt, naive, kleine Mädchen, und gedacht, da drüben säße endlich der Märchenprinz. Wie dumm ich mir vorkomme. Wieder rufe ich mich zur Vernunft: Und wenn schon – dir hat er einen Antrag gemacht. Nein, nicht einen Antrag. Den Antrag. Bei dir endet Ennos Waldserie. Warum?

Vermutlich hat Kitty recht, ich passe in seinen privaten Lebensablaufplan. Und in dem Moment, als sich bei mir die Möglichkeit auftat, eine wirklich große Karriere im Konzern hinzulegen, da wollte er mich unbedingt haben. Da hat er mich so begehrt, dass er vor mir auf die Knie gegangen ist. Vielleicht war ihm nach einer kleinen Revolte im Hause Rufenberg? Er hatte wohl keine Lust mehr auf die adligen Mädchen, deren Leben schon von Anfang an auf Hochzeit und Kinder ausgerichtet ist. Ist es nicht schicker, so eine großstädtische Lobbyistin zu heiraten? Aber sein kleiner Aufstand ist schon vor der Hochzeit zusammengebrochen. Eben im Hotel hat er mir die erste Szene gemacht, der vermutlich noch viele folgen werden. »Du hast noch einen weiten Weg vor dir, bis du zur echten Freifrau von Rufenberg wirst.« So waren seine Worte. Die lebenslange Umerziehung hat schon angefangen. Ich werde in seinen Augen nie gut genug sein.

Wie benommen gleite ich von meinem Barhocker herunter. Ich will sofort gehen.

Mr. Martini bemerkt jetzt, dass etwas nicht stimmt. »Enno hat diese Waldnummer mit deiner Freundin Nina auch durchgezogen?«, fragt er erschrocken.

Aber ich bin schon im Mantel und mache mich grußlos auf den Weg zur Tür. Im Hintergrund höre ich noch, wie Mr. Martini die Rechnung verlangt. Er wird mich schon auslösen. Ich will nur ganz schnell weg und allein sein.

Die Gaststättentür hat sich hinter mir geschlossen, ich laufe eilig die Stufen runter und renne Richtung Felder. Bloß weg, bevor Mr. Martini rauskommt. Mir ist jetzt nicht nach seichtem Wortgeplänkel. Die letzten Häuser habe ich hinter mir gelassen, jetzt bin ich wieder auf dem dunklen Feldweg. Weit hinten kann ich die Lichter des Hotels schimmern sehen. Irgendwie bin ich zugleich nüchtern und angetrunken. Ich fühle mich elend, aufgewühlt und verraten. Eindeutig nicht wie eine glückliche Braut.

Ein Tier flitzt über den Feldweg und verschwindet im Graben. War es eine Katze? Oder ein Fuchs? Jetzt ist es noch dunkler als auf dem Hinweg, der Himmel ist bedeckt, kein Mond, keine Sterne. Meine Augen brauchen eine Weile, sich an die Finsternis zu gewöhnen. Was soll ich machen, wenn ich im Hotel zurück bin? Weinen? Abreisen? Einfach über dieses routinierte Waldpicknick hinwegsehen? Chichis Vater hatte recht: Ich war wirklich leichte Beute für Enno. Lindas Regeln haben vorgegaukelt, ich mache es den Männern ganz kompliziert, dabei war es in Wahrheit für sie doch ganz einfach: Ich bin eine Frau, die unbedingt geheiratet werden will.

Nichts in der Welt ist leichter, als so eine dämliche Frau rumzukriegen.

Niemals hätte ich Bombay absagen dürfen. Hätte Enno mich wirklich gewollt, er wäre mir nachgeflogen. Vielleicht wäre er sogar mitgekommen? Stattdessen war ich – als ich den riesigen Verlobungsring sah – sofort bereit, einen Kompromiss nach dem anderen zu machen. Enno möchte, dass ich in Berlin bleibe? Ich bleibe! Ennos Mutter möchte, dass ich die Locken gerade ziehe? Dann bürste ich sie raus! Ennos Vater wünscht sich, dass ich mit Ankunft der Kinder meinen Beruf aufgebe? Gut, dann bleibe ich halt ein paar Jahre zu Hause und übernehme den Ladieslunch! Jetzt schon. Wie viele Zugeständnisse ich mache. Und dieses bekloppte beige Donna-Karan-Kostüm hätte ich mir freiwillig auch nie gekauft. Von dem Brautkleid will ich gar nicht reden.

Noch geschätzte hundert Meter, dann bin ich im Park. Ich kann mich noch nicht mal vor Kummer im hoteleigenen Springbrunnen ertränken, kein Wasser drin. Zumindest ist die Flasche Champagner vor meiner Hotelsuite inzwischen kalt. Enno soll sich bloß vorsehen, dass ihm morgen nicht die geleerte Flasche um die Ohren saust. Dem mache ich eine Szene!

Hinter mir höre ich schnelle Schritte auf dem Feldweg. Ich drehe mich um und sehe Mr. Martini, wie er hinter mir herjoggt. Da ich das Treffen eh nicht mehr vermeiden kann, bleibe ich stehen. Atemlos steht er vor mir.

»Bitte erzähl deiner Freundin nichts. Ich will keinen Schatten auf diese Hochzeit werfen. Nicht jede Liebe beginnt perfekt«, redet er auf mich ein.

»Das stimmt. Der eine schleppt reihenweise Frauen in den Wald ab. Der andere bezirzt seine Opfer in Strandbars an der Spree. Klingt ähnlich abgeschmackt«, bestätige ich.

»Aber ich schwöre, vorher war ich noch nie mit einer Frau in dieser Strandbar. Du warst die allererste.« Und dann zieht er mich zu sich heran und küsst mich. Vielleicht will er damit von Enno ablenken. Vielleicht will er mich wirklich küssen. Ist mir auch egal. Er küsst noch genauso gut wie damals im Spätsommer. Und ehrlich gesagt, der Grund, warum ich diesen Kuss zulasse, zeugt auch nicht gerade von meinem guten Charakter. Es ist das süße Gefühl der Rache. Wenn ich die Hochzeit mit Enno irgendwie noch mit Anstand durchziehen will, dann müssen wir wieder ein inneres Gleichgewicht finden. Er hat mich verraten, jetzt werde ich ihn betrügen. Wenn wir noch eine Chance haben wollen, dann muss ich mit ihm quitt sein. Vielleicht war ich damals im Wald dumm. Nun bin ich schlauer.

Betrug ist vermutlich die reizvollste Art der Rache. Zumindest kann ich nicht sagen, dass mir missfällt, was hier im Freien passiert. Mr. Martini und ich sind eng ineinander verschlungen, eine seiner Hände liegt inzwischen auf meinem Po, die andere hat er in meinem Haar vergraben. Meine Hände sind unter seine Jacke gerutscht, der Körper, der sich unter seinem Hemd abzeichnet, fühlt sich vielversprechend an. Was für ein gut gebauter, sportlicher Mann. Ich erinnere mich wieder an das Fitnessgerät, das sich damals als Schattenriss am Panoramafenster seiner Wohnung abzeichnete. So wie Mr. Martini küsst, kann man die Welt um sich herum getrost vergessen. Genau diesen Typ Mann brauche ich jetzt.

Also löse ich mich von ihm, ergreife seine Hand und führe ihn auf dem kleinen Pfad zurück zum Hotel. Muss ich erwähnen, dass niemand um diese Zeit im Garten ist? Überhaupt sind kaum noch Lichter in den Zimmern an, die meisten Gäste sind wohl schon schlafen gegangen. Ab und zu zieht mich Mr. Martini zu sich zurück, umgreift mich von hinten und küsst meinen Nacken. Seine Hand sucht den Weg durch die Knopfleiste meines Mantels, findet problemlos den Weg unter mein Comme des Garçons-Langärmelshirt. Als ich seine kalte Hand auf meinem nackten Bauch spüre, werde ich fast wahnsinnig vor Lust und weiß kaum noch, wie wir die letzten Meter zu meinem Hotelzimmer schaffen sollen. Endlich schlüpfen wir durch die offene Terrassentür in meine Suite.

Ich habe längst die Kontrolle über diesen Racheplan verloren.

Wir ziehen uns gegenseitig aus – wir reißen, zerren, stolpern, wir fallen. Überall im Zimmer sind Kleidungsstücke verteilt. Mein Mantel liegt gleich hinter der Terrassentür, seine Jacke ist auf das Bett geflogen, das Langarm-Shirt und Hemd landen auf und unter dem Couchtisch, die Hose, das Kostüm und die Schuhe liegen verteilt irgendwo im Raum, genauso wie die Unterwäsche – nur meinen BH entdecke ich noch, weil der bei einem schwungvollen Wurf an der Kante der Kommode hängen geblieben ist.

Jetzt sind wir nackt, aber wir sind zu aufgedreht, um jetzt zu liegen. Wir sitzen beide aufrecht, er auf dem Hotelteppich, irgendwo zwischen Biedermeier-Sofa und antiker Kommode, ich bald auf ihm. Das ist zwar kein Kamasutra, wie es im Lehrbuch steht, aber für das erste Mal ist es wirklich guter Sex. Überhaupt: endlich wieder guter Sex! Wir lassen uns Zeit. In einem Moment sind wir leidenschaftlich und explodieren vor Bewegung, im nächsten halten wir inne, obwohl wir uns am liebsten verschlingen würden, halten inne und schauen uns an. Wir schauen uns in die Augen, bis wir beide glücklich loslachen und wieder übereinander herfallen. Am Ende, als er kommt, liegen wir irgendwo zwischen Couchtisch und Bettfuß.

In diesem Moment schießt mir durch den Kopf, dass ich ohne diesen Körper nicht mehr sein will. Ich kann mir nicht mehr vorstellen, wie das Leben vorher, ohne Mr. Martini war. Und ich weiß, all das sind nicht die kühlen Gedanken einer Rächerin.

Später, als wir beide Arm in Arm in meinem Himmelbett liegen und ich noch denke, dass Mr. Martini wohl weggeschlafen ist, da murmelt er: »Vielleicht sollte ich dich übermorgen auch heiraten. Einer muss schließlich Hanni heiraten, wenn Nanni unter die Haube kommt.« Wir schlafen noch mal miteinander, diesmal fast gesittet. Dann küsst er mich auf die Stirn und schläft ein.

Ich liege mit dem Kopf auf seiner Brust, starre in die Dunkelheit und weiß, dass ich ein riesiges Problem habe.

KAPITEL 22

Das Erste, was ich am Morgen sehe, sind Kitty und Linda vor meinem Himmelbett. Vermutlich haben sie an der Zimmertür geklopft, aber ich habe wohl zu tief geschlafen, um ihr Klopfen zu hören. Da liegt das Problem, wenn man keine Zimmerkarte, sondern echte Zimmerschlüssel ausgehändigt bekommt. Man muss abends abschließen, wenn morgens keiner ungebeten ins Zimmer eindringen soll. Zu spät. Nun stehen die beiden wie eine Erscheinung vor mir. Eigentlich sind sie, wie verabredet, so früh angekommen, um mir bei den Vorbereitungen für die Hochzeit zu helfen. Aber es ist unübersehbar, dass sich die Situation radikal verändert hat.

»Das ist nicht dein Bräutigam«, kommentiert Kitty trocken und zeigt auf den schlafenden Mr. Martini.

Linda droht auszuflippen. Die ersten hysterischen Anzeichen machen sich schon bemerkbar. Sie öffnet und schließt ihre Hände abwechselnd und überdehnt dabei die Muskulatur grotesk. Sie versucht sich in den Griff zu bekommen. Aber es fällt ihr sehr schwer. »Oh my God, oh my God«, quiekt sie. Dann dreht sie sich ruckartig zu Kitty, packt sie an beiden Armen, beginnt sie zu schütteln und schreit: »Wir müssen etwas tun!«

Mr. Martini kriegt von allem nichts mit. Er schläft und lächelt dabei. Er sieht glücklich aus.

Kurz umspült mich eine warme Woge des gleichen Gefühls, als ich in sein Gesicht schaue. Doch sobald ich in die Mienen meiner Freundinnen blicke, gefriert es. Ich brauche mir nichts vorzumachen, ich hocke hier im Auge des Orkans, der bald losbrechen wird. Heute. Gleich. Jetzt. Diese Traumhochzeit wird mir wie ein tobender Sturm um die Ohren fliegen. Es ist vermutlich völlig egal, was ich als Nächstes tue. Es ist einfach alles zu spät.

Linda hat inzwischen die stoische Kitty losgelassen, ist um das Bett herumgerannt – nicht auf meine Seite, sondern auf die Seite von Mr. Martini – und versucht, ihn wach zu rütteln. »Aufwachen, Mister«, schreit sie verzweifelt, aber er reagiert nicht. Vielleicht doch ein Bier zu viel? Oder haben wir noch den Champagner getrunken? Linda wendet sich entnervt an mich. »Wie heißt der Mann? Womöglich reagiert er auf seinen Namen.«

Ich räume ein, keine Ahnung zu haben, wie er heißt. Es ist erstaunlich, Linda kann ihre Hysterie noch steigern. Ich dachte, sie sei schon im oberen Bereich der Skala angekommen. Aber jetzt werden ihre Bewegungen wirklich zuckend und unkontrolliert. Der Mund steht sperrangelweit offen. Wäre die Lage nicht so ernst, ich müsste lachen.

Kitty lacht tatsächlich. »Ein unbekannter One-Night-Stand in der vorletzten Nacht vor der Hochzeit. Sehr apart, Nina.«

Linda hat von Mr. Martini abgelassen und will nun, völlig außer sich, über den Mann hinübersteigen, um mich zu fassen zu kriegen. »Hast du denn in den letzten Monaten durch die *rules* nichts gelernt? Wofür habe ich mir die ganze Mühe gemacht? Ich wollte eine Frau aus dir machen, eine richtige Frau. Und diese Hochzeit sollte die Krönung meiner Arbeit sein – und so dankst du es mir? Du bist genauso wie …«

Inzwischen bin ich aus dem Bett herausgesprungen, um nicht von ihr erwischt zu werden. Vermutlich würde sie mir in ihrer Wut heftig an den Haaren ziehen.

»… wie früher.«

Jetzt jubelt Kitty. »Endlich wie früher! Ich habe die alte Nina in den letzten Monaten wirklich vermisst.«

Da ich splitterfasernackt bin, greife ich mir die mit orientalischen Ornamenten geschmückte Tagesdecke des Bettes vom Boden und wickle mich darin ein. Wie viel Uhr ist es eigentlich? Draußen ist wunderschönes Wetter. Hochzeitswetter. Eine Elster hüpft über das Gras des Parks, man sieht noch den Raureif auf den Halmen glitzern. Ein perfekter Tag – nur liegt ein Liebhaber im Himmelbett der Braut.

Mr. Martini bewegt sich. Er wird langsam wach. Ein morgendlicher Begrüßungskuss wäre jetzt unangebracht. Was sollte ich ihm auch sagen: Hallo, Schatz. Ich bin übrigens die Braut. Mein Kopf schmerzt. Ich habe Mist gebaut.

Während ich noch in der Mitte des Raumes stehe, vor mir eine grinsende Kitty, auf dem Bettrand sitzend eine völlig aufgelöste Linda und daneben ein langsam erwachender Mr. Martini, öffnet sich meine Hotelsuite zum zweiten Mal. Meine Schwiegermutter in spe tritt herein. Cecilia trägt das Diadem in der Hand, das ich zur Trauung tragen soll. Ihre schönheitschirurgische Lachmaske sitzt perfekt. Dann schaut sie sich um.

Man muss keine Ausbildung beim CSI absolviert haben, um Spuren der Leidenschaft in diesem Raum abzulesen. Damit beziehe ich mich nicht nur auf den hübsch drapierten BH an der Kommodenecke. Auch der Rest der weit verstreuten Kleidungsstücke liefert viele Informationen, der Rock meines Kostüms ist deutlich sichtbar zerrissen. Sofort ist klar, hier haben Liebende richtig Spaß miteinander gehabt.

Cecilia blickt sich langsam um. Als ihre Augen danach wieder bei mir angekommen sind, passiert etwas Eigenartiges, was ich nur als Specialeffekt im Kino für möglich gehalten hätte. Der Mund lächelt starr weiter, er kann nicht anders, er ist halt in diese Form gespritzt. Aber die Augen weiten sich mit jeder Sekunde, und in ihnen steht blankes Entsetzen.

»Enno!«

Es ist ein Schrei, der durch Mark und Bein geht. Einer, den man das ganze Leben lang nicht wieder vergessen wird. Ein Schrei, den man um Mitternacht in den Gemäuern einer mittelalterlichen Burg erwarten würde. Allerdings bin ich mir nicht sicher, was Cecilia mehr aufregt. Dass ihr Sohn offensichtlich kurz vor seiner Hochzeit von der Braut betrogen worden ist. Oder dass hier schon eine kleine Öffentlichkeit die Spuren des Skandals besichtigt – zwei ihr völlig unbekannte Damen. Linda und Kitty.

»Enno!«

Um das einzig Positive vorwegzunehmen: Ich muss den Augenblick der Wahrheit nicht zweimal durchstehen. Enno und Mr. Martini erfahren sie zeitgleich. Enno, der mit schnellen Schritten über den Hotelflur herangeeilt kommt, reißt die Tür auf und steht jetzt im Zimmer. Er braucht naturgemäß einen kurzen Augenblick, sich zu orientieren.

Auch Mr. Martini hat sich mit einem Ruck aufgesetzt und versucht nun zu begreifen, wo er hier reingeraten ist. Vor seinem Bett hat sich eine größere Gruppe bekannter und unbekannter Menschen aufgebaut und starrt ihn an. Er greift neben sich, weil er mich noch im Bett vermutet, aber ich stehe in eine orientalische Decke gehüllt daneben, während eine völlig aufgelöste blondierte Amerikanerin in dem rührenden, aber völlig sinnlosen Versuch, mich und die Situation zu retten, auf dem Boden herumkriecht und die verstreute Wäsche einsammelt.

Jetzt erkennen Mr. Martini und Enno einander. Das wäre genau der richtige Zeitpunkt, sich in Luft aufzulösen.

Als Erster findet Mr. Martini die Sprache wieder. Er sagt so etwas wie »Was in aller Welt ist hier los ...«, und blickt sich suchend im Raum um. Seine Augen bleiben an meinem Brautkleid hängen, das Madame Zita so hübsch vor der Schranktür drapiert hat. Jetzt fängt ihm an, etwas zu dämmern. Der nächste Blick, den ich mir von ihm einfange, kann man schwerlich als liebend bezeichnen. Aber es liegt viel Gefühl darin, das schon.

Enno starrt weiterhin Mr. Martini an. Er hat sich noch nicht nach mir umgeschaut. Jetzt sehe ich, wie er die Fäuste ballt. Er zischt: »Fred.«

Gut, damit wäre die Namensfrage wohl geklärt. Mr. Martini heißt also Fred. Darauf wäre ich nie gekommen. Christian, Thomas, Thorsten, Gregor, Heiko, Florian – solche Namen sind ja gängig. Aber Fred?

Jetzt bin ich an der Reihe. »Du möchtest mir das hier sicher erklären«, sagt Enno zu mir nur, der Ton seiner Stimme lässt mich gefrieren.

Was gestern noch wie ein kühner, sehr überdachter Racheplan aussah, wirkt jetzt einfach nur schäbig. Was soll ich also sagen?

Ich mache das, was Millionen Frauen in meiner Lage getan hätten. Ich attackiere Enno.

»Die Waldpicknicknummer, die hast du schon mit zig Frauen durchgezogen, nicht wahr? Du bist widerlich«, schleudere ich ihm entgegen. Aber ganz wohl fühle ich mich nicht. Denn zugegeben, für alle hier im Raum bin ich klar die Schuldige. Und das Schlimmste ist: Sie haben recht.

Damit ist Fred wieder im Spiel. Enno will jetzt offensichtlich auf ihn losgehen, aber Kitty wirft sich dazwischen. Seitdem sie Ärztin in diesem Berliner Problemkiez ist, kennt sie ein paar wirklich beeindruckende Handgriffe. Kitty wäre als Ordner für Fußballspiele geeignet. Enno brüllt jetzt. »Du hast es ihr erzählt? Was für einen miesen Charakter hast du eigentlich, Fred? Das hätte ich nie von dir gedacht!«

Der wehrt sich. »Ich hatte doch keine Ahnung, dass Nina die Braut ist. Sie hat es gestern Nacht in der Kneipe bestritten und behauptet, ihre beste Freundin, die morgen heiratet, hieße auch Nina.« Zum Glück jammert Fred nicht, sondern klingt genauso wütend wie Enno. Nichts ist erbärmlicher als ein jammernder Liebhaber.

Kitty dreht sich jetzt zu Fred um, sie lässt dabei Enno los, der sich wieder beruhigt hat. »Du hast ihr wirklich geglaubt, ihre beste Freundin hieße auch Nina und würde übermorgen Enno heiraten?« Sie grinst.

Fred sieht jetzt hilflos aus. »Ich gebe zu, heute Morgen klingt das komisch. Aber sie hat mir beim Lügen direkt in die Augen gesehen.« Sein Kopf dreht sich, er funkelt mich zornig an. »Nina, du bist eine geborene Lügnerin!«

Enno steigt jetzt aus der ganzen Sache aus. Er lässt sich in den Sessel fallen und sackt in sich zusammen. Kein Wort ist mehr von ihm zu hören, er schaut auch nicht mehr hoch. Kitty fängt jetzt auch damit an, meine Sachen vom Boden aufzusammeln. Sie reicht Fred seine Kleidungsstücke. Er springt aus dem Bett, dreht sich von uns weg und zieht sich hastig etwas über. Cecilia kann die Augen nicht von ihm abwenden.

Kitty führt mich ins Bad, wahrscheinlich, damit ich mich auch anziehe. Sie schließt die Tür hinter uns. Ich kann noch hören, wie Cecilia sagt: »Das war es dann wohl. Diese Hochzeit können wir abblasen. Es ist alles sehr kompromittierend.«

Unter Kittys Blicken, die auf dem Badewannenrand hockt und mir die Kleidungsstücke hinhält, ziehe ich mich an. Alles in mir und um mich herum fühlt sich taub an, wie nach einer großen Explosion. Traumwandlerisch beginne ich, nachdem ich angezogen bin, meine Badezimmersachen zusammenzuräumen. Oder sollte ich sagen: albtraumwandlerisch?

Kitty hilft mir. Sie merkt, wie ich zittere. Ganz sanft streicht sie mir über die Wange. »Egal, was passiert. Ich bin immer deine Freundin.«

Dankbar schaue ich sie an und beiße mir gleichzeitig auf die Lippen. Ich will nicht anfangen zu weinen. Alles, bloß keine Tränen. Ich allein habe dieses Chaos angerichtet, also werde ich es auch hocherhobenen Hauptes hinter mir lassen.

Als wir aus dem Badezimmer kommen, sehe ich gleich, dass Fred weg ist. Ich kann es ihm nicht verübeln. Die Terrassentür ist angelehnt, ich vermute, er hat den unbeobachteten Weg durch den Park gewählt.

Enno sitzt weiterhin in der gleichen Position im Sessel. Linda hat schon angefangen, meine Taschen zu packen. Cecilia wacht genau darüber, was sie einpackt. Sie fordert alles zurück, was mit der Hochzeit zu tun hat: Brautschleier, Brautschuhe, das Kostüm für den Hochzeitsbrunch am nächsten Tag. Egal, ich werde mich jetzt nicht um solche Kleinigkeiten streiten.

Neu im Raum ist Madame Zita. Sie trägt wie immer ein Chanelkostüm – heute in Schokoladenbraun. Um an den Kleidersack für das Brautkleid zu kommen, muss sie an mir vorbei. Sie sieht traurig aus. Als sie in meiner Höhe ist, ergreift sie meine Hände. »Kindchen, in unseren Kreisen betrügt man sich erst nach der Hochzeit. Nicht vorher«, sagt sie vorwurfsvoll. Sie hat ja recht.

Ich zucke hilflos mit den Schultern. Gestern Nacht kam mir alles so logisch vor – die Rache an Enno, das Gefühl, vor der Hochzeit alles mit einem Betrug wieder ins Lot zu bringen, um die Täuschung und Erniedrigung durch Enno auszugleichen. Aber dann wurde die Nacht viel zu schön. Ein Liebesabenteuer mit einem Typen, der sich rühmt, ein pilotendickes Adressbuch voller Mädchennamen bei sich zu tragen. Was habe ich mir nur dabei gedacht?

Plötzlich schreit Linda auf. »Jetzt weiß ich, wo ich diesen Fred schon einmal gesehen habe. Damals auf dem Wirtschaftsempfang in Berlin. Er ist dein Ex«, ruft sie empört.

»Nein«, antworten Kitty und ich unisono.

Cecilia nimmt den Ball auf. »Du hast deinen Seitensprung also bewusst auf die Gästeliste geschmuggelt. Und meinen Sohn damit von Anfang an hintergangen«, giftet sie.

»Das ist nicht wahr«, verteidige ich mich schlapp, aber im Ernst, wie soll ich diesen Schlamassel erklären?

Linda drückt kopfschüttelnd meine Koffer zu.

Ich greife mir meine Handtasche und sage zu meinen Freundinnen: »Ich glaube, wir gehen jetzt besser.«

Enno reagiert weiterhin nicht. Soll ich noch mal zu ihm gehen? Aber was kann ich ihm sagen? Es gibt keine Entschuldigung. Also drehe ich mich weg.

Fast bin ich draußen, da fragt Enno in meinen Rücken hinein: »Trägt sie den Ring unserer Großtante noch?«

Meine Fast-Schwiegermutter packt mich hart am Arm. »Am Finger ist er nicht. Nina, hast du ihn im Gepäck?«

Ich mache mich von ihr los. Körperlich bin ich dieser Frau überlegen. Mit dem Kopf deute ich zur Kommode, da liegt der Diamant seit gestern. Er sieht unschuldig rein aus. Hätte ich den Verlobungsring am Abend nicht abgelegt, alles wäre anders gekommen. Meinen Armreif, das letzte Geschenk von Enno, lege ich dazu. Beim Hinausgehen sehe ich noch, wie Cecilia sich den Schmuck schnappt.

Irgendwie muss die Nachricht von meinem Betrug bis in den Frühstücksraum gedrungen sein. Auf dem Hotelflur stolpern mir schon meine völlig aufgelösten Eltern entgegen.

»Was ist los, Nina?«, ruft meine Mutter schon von Weitem, aber ich glaube, sie weiß schon ziemlich genau, was los ist. Wie die anderen auch. Eine Traube von Hochzeitsgästen hat sich um die Rezeption versammelt. Was jetzt kommt, wird ein Höllengang. Ich muss durch die Menge hindurch und auschecken.

So gerade wie möglich schreite ich zur Rezeption. Hinter mir mein kleines Gefolge – Kitty, die wütende Linda, meine aufgewühlten Eltern. Die Gästemenge spaltet sich und gibt mir den Weg zur Rezeption frei. Am Ende erwartet mich die Rezeptionistin – und mein Schwiegervater Hubertus.

Die Rezeptionistin hat schon alle Papiere fertig, ich muss nur noch meine Kreditkarte rüberreichen. »Das tut mir alles sehr leid«, flüstert sie leise. Dann verschwindet sie zum Kartenlesegerät.

Ich bin alleine mit meinem Schwiegervater und einer großen Anzahl neugieriger Hochzeitsgäste. Die Stimmung ist gegen mich. Klar, was sonst.

»Ich verbiete Ihnen jeglichen weiteren Kontakt mit meinem Sohn«, sagt Hubertus Freiherr von Rufenberg streng.

»Keine Sorge«, antworte ich ihm. Dann biete ich an, alle Kosten für die gescheiterte Hochzeit zu übernehmen. Das wird zwar meine Ersparnisse mit einem Schlag auffressen. Aber diese Geste gebietet mir mein Stolz. Ich will den von Rufenbergs nichts schuldig bleiben. Wie bei einem Geschäftstermin reiche ich Hubertus meine Visitenkarte und sage, er solle alle Rechnungen an meine Büroadresse schicken.

Hubertus schüttelt den Kopf. Er holt nun selbst eine Visitenkarte aus der Tasche und schreibt seine Kontoverbindung darauf. »20 000 Euro und wir sind quitt. Alles andere tragen wir«, sagt er sachlich. Mit dem Mann hätte ich gut Geschäfte machen können. Er reicht mir die Kontoverbindung.

»Frauen wie Sie, die denken immer nur an ihren Spaß. Vielleicht haben Sie es nie anders gelernt. Mit dieser Hochzeit war es uns ernst. Ich hoffe, Sie verstehen eines Tages, was Sie uns angetan haben«, sagt er.

Ich muss schlucken. Er hat irgendwie recht, ich weiß. Aber irgendwie auch nicht. »Ich verstehe Sie besser, als Sie mir vielleicht zutrauen. Aber auch Sie müssen begreifen, wie unanständig es ist, einen Ehevertrag am Tag vor der Hochzeit auszuhandeln. Auch wenn dieser Ehevertrag als Hausgesetz getarnt war. Und Ihr Sohn muss lernen, dass man eine Frau wie mich nicht mit so einer billigen Masche täuschen darf, wie er es getan hat. Ich bin nicht irgendwer.«

Hubertus schaut mich überrascht an. Diese wütende Antwort hat er wohl nicht erwartet. Aber innerlich spüre ich, mein Zorn ist schal. Denn egal, wie ich argumentiere, mein Betrug ist und bleibt geschmacklos.

Das Familienoberhaupt scheint trotzdem beeindruckt. »Du weißt, wie gern ich dich an der Seite meines Sohnes gesehen hätte. Aber so nicht. Werd erwachsen, Nina«, sagt er leise.

Die Rezeptionistin gibt mir meine Karte zurück. Um zum Hotelausgang zu gelangen, muss ich wieder durch die Traube der Hochzeitsgäste. Sind es inzwischen mehr geworden? Diesmal bildet sich kein Spalier für mich. Diese Leute sind zu Recht wütend. Sie sind extra an diesem Wochenende von weit her angereist, haben teure Zimmer gebucht, sich vielleicht sogar neue Kleidung für das Fest gekauft. Und jetzt lasse ich sie ohne Hochzeit sitzen. In Filmen sieht das immer sehr amüsant aus, wenn die Braut sich von ihrer Hochzeit stiehlt. In Wirklichkeit ist es ein erbärmliches Gefühl. Meine Knie werden weich.

In diesem Moment taucht mein Vater an meiner Seite auf. Formvollendet, wie ich es ihm nie zugetraut hätte, reicht er mir seinen Arm. Er geleitet mich durch die schweigende, wütende Menge. Er lächelt nicht, aber ich weiß, in diesem Moment wird ein Traum für ihn wahr.

Ein Leben lang wollte er die Mächtigen brüskieren – nun habe ich es für ihn getan, und er ist dabei. Unser großer gemeinsamer revolutionärer Auftritt. Den schenke ich ihm. Es ist alles, was ich jetzt noch zu vergeben habe. Blöde Gedanken. Ich bin einfach froh, dass mein Vater jetzt da ist und ich mich an seinem Arm festhalten kann. Ich sehe einen berühmten Wirtschaftsmanager, den ehemaligen Bundespräsidenten und seine Frau, und wenn ich mich nicht täusche, ist sogar die Schwester von Juan-Carlos schon eingetroffen.

Hinter uns wird getuschelt. Ich höre, wie man sich gegenseitig Details meines Betrugs weitergibt, eine Frau behauptet, man hätte in der Nacht wilde Geräusche aus meinem Zimmer vernommen. Ein Mann sagt laut, er sehne sich nach der Zeit zurück, als man Frauen wie mich als Mätresse hielt und nicht gleich heiraten musste. Für eine Mätresse eigne ich mich ja wohl hervorragend. Das muss ich mir nicht anhören! Aber was soll ich tun, ich würde den Redner eh nicht in der Menge erkennen. Also bleiben wir nicht stehen.

Jetzt nur noch das Gepäck ins Auto meiner Eltern und wir können hier weg. Meine Mutter steht schon vor dem offenen Kofferraum. An unserem Auto lehnt mein Abteilungsleiter. Er grinst breit. Endlich mal einer, der die humorvolle Seite dieser Geschichte erkennt.

»Nina, ich nehme an, ein längerer Aufenthalt in Bombay käme jetzt genau richtig für Sie. Berlin sollten Sie zum Wohle der Firma eine Weile meiden, denn der für uns relevante Staatssekretär ist ein sehr enger Freund Ihres gehörnten Verlobten. Arbeitsantritt in Indien in vier Wochen, der Vertrag liegt am Montag auf Ihrem Schreibtisch. Natürlich sind die Bedingungen nicht mehr ganz so gut wie vorher.«

Die Schlange! Aber er weiß genau, ich werde unterschreiben. Ich muss hier weg. Nur wenn ich Glück habe, tauche ich in den nächsten Tagen nicht in der Klatschpresse auf. Deutschlands Elite wird mir diesen Ausrutscher nicht so schnell vergeben. Die nächsten Jahre ist Deutschland kein gutes Pflaster für mich.

Das Letzte, was ich von der Hochzeitsgesellschaft und dem Schlosshotel sehe, ist Chichi mit feixendem Gesicht, die mir fröhlich hinterher winkt. Sie ist schon jetzt die Siegerin, das ist klar. Meine Mutter ruft mit dem Handy meine Schwester und den Rest der Verwandtschaft an, damit sie auf der Stelle umkehren. Die Telefonate reißen nicht ab. Und jedes Mal erklärt sie aufs Neue, was geschah. »Nina ist mit einem anderen Mann erwischt worden. Ja, du hast mich richtig verstanden. Ein anderer Mann!« Es klingt schrecklich billig.

Linda sitzt neben mir im Auto, aber sie spricht kein Wort mit mir und würdigt mich keines Blickes. Es ist, als hätte sie von einer Sekunde auf die andere ihr Deutsch verlernt.

Auf dem Rückflug nach Berlin starre ich hinaus in den suppigen Himmel. Mein Kopf lehnt an der Scheibe des Bullauges. Ich bin alleine auf diesem Flug, alle anderen sind im Westen Deutschlands zurückgeblieben. Kitty hatte mir noch angeboten, mich zu begleiten, aber ich habe abgelehnt. Ich weiß, sie wollte nach der Hochzeit in ein verlängertes Wochenende mit Frank fahren. Das will ich den beiden nicht kaputt machen. Außerdem ist Alleinsein jetzt genau richtig.

Ich versuche, das Positive zu sehen. Vielleicht war das mit der Hochzeit nichts für mich. Vielleicht bin ich eine echte Karrierefrau, die durchstarten will. Jetzt darf ich nach Bombay. Immer wieder sage ich mir, dass ich es nach ganz oben schaffen kann. Nur diesmal will sich kein gutes Gefühl einstellen. Eine Frau auf der Überholspur sieht anders aus als ich. Die hätte sich niemals durch so einen schäbigen Betrug aus einer Verlobung geschlichen. Die hätte Enno einfach am nächsten Tag zur Rede gestellt, nachdem sie den wahren Hintergrund dieser abgeschmackten Waldpicknicks erfuhr. Was ich gemacht habe, war wirklich das Allerletzte! Aber je härter ich über diese Nacht urteile, desto mehr gerät mein innerer Monolog ins Stocken. Immer deutlicher sehe ich Freds Gesicht vor mir. Seine Augen. Seine Lippen. Oh Gott, Nina, geht alles schon wieder von vorne los?

Das Anschnallzeichen ertönt, wir befinden uns im Landeanflug. Ob diese schmerzvolle Taubheit jemals nachlässt? Bombay ist jetzt kein Sprungbrett mehr. Es ist ein Rettungsanker. Mit der Einstellung feiere ich dort keine Erfolge, das ist klar. Außen auf der Scheibe des ovalen Flugzeugfensters liefern sich Regentropfen zittrig Rennen. Unser Flugzeug setzt hart auf. Kein Schnee hier unten, nur kalter Regen. Alles ist Grau in Grau.

Als ich aus dem Terminal in Berlin trete, wartet niemand auf mich. Das war eigentlich klar. Aber tief in mir saß ein Funken Hoffnung, Fred würde mich abholen. Vor der automatischen Milchglastür stehen, mit einer wärmenden Rotkreuzdecke in der einen und einem Blumenstrauß in der anderen Hand. Habe ich wirklich geglaubt, er würde mir alles verzeihen? Dass ich ihn angelogen, bloßgestellt und seine Freundschaft mit Enno für immer zerstört habe? Womöglich schon. Es wäre wie in einem Liebesroman gewesen.

Eine türkische Putzkolonne arbeitet noch, sonst ist kaum jemand unterwegs. Dies war der letzte Flug aus Frankfurt. Die Frauen mit Kopftuch schauen nicht hoch, während sie die Mülleimer und Aschenbecher leeren. Ich gehe Richtung Ausgang, um mir ein Taxi zu suchen. Der Putzautomat wienert höhnisch hinter mir her.

KAPITEL 23

Schon wieder Flughafen. Zu meinem Abschied sind alle da. Kitty und Frank haben ein »Mädel, komm bald wieder«-Transparent gemalt, das sie unbeirrt hochhalten – sie lassen sich von keinem der blöden Kommentare einer Männergruppe, die gleich mit einem Billigflieger nach Teneriffa durchstarten will, aus der Ruhe bringen. Meine Schwester versucht, die Zwillinge im Auge zu behalten. Sie können mit ihren sieben Monaten ziemlich flink krabbeln und wollen sich unbedingt an den wackligen verchromten Ständern, an denen vor den Eincheckcountern die Absperrbänder befestigt sind, hochziehen. Ihr Mann Rüdiger ruft »Achtung« und »Beate, pass doch auf« dazwischen, greift aber nicht ein. Jetzt fällt einer der Ständer mit lauter Gepolter um, ganz knapp an Alberts Kopf vorbei. Der schaut zuerst etwas belämmert und bricht dann in Tränen aus.

Meine Eltern sind losgezogen, um mir noch weitere Zeitungen für die Reise zu besorgen. Mein Vater lächelt seit dem Hochzeitsdebakel ununterbrochen. Außerdem wiederholt er immer wieder, er sei zuversichtlich, dass sich eines Tages alles finden werde. Keine Ahnung, woher er diese Zuversicht nimmt.

Die letzten vier Wochen seit dem Hochzeitsdesaster sind ausschließlich für die Vorbereitung der Abreise draufgegangen. Ein Visum musste besorgt werden, Verträge gekündigt, die Möbel verkauft. In Bombay werde ich eine vollständig möblierte Firmenwohnung beziehen, ich habe mir das so gewünscht.

Es war eine Erleichterung, alles abzustoßen. Ich wollte nicht mehr an dem Tisch sitzen, an dem ich mit Enno gesessen habe. Den Stuhl benutzen, vor dem er mir kniend einen Antrag machte.

In dem Bett liegen, in dem wir – ach, daran mag ich gar nicht denken. Für einen Spottpreis habe ich alle Möbel im Internet losgeschlagen. Nur eine einzige Kiste mit Privatsachen habe ich bei meinen Eltern im Keller untergestellt. Neuanfang. Nur so kann es weitergehen.

Linda ist auch zu meiner Verabschiedung gekommen. Damit hatte ich nicht gerechnet. Seit der geplatzten Hochzeit hat unsere Freundschaft spürbar gelitten. Wir sind wohl beide voneinander enttäuscht. Linda kann überhaupt nicht nachvollziehen, wie ich mich zwei Tage vor meiner Trauung mit Fred einlassen konnte. Gut, das kann ich heute auch nicht mehr. Aber was mich verletzt, ist, dass Linda seitdem meinen ganzen Charakter infrage stellt. Sie spricht es nicht offen aus, doch ich spüre genau, wie stark sie mir misstraut. Ich glaube, sie überlegt ernsthaft, ob ich nicht vielleicht ein schlechter Mensch bin. Linda ist eben in Texas aufgewachsen. Die lernen dort in der Sonntagsschule nur Gut und Böse.

Egal, jetzt ist sie da. Sie trägt wieder den Cheerleader-Look, den sie damals am Abend meines allerersten Dates mit Marketing-Karl anhatte. Es gefällt mir, wenn sie aussieht, als sei sie einem Jahrbuch der Highschool entsprungen. Ich glaube, sie weiß das.

Sie hält mir einen Umschlag hin. »Mein Abschiedsgeschenk.« Ich öffne ihn und hole eine dieser mir schon vertrauten Karteikarten heraus. »Eine letzte Regel für dich«, meint Linda.

»Regel Nummer 15: Macht ein Mann dir einen Antrag und du sagst ›Ja‹ zu ihm, dann heirate ihn verdammt noch mal auch.«

Erst traue ich mich nicht, zu grinsen, aber dann fängt Linda an zu lachen. Wir fallen uns in die Arme. Zum ersten Mal seit Wochen reden wir ohne den unangenehm lauernden Unterton miteinander.

»Enno war einfach nicht der Richtige«, sage ich.

»Vermutlich«, antwortet Linda, aber ich höre weiterhin ihren Zweifel in der Stimme. Damit kann ich leben.

Während des Zwischenstopps in Frankfurt kaufe ich mir eine Schlafbrille und ein aufblasbares Nackenkissen. Das Flugzeug nach Indien ist ziemlich leer, ich muss zum Glück meine Reihe mit niemandem teilen und setze mich ans Fenster. Acht Stunden Flug liegen noch vor mir. In Bombay sollen es 34 Grad sein. Irgendein Kontaktmann unserer Firma wird mich abholen. Es ist mir eigentlich ziemlich egal, wer da steht. Unser Flugzeug hebt ab, unter uns sieht man die Ausläufer des Frankfurter Flughafens, hessischen Wald, hessische Äcker und hessische Kleinstädte. Ich fühle nichts – keinerlei euphorische Auswandererstimmung.

Zwar hat das taube Gefühl seit der abgesagten Hochzeit etwas nachgelassen. Aber ich bin immer noch angeschlagen. Indien wird es in Ordnung bringen. Normalerweise kehren Indientouristen zurück und erzählen, dieses Land sei ihnen fast unwirklich vorgekommen, so fremd sei es. Bei mir muss es umgekehrt funktionieren. Indien muss so stark wirken, dass mir mein altes Leben in Deutschland unwirklich erscheint. Dann wäre ich geheilt.

Die Stewardess rollt mit dem Getränkewagen an. Eine umwerfend attraktive Frau mit einem strengen, schwarzen Pagenkopf. Eine Art Uma Thurman in Dunkel, wie bei Pulp Fiction. Sie ist mir schon beim Einstieg aufgefallen. Auch ihre Stimme ist tief und rauchig. Schräg gegenüber bestellt ein Geschäftsreisender bei ihr einen Tomatensaft. Als die Stewardess die kleine Schublade des Rollwagens öffnet, um die Tomatensaftdose herauszunehmen, sehe ich den großen Diamanten an ihrer Hand. Ein Verlobungsring! Der Anblick löst bei mir Übelkeit aus. Ich lege mir das Nackenkissen um den Hals, ziehe die Schlafbrille über und lehne meinen Kopf an die Außenwand. Das Flugzeug vibriert leicht. Vielleicht schlafe ich endlich mal ein paar Stunden am Stück. Die Stewardess sagt kurz »Madam« und schiebt dann weiter.

Das Flugzeug dröhnt jetzt anders als eben. Es fängt ein bisschen an zu ruckeln, irgendwelche Turbulenzen. Man soll sich wieder anschnallen, aber da ich meinen Anschnallgurt nie löse, muss ich dafür die Schlafbrille nicht abziehen. Früher haben mich die verschiedenen Geräusche im Flugzeug aufgeregt, ich bekam immer kurze Panikattacken. Inzwischen habe ich das ganz gut im Griff. Im Moment ist mir alles egal. Stimmt nicht ganz. Ich bin nicht in suizidaler Stimmung – ein Absturz würde mich schon ärgern.

Enno hat sich natürlich nicht mehr bei mir gemeldet. Das habe ich auch nicht erwartet. Die Überweisung der 20 000 Euro ist raus, wir haben uns nichts mehr zu sagen. In einer Klatschspalte habe ich gelesen, er sei jetzt mit Chichi verlobt. Die Hochzeit soll im Sommer stattfinden. Sehr überraschend war diese Nachricht nicht. Vermutlich wird sie jetzt das Diadem tragen. Ob sie ihr ein neues Brautkleid schneidern? Es freut mich für Madame Zita, dass sie so schnell wieder einen großen Auftrag hat. So kann man das Ganze auch sehen. Wenigstens Madame Zita habe ich Gutes getan.

Was mich wirklich verletzt hat, ist, dass ich nichts mehr von Fred gehört habe. Nach zwei Wochen Stille habe ich seine Telefonnummer rausgekriegt. Es war nicht schwer, er stand ja auf der Gästeliste – samt Büro- und privater Anschrift. Einige Male habe ich angerufen und meistens schnell wieder aufgelegt. Ein einziges Mal hatte ich seinen Anrufbeantworter dran, aber was in aller Welt hätte ich drauf sprechen sollen? Fred hat mich nie zurückgerufen, obwohl ich sicher bin, dass sein Telefon meine Nummer auf dem Display speichert. Er will nichts mehr mit mir zu tun haben, das ist ziemlich eindeutig.

Warum wundere ich mich darüber? Er hat nun wirklich überdeutlich gemacht, er sei an einer längeren Beziehung nicht interessiert. Und nach dem, was ich mir geleistet habe, scheide ich als ernsthafte Kandidatin sowieso aus.

Aber wir waren für einen kurzen Augenblick so glücklich gewesen. Auch er hatte glücklich ausgesehen. Ich würde jetzt noch behaupten, wir hatten uns in dieser Nacht verliebt.

Meine Gedanken kreisen. Zum Glück habe ich kurz nach dem Start eine Schlaftablette genommen. Sie beginnt zu wirken. Alles, was ich will, ist schlafen. Schlafen, schlafen, schlafen.

Im Traum laufe ich verloren durch einen dichten Wald. In einiger Entfernung entdecke ich einen Hochstand. Als ich gerade darauf zulaufen will, sehe ich das Blitzen eines Zielfernrohres. Jemand zielt auf mich. Der indische Elefantengott taucht hinter einer Eiche auf und zieht mich in einen Busch. Ich bin nicht sicher, ob er zu den Guten gehört. Ich finde ihn ein bisschen zudringlich.

Es sind solche Träume, die mich nach dem Erwachen ermattet zurücklassen. Meine Ängste und Gefühle toben sich darin ungestört aus. Bloß aufwachen! Noch dämmernd höre ich die Flugzeugmotoren und Stimmen. Die Stewardess mit der rauchigen Stimme ist wieder in der Nähe. Sie verteilt diese kochend heißen Erfrischungstücher, die man kurz vor der Landung kriegt. Ich könnte dringend eines brauchen, aber alles an mir ist so bleischwer, dass ich es nicht schaffe, richtig aufzuwachen, die Schlafmaske vom Gesicht zu ziehen und mich an die Stewardess zu wenden. In dieser Verfassung wird das nie etwas mit Bombay. Die Stimme der Stewardess kommt näher.

Ich reiße mich zusammen und ziehe die Schlafmaske von den Augen. Diese verdammten Schlaftabletten, sie wirken immer zu lange nach. Überall sonst sind die Jalousinen vor den Fenstern hochgezogen, nur meine nicht. Ich drücke sie nach oben und gleißend helles Sonnenlicht fällt durch die zerkratzte Plastikscheibe. Geblendet drehe ich den Kopf weg. Und erstarre. Auf dem Platz neben mir, der vor dem Einschlafen noch frei war, sitzt Fred. Oder Mr. Martini. Wie immer man will.

Fred? Ist das hier immer noch ein Traum? Die Stewardess steht jetzt vor unserer Reihe. Ich starre weiterhin Fred an.

»Für Ihre Begleitung auch ein heißes Erfrischungstuch?«, fragt die Stewardess mit ihrer rauchigen Stimme.

Fred nickt ihr charmant zu, die beiden wirken vertraut miteinander, wahrscheinlich haben sie auf dem Flug das ein oder andere Wort miteinander gewechselt. Vielleicht haben sie sogar geflirtet.

»Was machst du hier?«, stottere ich.

Aber er antwortet nicht. Er rollt das Tuch aus und beginnt, sehr vorsichtig, mein Gesicht abzutupfen. »Du siehst mitgenommen aus«, meint er nach einer Weile. Dann lehnt er sich in seinen Sessel zurück und schaut nach vorne. Auf seinem Schoß liegt ein aufgeschlagenes Buch. »Wu Wei. Die Lebenskunst des Tao.« Er hat offensichtlich nicht vor, etwas zu erklären.

»Fred, wieso sitzt du in diesem Flugzeug?«, frage ich jetzt wieder. Ich beuge mich nach vorne, damit er mich anschauen muss. Soll ich mich jetzt freuen? Oder will er mich verletzen? Was ist hier los?

»Dein Vater hat mir deinen Flug genannt.«

Das Flugzeug beginnt zu sinken. Wir durchstoßen die ersten Wolken, man merkt, wie der Druck in der Kabine schwankt. Fred greift in seine Sakkotasche und zieht eine Packung Kaugummis heraus. Er bietet mir einen an. Offensichtlich genießt er die Situation. Er sieht unglaublich gut aus, seine raubtierhafte Hakennase wirkt noch charakterstärker als sonst, er hat dieses männliche Gesicht, das irgendwie immer vermittelt, er habe die Lage im Griff, dazu die dunklen Haare. Er wird gut nach Bombay passen, muss ich denken. Die Inderinnen werden ihn lieben. Den Kaugummi lehne ich ab.

»Du hattest mehrmals bei mir angerufen«, meint er betont beiläufig, während er seinen Kaugummistreifen auspackt, »ich vermute, du wolltest mir erklären, was damals eigentlich genau passiert ist. Und glaub mir, meine Süße, du hast wirklich viel zu erklären!«

»Soll ich jetzt damit anfangen?«, frage ich erstaunt, unten, zwischen Wolkenfetzen, taucht zum ersten Mal Indien auf. Man hört Geraune im Flugzeug.

»Dafür haben wir in Bombay noch genug Zeit.« Dann steckt er sich den Kaugummi in den Mund und schaut an mir vorbei durch das Flugzeugfenster. Als ich denke, jetzt werde ich gleich wahnsinnig, so durcheinander bin ich, greift er nach meiner Hand.

Er ist hier. Er hält meine Hand. Es kann eigentlich alles kein schlechtes Zeichen sein. Ich schaue hinaus und sehe Bombay. Die Stadt von oben ist eine riesige Fläche aus Häusern, Wasserläufen, Meeresufer. Eine Mega-City. Hochhäuser sind zu sehen, Tempel, die Minarette von Moscheen. Wir sinken tiefer, jetzt erkennt man das dichte Straßengewirr, die Slums drücken wie breite Gletscher überall in die Stadt hinein.

Atemlos schaue ich hinunter auf mein neues, aufregendes Leben. Meines? Fred drückt meine Hand. Zum ersten Mal seit vier Wochen spüre ich wieder etwas.

»Falls wir jemals heiraten sollten, werde ich dich in den Nächten vor der Trauung wegsperren«, flüstert er plötzlich in mein Ohr.

Mein Körper schmerzt vor Glück. Ich lege seinen Arm um meine Taille. Das Flugzeug setzt auf. Diesmal ist die Landung weich.